Greif mich an!

Ein Roman von Günter Leitenbauer

Titelseite: © Günter Leitenbauer

Vorwort des Autors

Geschichten zu schreiben ist ein wenig wie Kochen. Man geht auf einen Flohmarkt und sieht einen alten Topf. Der kostet nicht viel, also nimmt man ihn mit. Er landet in einer Lade und wartet auf seinen Einsatz. Die Zeit vergeht, nichts passiert. Dann sieht man irgendwo Süßkartoffeln. Man hat noch nie etwas mit Süßkartoffeln gekocht, weiß aber aus irgendeinem unerfindlichen Grund, dass sie genau zu diesem und in diesen alten Topf passen und kauft sie. Zuhause legt man sofort los. Die Kartoffeln werden geschält, der Käse vorbereitet – es soll ein Gratin werden – und man beginnt zu kochen. Man fügt Zutaten hinzu; man lässt sich treiben. Dann weiß man plötzlich, dass noch genau ein Gewürz fehlt, und auch welches. Irgendwas Scharfes, Würziges! Und irgendwann ist der Süßkartoffelgratin fertig, von dem man am Anfang nur eine vage Vorstellung hatte. Der jetzt doch ganz anders wurde, aber trotz allem gut, vermutlich besser als wenn man das ursprüngliche Rezept eingehalten hätte. An das man sich sowieso nicht mehr erinnert. Also mal kosten!

Ganz ähnlich schreibt sich ein Buch. Jedenfalls in meiner Wortküche. Ich lasse mich treiben, ihr lasst es euch hoffentlich schmecken!

Diese Geschichte ist natürlich rein fiktiv. Ich glaube nicht, dass es Menschen gibt, die anderen nur Unglück bringen, zumindest hoffe ich es nicht. Okay, okay, manche Regierungen und ihre Mitglieder ausgenommen!

Andererseits – was weiß man schon? Wenn sich also in eurer Umgebung Unglücksfälle häufen, dann denkt daran: Felix ist unterwegs!

Günter Leitenbauer, Jänner 2017 bis Februar 2018

"Touch-a touch-a touch-a touch me
I wanna be dirty
Thrill me, chill me, fulfill me
Creature of the night"

(The Rocky Horror Picture Show)

Prolog

Ein Sommerabend im Jahr 1963

Es juckte!

Er griff unter den Bund seiner Hose, um sich zu kratzen, zog die Hand wieder hervor und roch daran, wie das Männer so machen, wenn sie alleine sind (oder zumindest glauben, dass sie niemand beobachtet). Verdammt, er hatte den Geruch dieser Frau noch immer an sich, was seiner Gattin wohl kaum entgehen konnte, wenn er sich dann zu ihr ins Bett legen würde. Frauen riechen den Duft einer anderen an ihrem Mann selbst dann noch, wenn schon lange jeder Bluthund verzweifelt aufgegeben hätte.

Das Jucken machte ihm Sorgen. Er würde sich doch wohl keine neuen Bewohner in die gute Stube geholt haben? Das fehlte noch! In seine Hose hatte niemand einzuziehen, den er nicht persönlich dazu eingeladen hatte!

Um seine nach außen intakte Ehe nicht zu gefährden, die, wenn man es nüchtern und mit etwas mehr Insiderwissen betrachtete, de facto schon ziemlich am Ende war (*wie die meisten intakten Ehen*, warf sein Advokatus diaboli ein), zweigte er mit seinem alten Fiat daher an der nächsten Kreuzung ab und nahm statt des direkten Heimwegs einen schmalen Feldweg, der zwar in keiner Karte verzeichnet war, ihn aber alsbald zu einem kleinen Teich bringen würde. Es war eine laue Sommernacht hier in Oberösterreich, und der Mond grinste hinter den Wolken hervor, als wollte er ihm sagen: „Na Alter? Zuerst dreigängig auswärts essen gehen und dann ein schlechtes Gewissen wegen der Kalorien?" Und es waren in der Tat drei saftige Gänge gewesen. Eine Leistung, zu der er bei seiner Frau niemals in der Lage gewesen wäre. Fast bedauerte er es, dass er damit vor ihr nicht angeben durfte. Es würde der Guten nicht schaden zu wissen, was für einen Hengst sie da im Stall hätte, wenn sie nur ein bisschen weniger frigide wäre!

Er musste ein Bad im Teich nehmen. Ein Handtuch hatte er immer im Auto, man weiß ja nie, nein, präziser muss es heißen: Mann weiß ja nie!

Der immer noch stolze Lover parkte also am Ufer des kleinen, zwar etwas trüben aber ansonsten sauberen Gewässers, stieg aus dem Wagen, zog sich hastig aus – es war spät und schön langsam würde sich seine Frau wohl fragen, warum er heute so lange nicht nach Hause kam – und ging ins angenehm kühle Wasser. Es war schon ziemliches Pech, dass er beim Aussteigen, ohne es zu bemerken, den Ganghebel in den Leerlauf drückte, aber das wäre ja noch nicht so schlimm gewesen, wenn er zumindest die Handbremse ordentlich angezogen hätte. Oder vielleicht hatte er das auch, und das Ding versagte einfach. Natürlich gab es damals noch keine akustische Warnung, wie sie moderne Autos heutzutage haben. Piep, piep, du hast das Licht angelassen! Piep, piep, du bist nicht angeschnallt! Piep, piep, das Handschuhfach ist offen! Piep, piep, du hast deinen Hosenstall noch offen! Piep, piep, du riechst nach Schlampe! Piep, piep, hast du dein Testament gemacht?

So aber setzte sich der Wagen, als der Mann gerade ins samtig weiche Teichwasser stieg, in Bewegung, fast als wollte er sich an ihn anschleichen wie Winnetou an die feindlichen Comanchen in einem Roman von Karl May, und rollte, immer schneller werdend, in Richtung des Teichs, wobei er auf der feuchten Wiese nach guter, alter Indianerart kaum ein Geräusch machte. Er drückte Halm um Halm nieder und beschleunigte weiter, blieb aber langsam genug, damit sich wenigstens die Grillen alle noch rechtzeitig in Sicherheit bringen konnten.

Der Mann war keine Grille. Er war ein Hengst, der seine besten Jahre – eigentlich *alle* seine Jahre – jetzt hinter sich hatte.

Genau in dem Moment, als er sich bis zum Nabel im seichten Wasser stehend am Unterleib wusch, vernahm er hinter sich ein leises Knirschen, als der Wagen den Kies am Ufer des Teichs erreichte, und drehte sich um.

Manchmal hätte man gern die Sprungkraft einer Grille.

Das letzte, was der bemitleidenswerte Pechvogel sah, bevor ihn sein eigenes Auto unter Wasser drückte, waren die Scheinwerfer, die er angelassen hatte, um beim Baden etwas Licht zu haben. Wäre er weniger müde gewesen, und hätte er die zwei oder drei Glas Sekt nicht getrunken, dann hätte er das schwankende Licht vielleicht als Anzeichen einer sich nähernden Gefahr interpretiert, aber in seinem Alter hat Sex, vor allem wenn er über die volle Amateurdistanz von drei Runden geht, nunmal zur Folge, dass ein Mann danach *wirklich* entspannt ist. Und eben auch ein kleinwenig schläfrig.

Das Letzte, was er sah, als er schon unter dem Wagen lag und verzweifelt nach Hilfe gurgelte, waren die Scheinwerfer seines Fiats. *Du hast heute kein Glück.* Er sah die Lichter auch noch, als er so vergeblich wie panisch versuchte, sich zu befreien. *Du hast heute überhaupt kein Glück!* Ein letztes Gurgeln.

Dann gingen die Lichter aus. Zuerst die des Wagens, als das eindringende Wasser einen Kurzschluss verursachte, und dann die des Mannes. Bei vollem Bewusstsein zu ertrinken ist kein schöner Tod, aber er würde keinem mehr davon erzählen können.

Als die letzten Reste von Luft aus seinen Lungen entwichen waren (*Du hattest heute genaugenommen sogar ziemlich beschissenes Pech!*), und sich diese mit dem Wasser des Teichs gefüllt hatten, hatten sich die Wellen an der Oberfläche bereits wieder beruhigt und der Mond grinste hämisch auf einen Teich, in dem erst nach einigen Tagen ein Spaziergänger mit seinem neugierig herumschnüffelnden Hund den bedauernswerten Mann, oder vielmehr das knapp unter der Wasseroberfläche gut sichtbare Auto, entdecken würde.

Es war schon fast eine Gnade, die das Schicksal dem Bedauernswerten als letzte Wiedergutmachung widerfahren ließ, ihn nie mit dem Wissen zu belästigen, dass er in dieser Nacht einen Sohn gezeugt hatte, der nicht nur ihm kein Glück bringen würde.

Vorsichtig formuliert.

1

Freitag, 13. März 1964

Waltraud schrie.

Dass eine Geburt schmerzhaft sein konnte, hatte sie schon vorher gewusst, aber wer so etwas noch nicht selbst erlebt hat, kann sich keine Vorstellung davon machen, wie irrwitzig diese Schmerzen sind. Am ehesten kann man das vielleicht noch damit vergleichen, in einem mehrstündigen Versuch einen Tennisball zu scheißen, fiel ihr zwischen zwei Wehen ein, worauf sie sogar kurz lachen musste, nur um von der nächsten Wehe sofort und gnadenlos für diesen Anflug von Galgenhumor bestraft zu werden. Das Allerschlimmste an der Sache war jedoch, dass sie genau wusste, dass demnächst die nächste Schmerzwelle heranrollen würde, in einer Regelmäßigkeit wie eine Dünung am Atlantik. Dass sie genau wusste, diese würde noch schlimmer sein, weil jede zuvor immer noch schlimmer gewesen war. Dass sie genau wusste, dass die Abstände immer kürzer und die Erholungspausen immer weniger ergiebig sein würden. Und dass sie eben nicht wusste, wie lange dieser ganze, verdammte Mist noch dauern würde.

„Pressen Sie!", befahl die Hebamme. „Und wenn die Wehe vorbei ist, ruhig atmen und die Pause zur Erholung nutzen."

„Als wenn ich das nicht wüsste, du blödes Arschloch!", dachte sie sich. Waltraud war keine ordinäre Frau, sie hätte sich zu jeder anderen Gelegenheit über die Ausdrücke entrüstet, welche ihr jetzt in den Sinn und teilweise auch über die Lippen kamen. Aber eine Geburt ist eine Sache, bei der Frauen ihren Humor verlieren und auf eine Art und Weise zu fluchen beginnen, die man sonst eher von Fußballfans eines Unterligavereins kennt, wenn sonntags der Schiedsrichter mal wieder für die Gegenmannschaft pfeift. Vermutlich war das der Grund, warum die Väter jahrhundertelang draußen warten mussten und erst in den letzten Jahrzehnten mitleiden dürfen, können, sollen – und angeblich auch wollen. Sagen zumindest die Frauen. Das war praktisch die Maut, die Männer für den kurzen Ritt auf dem Motorrad der Ektase zu entrichten hatten, wenn sie zu stur waren, ihr bestes Stück mit einem Gummihelm zu schützen. Oder vielleicht auch nur in ihrer Erregung darauf vergaßen. Wenn der Schwanz steht, steht eben auch das Hirn.

Mit Waltraud litt kein Mann mit. Das war in den Sechzigerjahren des letzten Jahrhunderts auch noch nicht üblich. Zudem war der Erzeuger ihres Sohnes – sie wusste instinktiv, dass es ein Sohn werden würde – schlicht und einfach nicht zur Stelle. Gott verfluche ihn, wer immer das auch war, man konnte sich ja unmöglich alle merken. Eine neue Wehe donnerte herein wie ein Tsunami und hinderte sie an weiteren Gedanken. *Verpiss dich, du verdammtes Luder!* Waltraud führte ein, wie man ein klein wenig verharmlosend sagen könnte, promiskuitives Leben. Sie hatte keine Ahnung, wer als Erzeuger (Vater wollte sie ihn unbewusst nicht nennen, nicht einmal in Gedanken) in Frage kommen könnte. Dazu hatte es im letzten Sommer zu viele Nächte mit zu vielen Männern und vor allem mit viel zu viel Alkohol gegeben. Wobei manchmal der Alkohol die Männer zur Folge hatte und noch öfter die Männer den Schnaps, weil ersteres die Auswahl erleichterte und zweiteres über eine wieder einmal schlechte Auswahl hinwegtröstete. Sie hätte ein Buch schreiben können, wie unfähig und wenig einfühlsam viele Männer im Bett oder auf der Rückbank oder, sei's drum, auch auf dem Klo einer drittklassigen Spelunke waren. Wobei das mit dem Klo ja meistens noch ging, keine Ahnung warum. Vor allem auf der Rückbank war es oft einfach nur enttäuschend, anscheinend hatte die Krone der Schöpfung es im Auto nicht nur beim Fahren eilig, nein, Autos schienen ihnen generell Stress zu machen!

Und manchen dieser Kreaturen war es dann auch schlichtweg egal, was die Frau beim Sex empfand, wenn sie denn überhaupt etwas dabei spürte. Man musste ja schon froh sein, wenn einer nicht noch fragte ob er gut war, nachdem sie ihm gerade einen geblasen hatte! Der Alkohol hüllte über diese Unzulänglichkeiten der Männer eine besänftigende Decke, dachte sie. Sicher hatte eine Frau den Schnaps erfunden, vierzigprozentig! Vermutlich eine Ägypterin mit irgendeinem dämlichen Machoarsch von Pharao als Mann oder sowas in der Art. „Aua, verpiss dich, du Miststück!" Das galt der nächsten Wehe, und diesmal schrie sie es laut heraus.

Die Abstände der aus dem Nirgendwo hereinbrechenden Schmerzwellen wurden stetig kürzer, die Wehen selbst immer heftiger. Als wenn da drinnen ein Sturm wüten und die Schmerzen aufpeitschen und an eine Steilküste werfen wollte, wo sie die Felsen hochjagten um dann in eine Gischt aus feinen Nadelstichen zu zerplatzen. Selbst die Hebamme hätte auf eine diesbezügliche Frage zugeben müssen, dass es eine besonders schwere Geburt war, was sie aber Waltraud weder sagte noch sich anmerken ließ. Hebammen sind berufsbedingt einiges gewohnt – auch, immer Zuversicht auszustrahlen, egal, wie verzwickt die Lage ist. Und diese hier war in der Tat verzwickt, im Sinne des Wortes. Dieses Baby hatte einen ziemlich großen Kopf für das zierliche Becken der Gebärenden. „Wenn das nur gut geht", dachte die Hebamme, die sich langsam mit dem Gedanken anfreunden musste, dass ihr geplantes Rendezvous mit diesem so unverschämt gutaussehenden Freund ihrer Bekannten heute wohl platzen dürfte. Naja, wäre sowieso wieder nichts daraus geworden. Das mit den Männern klappte bei ihr einfach nicht. Verdammt, man sollte der armen Frau den Rest ersparen und das Baby mit einer Sectio holen, dachte sie beim nächsten Schrei Waltrauds.

9

In einem christlichen Krankenhaus der 1960er Jahre war aber eine Geburt mittels Kaiserschnitt das allerletzte Mittel und wurde nur angewendet, wenn die werdende Mutter schon halb tot war. So ein wenig wie damals bei Cäsar, von dem dieser Eingriff angeblich ja den Namen hat, dachte die Hebamme, und den man, wenn man der Legende trauen darf, ohne Rücksicht auf die Mutter dieser aus dem Leib geschnitten hatte, was zwar der Sohn aber natürlich nicht die Mutter überlebte. Also ließ man Waltraud gebären und dabei langsam krepieren, wie Frauen es seit tausenden von Jahren taten, obwohl ein Kaiserschnitt vermutlich ihr Leben hätte retten können.

Die nächste Wehe, und mit ihr eine gewaltige Willensanstrengung Waltrauds, die genau spürte: „Jetzt oder nie!", brachte endlich den Kopf des Knaben – es war wirklich ein prächtiger, kleiner Bursche, wie sich gleich zeigen sollte – zum Vorschein. Und dann ging es sehr schnell.

Das Baby kam.

Die Mutter schrie.

Das Baby schrie.

Im Kopf der Mutter platzte ein Aneurysma. Das ist eine kleine Ausbuchtung einer Arterie an einer Stelle, wo die Gefäßwand etwas zu dünn war, und die sie schon seit ihrer Kindheit unerkannt mit sich herumgetragen hatte, das aber ohne die große Anstrengung bei der Geburt wohl auch in fünfzig Jahren nicht aufgerissen wäre. Niemand konnte etwas dafür. Es war einfach Pech. Manchen Leuten platzte ein Autoreifen, manchen der Gartenschlauch beim Bewässern der Radieschen, manchen nur der Kragen – und Waltraud eben ein großes Blutgefäß im Kopf. Peng! Bewusstlos!

Waltraud lebte noch eine knappe Stunde, dann war der kleine Felix, wie ihn die Schwestern in der Klinik genannt hatten, Vollwaise. Er hatte seiner Mutter trotz seines Namens kein Glück gebracht.

*

Helmut und Bettina waren auf die Butterseite des Lebens gefallen. Das junge Ehepaar hatte einfach alles, was man sich wünschen kann. Helmut arbeitete bei einer großen Bank im Wertpapiergeschäft und war erfolgreich, was ihn schon mit seinen gerade erst dreißig Jahren zum Abteilungsleiter hochgespült hatte. Er hatte ein goldenes Händchen oder ein feines Näschen (oder beides) für im Aufstieg begriffene Unternehmen und mit einigen klugen, wenn auch etwas waghalsigen Investitionen ein kleines Vermögen verdient. Seine Eltern wären stolz auf ihn gewesen, aber sein Vater war vor einigen Jahren an Krebs gestorben, hatte damit seiner Mutter das Herz gebrochen und sie kein Jahr später in den ewigen Ruhestand nachgeholt.

Bettina hatte Helmut auf einer von seiner Bank gesponserten Vernissage in der städtischen Galerie kennengelernt. Die Bank förderte immer wieder junge Künstler, die Anlass zur Hoffnung gaben, es irgendwann zu berühmten Malern oder Bildhauern zu bringen. Sie kaufte jedes Mal einige Kunstwerke zu einem Spottpreis – oder verlangte sie überhaupt als kostenlose Gegenleistung für die Ausrichtung der Ausstellung. Auf diese Art war die Bank in den Besitz einer recht ansehnlichen Kunstsammlung gelangt. Die Rechnung war einfach: Wenn es nur einer von zehn Künstlern schaffte, dann waren zehn Prozent aller Bilder nach einigen Jahren oder Jahrzehnten eine Menge wert. Und das Beste daran war, dass man das auch noch als Werbungskosten absetzen und in der öffentlichen Wahrnehmung als Kunstförderer dastehen konnte.

Bei dieser Vernissage vor vier Jahren war Helmut gerade mit dem ausstellenden Künstler in ein Gespräch vertieft, in dem ihm dieser langatmig den Sinn in seinen Werken erklären wollte und Helmut, durch in regelmäßigen Abständen sich wiederholendes Nicken Verständnis heuchelnd, in diesem potthässlichen Mist, den der selbsternannte Künstler produzierte, genau *gar keinen* Sinn erkennen konnte. Helmut war zwar durchaus weltoffen, aber manchmal hatte er das Gefühl, dass die moderne Kunst ihren Hauptzweck darin sah, den klügeren Menschen vor Augen zu führen, wie man weniger kluge aber sich für sehr modern und gewandt haltende Menschen für dumm verkaufen konnte. Für einen Bankmanager eigentlich eine unverzichtbare Eigenschaft, dachte er und lächelte, was dem Künstler erneut einen Motivationsschub verpasste und seine Begeisterung zur Selbstdarstellung weiter anstachelte.

Diese Gedanken zur modernen Kunst behielt er aber heute besser für sich, dachte Helmut, als ihm der Typ gerade mit offensichtlich nach dem Zufallsprinzip aus dem Hut gezauberten, intellektuell klingenden Fremdwörtern eine „Installation" erklärte, von der Helmut zuallererst gedacht hätte, dass wohl die Putzfrau vergessen habe, ihre Reinigungsutensilien wegzuräumen.

Der junge Mann, der später zu einem gefeierten Star in der österreichischen Szene werden sollte, versuchte Helmut nahezubringen, dass das Wesen der modernen Kunst, im Gegensatz zur althergebrachten, eben sei, dem Beobachter die Freiheit zu lassen, in seinem Werk das zu erkennen, was er erkennen wolle; und noch viel mehr als das: Nämlich den Beobachter damit selbst zu einem Teil der Kunst zu machen, ihn also in den Schaffensprozess hineinzuziehen. Also quasi den Beobachter beim Beobachten zum allumfassenden Thema der Kunst zu machen, die Kreation des Künstlers sozusagen von einer objektiven, narrativen Kunstebene auf eine subjektive erfassende Empfindungsebene zu transferieren. Sei das nicht wahrhaft faszinierend? *Ja, ja, natürlich, so hatte ich das noch gar nicht betrachtet.* Wieder ein Nicken.

(Herr, bitte erlöse mich!)

Helmut war dankbar wie ein Verdurstender für einen Schluck Wasser, als ihn Bettina, die seine Agonie richtig einzuschätzen schien, mit einem leeren Sektglas in der Hand von diesem Langeweiler befreite. Sie tat einfach so als wären sie alte Bekannte, schnappte sich Helmut am Ellbogen und zog ihn mit sich zur Sektbar.

Der Künstler wandte sich, scheinbar weder beleidigt noch beeindruckt, weil eben wahre Künstler in ihrer eigenen Welt leben, sodass sie solche Kleinigkeiten nicht einmal wahr- geschweige denn übelnehmen, umgehend einem neuen Opfer zu, einem älteren Herrn, der die Vernissagen der städtischen Galerie gerne wegen der immer großzügigen Buffets besuchte und in der folgenden Stunde lernte, dass es im Leben auf Dauer nichts gratis gibt. Aber schon rein gar nichts! Und auf keinen Fall diese hervorragenden Lachsbrötchen hier! Denn ihn befreite über sechzig Minuten lang keiner aus den Fängen des wie ein Wasserfall quasselnden und dennoch nichtssagenden Kunstschaffenden. Dafür wusste er danach ... ja was eigentlich? Auch nicht mehr als vorher. Außer, dass er in Zukunft bei solchen Feiern den Künstler nicht aus den Augen lassen würde, wenn er sich bei einer Ausstellungseröffnung am Buffet den Bauch vollschlüge. Zehn Meter Sicherheitsabstand. Mindestens! Und vorher Knoblauch essen, das würde ihm solche Idioten vielleicht vom Leibe halten.

„Danke für die Rettung! Das war in letzter Minute, sonst hätte er mich buchstäblich totgelangweilt."

Helmut stieß mit seinem Sektglas vorsichtig an das seiner Befreierin, was etliche Kohlendioxidbläschen in beiden Gläsern dazu veranlasste, an die Oberfläche zu streben, um sich anzusehen, was da los war, um dann entweder vor Neugier zu platzen oder sich mit sinkender Begeisterung wieder nach unten treiben zu lassen.

„Keine Ursache! Ich habe ja gespürt, wie Sie unter dem Monolog dieses Langeweilers litten. Und es heißt *zu Tode gelangweilt*, oder?", erwiderte sie mit einem koketten Lächeln. Nein, eigentlich war es nicht kokett, es war einfach sympathisch, offen und direkt und damit umso verführerischer für einen Mann, dem man selten in dieser Form begegnete, schon gar nicht als Frau. Die Frauen, mit denen er sonst zu tun hatte, waren zumeist Sekretärinnen, die insgeheim zwar für ihn schwärmten, aber niemals gewagt hätten, ihn so schamlos anstarrend mit einem derart frechen Lächeln zu provozieren. In den Sechzigerjahren des zwanzigsten Jahrhunderts tat eine Frau das einfach nicht. Da war noch klar, wer in der Gesellschaft den Ton angab. Okay, manchmal kam ihm seine Sekretärin etwas näher, aber das gehörte wohl irgendwie zu ihrer Stellenbeschreibung. Oder hieß es Stellungsbeschreibung? Egal. Und als er erfahren hatte, dass seine Assistentin verlobt war, hatte er das ja auch sofort abgestellt und sich eines dieser neuen Diktiergeräte angeschafft, um sie nicht mehr zum Diktat bitten zu müssen. Helmut war ein Ehrenmann. Und sie sowieso eine Enttäuschung am Schreibtisch. Oder darunter – nein, das war sogar noch halbwegs in Ordnung gewesen.

Heikler waren da schon die Kundinnen, die glaubten, sein Beratungshonorar schlösse das Glattbügeln von siebzigjährigen Falten auf Körpern, die sonst durch teure Markenkleidung gut vor Blicken geschützt waren, automatisch mit ein. Mit einem dreißigjährigen, sportlichen Bügeleisen samt Schamlockenstab. Von dieser Sorte gab es einige unter seinen Geschäftspartnerinnen. Mehr oder weniger wohlhabende Witwen zumeist, die bei ihrer Heirat eben die wirklichen Traummaße eines Mannes genau gekannt hatten: 80-60-40. 80 Jahre, 60 Mille, 40 Fieber. Der perfekte Kurzzeitehemann, bis dass der Tod uns scheide. Vor allem für eine ambitionierte zukünftige Witwe, die etwas auf sich hielt.

„Bevor ich Sie jetzt noch total verunsichere, schlage ich vor, dass ich schüchtern den Blick senke und mich vorstelle. Ich bin Bettina. Und der Langeweiler von Künstler ist ein Cousin von mir, nur damit Sie nicht gleich nochmal in ein Fettnäpfchen treten müssen." Sie lachte auf ihre gewinnende, ehrlich wirkende Art.

„Oh ja, entschuldigen Sie bitte. Helmut Hofer. Danke für den Hinweis, in dieses Fettnäpfchen bin ich ja wohl schon mit zwei gestreckten Beinen hineingesprungen", fasste er sich nur langsam wieder und lachte ebenfalls, allerdings mit kaum übersehbarer Verlegenheit. Er errötete sogar leicht, was Bettina aber taktvoll zu übersehen schien. Ihr gefiel es, wie er sich ausdrückte. Gepflegt wie sein Äußeres. Bettina verabscheute ungepflegte Männer. Sie erkannte sie auch, wenn sie sich ausnahmsweise wuschen und in Schale warfen. Man kann einen Mann aus der Gosse holen, sagte sie oft, aber nicht die Gosse aus einem Mann. Ein Blick auf die Hände, und du weißt Bescheid. Und falls nicht, weißt du es nach den ersten fünfzehn Worten, die er spricht.

Er taxierte sie von oben bis unten. Sie war eine dieser Frauen, die nach den üblichen Merkmalen nicht als eigentliche Schönheit wohl aber als attraktiv – im Sinne des Wortes – galten. Sie zog ihn tatsächlich an. Entgegen der herrschenden Mode trug sie ihr rotbraunes Haar offen. Und sie tat gut daran, fand er. An der Figur gab es nichts auszusetzen, mittelgroß, schlank aber nicht dürr. Ihrem Gesicht gab die leicht schiefe Nase eine Spannung, die ihn faszinierte. Die Kleidung war unauffällig aber nicht billig, stellte er fest.

„Wenn Sie dann mit der Beurteilung meines Äußeren fertig sind, würde ich mich freuen, wenn Sie mir das Ergebnis auch mitteilen, Helmut", sprach sie ihn mit dem Vornamen an. Wieder dieses Lachen, das eher ein Lächeln war, und aus dem jede Menge Selbstsicherheit sprach, was ihm die seine auf der Stelle raubte. Samt seiner sonst durchaus offen zur Schau getragenen Überlegenheit. So konnte er als Entgegnung nur eine Entschuldigung stammeln, worauf sie wiederum laut auflachte und ihm beschied, dass sie ihm das nicht übelnähme. Sie wäre es gewohnt, Männer zu verunsichern und sie wäre in der Tat oft genug von ihrer Mutter dafür gescholten worden.

Und? Welches Ergebnis hätte seine Taxierung nun ergeben? Fände ihr Äußeres Gnade vor seinen Augen?

„Wenn Sie mir gestatten, Ihnen das Du anzubieten, würde ich dir das gerne in meiner Wohnung mitteilen", hatte er sich wieder gefasst und war damit ganz entgegen seiner sonstigen, eher zurückhaltenden Art, aufs Ganze gegangen, vielleicht auch, um sich und ihr zu beweisen, dass man ihn nicht so schnell einschüchtern konnte.

Jackpot! Wirkungstreffer! Ohne dass sie auch nur ansatzweise die Deckung hinauf bekommen hätte. „Was für ein frecher Hund!" war alles, was sie in diesem Moment dachte. Gefolgt von einem „Aber interessant!"

Ganz im Gegensatz zu den damals üblichen gesellschaftlichen Gepflogenheiten gingen sie diesen Abend, keine zwei Stunden nachdem sie sich kennengelernt hatten, in seiner Wohnung noch dreimal aufs Ganze, während am Plattenspieler die Stones „Satisfaction" brüllten, bevor die Plattennadel dann in der Endrille einen zweistündigen, stillen, nur von leichtem Knistern begleiteten Dauerlauf hinlegte. An diesem Abend bewiesen sie sich gegenseitig, dass die Roaring Sixties ihren Namen zu Recht trugen.

*

Zwei Monate später heirateten sie. In Wien – und im kleinsten Rahmen, nur sie beide und zwei wildfremde Trauzeugen, die sie einfach auf der Straße aufgelesen hatten.

Sie hieß nun also Bettina Hofer, B.H. wie er in der Hochzeitsnacht lachend anmerkte, bevor er ihr in der Hochzeitssuite im Sacher selbigen öffnete. „H. H. ist auch nicht besser", erwiderte sie, und er meinte darauf nur: „Und auf keinen Fall lustiger! Aber die Überraschung mit dem Sacher ist dir gelungen. Mal sehen, was dir heute sonst noch gelingt."

Dann brachte er sie zum Schweigen. Und zwar mit der einzigen Methode, die seiner Meinung nach (ausgenommen der Kauf neuer Schuhe) bei einer Frau wirklich funktionierte, zumindest wenn man die damit zwangsläufig entstehenden Nebengeräusche wohlwollend überhörte. Und sie liebte es mindestens genauso wie er, auf welche Weise er das zustande brachte. Das „Was". Das „Wie". Und vor allem das „Wie lange". Ja sei's drum, auch das „Womit"!

Dann lagen sie einige Minuten atemlos da, eng aneinander gekuschelt, bis die Hitze in ihren Körpern langsam abebbte. Sie mochten diese Minuten, und sie genossen sie still. Helmut dachte daran, wie Bettina ihm einige Tage vor der Hochzeit klipp und klar gesagt hatte, dass ein Leben als Hausfrau für sie nicht in Betracht käme. Sie erfülle eben das gesellschaftliche Frauenbild nicht, ob er damit klarkomme? Eine Frage, die nicht als Frage gemeint gewesen war.

Helmut war zwar durchaus an die Normen der damaligen Zeit angepasst, aber er erkannte, dass er diese Frau, in die er sich schon auf der Vernissage mit Haut und Haaren und was-weiß-ich womit sonst noch verliebt hatte, nie würde einsperren können. Sie zu halten – dieser Ausdruck war an sich schon verkehrt, aber ein besserer fiel ihm nicht ein – war wohl nur möglich, wenn er ihr die nötigen Freiräume gestattete. „Luftketten" nannte Bettina das. Und dass niemand ihr Freiräume „gestatten könne". Die nähme sie sich schon selbst, klar?

Für einen Mann, der zuhause vollkommen entgegengesetzte Verhaltensweisen vorgelebt bekommen hatte und auch im Beruf kaum einmal auf Widerspruch stieß, war das ein Kulturschock wie es die Rolling Stones für ihre Elterngeneration gewesen waren. Aber Helmut lernte schnell damit umzugehen. Bettina arbeitete auch weiterhin in ihrem Beruf als Journalistin bei der Linzer Tageszeitung, wo sie es als erste Frau zur Redakteurin gebracht hatte. Nein, nicht als Kolumnenschreiberin über Linienprobleme gelangweilter Hausfrauen, sondern als stellvertretende Chefredakteurin für Tagespolitik. In den Neunzehnhundertsechzigern wurde ja noch richtig Politik gemacht. Mit Gesprächskultur, Stil, Inhalt, seriös berichtenden Medien und nur ein klein wenig Polemik und Hetze. Und vor allem ohne Facebook und Twitter.

Tags darauf fuhren sie zurück nach Wels. Der Ehering fühlte sich ungewohnt an, so fanden sie beide, aber sonst hatte sich durch die Hochzeit nicht viel geändert.

*

Wenn die Liebe groß genug ist, verträgt eine Ehe einiges an Problemen. Die es bei den beiden aber nicht gab. Ihr Zusammenleben war von Anfang auf kurzweilige Art harmonisch. Der Wunsch nach Kindern war da nur eine Frage der Zeit. Als erstes merkt ein Mann das an den Blicken seiner Frau, wenn er mit ihr spazieren geht und ihnen eine Mutter mit einem Kinderwagen begegnet. Wenn er es überhaupt merken will! Wenn nicht, sorgt sie dafür, dass er will, ohne dass er merkt, dass er darauf vergessen hat, es merken zu wollen.

Nach etwa einem halben Jahr war diese Zeit gekommen. Sie verzichteten auf Verhütung und versuchten im Gegenteil alles, damit Bettina schwanger wurde. Vergeblich. Nach etwas mehr als einem weiteren Jahr waren sie zu einem Spezialisten gegangen, der festgestellt hatte, dass es einen klaren Grund für ihre Kinderlosigkeit gab. Helmut war unfruchtbar. Fast alle seiner Spermien trieben im Ejakulat wie die Fische an der Wasseroberfläche eines Teichs nach dem Crocodile Dundee dort mit Dynamit gefischt hatte. Mausetot. Da schwänzelte nichts mehr, jedenfalls fast nichts. Bauch nach oben und treiben lassen. Seine Spermien waren keine Navy Seals, das waren Touristen am Toten Meer.

Als er seine Frau darauf ansprach, dass es klar seine Schuld sei, wurde sie das erste Mal in ihrer Ehe richtig böse. Er solle es ja nicht noch einmal wagen, in diesem Zusammenhang das Wort „Schuld" zu verwenden (bei anderen Gelegenheiten schon, Männer sind oft schuld, eigentlich immer, sie wissen es nur nicht, bis man es ihnen sagt, worauf dann entweder gestritten wird – oder Schuhe gekauft werden). Ob ihrer beider spezifisches Problem nun bei ihm oder bei ihr läge, Schuld habe keiner von beiden, meinte Bettina. Schuld sei etwas, das eine vorsätzliche oder zumindest willkürliche Handlung bedinge, erklärte sie ihm mit ihrer Redakteursstimme, die keinen Widerspruch duldete. Und jetzt werde man eben darüber nachdenken, was man in dieser Angelegenheit unternehmen könne, ja?

Zu allererst unternahmen sie einen weiteren Ausflug ins Ehebett. Das erste Mal seit längerem ohne jeden Druck, schwanger werden zu müssen. Umso schöner war es für beide, auch wenn er sich fast ein wenig gruselte, als er nach seinem Höhepunkt daran denken musste, dass er ihr gerade Millionen von kleinen Leichen in den Leib gespritzt hatte, die nun mit dem Bauch oben in ihrer Vagina trieben. Wenn Spermien überhaupt einen Bauch haben sollten, was er bezweifelte aber genaugenommen nicht so genau wusste. Das Bild brachte er trotzdem einige Zeit lang nicht mehr aus dem Kopf.

2

Die geistliche Schwester, die sich um den kleinen Felix kümmerte, hieß Agnes. Sie wäre in einem weltlichen Beruf wohl schon in Pension gewesen, aber Nonnen gehen nicht nach dem Berufsleben in Rente, die sterben in Ausübung ihrer Berufung. Dafür erspart man ihnen dann, gewissermaßen als apostolischen Überstundenzuschlag, die Qual des Fegefeuers. Ihrem Alter entsprechend nahm es Agnes mit der Vorschrift, ihre kleinen Patienten nur mit Latexhandschuhen anzufassen, nie so genau. Wenn sie jemand gefragt hätte, würde sie wohl geantwortet haben, dass den Kleinen Hautkontakt sicher besser bekäme, was Jahrzehnte später auch als allgemein anerkannte Lehrmeinung Einzug in die Medizin halten sollte.

Also wusch sie sich lieber öfter die Hände, als ständig diese unpersönlichen, innen mit Talkum gepuderten Latexhandschuhe zu verwenden. Außerdem half sie der Klinik auf diese Weise ein wenig sparen, dachte sie.

Schwester Agnes liebte den kleinen Schreihals. Sie mochte alle Kinder, aber *diesen* kleinen Racker *liebte* sie. Er war gerade einmal ein paar Tage alt, aber er brüllte schon wie ein Löwe. Und er trank wie ein Matrose bei seinem ersten Strandurlaub nach zwei Monaten auf See, nur natürlich keinen Alkohol sondern körperwarme Milch, wie das Babies eben tun. Agnes lächelte.

Alles jedoch, was man in ein Baby füllt, kommt mit Ausnahme dessen, was es zum Wachstum benötigt, zeitverzögert auch irgendwann wieder aus ihm heraus. Agnes wickelte den Kleinen gerade zum gefühlt zwanzigsten Male an diesem Tag. Sie hätte die penibel geführten Aufzeichnungen einsehen müssen, um das genau sagen zu können. Aber wozu die Mühe? Die jungen Schwestern mochten diese Aufzeichnungen sinnvoll finden oder sogar darauf angewiesen sein, aber sie wusste auch so, was Säuglinge brauchten. Sie hatte die Erfahrung, den feinen Unterschied am Schreien eines Babies zu erkennen, je nachdem, ob es hungrig war, in die Windeln gemacht hatte oder es gerade sein Bäuchlein drückte.

Die Kleinen können sich zwar nur durch ihr Schreien artikulieren, aber das ist im Allgemeinen auch völlig ausreichend, um ihren Willen durchzusetzen. Die Natur hat dem Schrei eines Babies einen alles durchdringenden Sound verliehen, dem man sich als mitfühlender Erwachsener kaum entziehen kann. Oder evolutionär formuliert: Die Säuglinge, die am durchdringendsten schreien konnten, hatten die höchsten Überlebens- und damit Fortpflanzungschancen. Survival of the loudest. Charles Darwin lässt grüßen.

Was jeder weiß, der einmal über einen längeren Zeitraum Kinder gewickelt hat, ist, dass sie noch mindestens eine andere Möglichkeit haben, um einem das Leben schwer zu machen. Und sie nutzen diese Möglichkeit mit der Präzision eines chirurgischen Instruments, als hätte man ihnen mit ihrer Zeugung ein entsprechendes Zielfernrohrgen gleich mit eingebaut.

Beim Wickeln gibt es ganz zwangsläufig einen Zeitpunkt, zu dem man die alte Windel entfernt und dem Kind eine neue unterschiebt, erfahrene Mütter nennen das den Hochrisikomoment, an dem man die schellende Haustürglocke tunlichst ignorieren, das Telefon läuten und das Öl in der Pfanne anbrennen lassen sollte. Denn irgendwie, als würde es dafür analog zum Geburtsvorbereitungskurs für Eltern auch für die Kleinen eine Schulung geben, wissen sie mit der Genauigkeit eines Schweizer Uhrwerks, dass exakt dieser Zeitpunkt der beste ist, in aller Freiheit und, unbedrängt vom Druck der Stoff- oder Wegwerfwindeln, die es 1964 jedoch noch kaum gab, dem Harndrang nachzugeben und einfach mal zu überprüfen, ob man den Hoch- und Weiturinierwettbewerb der Untereinjährigen mit etwas Körpereinsatz nicht doch noch für sich entscheiden könnte. Buben haben hier gegenüber Mädchen klarerweise einen anatomischen Vorteil, den Felix in diesem Moment auch nutzte, indem er bei Schwester Agnes exakt in die Brusttasche ihres Habits zielte – und präzise wie eine lasergesteuerte Smartbombe in hohem Bogen auch traf. Yeah Baby, Bullseye, gimme five! Wobei natürlich auch einiges danebenging und am Boden landete. Hey Baby, die Runde geht an mich! Felix lächelte zufrieden.

Schwester Agnes war alt und routiniert genug, damit sie derartige kleinere Zwischenfälle nicht mehr ärgerten sondern vielmehr amüsierten. Und so quittierte sie das mit einem „Na bravo, jetzt hast du mich aber mal wieder überlistet", wickelte den Kleinen in aller Ruhe fertig, legte ihn in sein Bettchen zurück, gab ihm einen Kuss auf die Stirn, drehte sich um, weil sie sich umziehen gehen musste, rutschte in der kleinen Urinlache aus und brach sich den Oberschenkelhals, als sie zu Boden stürzte. Felix lächelte auch noch, als Agnes mit skurril verdrehtem Bein auf dem Boden liegend vor Schmerzen schrie.

Zwar ist es besser sich, wenn man sich schon den Hals brechen muss, das mit dem Oberschenkelhals zu machen, aber es gibt auch weniger problematische Knochen, die man sich dafür aussuchen kann. Vor allem als älterer Mensch. Dabei ist mit Sicherheit ein Krankenhaus der am besten geeignete Ort für eine Unternehmung dieser Art. So bekam die verunglückte Schwester Agnes sehr schnell professionelle Hilfe. Da der Bruch jedoch kompliziert war, musste sie noch am selben Tag unters Messer des orthopädischen Chirurgen.

Die Operation verlief gut, aber nach drei Tagen bekam Schwester Agnes ein Blutgerinnsel, das in die Lunge wanderte, dort als Embolie ihrer beruflichen und irdischen Karriere ein Ende setzte und ihre Seele auf die Reise ins Licht schickte. Gehe direkt in den Himmel, gehe nicht über Fegefeuer!

Felix erfuhr davon nichts. Jedenfalls jahrelang nicht. Amen!

*

Zuerst schafften sich Bettina und Helmut einen Hund an. Sie wussten zwar beide, dass dies ihren Kindeswunsch nicht stillen würde, aber irgendwie sind diese entzückenden Hundewelpen doch fast wie Babies. Nur früher stubenrein, was die Gefahr eines fatalen Oberschenkelhalsbruchs gewaltig reduziert, aber solche Gedankengänge waren den beiden ebenfalls noch nicht gekommen.

Das Gebell der kleinen Promenadenmischung, in der neben eindeutig feststellbaren Dackelgenen wohl auch einiges von einem Terrier steckte (man will sich gar nicht vorstellen, wie es dazu kam), klang beinahe wie ein Glöckchen, und weil es eine Hündin war und kein Rüde, nannten die beiden sie Tinker Bell, nach der kleinen Elfe aus Peter Pan, die sich ebenfalls anstatt durch Sprache nur mittels glockenartiger Geräusche verständlich machte. Zudem war das „Bell" in ihrem Namen ein lustiges Wortspiel für einen Hund, fanden sie. Sie lachten jedes Mal herzhaft, wenn Bettina rief: „Tinker Bell, bell!", was auch immer und prompt mit einem glockenhellen, wohlklingenden Bellen beantwortet wurde. Man könnte sagen, Tinker Bell war darauf konditioniert wie der berühmte Pawlow'sche Hund, bei dem man jedes Mal vor der Fütterung eine Glocke läutete. Nach einiger Zeit lief dann dem armen Hund bei jedem Glockenläuten der Geifer aus den Lefzen, auch wenn er gar kein Futter bekam. Tinkerbell, bell! Wau, wau! Haha!

Da Bettinas Arbeitszeiten – Helmut ging um etwa acht Uhr morgens aus dem Haus und kam um halb sechs heim, während Bettina zwischen ein Uhr nachmittags und etwa sieben Uhr abends in der Redaktion war – so lagen, dass der Hund nur sehr wenig alleine war, war die Betreuung kein Problem. Außerdem hatten sie nette Nachbarn, deren Hilfe sie aber nur in Anspruch nahmen, wenn sie sich einen gemeinsamen Abend im Theater oder im Kino gönnten, was jedoch zum Leidwesen von Bettina nicht mehr allzu häufig vorkam. Sie brauchten als jung vermähltes Ehepaar kaum Animation von außen, fand Helmut, noch reichten sie sich selbst vollkommen aus. Helmut hatte zudem schnell bemerkt, dass Bettina in ihre nächtliche Freizeitgestaltung sehr viel Fantasie einbrachte, wobei sie ihn manchmal mit Dingen überraschte, die ihn beinahe schockierten, ihm schlussendlich aber doch sehr zusagten – um es vorsichtig auszudrücken.

Trotz dieses sehr harmonischen Zusammenlebens fehlte etwas, und das spürten sie beide. 1964 war die künstliche Befruchtung noch nicht erfunden, und so blieben Ehepaaren mit unerfülltem Kinderwunsch nur zwei Alternativen: Beten oder Adoptieren. Ersteres hilft leider nur in den seltensten Fällen, auch wenn aussagekräftige Studien darüber nicht vorliegen. Männer, die beruflich viel beten, haben kein Interesse daran, allzu viele Kinder in die Welt zu setzen, jedenfalls die von der katholischen Fraktion, und wenn sie es doch tun, beten sie eher dafür, dass niemand dahinterkommt.

Sie sprachen daher über eine Adoption.

Über die psychischen Aspekte einer Adoption sei eine Menge geschrieben worden. Psychiater und Psychologen schrieben überhaupt sehr gerne und sehr viel, erklärte ihr Helmut. Manchmal frage man sich, wie man mit so wenig Fachwissen solche Unmengen schreiben kann, denn bei der Komplexität der menschlichen Psyche sei wirkliches *Wissen* oft gar nicht möglich, das wäre eher Ahnen oder Vermuten. So wenig, wie alle Bäume die gleiche Form haben, so wenig glichen sich nun einmal die Psychen (oder Seelen, wenn man es religiöser formulieren will) der Menschen, nicht wahr?

Irgend so ein Wissenschaftler, erklärte Helmut Bettina weiter, habe sich mächtig unbeliebt gemacht, als er die Unterscheidung zwischen harten Wissenschaften mit durch Experimenten wiederholbaren Vorhersagen und weichen Wissenschaften einfach in Wissenschaften und Pseudowissenschaften umbenannt hatte.

Wobei er aber wohl gar nicht so unrecht gehabt haben dürfte, philosophierte Helmut, der nun richtig in Fahrt war, während er geflissentlich das Augenrollen seiner Angebeteten übersah, der das Abschweifen des Gesprächs vom Thema Adoption zum Thema Wissenschaft nicht behagte.

„Logisch" schiene ihm daher der natürliche Antagonist von „psychologisch" zu sein. Warum wohl streiten sich Wissenschaftler noch in unseren Tagen, was das Bewusstsein eigentlich ist und ob das Selbstbewusstsein Teil des Bewusstseins oder etwas ganz eigenes sei, und ob es sich nur bei vergemeinschafteten Menschen entwickeln kann oder theoretisch eventuell auch bei solchen, die nie einem anderen Menschen begegnet sind, etc. Nein, welche Auswirkungen eine Adoption habe, könne man unmöglich absehen.

Psychologie sei eben – wie ein kluger Mann einmal gesagt habe – zu fünfzig Prozent Sex und zu fünfzig Prozent Fehlinterpretation!

„Und Wissenschaft ist auch nur der aktuelle Stand des Irrtums", meinte Bettina, der es nun langsam reichte.

Er nickte und senkte den Blick, was ihren Unmut stets im Nu verpuffen ließ.

„Unbestritten ist aber, dass eine Adoption ein wohlüberlegter Schritt sein sollte", stellte er fest.

Sie nickte. *Und was glaubst du ist das, was wir gerade tun?*

Er kratzte sich am Kopf. Für sie ein untrügliches Zeichen, dass er sich geschlagen gab. Obwohl er das selbst vermutlich gar nicht bemerkte. Sie ergriff die Initiative.

„Und was machen wir nun?"

Wieder dieses Kratzen.

„Wo kann man sich eigentlich über die Formalitäten für eine Adoption informieren?"

An einem sonnigen aber eiskalten Tag im Februar 1964 stellten sie den entsprechenden Antrag.

Da sie beide über einen tadellosen Leumund verfügten und auch im idealen Adoptionsalter und wirtschaftlich gut situiert waren, ging der Antrag nach einer psychologischen Beurteilung durch einen frisch von der Universität unter kräftiger Mithilfe seines Onkels, eines Hofrats, an diesen Beamtenposten geratenen Jüngling unter Beantwortung einiger weniger Standardfragen an die beiden schon im März desselben Jahres durch. Der Knabe hing während der Befragung sowieso eher seinen schlüpfrigen Fantasien nach, die sich um diese heiße Rothaarige vor ihm drehten. Sie hätte ihm sogar sagen können, dass sie vorhatte, mit dem Kind im Kinderwagen einen Banküberfall mit Geiselnahme zu begehen und auf der Flucht einen Psychologen zu erschießen, er hätte höchstens darüber fantasiert, wie es wäre, ihre Geisel zu sein und hätte dann seinen Stempel samt seiner krakeligen Knabenunterschrift auf das Adoptionsdokument gesetzt. Wie Bettina manchmal sagte, wenn sie nach einigen Gläsern Wein auf ihre guten Manieren vergaß: „Schwanzgesteuert und bescheuert."

*

Die jüngeren Schwestern, allesamt weltlich und keine Ordensfrauen, hielten sich an die Vorschriften der Klinik und hatten stets ihre Latexhandschuhe übergestreift, wenn sie mit den Neugeborenen arbeiteten. Schließlich musste man die kleinen Erdenbürger ja nicht gleich in den ersten Lebensmonaten mit irgendwelchen Keimen in Berührung bringen, auch wenn zur damaligen Zeit Resistenzen auf Antibiotika noch die Ausnahme waren. Zudem verfügen Neugeborene über erstaunliche Abwehrkräfte, vor allem, wenn sie gestillt werden, was bei Felix nicht der Fall war. Der machte schon als Baby Bekanntschaft mit Nahrung aus der Dose. Ob da ein Zusammenhang mit seiner späteren Entwicklung besteht, darf zwar bezweifelt werden, aber was weiß man schon? Irgendein Psychologe wird sicher einmal eine Studie dazu verfassen und feststellen, dass gestillte Babies mit einer signifikant höheren Wahrscheinlichkeit eher Leberkäsesemmeln statt Salat essen.

Der kleine Felix entwickelte sich trotzdem prächtig. Und heute würde ein adoptionswilliges Ehepaar kommen und ihn sich ansehen. Er lachte Schwester Carina aus seinem Bettchen an, als sie ihm die Windel wechselte. Mit ihrer Haut kam er nicht in Kontakt. Und sie nicht mit seinem Urin, sie kannte die Tricks der Kleinen.

Das Unglück von Schwester Agnes blieb ein trauriger Einzelfall. In der Abteilung war sie bei allen Kolleginnen – männliche Pfleger gab es hier nicht – aufgrund ihrer ruhigen, freundlichen und gewinnenden Art sehr beliebt gewesen. Niemand konnte sich erinnern, von ihr je ein lautes oder gar böses Wort gehört zu haben. Es erwische irgendwie immer die falschen, dachte sich Carina und hatte als potentiell „Richtigen" den unbeliebten Assistenzarzt an ihrer Seite im Sinn, der es bei jeder jungen Schwester schon mindestens einmal versucht hatte. Vermutlich auch bei einigen älteren. Ziemlich viele ihrer Kolleginnen waren in den letzten Monaten seinem Charme erlegen, wiewohl kaum eine darüber sprach. Kein Wunder, der Typ sah ja auch wirklich umwerfend aus. Groß, blond, sportlich und in seinen blauen

Augen loderte es, eine richtige Sahneschnitte aus der Süßigkeitenvitrine mit der Aufschrift „Männer". Man konnte dieses Feuer in seinen Augen durchaus für Leidenschaft halten, aber sie wusste es mittlerweile besser. Der Typ war eher ein emotionaler Flächenbrand der Zerstörung. Wenn er ein Mädchen gehabt hatte, verlor er sofort das Interesse und ließ es fallen wie eine heiße Kartoffel. Irgendetwas stimmte mit dem Kerl nicht. Definitiv nicht! Scheißtyp! Man sollte ihm einen Tripper anhängen. Wenn man einen hätte. Mal sehen. Wenn sie sich einen fangen würde, dann ... was tut man nicht alles für das Vaterland und die Leidensgenossinnen?

Der Arzt ahnte nichts von Carinas Überlegungen und untersuchte den kleinen Felix.

„Es scheint alles mit ihm in Ordnung zu sein", meinte er. „Wird einmal ein Prachtbursche, schau dir nur seinen Pimmel an! Der wird noch einige Hasen gegen den Strich bürsten."

Er nahm den zwar noch sehr kleinen aber im Verhältnis zur Größe des Kindes doch beachtlichen Penis in seine zarten Hände und grinste Carina süffisant an.

„Arschloch", murmelte sie kaum hörbar, aber er hatte es trotzdem mitbekommen. Bevor er etwas antworten konnte, drehte sie sich um und ging, ohne noch etwas zu sagen.

Sie wusste nicht, dass das Schicksal schon beschlossen hatte, dass sie ihm keinen Tripper anhängen würde. Niemand sollte je dieses zweifelhafte Vergnügen haben. Doktor Flächenbrand würde ohne Tripper und auch ohne irgendeine andere, sexuell übertragbare Krankheit durchs Leben kommen.

Allerdings nicht sehr weit.

*

Bettina und Helmut Hofer waren an diesem sonnigen Märztag überpünktlich in der Klinik eingetroffen. Zwar gab es in der Umgebung der Klinik in Linz genügend Parkplätze, aber es war ein wichtiger Tag in ihrem Leben, da riskiert man besser nicht, zu spät zu kommen.

Bettina hatte sich genau wie Helmut heute Urlaub genommen. Die Redaktion der Zeitung würde schon einmal ohne sie auskommen, und auch Helmuts Bank in der gleichen oberösterreichischen Kleinstadt musste das an diesem Tag wohl oder übel. Ja, Mädels aus der besseren Gesellschaft, heute müsst ihr euch an einen anderen Mann wenden, wenn ihr euch einen Korb holen wollt! Helmut hatte ihr in einem schwachen Moment einmal von diesen „Schabracken" erzählt, und wie sie ihm nachstellten – und sich gewundert, dass Bettina es nicht so lustig fand wie er.

„Egal, wie alt diese Hyänen sind", hatte sie damals gesagt, „Es sind Frauen. Und bei anderen Weibern ist jede Frau absolut humorlos."

Als sie sein entsetztes Gesicht gesehen hatte, hatte sie gelacht.

„Wenn ich dich mit einer erwische, werfe ich deine Eier Tinker Bell zum Fraß vor.", fügte sie hinzu und griff zur Bestätigung etwas fester als sonst zwischen seine Beine.

Helmut hatte kurz aufgestöhnt und dann ihr Lachen erwidert. Und trotzdem war er sich nicht sicher, wie ernst sie das gemeint hatte.

Der Portier hatte ihnen erklärt, wie sie gehen müssten, um die Neugeborenenabteilung der Kinderklinik zu finden. Es klang nicht sonderlich kompliziert, aber sie verliefen sich dennoch und fragten eine Schwester, die gerade einen Servierwagen an ihnen vorbeischob, indem wohl das immer kalte und immer gleich grässlich schmeckende Krankenhausessen auf den immer gleich aussehenden Tabletts steckte. Die sehr liebenswürdige Schwester brachte sie persönlich zur richtigen Stelle im Haus. Sie wären nicht die ersten, die sich hier verlaufen hätten, erklärte sie ihnen, und nein, keine große Sache, das Essen komme schon noch bald genug auf die Station. Kälter könne es sowieso nicht mehr werden, hahaha!

Kein Mensch versteht, nach welchen Gesichtspunkten Architekten Krankenhäuser planen. Vielleicht steckt eine Absicht dahinter, oder aber, weil Krankenhäuser meist öffentliche Bauten sind, werden bei den Planungswettbewerben nur optische und keine praktischen Gesichtspunkte beurteilt. Wogegen aber wiederum spricht, dass solche Gebäude zu allem Überfluss meist auch noch ziemlich hässlich sind. Architekten sind irgendwie die Folterknechte der Moderne, sie geißeln uns mit verwinkelten, lichtlosen Labyrinthen und nageln uns ans Betonkreuz der Postmoderne, dachte Bettina, als sie durch die kahlen Gänge liefen.

Da waren sie also nun, zwei selbstsichere, erfolgreiche Menschen Anfang dreißig, aufgeregt wie Teenager vor dem ersten Schulball. Sie ahnten, dass sich heute ihr Leben grundlegend ändern würde.

Was sie nicht wussten war, *wie* richtig sie mit dieser Vermutung lagen.

∗

Doktor Flächenbrand hatte einen langen, anstrengenden Dienst hinter sich, als er am Abend desselben Tages aus der Klinik in die stürmische Kälte des Märzabends trat. Die Sonne hatte sich verzogen, an ihrer Stelle war eine Kaltfront angerückt. Richtiges Sauwetter. Kein Mensch braucht diesen eisigen Märzwind, dachte er, vor allem, wenn man sowieso schon hundemüde ist. Assistenzärzte gingen niemals schon nach zwölf Stunden Dienst nach Hause. Zwei oder drei aufeinanderfolgende Räder, wie sie einen Zwölfstundendienst nannten, waren keine Seltenheit, ebenso wenig wie eine Wochenarbeitszeit von sechzig bis achtzig Stunden, das Schwesternvögeln in einem leeren Untersuchungszimmer bereits mit eingerechnet. Da hatte ein Spital oder eine Klinik deutliche Vorteile, Besenkammern sind etwas für Tennisprofis, Schreibtische etwas für Bänker, Ärzte haben Betten oder zumindest Untersuchungsliegen zur Verfügung.

Dafür könnte er in einigen Jahren Oberarzt sein und sich dann neben seiner Tätigkeit in der Klinik langsam eine Praxis als Kinderarzt aufbauen. Mit einem feinen Sechsstundentag, drei-, maximal viermal die Woche, und einem ansprechenden Verdienst, der ihm einen Lebenswandel ermöglichen sollte, wie er ihm seinem Selbstverständnis nach zustand. In einigen Jahren, einen Kassenvertrag vorausgesetzt, hätte er es dann geschafft, dachte der junge Arzt weiter. Ein Seegrundstück im Salzkammergut, vielleicht am Attersee, wäre nett, mit einem kleinen Segelboot eventuell? Und eine Mitgliedschaft in einem elitären Golfclub. Noch konnte man in Österreich als Facharzt gut leben, und genau das hatte er vor.

Davor würde er aber noch einige Jahre als Assistenzarzt schuften müssen. Sei's drum, das war auszuhalten. Es gab ja genug junge Schwestern und genug leere Untersuchungszimmer. Vor allem nachts.

Bei diesen Gedanken musste er seine Haube festhalten, der Wind war jetzt wirklich stürmisch, und gerade eben mischte sich auch noch Eisregen dazu, der schon nach ein paar Schritten wie tausend kleine Nadelstiche auf seinen Wangen brannte.

Er zog sich die Haube tief ins Gesicht, um sich davor zu schützen.

*

Der Fahrer des Autobusses der Linie vier hatte ebenfalls einen langen Arbeitstag gehabt und fuhr gerade in die Busgarage zurück. Seine Lebensplanung unterschied sich von der des Arztes in einigen wesentlichen Details.

Walter war 38 und baute mit seiner um einige Jahre jüngeren Frau, die halbtags im Krankenhaus putzte, seit Jahren an ihrer beider kleinem Einfamilienhaus. Wenn alles gut lief, würden sie nächstes Jahr einziehen, dann endlich Kinder bekommen, und das Haus vielleicht schon mit fünfundfünfzig abbezahlt haben, so hatte er sich das zumindest ausgerechnet. Jedenfalls, wenn die Zinsen nicht weiter stiegen. Walter war zwar „nur Busfahrer", wie er immer bescheiden sagte, wenn man ihn nach seinem Beruf fragte, aber das Rechnen hatte er schon immer ziemlich gut gekonnt.

Als er den einsetzenden Eisregen bemerkte, reduzierte er sein Tempo. Es war kein Fahrplan mehr einzuhalten, und ob er ein paar Minuten früher oder später in der Remise eintrudelte, war gleichgültig. Nur nichts riskieren. Er brauchte diesen Job.

Er dachte darüber nach, welches Angebot für die Fenster sie nehmen sollten. Gar keine leichte Entscheidung, es gab einige Angebote, die zudem aufgrund der technischen Unterschiede schwer zu vergleichen waren. Vermutlich würden sie sich für diese neuartigen Kunststofffenster entscheiden, etwas für die Ewigkeit, hatte der Vertreter gesagt. Da stand quasi für einen Eisregen wie heute aufgedruckt: Ich muss draußen bleiben! Eigentlich ein guter Werbeslogan, dachte er. Vielleicht habe ich den falschen Beruf.

Man konnte zwar nicht sagen, dass er abgelenkt war, und eine Untersuchung des Unfalls hatte später die Erkenntnis zur Folge, dass er ihn nicht hätte vermeiden können und auch definitiv nicht zu schnell unterwegs gewesen war (nicht einmal für diese eisigen Verhältnisse), aber das letzte Quäntchen Aufmerksamkeit für den Verkehr und die Straße ließ er vermissen.

Und auch wenn Walter, der sein ganzes Leben lang nie jemandem etwas zuleide getan hatte, laut Befund des Gutachters keine Schuld an diesem Unfall trug: Er selbst wusste es besser.

Es würde ihn sein gesamtes Leben lang verfolgen, speziell wenn er einmal die Muße hatte, zuhause nach einem langen Arbeitstag bei einem Glühwein durch sein wetterabweisendes Kunststofffenster in eine stürmische Spätwinternacht zu blicken.

Bei solchen Gelegenheiten bat er dann stets Gott darum, einmal die Gelegenheit zu bekommen, diese Schuld zurückzahlen zu können.

*

Der Assistenzarzt, den Schwester Carina insgeheim als Doktor Flächenbrand bezeichnete, hieß mit seinem bürgerlichen Namen Doktor Siegfried Perthaner und hinterließ außer seinen trauernden Eltern keine nahen Verwandten, als er müde und in Gedanken versunken auf die Straße trat, ohne auf den nahenden Autobus zu achten, den er aufgrund des Sturmes nicht einmal kommen hörte.

Es quietschten keine Reifen, als der Busfahrer Sekundenbruchteile zu spät auf die Bremse trat, weil diese auf dem mittlerweile leicht vereisten Asphalt beim Blockieren kaum ein Geräusch verursachten. Walter wollte noch hupen, aber seine Hand verfehlte die im Lenkrad integrierte Folgetonhupe, sodass sich alles in gespenstischer Lautlosigkeit abspielte. Ganz langsam hinten ausbrechend glitt das

tonnenschwere Fahrzeug auf den Arzt zu, der es aufgrund der tief ins Gesicht gezogenen Haube so lange nicht kommen sah, bis es eindeutig zu spät war. Er hatte
nicht einmal mehr eine Gelegenheit, „Scheiße!" zu sagen, ja, nicht einmal mehr
dazu, diesen Fluch zu denken.

Der Aufprall tötete ihn zwar nicht sofort, sondern riss ihm zuerst den rechten
Arm ab, als dieser zwischen den Bus und eine Straßenlaterne geriet, schleuderte
ihn dann gegen den Laternenpfahl und brach ihm beim Aufprall einige Rippen. Der
Laternenpfahl weigerte sich stur nachzugeben, zertrümmerte ihm stattdessen die
Schädelbasis und behielt das halbe Gesicht zurück, das in der Folge langsam am
Metallpfeiler nach unten glitt, wobei es auf eine skurrile Art so aussah, als würde es
lächeln. Doktor Flächenbrand starb kurz bevor wenige Minuten später der Notarzt
eintraf, was ihm ein Leben als Harvey Twoface wie in den Batmancomics, die er so
gerne las, ersparte. Wer später das mittlerweile angefrorene Gesicht vom Laternenpfahl entfernte, wissen wir nicht. Siegfried war das zu diesem Zeitpunkt wohl
auch gleichgültig.

Auf der Kinderabteilung war man geschockt, als man am nächsten Tag in der
Kaffeküche bei Tee, Kaffee und Kuchen darüber sprach, aber es ist nicht verbürgt,
dass jemand geweint haben soll. Carina jedenfalls vergoss keine Träne.

Das Seegrundstück im Salzkammergut, welches vielleicht der dann gut situierte
Kinderarzt Doktor Perthaner gekauft haben würde, erwarb später ein betuchter
Anwalt aus Vöcklabruck. Vielleicht hat dieser auch die Frau geheiratet, die für den
Arzt bestimmt gewesen wäre. Glück brachte sie ihm keines, eine Geschichte, die
man an anderer Stelle erzählen kann.

*

Es war Liebe auf den ersten Blick. Die Hofers sahen den Kleinen, er lachte sie
an – finito! Alles geklärt! Hallo Sohn! Der Rest war ein Papierkrieg mit der Bürokra-
tie, der in der damaligen Zeit aber noch überschaubar und vor allem ohne Hinzu-
ziehen eines Anwalts zu bewältigen war.

Ein paar Tage später übergab eine geistliche Schwester den Kleinen seinen
neuen Eltern. Für diese Übergabe verzichtete sie auf die Latexhandschuhe. Das
hätte irgendwie eigenartig ausgesehen, fand sie.

Schwester Susanne war eine der wenigen jungen Nonnen in der Klinik. In den
Sechzigern war es um den Nachwuchs bei den Bräuten Christi schlecht bestellt
gewesen. Die Roaring Sixties, die freie Sexualität und der Aufschwung nach den
schweren Fünfzigerjahren hatten auch hier die Zukunftsperspektiven allzu sehr in
Richtung Konsumgesellschaft verschoben. Daran konnte auch ein in Aussicht ge-

stellter „Direkt ins Paradies, gehe nicht über Fegefeuer"-Bonus für Nonnen nichts ändern.

Susanne war das alles nie wichtig gewesen. Ihre Lebensplanung sah anders aus. Sie war vom Scheitel des kurz geschnittenen Haars bis zur Sohle der klobigen Schuhe ein herzensguter Mensch. Sie pflegte mit ihrem sonnigen Gemüt alles mit Humor zu nehmen, half, wo sie konnte, und so war es irgendwie für ihre Eltern auch keine große Überraschung, als sie mit siebzehn Jahren in den Konvent der Franziskanerinnen eintrat. Der Vater murmelte etwas von „Verschwendung" und „so ein hübsches Mädel wie du bist", aber sein Widerstand war von Anfang an halbherzig. Was sollte man als Mann auch gegen einen Gott ausrichten, wenn man schon gegen die eigene Frau regelmäßig den Kürzeren zog?

Auf dem Heimweg von der Klinik in ihr Kloster, an dem Tag, an dem sie den Hofers ihren Felix übergeben hatte, wurde Schwester Susanne dann von zwei betrunkenen jungen Kerlen, die gerade eine ziemlich unbefriedigende und erfolglose „Aufrisstour" durch mehrere Bars hinter sich gebracht hatten, überfallen und in der beißenden Märzkälte vergewaltigt. Ohne großes Vorspiel, ohne viele Worte. Vergewaltiger führen solche kunstvollen Dialoge nur in Hollywoodfilmen, in der Realität packen sie das Opfer einfach und traumatisieren es in wenigen Minuten für dessen ganzes restliches Leben. Das würde ihr sicher eine Menge Gutpunkte am Fegefeuervermeidungskonto bringen, aber daran dachte Susanne in diesen Momenten nicht. Auch nicht, dass Waltraud dazu wohl gesagt hätte, das unterbiete jeden Autorücksitz noch um Längen!

Einer der beiden hatte pikanterweise ein Kreuz am Oberarm eintätowiert, ein gutes, altes Häfenpeckerl, wie man in Österreich dazu sagt, was schnell zur Ausforschung der Täter führte. Susanne überlebte schwer verletzt. Aber sie überlebte.

Als sie einigermaßen genesen war, besuchte sie die beiden Attentäter im Gefängnis und sagte ihnen, dass sie ihnen verziehen hätte. Das war die erste Lüge, an die sie sich in ihrem Leben erinnern konnte. Aber zumindest eine gute, fand sie, was die Frage aufwirft, ob man für einen guten Zweck lügen dürfe?

Sie entschied sich für ein „Nein" und ging am nächsten Tag zur Beichte.

*

Bei all diesen Vorkommnissen stellte niemand eine Verbindung zu Felix her.

Mal ehrlich: Warum auch?

3

April 1964

Felix war seit gestern in seinem neuen Zuhause. Die Hofers waren vor einer Woche in einen kleinen Ort in der Nähe von Wels gezogen. Sie hatten sich dort ein Einfamilienhaus gekauft, das die Vorbesitzer veräußern mussten, als ihre Ehe nach einigen Jahren in die Brüche gegangen war. Der Klassiker: Sie geht fremd, er kommt drauf, kann ihr aber nichts beweisen, er geht auch fremd, sie lässt sich scheiden, Gütertrennung, Haus verkaufen.

Es war perfekt für sie – nicht zu groß aber geräumig genug für eine kleine Familie. Außer der Küche und den Nassräumen war noch nichts eingerichtet, was aber den beiden durchaus gelegen kam, weil sie es nun so möblieren konnten, wie *sie* wollten.

Das Schönste an diesem Haus war jedoch die Lage. Und der Garten. Es war an einen flachen Hang gebaut, dessen eine Seite, günstigerweise die Nordseite, an einen Mischwald grenzte, während sie in alle anderen Richtungen freies Blickfeld hatten. Da das Grundstück ziemlich groß war, würde ihnen auch nicht so schnell jemand ein Haus vor die Nase setzen können. *„Eigentum ist der beste Schutz vor Nachbarschaft"*, hatte Bettinas Vater immer gesagt, und er hatte damit absolut Recht, dachte sie.

Dass der Garten aufgrund der Hanglage in Terrassen angelegt war, verlieh dem Haus irgendwie einen noblen Touch, fanden die beiden. Und die Zufahrtsstraße war zwar nicht geteert, aber dafür endete sie an ihrem Haus, weswegen sie nur von Fahrzeugen befahren wurde, die zu ihnen wollten oder die sie verließen. Der nächste Nachbar war einige hundert Meter entfernt, sodass sich niemand über Tinker Bells Gebell beschweren müsste.

Und jetzt war Felix eingezogen! Mit Gebrüll! Tinker Bell nahm sich das sehr zu Herzen und ließ sich auf einen Wettkampf der Kategorie „Wer kann es am lautesten und am längsten?" ein, den die Hündin aber nicht gewinnen konnte, weshalb sie nach einiger Zeit frustriert knurrend den Schwanz einzog und beleidigt davonschlich, um sich an einem von Helmuts Schuhen für die erlittene Schmach zu revanchieren. Interessanterweise haben viele Hunde die Eigenschaft, nie beide Schuhe eines Paars zu zerfetzen, nein, sie nehmen sich nach getaner Arbeit ein anderes Paar vor. Tinker Bell zerlegte grundsätzlich nur linke Herrenschuhe und, wenn sie sie erwischte, was aufgrund der größeren Vorsicht Bettinas selten der Fall war, rechte Damenschuhe. Warum das so war, wusste keiner. Helmut lachte darüber und meinte – als gemäßigter Raucher – zu diesem seltsamen Verhalten der Hündin nur: „Wenn ich einmal ein Raucherbein bekommen sollte und es mir abgenommen werden muss, dann bitte das linke!"

„Keine schlechte Idee", pflegte Bettina darauf in ihrer trockenen Art zu antworten. „Mit dem rechten steigst du mir beim Tanzen deutlich seltener auf die Zehen, und mit einem Bein wirst selbst du beim Jive endlich lernen müssen, wie man bounct."

Er liebte ihren sarkastischen Humor.

*

Die beiden waren mittlerweile tatsächlich ausgezeichnete Tänzer. Kurz nach ihrer ersten Begegnung hatte Bettina ihn ganz nebenbei gefragt, ob er nicht ein wenig Interesse heucheln könnte, mit ihr einen Tanzkurs zu besuchen. Das wäre ja auch im Hinblick auf die Hochzeit keine so üble Idee, oder?

An jenem Samstagabend las Helmut gerade ein Buch – er las seit seiner Kindheit gerne und viel – und murmelte gedankenverloren sein Einverständnis. Sie könnte sich ja mal umsehen, wann wieder so ein – äh, Tanzkurs – angeboten würde.

„Fein", antwortete sie. „Er beginnt am Montag um 19 Uhr, und wir sind schon angemeldet."

So macht das eine zielbewusste Frau mit wenig entscheidungsfreudigen Männern! Ein Mann, ein Wort! Eine Frau – ohne Worte!

In der Folge machte ihm das Tanzen dann sogar richtig Spaß. Irgendwie ergab es sich daher, dass sie nicht nur diesen Einsteigerkurs machten sondern danach einen für Fortgeschrittene (der Ausdruck passt zum Tanzen besonders gut) und danach noch einen – bis sie schlussendlich nach zwei Jahren alle Abzeichenprüfungen abgelegt hatten, die es in diesem Bereich gab. Sie waren jede Woche mindestens zwei Abende tanzen und waren zum besten Paar bei den Kursen aufgestiegen. Nur das „Bouncen", also diese leicht hüpfende, rhythmische Auf- und Niederbewegung beim Jive und bei der Samba bekam er nie so richtig hin. Er jammerte immer wieder, dass ihm das eben als Abendländer einfach nicht im Blut läge, was der Tanzlehrer mit einem lakonischen „Raunz' net, bounce!" zu kommentieren pflegte. Dafür konnte er den Hüftschwung bei der Rumba so gut, dass sich Bettina manchmal Sorgen machte, er wäre insgeheim vielleicht schwul. Oder bisexuell, was sie fast noch beängstigender fand. Eine Befürchtung, die er zuhause umgehend und mit viel Körpereinsatz aus ihren Gedanken löschte.

Als Felix in ihr Leben trat, war es mit dem Tanzen vorerst vorbei, was beide aber nie als Verlust empfanden. Sie hatten jetzt ja gleich *zwei* kleine Racker, die ihnen auf der Nase herumtanzten, einen lärmenden und einen gewaltig lärmenden. Und wenn das Wetter passte, zum Beispiel bei Föhn, lärmten sie im Konzert. Das klang dann, als wenn man auf zwei Stereoanlagen zugleich eine LP von Arnold Schönberg und eine von Pink Floyd spielte. Mit 45 Umdrehungen bei voll aufgedrehter Lautstärke.

*

Der Alltag hatte sich mit der Adoption des kleinen Felix gravierend geändert. Bettina, die ihm immer klar gesagt hatte, dass sie kein Hausmütterchen werden würde, niemals, nein, das komme überhaupt nicht in Frage, hatte Karenzurlaub genommen, vorerst für ein Jahr, und kümmerte sich tagsüber um Felix, während Helmut weiter seiner Arbeit in der Bank nachging. Er begründete die Vernünftigkeit dieses Arrangements damit, dass er in der Bank natürlich deutlich besser verdiente als sie in ihrem Redaktionsjob, was eines der wenigen Themen war, über das sie manchmal in Streit gerieten.

Er war zwar abends ein liebevoller Vater und Ehemann, aber auch er konnte nicht verhindern, dass diese Situation ihre Ehe belastete, eine Erfahrung, die schon viele Familien gemacht haben mussten. Bettina hatte einen lupenreinen „Babyblues". Zudem ging es ihr gesundheitlich in letzter Zeit nicht gut. Sie führte das auf die ungewohnte Situation und die viele Arbeit zurück, aber Helmut bestand darauf, dass sie sich untersuchen lassen sollte. Diese dauernden, teilweise starken Kopfschmerzen kamen ihm langsam verdächtig vor.

Nein, nicht *diese* Art von Kopfschmerzen! Das war keine „Bin-schon-zu-lange-verheiratet-Migräne" zur Bettgehzeit. Es handelte sich um richtige Kopfschmerzen, die den ganzen Tag lang anhielten. Solche, wo man manchmal das Gefühl hat, jemand ließe einem zwischen den Ohren einen Presslufthammer Samba tanzen. Bounce, bounce, bounce! Kopfschmerzen, die es ihr zeitweise unmöglich machten, noch irgendetwas Produktives zu tun.

Der Termin beim Hausarzt führte natürlich nur dazu, dass er Bettina eine Überweisung in die Neurologie der Landesnervenklinik schrieb, wo Helmut auch umgehend anrief und einen Untersuchungstermin vereinbarte.

Heutzutage wäre das typischerweise mit einer Computertomographie verbunden, aber in den Sechzigerjahren gab es auf der ganzen Welt noch kein derartiges Gerät. Man war also auf herkömmliche Röntgentechnik angewiesen, aber auch da war der Tumor gut erkennbar.

*

Doktor Marthin hatte einen echten Scheißtag gehabt. Zuerst war da dieses achtjährige Kind, dessen Eltern er erklären musste, dass sie zu lernen hatten, mit seinen epileptischen Anfällen zu leben, nachdem es bei einem Unfall eine an und für sich gar nicht so schwere Kopfverletzung davongetragen hatte, weil ein betrunkener Autofahrer am Schutzweg vor der Schule nicht angehalten und das Kind einfach überfahren hatte wie einen notgeilen Frosch zur Laichzeit. Vernarbungen im Hirngewebe führten leider nicht selten zu Epilepsie, konstatierte er im einfühlsamsten Doktorendeutsch, dessen er mächtig war.

Danach hatte ihm seine beste Krankenschwester mitgeteilt, dass sie schwanger wäre und in zwei Monaten für mindestens ein Jahr nicht arbeiten könne. Wenigstens konnte das Kind nicht von ihm sein, denn er hatte sich vor einigen Jahren unterbinden lassen, was ihm schlagartig klarmachte, dass diese Schwester doch weniger auf ihn fixiert war, als er gedacht hatte. Dieses Miststück! Und ihn hatte sie dazu bringen wollen, sich von seiner Frau scheiden zu lassen. Was er natürlich nie getan hätte, diversen Beteuerungen zum Trotz, die sie stets hören wollte, bevor sie zu einer anständigen Fellatio bereit war. Mal ehrlich: Kann man das einem Mann verdenken?

Und jetzt sollte er diesem Prachtexemplar von einer jungen Frau und ihrem Mann mitteilen, dass sie einen inoperablen Tumor im Kopf hatte, der offensichtlich sehr schnell wuchs, also vermutlich bösartig war, und sie, wenn das Wachstumstempo so blieb, in zwei bis drei Monaten töten dürfte, nicht bevor er sie davor noch zu einem lallenden Etwas gemacht und ihr Gehirn ein einen Topf mit grauem Haferbrei verwandelt haben würde.

Manchmal hasste er seinen Beruf. Er hätte Maurer, Busfahrer oder Finanzmakler werden sollen, oder meinetwegen auch Mittelschullehrer. Am besten für Geographie und Geschichte. Das hielt den Aufwand in Grenzen. Aber nein, seine Eltern hatten darauf bestanden, dass er wie sein Vater Neurologe wurde.

Er ging zu dem wartenden Ehepaar und bat sie in sein Büro. Sie sahen seinen Gesichtsausdruck und wussten, dass er keine guten Nachrichten für sie hatte.

4

2016 / 1970

Die meisten Menschen sagen, und auch die Wissenschaft bestätigt dies, dass die am weitesten zurückreichenden Erinnerungen eines Menschen aus dem späten dritten oder frühen vierten Lebensjahr stammen. Alles, an das man sich davor zu erinnern glaubt, seien nur Projektionen späterer Erinnerungen. Wenn also die Eltern einem Kind mit, sagen wir fünf Jahren, oft genug erklären, dass es schon als Zweijähriger bei den ersten Gehversuchen einmal mit dem Kopf gegen die Kante eines Möbelstückes gerannt sei (Ja, die Delle sieht man noch. Nein, nicht am Kopf, am Kasten!) und dann furchtbar geweint habe, so wird sich dieses Kind irgendwann an genau diese Szene „erinnern", wobei die Erinnerung aber eine von außen implementierte ist. So ein wenig wie bei „Total Recall", nur liegt der Ort des Geschehens dann eben nicht am Mars sondern an der Kante des Wohnzimmerkastens.

Mir war schon relativ früh klar, dass ich nicht wie die meisten Menschen bin. Meine erste Erinnerung hat mir niemand eingepflanzt. Wie auch? Ich war nie sehr lange bei den gleichen „Eltern". Wie ich später erfahren habe, haben die alle immer recht schnell das Zeitliche gesegnet. Was für ein unglaubliches Pech der Kleine doch habe, steht sinngemäß in den Akten, die ich vor mir liegen habe und zum vielleicht zehnten Mal durchlese. Meine Lebensgeschichte. Von frühen Kindheitserinnerungen steht da allerdings nichts. Und trotzdem habe ich sie.

Und die allerfrüheste stammt aus dem Sommer 1966.

Bin ich deswegen etwas Besonderes? Oder gar ein Monstrum? Ein Monster bin ich, aber nicht aus diesem Grunde.

*

Ich war damals, so sagen die Akten, die man mir mit meiner Volljährigkeit 1982 ausgehändigt hatte, bei einer Pflegefamilie in Linz gelandet, nachdem meine Adoptivmutter 1964 an einem Hirntumor gestorben und kurz darauf meinem Adoptivvater aus nie ganz geklärten Gründen ein Fön in die Badewanne gefallen war. Damals boten die Sicherungen noch nicht den Schutz heutiger Fehlerstromschutzschalter, wo solche Unfälle nur den Fön ins Nirwana schicken aber nicht den badenden Papa. Ich soll damals ja auch im Badezimmer gewesen sein, aber daran erinnere ich mich nicht. Angeblich hatte ich ganz still dagesessen, als die Putzfrau (zu dieser Zeit sagte man noch Putzfrau und nicht Raumpflegerin) uns wenige Stunden später gefunden hatte, während mein Adoptivvater mit offenem Mund und starren Augen im Halbdunkel (der Fön hatte einen Stromausfall verursacht) an die Decke starrte, während er in der braunen Brühe lag, die mal das Badewasser gewesen war, bevor der Schließmuskel seine Tätigkeit wegen Totalausfalls der steuernden Nervenreize aufgekündigt hatte.

Somit kam ich damals nach wenigen Monaten bei meinen Eltern – ich nenne sie gerne meine Eltern, denn andere hatte ich nie – wieder in ein Heim und kurz darauf zu Pflegeeltern.

Da meine Eltern keine weiteren Kinder oder enge Verwandte hatten, wurde ihr Besitz verkauft und der Erlös treuhänderisch auf ein Konto eingezahlt, über das ich ab meinem neunzehnten Geburtstag verfügen konnte. Und weil es damals noch richtige Zinsen gab, bin ich seit meiner Volljährigkeit zwar kein steinreicher aber zumindest ein ziemlich wohlhabender Mann. Das angesprochene „Pech des Kleinen" stimmt also zumindest im pekuniären Sinne nicht. Trotzdem würde ich alles Geld sofort verschenken (Ist das jetzt eine Lüge? Ich weiß es nicht. Manchmal belügt man sich ja selbst so glaubhaft, dass man schlussendlich gar nicht mehr von einer Lüge sprechen kann, oder?), wenn ich dafür meine „Gabe" loswerden könnte. Aber davon später.

Bis zu meinem dritten Lebensjahr, als ich dann „sauber" war, also nicht mehr in die Windeln kackte, habe ich laut meiner Akten fünf Paar Pflegeeltern verschlissen. Alle fünf Pflegemütter starben innerhalb von maximal sieben Monaten, von den Vätern leben derzeit noch zwei, soweit mir bekannt ist. Natürlich war das nicht meine Schuld sondern einfach das angesprochene Pech. So steht das jedenfalls in den Akten. Solche Zufälle können nur Pech sein, was auch sonst? Beamte am Jugendamt lesen keine Romane von Stephen King, zumindest nicht während der Arbeitszeit. Mein Glück!

Aber zurück zu meiner ersten Erinnerung.

Ich stehe mit etwa zweieinhalb Jahren in einer Küche. Es ist eine einfach eingerichtete Küche mit weißen Fronten, bei denen sich die Furniere an den Kanten und besonders an den Ecken schon da und dort lösen. Billig eben, was damals auch noch so hieß und nicht wie heute „preisgünstig" oder „budgetschonend". Mein Pflegevater, er hat dunkles, dichtes Haar und ist vielleicht einsachtzig groß, eher etwas kleiner, hält mich auf seinen Armen und lässt mich die Kühlschranktür öffnen. Im Kühlschrank brennt das gelbliche Licht einer Glühlampe. Ich weiß noch ganz genau, wie ich mich frage, ob dieses Licht da drinnen vielleicht immer brenne. Dem muss ich auf den Grund gehen!

Ich schließe also die Türe wieder und öffne sie ganz langsam, während ich neugierig in den größer werdenden Spalt luge, was meinen Pflegevater anscheinend sehr amüsiert, weil er dabei herzhaft lacht. Nach einigen Wiederholungen ist mir klar, dass das Licht ausgeht, wenn man die Tür schließt und wieder angeht, wenn man sie öffnet.

Meine Erklärung dafür ist, dass da drinnen ganz sicher ein kleines Männchen hocken musste, das diese Aufgabe übernahm. Meine sprachlichen Fähigkeiten reichen aber noch nicht aus, um das meinem Pflegevater zu erklären, und so muss er sich mit einem „bennt Liiicht" begnügen, was bei ihm zu einem erneuten Heiterkeitsausbruch führt.

Ich war damals etwa einen Monat bei dieser Familie. Sie starben zwei Monate später bei einem spektakulären Autounfall. Bremsversagen, Expressausstieg durch die dafür nun echt nicht vorgesehene Windschutzscheibe. Vor Wind mag sie ja geschützt haben, aber nicht vor Schädelbruch mit Gehirnaustritt. Ich lag im Fonds des Wagens, damals gab es noch keine Kindersitze, und hatte laut Akten unheimliches Glück wie auch mein ein Jahr älterer Pflegebruder, dem ebenfalls nichts passierte. Ich habe nicht mehr viel von ihm gehört. Er wurde angeblich in den Siebzigern ein drogensüchtiger Späthippie, hat sich davon aber wieder erholt und verkauft jetzt Versicherungen irgendwo in Niederösterreich. Ein typisches Hippieschicksal würde ich sagen, zumindest für jene, die nicht an Heroin, Hepatitis, Suizid oder einer Kombination davon ums Leben gekommen sind.

Eine weitere sehr frühe Kindheitserinnerung stammt von meiner nächsten Pflegefamilie. Meine „Mutter" hat mir, weil ich so auf Cowboys und Indianer stand, ein Stirnband aus einem alten Stoffstück genäht. Mit dem laufe ich herum und stecke mir eine Taubenfeder hinein, die ich im Garten gefunden habe. Wir leben nämlich am Land. Ich bin vielleicht ein wenig über drei Jahre alt. Das Stirnband ist mein ganzer Stolz. Eines Tages lege ich es auf den alten, wackligen Stuhl in der Küche und bitte meine Mutter um etwas Saft, weil ich vom Herumtoben Durst habe. Es läutet an der Türe, als sie ihn gerade zubereiten will – Himbeersirup mit Leitungswasser, ich liebte das Zeugs, ich mag es heute noch, aber nur das ohne Zitrone – und ich gehe mit ihr zur Türe, um zu sehen, wer da wohl unangemeldet am späten Vormittag auf Besuch komme. Am Land ist das nichts Ungewöhnliches, da kommen immer alle unangemeldet. Vor allem der Briefträger. Aber nur, wenn mein Pflegevater nicht da ist, kommt er auch in die Wohnung. Auf einen Schnaps. Warum er den manchmal im Schlafzimmer meiner Pflegemutter trinkt, das reime ich mir erst viel später zusammen. Der kommt nicht nur in die Wohnung, der kommt auch in der Pflegemutter. Die Welt ist schlecht.

An diesem Tag ist es aber nur die Nachbarin, eine Pensionistin mit etwa siebzig Jahren. Wenn du ein Kleinkind bist, kennst du nur wenige Alterskategorien: Es sind alle Menschen entweder Kinder, größere Kinder, Erwachsene oder Alte. Und Alte sind immer irgendwie zwischen fünfunddreißig und siebzig. Greise sind über siebzig. Die habe ich jetzt vergessen. Wir Kinder nennen sie meist „Uralte".

Wir gehen also in die Küche. Ehe ich es verhindern kann, setzte sich die Alte auf den Stuhl, auf dem mein Stirnband liegt. Der Stuhl wackelt bedenklich, aber er hält. Sie sieht wohl schon ein wenig schlecht und bleibt etwa eine Stunde und unterhält sich mit meiner Pflegemutter über allerlei wichtige Sachen, die im Dorf vorgefallen sind. Und ich bin zu feig, ihr zu sagen, dass sie ihren Altweiberhintern auf meinem Indianerstirnband platziert hat. Stattdessen lasse ich sie tratschen. Der Loitzlbauer habe angeblich Krebs, er sei schon länger im Krankenhaus. Beim Huber hätte es beim letzten Wolkenbruch das halbe Gartenbeet weggeschwemmt und stell dir vor, die kürzlich zugezogenen Bertlmayrs bekämen doch tatsächlich ein Schwimmbad! Was für ein unnötiger Luxus! Ja, manchen gehe es eindeutig zu gut!

Dann knutscht sie mich ab, was ich hasse wie der Teufel den Weihbrunnen, überhaupt von uralten Menschen, und schon ganz überhaupt, wenn sie vorher auf meinem Indianerschmuck Platz genommen haben. Ich versuche vergeblich, mich der ekelhaften Busslerei zu entziehen. In diesem Moment wünsche ich mir die Alte einfach weg. Sie hat seit der Sache mit den Hühnern bei mir sowieso keinen Kredit mehr.

Ach ja, das sollte ich kurz erklären.

Ich durfte fast jeden Tag mit unseren Essensabfällen die Hühner der Alten füttern. Nach ein paar Wochen kamen sie schon angerannt, wenn sie mich mit dem Kübel kommen sahen. Ich mag Hühner. Zumindest mochte ich sie bis zu diesem furchtbaren Tag, eigentlich ein wunderschöner Herbsttag, an dem ich ungläubig mit dem Eimer am Gartenzaun stand und sah, wie die Alte einem Huhn mit der Axt am Hackstock einfach den Kopf abschlug, dieses ohne Kopf noch fliegend eine Ehrenrunde drehte und dann, nach einer wenig eleganten, weil kopflosen Landung, im Gras ausblutete. *Dafür* fütterte ich sie nicht, das wusste ich, als ich die letzten Zuckungen und Flügelschläge des Huhnes sah, während sich unter ihm das Gras dunkel färbte.

Doch zurück zu dem Tag, als sie uns besucht hat.

Als sie gegangen ist, nehme ich das Stirnband mit der Feder. Es riecht nach *uralter Frau*, es riecht sogar nach *Hintern von uralter Frau*, und ich werfe es weinend in den Mistkübel. Ich bin ein ordentliches Kind, ich schmeiße nie etwas einfach auf den Boden! Mutter hasse es, wenn ich meine Sachen nur in die Ecke werfe, und dann muss ich immer Spinat essen, was wiederum ich nicht ausstehen kann. Angeblich, aber das ist jetzt möglicherweise eine dieser angesprochenen, eingepflanzten Erinnerungen, habe ich einmal den ganzen Spinat nicht geschluckt sondern in den Backen gehortet und irgendwann, als der Mund dann ziemlich voll war, über die ganze Küche ausgeblasen. Daraufhin gab es lange keinen Spinat mehr. Wenn ich mich nicht sehr täusche, tropfte der grüne Brei danach langsam von den weißen Küchenfliesen über der Anrichte, auf denen diese niedlichen Sumsiaufkleber vom Weltspartag klebten. Das hatte man damals so. Für mich sah das aus, als würde der Spinat noch nicht einmal den Bienen schmecken.

Die alte Frau bekam kurz nach dem oben erwähnten Besuch eine schwere Lungenentzündung, von der sie sich lange nicht erholte. Gestorben ist sie daran aber nicht, glaube ich. Hatte wohl eine Rossnatur. Die muss man auch sicher haben, um Hühner am Hackstock köpfen zu können.

Meine Pflegemutter starb ein halbes Jahr später, als ihr ausgerechnet ein Hühnerknochen, das Hühnchen war tatsächlich von der Nachbarin, im Hals stecken blieb. Ich weiß noch, wie sie blau anlief und dann vom Stuhl fiel. Ich erinnere mich daran, ich musste lachen, es sah irgendwie komisch aus, als ihre Gesichtsfarbe von ihrem üblichen blassen Teint zu Knallrot, dann zu einem satten Blau und schließlich in ein dunkles Violett wechselte, nur um schlussendlich in einem gelblichen Weiß zu enden. Gott sei Dank hat das keiner gesehen. Es hat eine ziemliche Weile gedauert, bis sie aufhörte zu zucken. Länger als beim Huhn. Kein schöner Anblick, wie sie da lag in all den Scherben, weil sie in ihrer verzweifelten Todesangst das Tischtuch vom Küchentisch gezogen hatte. Wir werfen nichts zu Boden, Mama, sagst du immer! Ich beschloss damals, einen Erstickungstod für mich persönlich nach Möglichkeit zu vermeiden.

Als mein Pflegevater abends nach Hause kam, soll ich aber weinend neben ihr gesessen haben. Da war ich dreieinhalb. Warum ich weinte, kann ich nicht sagen. Vielleicht war ich auch nur durstig oder hungrig. Vermutlich beides. Oder mich störte einfach nur die Sauerei am Boden.

Wir werfen nichts einfach nur zu Boden!

*

Danach folgte wieder mehr als ein Jahr in einem Heim, von dem ich aber leider keine Aufzeichnungen in den Akten finde, zumindest nicht, was Sterbefälle der Mitarbeiter und Pflegekinder dort betrifft. Diese Unterlagen sind wohl alle mit dem Heim verbrannt, wie auch einige der Insassen. Ich sage bewusst *Insassen*, Charles Dickens hätte an diesem Heim seine dunkle Freude gehabt.

Komischerweise sterben in meiner Umgebung zwar in erster Linie Erwachsene und seltener Kinder, die scheinen irgendwie immun zu sein, oder zumindest weniger anfällig, aber auch diese Regel hat Ausnahmen. Genug Ausnahmen, für meinen Geschmack. Zuviel eigentlich. Ich mag es nicht, wenn meine Spielkameraden mitten in einem spannenden Cowboy- und Indianerspiel plötzlich vom Baum fallen wie ein überreifer Apfel und sich das Genick brechen. So etwas kann einem den ganzen Spaß am Spiel verderben.

Ich kam dann mit viereinhalb Jahren zu einer Pflegemutter, bei der ich fast fünf Jahre lebte. Sie hatte wirklich eine beneidenswerte Konstitution. Die hat sogar ihren Mann überlebt. Der war ein Säufer und – wie viele Alkoholiker – im Suff so ganz anders als nüchtern. Wenn er, was selten vorkam, nichts getrunken hatte, ließ er ja lediglich den Idioten raushängen. Im Rausch war er dann zwar auch nicht klüger, aber noch dazu war er dann ein Mistkerl. Irgendwann hatte er in einem solchen Zustand den Falschen angepöbelt und war in eine Schlägerei geraten. Schädelhirntrauma, was nichts anderes heißt, als dass er ordentlich ein paar auf die Birne bekommen hatte, worauf sein Hirn anschwoll wie ein Salzburger Nockerl im Backrohr und er beinahe draufging, bis ihm ein Arzt ein Loch als eine Art Überdruckventil in den Schädel bohrte. Ab da hatte er dann eine medizinische Entschuldigung für seine Blödheit. Er war noch einige Jahre in einem Pflegeheim, bevor er ziemlich ruhmlos abtrat. Und nein, ich bin ihm dann nie mehr begegnet. Meine Pflegemutter hatte ihn lange genug ausgehalten. Und auch mich. Erst als ich neun war – aber ich sollte nicht alles vorwegnehmen.

Wir lebten also in einem kleinen Haus in einem kleinen, idyllischen Ort im Salzkammergut. Hinter dem Haus murmelte ein kleiner Bach vor sich hin, der durch einen kleinen Wald floss. Sein Gemurmel beunruhigte mich irgendwie. Es klang stets nach: *Du bringst allen Unglück, Felix! Du bringst viel Unglück! Du bringst allllen viiieeeel Unglück!*

Vor dem Haus war ein kleiner Vorgarten an einer kleinen Straße. Auf eine ganz bestimmte Art war in diesem Ort alles klein und eng, auch die Geduld und der geistige Horizont der meisten Einwohner. Schon Einstein – ich glaube zumindest, es war Einstein – hat einmal gesagt: „Wenn der Horizont gegen Null tendiert, wird er zum Standpunkt." Oh ja, Standpunkte hatten die Leute in diesem Ort! Durchwegs erzkonservative. Man nennt das euphemistisch dann wohl eine „traditionelle, christliche Wertestruktur". Wobei ich nichts gegen das Christentum habe, ich sehe mich sogar selbst als gläubigen Christen. Das macht es leichter, manche unbequemen Eigenschaften einfach als gottgegeben zu deklarieren und sich auf diese Weise selbst die Absolution zu erteilen.

In diesem kleinen Vorgarten begegnete ich auch dem Pfarrer das erste Mal. Der war allerdings – für diesen Ort, in dem selbst die Leute klein zu sein schienen, völlig unpassenderweise – gar nicht klein sondern fast schon ein Riese.

Ich mag vielleicht sieben gewesen sein, als ich damals im Vorgarten spielte. Cowboy und Indianer, was sonst? Meistens spielte ich alleine. Die anderen Kinder mieden mich, obwohl ich nie einem von ihnen etwas zuleide getan hatte. Vielleicht spürten sie trotz ihrer teilweisen Immunität meine „Gabe" eher als die Erwachsenen, denen die gesellschaftlichen Zwänge schon lange die letzten Naturinstinkte geraubt haben mochte (das *Bauchgefühl* als neu entdeckten, animalischen Urinstinkt zu stilisieren, das kam erst in den Achtzigern wieder in Mode.) Oder ihre Eltern hatten es den Kindern verboten, sich mit mir abzugeben, weil der Daniel kurz vorher wie erwähnt so unglücklich vom Baum gefallen war. Oder vielleicht hörten sie auch einfach den Bach murmeln. *Felix bringt Unglück! Felix bringt allen Unglück! Viiieeeel Unglück!*

Für mich machte es keinen Unterschied, *warum* sie nicht mit mir spielten. Mich störte es schon bald nicht einmal mehr, *dass* sie nicht mit mir zusammen sein wollten. Und ich selbst hatte damals von meiner „Gabe" ja noch keine Ahnung, jedenfalls war sie mir nicht bewusst. Für mich war es normal, dass ich alle paar Monate andere Eltern hatte. Ich kannte es ja nicht anders.

Ich hatte mir an diesem Tag einen Bogen gebastelt, einen Pfitzipfeil, wie wir Kinder dazu sagten. Ich war handwerklich immer schon sehr geschickt gewesen. An einen biegsamen Haselnussstock hatte ich im Griffbereich eine Leiste aus Hartholz gebunden. Irgendwoher, vielleicht aus den Karl May Romanen, die ich so gern las, wusste ich, dass sich Leder zusammenzieht, wenn es trocknet. Also hatte ich meiner Pflegemutter ein paar Lederschnüre abgebettelt, wobei ich bis heute nicht weiß, woher sie die hatte, machte sie nass und band das Hartholz an den Haselnussstock, indem ich beide umwickelte so fest ich konnte und die Schnüre dann verknotete. Als das Leder trocken war, hielt die Verbindung in der Tat grandios. Ich schnitzte zwei Kerben in die Enden, bettelte meine Pflegemutter – ich nenne sie ab jetzt wieder „Mutter", das ist kürzer – um etwas Spagat an, wie wir den Bindfaden nannten, und spannte den Bogen. Oder versuchte es zumindest.

Ich bekam es einfach nicht hin, ihn zu spannen, selbst wenn ich meine gesamte Kraft aufbot, was zugegebenermaßen nicht sehr viel war. Wie die Freier der Penelope, dachte ich (ich hatte gerade eine ganz tolle Kinderfassung der Odyssee gelesen. Ich liebte zu jener Zeit neben Winnetou und Old Shatterhand auch griechische Sagen, eigentlich mag ich sie heute noch). Ich konnte lesen, seit ich vier war. In der Schule verstand ich nie, was anderen Kindern daran solche Schwierigkeiten bereitet. Ich hatte es mir schließlich auch einfach selbst beigebracht.

Das war der Moment, an dem Pfarrer Severin in mein Leben trat. Später wünschte ich mir oft, er wäre es nicht. Ließ sich aber wohl nicht vermeiden, wie ich jetzt weiß. Er hatte mich gesucht und gefunden.

Als ich also gerade am Boden sitzend vergeblich versuchte, meine Waffe zum Einsatz bereit zu machen, fiel von hinten ein Schatten über mich. Der schwarze Mann! Ich drehte mich ängstlich um, und da stand tatsächlich ein schwarzer Mann. Pfarrer Severin in seinem Talar.

„So wird das nichts, mein kleiner Freund. Du brauchst dazu mehr als nur die Kraft deiner Arme. Gib her, ich zeige es dir!"

Ein Pfarrer, der etwas von Pfeil und Bogen verstand? Ich gab ihm meine unfertige Waffe nur sehr zögernd und widerwillig, aber ohne ein Wort zu sagen. Geistlichen widerspricht man nicht! Meine Mutter hätte mich dafür, dass ich ihn nicht einmal grüßte, sicher zusammengestaucht. Noch dazu einen Herrn Pfarrer! In dieser Gemeinde, in der jeder jeden duzte, sogar den Bürgermeister, war der Pfarrer der Einzige, zu dem man „Sie" sagte. Er nahm den Bogen und ging damit zur Gartenbank. „Na komm schon, ich beiße nicht. Jedenfalls keine kleinen Jungs.", lachte er mich an. Naja, Mutter sagte immer, ich sollte bei Fremden vorsichtig sein. Dass Pfarrer davon auszunehmen seien, hat sie nie erwähnt. Sie wird dafür ihre Gründe gehabt haben, denke ich.

Dann zeigte er mir, wie man ein Ende auf der Gartenbank auflegte, das andere am Boden mit dem Fuß abstützte und den Bogen mit dem Knie und dem Körpergewicht durchbog, bis man die Sehne in der Öse hatte. Und wie man eine Schlinge knüpft, die sich dabei nicht zusammenzieht, lehrte er mich auch noch. So sollten alle Priester sein, dachte ich. Wenn er neben mir Wasser zu Wein verwandelt hätte, ich wäre auch nicht mehr beeindruckt gewesen. Dass die Richtung *Wasser in Wein* schwieriger als die Verwandlung in die umgekehrte Richtung war, wusste ich von meinem alkoholkranken Pflegevater mit der kaputten Birne.

Er hatte ab da natürlich bei mir einen Stein im Brett. Priester und Pfarrer waren für mich bisher immer eher entrückte, alte Männer mit einem dauerverklärten Gesichtsausdruck gewesen. Das macht der Messwein, erklärte mir ein älterer Junge, mit dem ich manchmal spielte, als ich das mal andeutete, sowas in der Art hätte jedenfalls sein Papa gesagt. „Die Pfaffen saufen alle." Dieser Priester hier war jedoch nicht alt, nur erwachsen. Und ziemlich cool, auch wenn dieses Wort damals noch keiner gebrauchte. „Lässig" nannten wir das zu dieser Zeit.

„Die Schnur wird so nicht lange halten, schau, dass du eine stärkere bekommst, ja? Ich wollte mich eigentlich eben bei deiner Mutter vorstellen, ich bin der neue Pfarrer und gehe diese Woche in jedes Haus im Ort. Damit mich die Leute kennenlernen, weißt du?", nahm er die Antwort auf meine Frage vorweg. „Und damit sie sich ein wenig schwerer tun, am Sonntag die Kirche zu schwänzen.", fügte er lachend hinzu. Irgendetwas an seinem Lachen störte mich, aber siebenjährige Jungs denken über so etwas nicht allzu lange nach. Vor allem nicht, wenn sie einen selbstgemachten Bogen in der Hand halten.

Er versprach mir, dass er mir danach noch zeigen werde, wie man richtig gut fliegende Pfeile bastelt, aber zuerst wollte er nun wirklich schnell meine Mutter begrüßen. Ob sie im Haus wäre? In der Zwischenzeit sollte ich mir eine Handvoll möglichst gerade gewachsener Haselnussruten besorgen, steifes Schilf ginge auch, aber das hielte nicht so lange. Am allerbesten sei dieses Rohrschilf, das sei kerzengerade, hart und stabil und trotzdem leicht, aber das würden wir gemeinsam holen, ja? Kleine Kinder hätten am Teich alleine nichts verloren.

Warum lief es mir bei den Worten *alleine am Teich* jetzt kalt über den Rücken hinab?

Ich nickte, immer noch sprachlos, und er ging zur Türe und läutete an. Erst jetzt fiel mir auf, dass er mitten im Sommer Handschuhe trug. Feine Wildlederhandschuhe. Meine Mutter hatte mir irgendwann einmal gesagt, dass die ziemlich teuer wären, aber dass man darin kaum schwitze. Ich hatte noch nie Handschuhe besessen. Im Winter nahm ich die Wollfäustlinge, bis sie nur noch unförmige Eisklumpen und die Finger halb gefroren waren, dann wusste ich, dass es Zeit war, ins Haus zu gehen. Wollfäustlinge sind die Freunde der Mütter. Unnötig, die Kinder zu rufen, die kommen von selbst, wenn die Hände kurz vorm Abfrieren sind. Manchmal auch erst danach.

5

Der Pfarrer, den ich auf Wunsch meiner Mutter mit „Hochwürden" anzusprechen hatte, was ich genau einmal tat, worauf er meinte, „Severin" wäre ihm viel lieber (mir auch), hatte sein Versprechen kurz darauf eingelöst und mir gezeigt, wie man lässige Pfeile bastelt.

Eigentlich geht das ganz einfach. Das wäre jetzt übrigens ein Grund, diese Aufzeichnungen nicht kleinen Kindern in die Hand zu geben. Mit den Horrorszenen wird man sie weder überraschen oder erschrecken – wenn ihr mir nicht glaubt, dann schaut mal zu, wenn sie sich Zeichentrickserien wie South Park ansehen – aber Anleitungen zum Waffenbasteln müssen echt nicht sein!

Ich schweife ab. Zurück zu den Pfeilen.

Neben einem geraden, harten und leichten Holz mit etwa fünf Millimetern Stärke in der gewünschten Pfeillänge braucht man nur drei Dinge: Kleine Vogelfedern, einen Fünfzigernagel und eine leere Tintenpatrone. Ach ja, und etwas Bindfaden. Man schlitzt hinten das Holz, steckt die Feder hinein und bindet dahinter mit dem nassen Bindfaden das Holz wieder fest zusammen. Da hat man dann auch schon die Kerbe zum Einlegen auf die Sehne in einem Aufwaschen mit dabei. Dann steckt man den Nagel durch das kleine Loch der leeren Tintenpatrone, dort, wo mal die Tinte rauskam, und schiebt das Ganze vorne auf den Pfeil, bis die so konstruierte Pfeilspitze fest sitzt. Geradezu genial, oder? Ich habe das System dann noch verfeinert, indem ich den Nagel an der Spitze plattgehämmert habe, was ihm das Aussehen einer richtigen Pfeilspitze verlieh. So eine, wie sie Geronimo hatte oder Sitting Bull. Naja, die hatten dann vermutlich schon Gewehre, aber vorher sicher auch mal Pfeil und Bogen. Übrigens mochte ich Geronimo immer mehr als Sitting Bull. Geronimo war ein Apache, Sitting Bull ein Sioux (das spricht man „Su" aus, erklärte mir Severin mit indianisch ernster Miene. Und auch, dass man den Namen des Häuptlings nicht wie „Geronimo" sondern wie „Tscheronimo" aussprächе). Außerdem hatte Geronimo einfach die wildere Frisur und den schlimmeren Ruf. Fand ich zumindest. Severin fand das auch. Apachen waren lässig. Sioux waren zu ... indianisch. Zu *klischeehaft*, erklärte mir Severin später einmal. Peinlicherweise hat man Sitting Bull später in ein Reservat gesteckt, da musste er dann mit Wild Bill Hickock, besser bekannt als Buffalo Bill, bei Shows als dümmliche Rothaut auftreten. Was für ein Abstieg! Das wäre so, als würde Franz Klammer in einer Kinderskischule für bewegungsgestörte Holländer den Clown mimen müssen, um die Kleinen bei Laune zu halten.

Mutter war ziemlich sauer, als ich ihre hohen Stiefel für meinen Köcher verwendete. Eigentlich ja eh nur einen, aber den schnitt ich unten ab und band ihn dann zu. Ein Köcher muss nunmal aus Leder sein, sonst ist es kein Köcher sondern ein Schirmständer oder eine Vase oder was auch immer. Wer läuft schon gerne mit Pfeilen in einer Vase am Rücken herum? Das war jedenfalls die Tracht Prügel mit dem Auskehrbesen wert gewesen. Das fand auch Severin, der meinte, ich könnte es ihm ja bei nächster Gelegenheit ganz offiziell beichten, wenn ich wollte. Er würde mir dafür sicher die Absolution ohne umfangreiche Bußgebete erteilen, dann müsste ich deswegen nicht ins Fegefeuer. Und außerdem dürfe er keinem erzählen, was ich beichte. Beichtgeheimnis. Das sei noch strenger als das große Indianerehrenwort. Mutter lief den ganzen Winter mit den alten Stiefeln herum und erinnerte mich so immer wieder an ihre durch mich verschuldeten kalten Füße. Frauen können stur sein! Lektion gelernt. Nächstes Mal den zweiten Stiefel einfach verschwinden lassen und sich dann blöd stellen.

Dieses komische Beichten mochte ich übrigens nie. Auch wenn dieses Buch hier so etwas wie eine Beichte zu sein scheint, für mich ist es einfach ein nüchterner Bericht. Über die Zeit, als ich mir Gedanken über Sünden machte, weil wir das im Religionsunterricht so gelernt hatten, bin ich lange hinweg. Ich schreibe mir hier nichts von der Seele, ich will es einfach nur niedergeschrieben wissen. Und ich weiß nicht einmal warum.

Ein paar Tage später ging ich mit immer noch schmerzendem Hintern und auf den Rücken gebundenen Echtlederköcher samt etwa fünfzehn Pfeilen – und klarerweise mit meinem Bogen – auf Kriegspfad. In meine kurzen Haare hatte ich mir eine Taubenfeder gesteckt, die immer wieder herausfiel, bis ich auf die Idee kam, sie mit etwas Uhu festzukleben, was zur Folge hatte, dass ich dann wochenlang mit einer Art Tonsur herumlief, weil meine Mutter am Abend die Feder samt etlicher Haare mit der Schere entfernen musste.

41

An diesem Nachmittag habe ich das erste Mal mit eigenen Händen getötet.

*

Ausnahmsweise spielten an diesem Tag zwei etwa gleichaltrige Kinder mit mir. Markus vom übernächsten Nachbarn und noch einer, an dessen Namen ich mich nicht mehr erinnere. Ich war selbstredend Geronimo, aber auch die beiden wollten lieber Indianer als Cowboys sein. Vielleicht war das auch ganz gut so. Auf diese Weise mussten wir nicht aufeinander schießen. Indianer auf Kriegspfad brauchen aber unbedingt einen Feind, also pirschten wir uns an eine Schar Hühner des Bauern in unserer Nähe an und beschlossen, dass es feindliche Delaware Indianer seien. Wir wussten ja nicht, dass die gar nicht in der Nähe der Apachen gelebt hatten, aber irgendwer von uns hatte mal einen Film über Lederstrumpf gesehen und sich den Namen des Stammes gemerkt. Gut, die Hühner waren also Delaware. Weiße konnten es nicht sein, denn die hatten ja keine Federn, beschlossen wir mit unwiderlegbarer Logik. Leise krochen wir auf allen vieren gegen den Wind an die feindlichen Krieger heran, die nichtsahnend im Boden nach Körnern pickten. Für uns sah es aus, als wollten sie uns die Goldnuggets klauen.

Als wir nur noch etwa fünfzig Meter entfernt waren, gab Geronimo ein Handzeichen. Wir sprangen auf, legten unsere Pfeile auf die Sehnen, spannten die Bögen, heulten unseren markerschütternden Kriegsruf (jeder einen anderen, was die Sache noch eindrucksvoller machte) und schossen.

In Filmen surren die Pfeile immer, wenn sie durch die Luft flogen. Wer es einmal probiert hat, weiß, dass das Unsinn ist. Pfeile fliegen beinahe geräuschlos. Das einzig surrende Geräusch kommt von der Sehne. Aber auch das war kaum zu hören, weil Markus laut aufschrie, als die Sehne seines Bogens an seinen Unterarm schnellte.

Die Pfeile meiner Freunde landeten weit vor den Hühnern im Gras. Es war schon ein grandioser Erfolg, wenn sie dort stecken blieben und nicht einfach umfielen. Ihre Bogen taugten eben nichts und ihre Pfeile noch weniger. Meiner hingegen fand sein Ziel. Das Huhn, das ich anvisiert hatte, lebte zwar noch etwas länger, aber das daneben, das vor einem Zwetschgenbaum stand, nun, das hatte weniger Glück. Irgendwie erinnerte mich das jetzt an die hühnerköpfende Nachbarin. Sowas härtet eben ab. Zumindest hatte ich *dieses* Huhn nicht monatelang selbst gefüttert.

Das Huhn blieb trotz des Volltreffers stehen. Der Pfeil war glatt durch seinen Hals hindurchgegangen und hatte es am Baum festgenagelt wie Pat Garrett einen Steckbrief von Billy the Kid an die Tür des Sheriffbüros. Es gab gar nicht mal arg viel Blut. Was mich aber viel mehr faszinierte war, wie lange es noch mit den Flügeln schlug, bevor es sich endlich beruhigte und als Huhn am Spieß halb stand, halb hing. Das mit dem Flügelschlagen, wenn man schon tot ist, schien bei den Hühnern echt ein Tick zu sein! Ein Vogel, wie man bei uns sagt, man möge mir das Wortspiel verzeihen.

Meine Freunde sprachen kein Wort mehr. Entweder waren sie von der Konfrontation mit dem Tod schockiert (der für mich ja etwas Normales war. Wer seinen Pflegevater mit dem Fön in der Wanne oder seine Pflegemutter mit einem Knochen im Hals hat abtreten sehen, den erschreckt so schnell nichts mehr! Von den Nachbarshühnern ganz zu schweigen!), oder sie dachten an die Konsequenzen. So ein wenig wie bei Max und Moritz, als diese die Hühner der alten Witwe Bolte erwürgt hatten. Als die erste panische Lähmung verflogen war, zogen sie es vor, sich ganz unindianisch schnellstens aus dem Staub zu machen und ließen Geronimo mit dieser Situation alleine, die beiden Memmen! Mir waren Konsequenzen schon immer ziemlich gleichgültig gewesen. Ok, ich vermied negative Konsequenzen, wenn es ging, aber wenn nicht, dann ertrug ich sie mit einer für so kleine Kinder beachtlichen, indianischen Ruhe.

Das war der Moment als die Sonne durch die Wolken und der Bauer, dem das Huhn gehörte, durchs Unterholz brach und den Kriegsschauplatz stürmte. Nun ja, nicht eigentlich durch das Unterholz, aber es war nicht gerade ein Vorzeigelandwirt, der im Umkreis seines Hofes für peinlichste Ordnung sorgte, und so standen da eine Menge hoher Brennnesseln, zwischen denen er fluchend hervor polterte. Im nächsten Moment, als mir der rasende Roland den Bogen aus der Hand riss, mich anschrie, mir eine gewaltige Ohrfeige gab und damit meinen geliebten Stolz des aufrechten Indianers zerbrach, lag ich selbst in den Nesseln. In seinen dreckigen Händen hielt er meinen kaputten Bogen. Hin, total zerstört! Übers Knie abgebrochen. Knack! Ich hatte noch nie ein grässlicheres Geräusch gehört, nicht einmal, als die Alte die Hühner köpfte.

In diesem Moment hasste ich diesen nach Kuhmist stinkenden, kleinen Kerl – er war als typischer Bewohner dieses Nests vielleicht einsiebzig und dick wie ein Nashorn – mehr als ich je etwas gehasst hatte. Ich wünschte mir, dass er tot wäre, geradeso wie sein Huhn. Er hatte das wohl in meinen Augen gesehen, weil er augenblicklich verstummte, die Stücke meines Bogens fallen ließ und mich anstarrte, als wäre ich der Leibhaftige in Person.

„Ich werde deiner Mutter sagen, was du gemacht hast.", brachte er gerade noch heraus, dann fiel er endlich um. Das Huhn stand immer noch, und applaudierte ein letztes Mal mit den Flügeln. Eine leichte Brise ließ noch einmal seine Federn wackeln. *Du bringst Unglück, Felix. Du bringst allen Unglück! Viiiieeel Unglück!* murmelte der Bach, während der Bauer ein letztes Mal keuchte und dann ruhig dalag.

Der Arzt sagte nach der Obduktion, im Kopf des Bauern wäre ein Aneurysma geplatzt. Das ist wohl meine Spezialität. Ich hab' das Wort damals in Mutters Lexikon nachgeschlagen. Ein Aneurysma ist so etwas wie eine Schwachstelle in einem Blutgefäß. Eine Beule, wie im Schlauch des Vorderreifens an meinem alten Puch-Fahrrad, aber der ist nie geplatzt. Der Schlauch im Kopf des Bauern schon. Es war angeblich ein ziemlich großes Gefäß, quasi eine Hauptversorgungsleitung. Er hatte also eine Art Wasserrohrbruch im Serverraum, würde man heute sagen. Der Arzt meinte, er hätte sicher nichts mehr gespürt, eventuell einen kleinen Schwindel, aber sowas ginge sehr schnell. Na ja, von mir aus hätte es auch langsamer gehen können. Am ganzen Körper hatte ich Bläschen von den Nesseln, die brannten noch tagelang. Auch meine Backe brannte einen halben Tag lang, bevor sich dort langsam ein blauer Fleck ausbildete. Ebenfalls ein geplatztes Blutgefäß, aber definitiv an einer besseren Stelle als bei diesem Landwirt.

Wegen des Huhns bekam ich keine Probleme. Anscheinend verlor das angesichts des toten Bauern an Wichtigkeit, wobei es mir deutlich mehr leid tat als der eklige, fette Kerl. Aber dass ich den Knaben einfach liegengelassen hatte, bis ihn zwei Stunden später seine Frau fand, das machte man mir zum Vorwurf. Als wenn ich etwas hätte tun können! Ich war ein Kind, verdammt nochmal, gerade sieben Jahre alt und der übelriechende Typ war schon tot gewesen, als er am Boden aufschlug! Ich *darf* Panik bekommen und weglaufen, Kinder tun das doch immer, oder? Und naja, sowas kann man dann bis nach Hause schon mal vergessen, vor allem, wenn der geliebte Bogen kaputt ist und es schon von weitem nach Speckknödeln riecht.

Wenn da nur nicht die Stimme in meinem Kopf gewesen wäre, die mir hämisch grinsend sagte (ja, Stimmen im Kopf können grinsen, du kannst es hören, wenn du nur gut genug aufpasst, es ist ein zahnloses Grinsen, wie von einer alten Hexe): *Gut gemacht, Killer! Guuuuuut gemacht!* Irgendwie war das der Antagonist zum Bach. Und ich weiß nicht, wer mir da lieber war.

Wer das Huhn schließlich vom Baum abgenommen hatte, und ob es gegessen worden war, habe ich leider nie erfahren. Bei der Beerdigung des Bauern gab es jedenfalls kein Huhn sondern Nudelsuppe und Rindfleisch, aber ich durfte sowieso nicht hin. Meine Mutter ging, obwohl sie später sagte, sie hätte regelrecht gespürt, wie sie sich alle hinter ihrem Rücken ihr Maul über uns zerrissen hätten, die ehrenwerten, zu klein geratenen Dorfbewohner mit ihren noch ehrenwerteren konservativ-christlichen Standpunkten, als sie beim Totenmahl das zähe, weil alte und billige Rindfleisch hinunter geschlungen hatten. Zehrung nennt man das noch heute am Land. Kommt aus einer Zeit, als die Leute zu Fuß zur Beerdigung marschierten und dann als Dank für's Mitweinen für den langen Nachhauseweg eine kräftige Wegzehrung kredenzt bekamen. Und was eignet sich da besser als gekochtes Rindfleisch?

*

Am Ende dieses Huhnamspießsommers, der übrigens einer der heißesten seit Beginn der Wetteraufzeichnungen gewesen war, zog Annabell in den Ort. Sie war fast genauso alt wie ich, wir würden im Herbst daher gemeinsam eingeschult werden. Ich war damals also wohl doch noch keine sieben, sondern erst etwas über sechs gewesen. Egal. Hättet ihr es gemerkt? Erinnerungen trügen eben manchmal.

Annabell hatte keine Mutter, so wie ich keinen Vater hatte. Wenn man es genau betrachtete, hatte ich ja auch keine Mutter, nur meine Pflegemutter, und die mochte ich ja gut leiden. Annabells Vater war Bäcker, und im Ort war eine Stelle in der kleinen Gemischtwarenhandlung mit angeschlossener Bäckerei frei geworden.

Annabell sah aus wie aus einem Tourismusprospekt für österreichische Mädels, sagte meine Mutter. Blonde Zöpfe, Sommersprossen, immer ein Lachen im Gesicht und oft ein Dirndlkleid am Leib.

Und das war es noch nicht einmal mit den Tourismusklischees. Sie hatte nämlich einen lustigen Dialekt, sie kam aus der Steiermark, wobei ich damals nicht die geringste Ahnung hatte, wo das lag. Statt hinter dem Semmering hätte man mir auch weismachen können, es läge hinterm Himalaya – ich hätte es geglaubt. Schließlich wusste ich damals weder, wo der Himalaya noch wo der Semmering lag. Und ihr Steirisch klang so fremd für mich wie tibetisch, fand ich. Jedenfalls anfangs.

Wenn Annabell sprach, klang das immer ein wenig so, wie wenn ein niedlicher, kleiner Hund bellt. Die Nachbarszwillinge, zwei grässliche Drittklässlerkröten, zogen sie deshalb oft auf: „Anna BÖLLLLLL!", riefen sie ihr nach, wenn sie das Mädel irgendwo sahen. Irgendwie erinnerte mich das an etwas, aber ich konnte nicht sagen an was. Als ich einmal mit Severin darüber sprach, nannte er es ein Déjà Vu. Egal! Um die Arschlöcher würde ich mich schon noch kümmern. Ganz sicher. Ihr könnt drauf wetten!

Da „Annabell" für einen nicht einmal Siebenjährigen definitiv zu lang ist, nannte ich sie nur Anni. Sie mochte es, allerdings nur von mir. Jedem anderen, der ihren Namen abkürzte oder sonst irgendwie veränderte, zeigte sie die kalte Schulter. Da sich mein Name kaum sinnvoll abkürzen lässt, blieb es bei Felix. Ein paar Idioten hatten es mal mit „Lucky" versucht, wohl auch weil der Hund des Dorfdeppen, den seine überforderte Mutter als Kind immer mit einem in Schnaps getränkten Schnuller ruhig gestellt hatte, so hieß. Wurde jedenfalls gemunkelt. Severin hingegen meinte, die hätten auf Lucky Luciano angespielt, diesen legendären Mafiapaten in Amerika. Beides kein Renommee für mich, meinte er – und musste mir dann auch dieses Wort noch erklären.

Nachdem diese ätzenden Zwillinge von ein paar kleineren Unglücken wie einem gebrochenen Bein und einer ausgekugelten Schulter, heimgesucht worden waren, mieden sie mich zumeist, obwohl ihnen sicher nicht bewusst war, dass ich es war, der das Unglück mit sich schleppte wie ein Müllwagen den fauligen Gestank. Ich denke, bei denen war das eher eine Art Bauchgefühl. Ich wusste das mit meiner Gabe ja selbst nicht, oder zumindest weigerte ich mich, daran zu glauben, aber Kinder spüren solche Dinge auf eine Art, die uns spätestens im Teenageralter abhanden zu kommen scheint, wenn die Erwachsenenhormone uns die Birne zu vernebeln beginnen.

Es hängt, da bin ich mir fast sicher, irgendwie mit diesen Déjà Vus zusammen, die mir Severin erklärt hatte und die jeder von uns kennt. Die Sorte von *Hab ich schon mal erlebt!* die dich überfällt wie ein Bauchkrampf, nachdem du zwei Kilo Kirschen gegessen hast. Und zwar exakt dann, wenn du es am wenigsten erwartest. Du stehst an der Theke im Metzgerladen und bestellst dir eine Wurstsemmel (mein saufender Expflegevater sagte immer *Maurerschnitzel* dazu), siehst dem Verkäufer ins Gesicht und weißt – nicht ahnst, nein du weißt es – dass du genau diese Situation schon einmal durchlebt hast. Obwohl du ebenso sicher weißt, dass du in diesem Ort noch nie gewesen bist. Zumindest nicht in diesem Leben.

Diese Situationen kann ich mir nur so erklären, dass man sie eben wirklich schon einmal erlebt haben muss. Wenn nicht in diesem, dann eben in einem anderen, früheren Leben. Oder vielleicht leben wir ja auch *unser* Leben öfter als nur einmal, und das sind dann lediglich aufflammende Erinnerungen daran. Ja, ja, ich weiß – die Hirnforscher erklären das mit irgendwelchen Hirnströmen oder chemischen Botenstoffen, die uns das alles nur vorgaukeln. Aber die erklären ja auch, dass unser Bewusstsein nur eine Folge von chemischen Reaktionen ist und eigentlich gar nicht existiert. Schon cool, dass etwas Inexistentes sich selbst weg beweist, oder? Ist so ein wenig wie eine Maus, die beschließt, sie baue jetzt eine Mausefalle, rein hüpft und dann als tote Maus allen erzählt, wie gefährlich das doch sei. Wissenschaftler wissen eben auch nicht alles. Meine Mutter sagte manchmal, das müsste eigentlich „Wissensgschaftler" heißen. Das kann man aber nur verstehen, wenn man den oberösterreichischen Dialekt spricht. Nein, ich erkläre das jetzt ausnahmsweise mal nicht!

Anni war jedenfalls meine erste, große Liebe. Und mir war das von dem Augenblick an klar, als ich sie das erste Mal sah. Ich glaube, es ging ihr mit mir ähnlich.

Und sie war immun. Anfangs. Denke ich. Der Bach schwieg, wenn sie bei mir war. Der Bach, aber nicht mein Bauch.

Vergiss nicht Felix, du bringst ALLEN Unglück!

6

1970

Es war keine leichte Schwangerschaft für Luise Galler.

Für die letzten drei Monate hatte sie der Arzt ins Bett gesteckt, mit einem „Mascherl", wie man das Zunähen des Muttermundes zur Vermeidung einer Frühgeburt umgangssprachlich nannte. Diesen Eingriff hatte man in der zweiundzwanzigsten Schwangerschaftswoche vorgenommen und damit die drohende Frühgeburt immerhin bis zur dreiunddreißigsten Woche hinausgezögert, aber dann wollte Maria nicht mehr länger warten und man führte einen Kaiserschnitt durch, um das kleine Mädchen zu holen.

Maria war für diesen frühen Geburtstermin beachtlich groß und schwer – über zwei Kilogramm – und entwickelte sich prächtig, auch wenn sie ihren Eltern schon früh gewisse Sorgen machte.

Das Baby, sonst pflegeleicht und still wie selten ein Neugeborenes, hatte schon mit nur vier Monaten (ganz entgegen ihrem sonstigen Naturell durchzuschlafen) ihren Eltern einen gehörigen Schrecken eingejagt, als sie mitten am Tag einfach zu schreien begonnen hatte, ohne dass man irgendetwas tun konnte, um sie wieder zu beruhigen. Sie wollte nicht trinken, sie hatte keine volle Windel, sie hatte keinen geröteten Popo, nichts! Sie schrie einfach nur mit hochrotem Kopf, dass die Fensterscheiben klirrten. Und zwar ohne auch nur eine Minute innezuhalten.

Ihre Eltern, ratlos, was man noch tun könnte, fuhren mit ihr ins Krankenhaus, wo man aber ebenfalls bald am Ende der ärztlichen und pflegerischen Weisheit angelangt war, nachdem alle der üblichen Therapieversuche nicht gefruchtet hatten. Horst, Luises Mann und Marias Vater, war fast durchgedreht, als Maria so plötzlich, wie sie ohne ersichtlichen Grund zu schreien begonnen hatte, auch wieder aufhörte, grinste, und dann genüsslich an Luises Brust trank und danach einschlief, als wäre nichts, aber auch gar nichts, vorgefallen.

Wieder zuhause – Horst und Luise hatten ein kleines Haus in einem noch kleineren Ort nahe Linz – schien alles so zu sein wie immer. Die kleine Maria lachte, wenn man ihr die Raupe mit der eingebauten Spieluhr gab (*La le lu – nur der Mann im Mond schaut zu*), quengelte, wenn die Melodie zu Ende war, bis man sich erbarmte und die Spieluhr wieder aufzog, aß, schlief und kackte wie jedes Neugeborene (nur vielleicht etwas ruhiger, speziell in der Nacht) und entwickelte sich prächtig. Keine berichtenswerten Besonderheiten also.

Fast keine! Was ihre Eltern nicht mitbekamen, weil sie nachts sehr tief schliefen (das war erst seit Marias Geburt so), war, dass manchmal – nicht oft, aber doch hie und da – Maria plötzlich in der Nacht die Augen aufschlug und die Spieluhr ohne vorheriges Aufziehen und etwas leiser als sonst, um die Eltern nicht zu wecken, den Mann im Mond erklingen ließ.

Dann lachte Maria glücklich, pfefferte in die Windel und schlief weiter bis zum Morgen, ohne sich um den Gestank zu kümmern.

*

Pfarrer Severin kam in den Ort wie ein unerwarteter aber durchaus verdienter Segen, fand der Vorsitzende des Pfarrkirchenrates. Leonhard Friedberger hatte diesen Posten schon seit vielen Jahren inne. 1970 war so eine Tätigkeit noch eindeutig reine Männersache gewesen. Es saß zwar eine einzige Frau in diesem Gremium, aber das war eher der List der Männer zu verdanken, die somit eine bessere Möglichkeit hatten, den jährlichen Kirchenputz zu organisieren. Eindeutig eine reine Weiberarbeit, fand Leo. Aus seiner Sicht war grundsätzlich alles, was entweder im Haus oder zumindest ohne Spezialwerkzeug erledigt werden konnte, reine Weiberarbeit.

Der Leo war als Vorsitzender des Rates der Gläubigen dennoch sehr beliebt. Schließlich pflegte er jede Sitzung mit einem guten und vor allem religiösen Witz zu eröffnen. Meistens waren es Judenwitze, aber nicht immer, so wie auch an diesem Abend:

„Dem Adam war fad im Paradies. Also fragte er Gott, ob er ihm nicht etwas schaffen könnte, auf dass ihm weniger langweilig wäre. *Das kann ich*, erwiderte Gott mit dröhnender Stimme (die der Leo perfekt inszenierte), *ich kann dir ein Wesen schaffen, das dir putzt, kocht, die ganze Arbeit macht, dich verwöhnt, dir Lust bereitet und das Leben auf alle Zeit versüßt.* Adam war da ein wenig skeptisch und fragte Gott demütig, was ihn das denn kosten würde. *Einen Arm und ein Bein musst du dafür schon geben*, erwiderte Gott. Adam überlegte kurz und fragte dann: *Und was bekomme ich für eine Rippe?*"

Gelächter. Nun konnte man mit der Tagesordnung beginnen. Und die drehte sich an diesem Abend um den neuen Pfarrer.

Damals war es auch für kleinere Landgemeinden kein Problem gewesen, einen Geistlichen zu bekommen. Priestermangel war noch ein Fremdwort, wenngleich sich auch damals schon abzeichnete, dass sich genau das in einigen Jahren ändern könnte. Umso besser, dass der kleinen Landpfarre mit Severin ein relativ junger Pfarrer zugewiesen worden war. Nach allem, was Leonhard gehört hatte, und was er nun der erfreuten Runde bekanntgab, hatte dieser sogar *von sich aus* den Wunsch geäußert, in das kleine Nest versetzt zu werden, Gott weiß warum! Der alte Pfarrer war ja vor einigen Monaten völlig überraschend mitten in der Messe tot umgefallen. Ausgerechnet beim Austeilen der Kommunion – *der Leib Christi* – war sein Leib zu Christus gegangen. Myokardinfarkt, hatten die Ärzte gesagt, er wäre sofort tot gewesen. Damals gab es noch kein Internet, wo man das hätte nachschlagen können, also verzichtete Leonhard darauf, sein Wissen um nähere Informationen zum Thema *Myokardinfarkt* zu erweitern. Zu viel Wissen macht Kopfweh, wie seine Oma immer gesagt hatte, wenn ihr Mann mal wieder lange fortgeblieben war. Vielleicht steckte auch etwas Aberglauben dahinter. Nur nicht den Infarktteufel heraufbeschwören!

Die Kellnerin kam mit dem Bier. Aus der Küche zog der Geruch kochender Würstchen herüber. Bei diesen Sitzungen gab es stets für jeden Teilnehmer zwei Bier und ein Paar Frankfurter gratis. Das musste schon drin sein, wenn man sich für die Kirchengemeinde abmühte. Auch wenn es die Wirtin, die hier für das Kochen zuständig war, nie zuwege brachte, die läppischen Würstel so zu servieren, dass sie den hungrigen Gast nicht aus einem breiten, längsseitigen Riss angrinsten.

Leo beschloss, schnell zum Ende zu kommen, bevor alle mit dem Essen beschäftigt wären. Er fasste seine Überlegungen bezüglich des neuen Pfarrers daher in aller Kürze zusammen.

Trotz seines Alters sei der vorherige Pfarrer ein moderner Geistlicher gewesen, etwas zu modern für unseren Geschmack, nicht wahr? Zuerst das Kasperltheater mit dem Handgeben nach dem Vaterunser, das er eingeführt hatte. *Friede sei mit Dir!* (Seitdem musste man aufpassen, wo man sich hinsetzte, sonst musste man womöglich noch seinem Erzfeind Frieden wünschen, wie er dem Stelzerbauern, der ihm letztes Jahr den Hund praktisch vor der Nase über den Haufen geschossen hatte. Scheiß Jäger! Der Hund hatte ganz sicher nicht gewildert, der war ja sogar zu faul gewesen, um aus der Schüssel zu fressen! Diese Gedanken äußerte Leo allerdings heute nicht.)

Und dann noch die Kinderei beim Austeilen der heiligen Kommunion. Beim Abspeisen, wie es der Volksmund ein wenig abfällig nannte. Die Mütter schleppten jetzt seit neuestem ihre kleinen Bälger, die selbst noch gar keine Kommunion empfangen durften, mit nach vorne, und der Pfarrer machte ihnen ein Kreuz auf die Stirn. Als wenn so etwas in der Bibel stünde. Ja, ja, lasset die Kindelein zu mir kommen, das schon, aber musste das wirklich am Sonntag beim Hochamt sein? Tät am Aschermittwoch auch reichen!

Zustimmendes Gemurmel. Leo war sich nicht sicher, ob das ihm oder den eben aufgetischten, wieder einmal breit grinsenden Würsteln galt. Egal.

Früher gingen die Leute mit den Kleinkindern raus, wenn so ein Rotzlöffel während des Gottesdienstes lärmte. Heutzutage lacht der Pfarrer und sagt: „Lasst sie!

Bitte geht nicht hinaus, wenn euer Kind einmal etwas lauter ist. Der liebe Gott bekommt schon keinen Hörschaden, und ihr werdet es auch überleben!"

Jedenfalls war vor ein paar Monaten, wieder bei der Kommunion mit den kleinen Kindern, das Herz dieses Pfaffen (er sagte nicht „unseres Pfaffen" sondern „unseres Herrn Pfarrers") einfach explodiert wie ein Kirtagsluftballon, an den man ein Feuerzeug hielt. Plopp! Das hast du von deinem zu großen Herzen, dachte Leonhard bitter. Hat dir auch nichts gebracht!

„Und jetzt lasst es euch schmecken. Ich werde mit dem neuen Pfarrer demnächst mal reden."

Applaus. Prost und Mahlzeit!

Dass das mit dem Infarkt passiert war, kurz nachdem Felix' Mutter mit ihm zur Ausspeisung nach vorne gegangen war, war niemandem aufgefallen, obwohl in diesem Ort sonst den Leuten sogar Dinge auffielen, die gar nicht existierten.

*

Pfarrer Severin hatte ein Geheimnis. Eines, das wirklich außer ihm kein Mensch kannte. Soll ich dir etwas erzählen? – Klar, mach! – Kannst du ein Geheimnis für dich behalten? – Natürlich! – Siehst du, ich auch!

Aber hier kann man es erzählen. Hier, in diesen Aufzeichnungen geht das.

Severin war vor einigen Monaten über die Akten von Felix gestolpert. Nun, wenn man es genau betrachtete: Er war nicht darüber gestolpert, er durchkämmte seit Jahren die Akten von Waisenkindern, und dafür gab es einen guten Grund: Er war selbst ein Waisenkind. Eines von der Sorte, wie Felix es war. Trotzdem hatte er all die Jahre an keinem dieser bedauernswerten Fälle Interesse gezeigt, nachdem er jeweils einen flüchtigen Blick auf die Akten geworfen hatte, was ihm ein Leichtes war, weil zur damaligen Zeit die katholische Kirche noch über sehr gute Kontakte zu den Waisenhäusern verfügt hatte. Ihn interessierte eigentlich nur eine ganz spezielle Art dieser bedauernswerten, elternlosen Geschöpfe: Kinder, die ihre Zieheltern verschlissen wie andere Hemden und Hosen. Auch dafür gab es einen Grund, und der war Severin selbst.

Als er vor einigen Monaten den Fall „Felix Hofer" entdeckt hatte, traf es ihn wie ein Schlag in die Magengrube. Ein Schlag von der Sorte „Muhammad Ali in Bestform". Insgeheim hatte er zwar immer gehofft, dass er kein Einzelfall sei, aber als er dann wirklich und offensichtlich von einem Jungen gelesen hatte, der haargenau die gleichen *Symptome* aufwies, war es ein Schock gewesen, weil erstens etwas tief in ihm nicht damit gerechnet hatte und wohl auch, weil er zweitens gehofft hatte, es gäbe keine weiteren Menschen mit diesem Fluch.

Und ein Fluch war es in der Tat, auch wenn Severin mittlerweile in seinen knapp über dreißig Lebensjahren gelernt hatte, damit zurechtzukommen, was vielen Menschen in seiner Umgebung nicht gelungen war. Die waren stattdessen einfach eingegangen wie Pflanzen, die nicht gegossen wurden. Wie der letzte Pfarrer dieser Gemeinde ahnungsloser Schäfchen. Severin hatte im Gegensatz zu den Mitgliedern des Pfarrkirchenrates durchaus eine düstere Ahnung, woran der letzte Pfarrer gestorben war, warum sein Vorgänger so plötzlich seine himmlische Beförderung bekommen hatte, denn für einen Pfarrer war der Tod natürlich eine Beförderung. Sozusagen ein kometenhafter Aufstieg in der kirchlichen Hierarchie. Wie damals bei Schwester Agnes. Ab in den Himmel, gehe nicht über Fegefeuer! Gehe direkt in den Himmel! Nur dass Severin nicht gläubig war. Genau genommen war er Atheist oder Agnostiker, wobei ihm selbst der Unterschied nie ganz klar geworden war. Weshalb ihm also dieser Trostfaktor *Glaube* nicht zur Verfügung stand. Er musste bei diesem Gedanken lachen: Vermutlich war er der einzige atheistische Priester auf diesem Planeten. Wenn man optimistisch war. Aber was weiß man schon. Es war sein Geheimnis, und das war gut so.

Warum er die Kirchenlaufbahn eingeschlagen hatte, war ungeachtet seines fehlenden Glaubens logisch und rational begründbar: Er konnte in diesem Beruf – für ihn war es keine Berufung, eher einfach eine Art zu leben – den Körperkontakt mit anderen Menschen auf ein gut kontrollierbares Maß reduzieren. Jedenfalls besser, als wenn er ein Friseur oder vielleicht auch Lagerarbeiter geworden wäre. Oder Lehrer. Bloß das nicht. Einmal zornig auf ein Kind, kurz berühren – todkrank. Wenn es Glück hatte, kam es noch bis nach Hause, um im Kreise seiner Familie zu sterben.

Er wusste mittlerweile sehr genau, was er tun durfte und was nicht. So war die Gabe, wie er sie nannte, wirkungslos, wenn andere Menschen Dinge berührten, die er auch berührte. Nur direkter Körperkontakt, Haut auf Haut, oder der Austausch von Körperflüssigkeiten war gefährlich, der Teufel weiß warum. Wenn es den bocksbeinigen Kameraden überhaupt gab! Wieder musste er in sich hineinlachen.

Er hatte viel über die Gabe herausgefunden. Er konnte sie mittlerweile in einem gewissen Rahmen kontrolliert einsetzen oder aber die Auswirkung reduzieren oder sogar ganz verhindern, wenn er sich während der Berührung auf gewisse Dinge konzentrierte. Oder aber sie verstärken. Dann fielen die Leute gleichsam augenblicklich tot um. *Wie der Pfarrer in diesem Ort?* Meistens trug er daher seine Handschuhe, weil sich kein Mensch dauernd dermaßen konzentrieren kann. Zumindest *er* konnte das nicht.

Severin hatte, als er die Akten des kleinen Felix fertig gelesen hatte, aus einer Laune heraus beschlossen, dem Jungen zu helfen. Er würde ihn unter seine Fittiche nehmen, was zweifelsohne vielen Leuten das Leben retten konnte. Doch er musste behutsam vorgehen. Der Junge schien noch keine Ahnung zu haben, wozu er fähig war.

Und eines hatte Severin jetzt selbst gelernt:

Die Berührung eines Menschen mit der gleichen Gabe schien weder ihm noch dem anderen etwas anhaben zu können. Irgendwie hatte er das schon lange geahnt. Menschen mit dieser Gabe waren zu speziell, um sich gegenseitig gefährlich zu werden. Er kam sich fast ein wenig vor wie einer aus einer Kaste von Auserwählten. Felix und er waren offensichtlich etwas Besonderes. Ein fieser Gedanke schlich sich wie ein Einbrecher in seinen Kopf. Was könnten sie zu zweit nicht alles zuwege bringen? Noch dazu, wo die Welt (und ihre Bewohner) keine Ahnung hatten, welche Dämonen sich unerkannt unter ihnen herumtrieben.

*

Annabell Zierler hatte den ganzen Vormittag mit Felix gespielt. Sie fand ihn wirklich nett. Er war der einzige Junge im Ort, der sie nicht wegen ihres Dialekts hänselte. Er war ... einfach süß! Auch wenn es ihr immer irgendwie kalt über den Rücken lief, wenn er sie berührte. Als wenn ein Monster aus einem Zombiefilm (ihr Vater durfte nie erfahren, dass sie sich bei einem Schulkollegen im letzten Ort, wo sie gewohnt hatten, einmal einen solchen Film angesehen hatte) seine schleimigen, kalten Klauen über ihren Rücken zöge. Aber in dem Moment, wo sie dieses Gefühl überkam, war es meist auch schon wieder weg. Sicher nur Einbildung. Frauen bildeten sich immer alles Mögliche ein, pflegte ihr Vater zu sagen.

Dass Felix ihr heute einen Kuss auf die Wange gedrückt hatte, nur um kurz darauf rot an- und gleich danach wegzulaufen, bildete sie sich jedenfalls nicht ein. Genauso wenig wie die Zahnschmerzen. Die ersten in ihrem Leben. Sie hatte noch nie Zahnschmerzen gehabt.

Als ihr Vater zu Mittag aus der Bäckerei nach Hause kam, und sich hinlegen wollte, um den versäumten Schlaf nachzuholen, lief sie ihm bereits mit Tränen in den Augen entgegen.

*

Zahnärzte waren Anfang der 1970er Jahre so etwas wie die Reinkarnation der mittelalterlichen Folterknechte, fand Annabells Vater. Er hasste diese Kerle. „Wir fliegen zum Mond, aber dass eine Zahnbehandlung nicht weh tut, das kriegen diese Goschenklempner nicht hin!", grummelte er für gewöhnlich, wenn die Sprache auf dieses Thema kam. Und so tat ihm die Kleine schon leid, als sie gerade erst einmal die Ordination betraten.

Diese Ordinationen hatten damals (und haben heute noch) eine ganz eigene, irgendwie unverwechselbare Aura, nicht wahr? Auf eine bestimmte Art sind sie austauschbar. Immer die gleiche Art von Stühlen, die gleichen, drei Jahre alten Zeitschriften *Unser Garten* oder *Der Waidmann* (je nachdem, was für ein Hobby der Arzt hat), der gleiche, unverwechselbare Geruch, der dir schon beim Betreten des Warteraumes signalisiert, dass dich Unheil und Schmerzen erwarten und es deinem Gehirn gestattet, sich während der unvermeidlichen, langen Wartezeit durch olfaktorisch getriggertes Abrufen von Erinnerungen darauf *einzustellen*. Wenn man sich ohne Vorwarnung in den Finger schneidet, kommt der Schmerz erst im Laufe der nächsten Sekunden oder Minuten. Der Körper ist einfach zu überrascht. Zahnarztwartezimmer hingegen sind dazu da, dir diese Überraschung und den damit verbundenen Schutz zu ersparen. Als wenn dir die Plakate über richtiges Zähneputzen mit ihrem strahlend weißen Lächeln sagen wollten: *Na Freundchen? Du weißt, es wird wehtun! Heute besonders! Der Arzt ist schon müde, seine Hände zittern. Er hat gestern seine Hecke geschnitten. Du kannst ja im Gartenjournal nachlesen, wie das geht. Liegt vor dir auf dem Tisch. Hättest du dir sparen können, das Ganze, wenn du dir öfter die Zähne geputzt hättest!* Wenn du das Plakat jetzt noch einmal genau betrachtest, merkst du, dass das Lächeln einen hämischen und verschlagenen Zug angenommen hat. Als hätte sich das Bild im Gleichschritt mit deiner Erkenntnis verändert.

Da hilft es auch nicht, den Blick an die andere Wand zu heften, wo die Trophäen des Arztes fein säuberlich auf einem Regal stehen. Gebissabdrücke, fertige Gebisse, Zahnspangen. Wobei man sich unwillkürlich fragt, warum da fertige Gebisse stehen. Wenn der Arzt etwas taugt, sollten die im Mund der Patienten stecken. Entweder hat er also einen geheimen Deal mit dem Bestatter oder er ist ein Stümper, und das da am Regal ist Ausschuss.

Das ist dann der Punkt, wo die Zahnschmerzen auf einmal wie durch ein Wunder verschwunden sind. Man will aufstehen und sich aus der Tür schleichen, aber nein, man ist ja kein Feigling! Man bleibt. Auch, weil man weiß, dass die Schmerzen spätestens zuhause wiederkommen würden. Lieber ein Ende mit Schrecken, als ein Schrecken ohne Ende! Mutig, muss ich schon sagen! Oder vielleicht läuft man auch nur nicht davon, weil der Nachbar schräg gegenübersitzt und der es dann mit Wonne jedem erzählen würde? Er scheint keine Schmerzen zu haben, ist wohl nur zur Kontrolle da. Es erwischt einfach immer die Falschen!

Dazu diese penetrante weiße Kleidung, vom Arzt über die Sprechstundenhilfe bis zur Putzfrau. Ein Wunder, dass nicht sogar die Fliegen an der Wand Albinos sind. Warum ausgerechnet weiß? Das weißt du doch! Damit man das Blut besser sieht, dass einem gleich aus Zahnfleisch und Zähnen spritzen wird. Weiße Kleidung kann man auskochen. Wenn er morgen wieder in seine Ordination kommt, hat er alle

Spuren beseitigt, wie ein Verbrecher in einem Roman von Arthur Conan Doyle. Das reinigt das Gewissen praktischerweise gleich mit. Falls er überhaupt eines hat, dieser Sadist mit seinem lediglich der Tarnung seiner Abartigkeit dienenden Studienabschluss in Zahnmedizin!

Während man sich jetzt langsam dem Gipfel des Mount Everest der schlimmen Vorahnungen nähert, kommt der Patient aus Behandlungsraum zwei, dessen klägliches aber umso lauteres Wimmern und Schreien man die letzten zehn Minuten versucht hatte auszublenden, was die eigene Panik aber nur noch potenzierte. So ein wenig, als würde man da oben am Gipfel des Berges noch versuchen, ein Stückchen höher zu hüpfen. Man wartet darauf, dass die Sprechstundenhilfe über den völlig überflüssigen Lautsprecher, weil sie sowieso gerade einmal drei Meter weiter hinter ihrer – weiß furnierten – Theke sitzt, ruft: „Herr Zierler, bitte in Behandlungsraum zwei kommen!" Man kann ihre verstohlene Schadenfreude beinahe aus diesen wenigen Worten heraushören. Dämliche, sadistische Kuh! Passt genau zum Arzt, vermutlich vögelt er sie auch noch jeden Abend kurz durch, wenn der letzte Patient gegangen ist. Wenn er ihn noch hochbringt!

Also ab zur Behandlung? Nein. Das wäre zu einfach. Und es ginge viel zu schnell. Sie ruft einen zwar, aber zuerst trottet man folgsam hinter ihr zum Röntgen. Man drückt mit dem Daumen den Film fest auf die Zähne, worauf der Schmerz jäh aus seinem Wartezimmernickerchen erwacht, sie verlässt den Raum, man hört es summen, sie kommt zurück, man gibt ihr den Film und darf sich zu einer zweiten Halbzeit Panik in den Warteraum setzen. Verlängerung nicht ausgeschlossen! Und diesmal schläft der Schmerz nicht wieder ein. Oder erst kurz bevor man wirklich in den Behandlungsraum darf. Korrektur: soll. Korrektur der Korrektur: muss! Und dort merkt man dann recht schnell, dass man in Wahrheit noch gar keine Ahnung davon hatte, was Schmerzen sind. Zumindest, wenn einen der Arzt da drinnen nicht vorher noch zehn Minuten die fein säuberlich aufgereihten, spitzen und chromglänzenden Instrumente begutachten lässt, bis er endlich mit seinem jovialen „Na, was haben wir denn für ein Problem?" aus dem Einserzimmer hereinkommt. Er habe ja offensichtlich kein Problem, möchte man ihm sagen, außer seinem Tremor aufgrund der Heckenschneideaktion gestern. Aber man kann nichts mehr sagen, weil er einem schon mit seinen viel zu großen Wurstfingern im Mund herumfuhrwerkt.

Dazu rieselt sanfte Musik aus den unsichtbaren Lautsprechern. Zu leise, um sie richtig zu hören, aber laut genug, um richtig zu stören, wie Reinhard Mey später singen wird. Statt zu beruhigen hat sie die Eigenschaft, den Fokus der Konzentration regelrecht auf die schmerzende Stelle im Mund zu bündeln, zu konzentrieren, zu fokussieren, wie eine Lupe eines sadistischen Kindes die Sonnenstrahlen auf den Arsch einer bemitleidenswerten Ameise.

Annabells Besuche beim Zahnarzt waren bis zu diesem Tag stets nur Kontrollbesuche gewesen, und trotzdem hatte sie Angst. Unbegründet, wie sich nach Röntgen und dem unvermeidlichen Herumstochern des Arztes mit seinem silbernen Mörderhaken herausstellte. „Ich kann beim besten Willen nichts feststellen!", meinte der knapp vor der Pensionierung stehende, kleine Arzt, dem man die Kraft, einen Zahn zu ziehen, niemals zugetraut hätte. „Vermutlich einfach eine psychosomatische Überreaktion. Wir machen in einem Monat noch einmal eine Kontrolle. Aber wo Sie schon hier sind, Herr Zierler, soll ich bei Ihnen auch gleich einmal nachsehen?"

Damit war Annabell entlassen, die Schmerzen ebenfalls, und ihrem Vater fiel keine Ausrede ein, die ihn vor seiner Tochter nicht wie einen totalen Angsthasen hätte dastehen lassen. Und schlimmer noch: Seine Beteuerungen, mit denen er Annabell die Angst genommen hatte, dass sie ja beim Zahnarzt nichts, aber auch gar nichts zu befürchten hätte, wären als das entlarvt worden, was solche Beteuerungen immer sind: Notlügen.

„Herr Zierler, Herr Zierler, tztztz! Sie sollten wirklich öfter zur Kontrolle kommen. Sie haben da ein Loch im Vierer, darin könnte ich mein Auto parken und dann noch bequem ein- und aussteigen."

Damit begannen dann die Schmerzen an diesem Tag. Nur eben nicht für Annabell.

Der stünden sie noch bevor.

7

2016 / 1970

Ich kann mich noch recht gut an den ersten Schultag erinnern. Meine Mutter kaufte mir ein „Stanitzel", wie sie es nannte, also so jene kegelförmige Schultüte, an der man jeden der etwa zwanzig Erstklässler am ersten Schultag sofort erkennen konnte. Die enthielt neben einigen Dingen, welche ich, wie ich damals richtig vermutete, wohl für die Schule benötigen würde, auch eine erkleckliche Menge an Süßigkeiten. Vermutlich verbinden die meisten Kinder damit die angenehmen Erinnerungen an die Einschulung, bei mir überwiegen eher die weniger erfreulichen.

Annabell und ich gingen auf der Hauptstraße des kleinen Orts, die als eine der wenigen Straßen damals schon geteert war, nebeneinander die paar hundert Meter zur Schule, als wir den Zwillingen über den Weg liefen. Sie hießen sinnigerweise Lukas und Johannes, anscheinend waren ihre Eltern in apostolischer Begeisterung der Meinung gewesen, das würde sie zu frommen Kindern werden lassen. Manchmal pfeift dir das Leben was! Ihre Frohbotschaft verbreiteten sie gegenüber Anni auch dieses Mal wieder mit einem derart einstimmigen „Anna bölllllll!", dass man versucht war zu glauben, sie hätten das zuhause vorher stundenlang geübt.

Ich war immer ein eher schmächtiges Kind gewesen und hatte bald gelernt, den Mangel an körperlicher Kraft durch Schnelligkeit, Entschlossenheit und einen Schuss Brutalität wettzumachen. Wenn du bei jedem Streit schlussendlich der bist, der unten liegt und der andere Junge wieder einmal auf deinen Oberarmen kniet (was an sich schon ziemlich schmerzt, vor allem weil es auf unerklärliche Weise immer dumme, fette Säcke sind, die mit dir Streit suchen) und dich dieses Aas dann auch noch nach Strich und Faden vermöbelt, dann ist eine Lektion, die unvermeidlich daraus folgt: Der erste Schlag muss sitzen! Am besten so, dass er aus seiner hässlichen Nase blutet. Dann kriegt er mit etwas Glück zuhause auch nochmal eine gedonnert, weil Mutti die Blutflecken aus dem potthässlichen, neuen Hemd, das er von der Erbtante zum Schulanfang bekommen hatte, nicht mehr herausbekommt. Er wird dich nicht verraten. Viel zu peinlich, von diesem Zwerg Felix vermöbelt worden zu sein! Nein, das Nasenbluten stamme von einem Sturz mit dem Rad, ja Mama, wirklich! Ja, Mama, in Zukunft ziehe ich zum Radfahren das alte Hemd an, versprochen. Und die alte Hose. Aua, Mama.

Aber es gleich mit Zweien von dieser Sorte aufzunehmen, das war eine andere Sache! Nur ging es jetzt um die Ehre meiner Freundin, auch wenn ich mit dem Begriff „Ehre" damals noch nicht sehr viel anfangen konnte. Also ging ich wie ein

Berserker auf die beiden los, streckte den einen – keine Ahnung, welcher der beiden Apostel das jetzt gewesen war – mit meinem Patentnasenstüber nieder – und bezog in der Folge furchtbare Prügel samt zerrissenem Hemd und allem was dazu gehört, bis die Lehrerin nach zehn Minuten endlich dazwischen ging. Zu meinem Glück war das alles quasi ja schon fast am Schulgelände passiert.

Ich spare mir jetzt den langweiligen Bericht über Standpauken, Strafpredigten und Hausarrest. Das einzig Relevante war, dass Annabell ab diesem Tag von den beiden ihre Ruhe hatte. Und ich hatte mich gerade ziemlich eindrucksvoll bei meiner Klassenlehrerin vorgestellt.

Was mir aber noch wichtiger erschien, war, dass mir Annabell tags darauf einen weiteren Kuss gab. Und zwar auf den Mund. Und ohne erneut davon Zahnschmerzen zu bekommen.

Ich hatte nur noch ein einziges Mal in meinem Leben ein besseres Gefühl, wenn ich mich recht erinnere. Und das hing auch mit ihr zusammen, aber davon später.

*

Irgendwo in einem kleinen Haus in einem noch kleineren Ort nahe Linz hatte zu der Zeit, als Felix sich mit den Zwillingen herumbalgte, ein kleines Baby namens Maria einen – diesmal nur kurzen – Schreianfall.

Seine Eltern waren mittlerweile daran gewohnt. Zumal der Anfall ja nur knapp zehn Minuten anhielt.

Was ziemlich exakt der Dauer der Schulhofschlägerei entsprach.

*

Pfarrer Severin hatte mich einige Tage später auf die Sache angesprochen. Lukas und Johannes waren kurz nach dem Zwischenfall aus heiterem Himmel an Mumps erkrankt. Bei Lukas verlief die Krankheit noch erträglich, dafür bekam er durch seine angeschwollene Nase kaum Luft, aber Johannes war einige Tage in Lebensgefahr. Doch auch er erholte sich wieder, ohne zu ahnen, dass der Mumps ihn steril gemacht hatte. Er würde nie kleine Apostel zeugen können, aber das erfuhr ich erst viele Jahre später, als er seine Frau so verprügelt hatte, dass sogar in der Zeitung davon berichtet wurde. Weil er irgendwie und vor allem erst nach Jahren draufgekommen war, dass seine zwei Kinder unmöglich von ihm sein konnten.

„Sag mal, Felix, kommt das öfter vor, dass Menschen, die du berührst krank werden oder sterben?", fragte Severin mich in einem beiläufigen Tonfall, während er mir zeigte, wie man aus einer Haselnussrute eine Pfeife schnitzen konnte. Eine, die richtig gut funktionierte. Soll heißen: eine, die richtig laut war!

„Weiß nicht", antwortete ich uninteressiert. Das mit der Pfeife faszinierte mich. Wir klopften gerade mit einem runden Kiesel die Rinde der Haselnuss weich, und ich hatte keine Ahnung, wozu das dienen sollte, war aber begeistert bei der Sache. *Tock, tock, tock!*

Dabei klärte Severin mich ganz behutsam nach und nach über meine Gabe auf, bis ich das Pfeifenschnitzen völlig vergessen hatte. Er sagte mir nicht alles, nein, aber genug um zu verstehen, dass ich mit Berührungen ziemlich viel anrichten konnte.

„Das Klopfen auf die Rinde löst sie nach und nach vom Holz. Nach einiger Zeit kann man sie dann vorsichtig abdrehen. Hast du schon einmal darüber nachgedacht, warum so viele Leute krank werden oder sterben, nachdem du sie berührt hast?"

Tock, tock, tock!

Erschrocken dachte ich an den Kuss, den ich Annabell gegeben hatte. Das musste er irgendwie geahnt oder gespürt haben, weil er mir daraufhin erklärte, dass die *Gabe*, wie er es nannte, bei richtiger Anwendung durchaus auch Gutes bewirken konnte.

„Ich glaube, du weißt schon mehr über deine Gabe als du glaubst zu wissen. Nein, nein, du musst leicht aber überall gleichmäßig klopfen. Die Rinde darf nirgends mehr festhängen, wenn du fertig bist."

Tock, tock, tock!

„Weißt du, du kannst es beeinflussen, ob und wie deine Berührungen wirken."

Tock, tock, tock!

Ich sah ihn an. Er bemerkte die unausgesprochene Frage in meinem Gesicht.

„Weiterklopfen", sagte er und lächelte.

Tock, tock, tock!

„Wenn du beim Berühren eines anderen Lebewesens (Warum sagte er nicht *Menschen*?) reinen Gemüts bist und nur gute Gedanken hast, Freude empfindest, und zwar ehrlich und aus tiefstem Herzen, dann wird das berührte Wesen keinen Schaden nehmen. Im Gegenteil, ich glaube sogar, es hat dann mehr Glück als sonst, aber das ist nur eine Vermutung.", meinte er lächelnd und in einer für ihn ungewöhnlich geschwollenen Ausdrucksweise.

Tock, tock, tock!

„Aber Wut, Hass oder auch Angst können zu fürchterlichen Folgen führen.", ergänzte er.

„Woher weißt du das?", wollte ich wissen. Ich hatte meine Sprache wiedergefunden.

Tock, tock, tock!

„Wissen? Hmm, es ist eher eine Erfahrung. Eine Vermutung. Weißt du, was eine Vermutung ist?"

Natürlich wusste ich das. Mutter vermutete immer ziemlich genau, was ich heute wieder angestellt hatte. Aber manchmal lag sie auch total daneben. Wie damals beim toten Huhn samt ebenfalls toten Bauern. Da hatte sie nicht den Funken einer Ahnung gehabt.

Tock, tock, tock!

„Eine Vermutung ist, wenn man glaubt, etwas zu wissen?"

„Stimmt!"

Tock, tock, tock!

„Ist Gott eine Vermutung?"

Severin sah mich an.

„Jetzt hast du das Holz genug mürbe geklopft, versuch mal, die Rinde vorsichtig in einem Stück herunter zu drehen. So, siehst du?"

Es klappte. Die Pfeife war fast fertig. Das Mundstück wurde vom Rest getrennt und oben abgeflacht und in die hohle Rinde gesteckt, ans andere Ende kam der Kolben.

Auch wenn ich noch keine sieben Jahre alt war, auf Vermutungen wollte ich es bei Annabell jedenfalls nicht ankommen lassen und beschloss daher für mich, sie möglichst nicht mehr zu berühren.

„Probier mal, eigentlich müsste sie jetzt funktionieren."

Und ob sie das tat. Und mit dem Kolben konnte man sogar die Tonhöhe verstellen. Ich habe diese Pfeife heute noch. Die Rinde ist gesprungen, die Pfeife gibt keinen Ton mehr von sich, aber ich habe sie nie weggeworfen.

Severin nahm mir das Versprechen ab, niemandem von unserem Gespräch zu erzählen und versprach mir, mich in nächster Zeit in der richtigen Handhabung meiner Gabe zu instruieren.

Und bei Gott oder wem auch immer, das tat er!

*

Meine kleine Freundin verstand die Welt nicht mehr. Ihr bester Freund war plötzlich so unnahbar und reserviert. Sie sagte einige Wochen lang nichts dazu. Vielleicht dachte sie, das würde sich schon wieder geben. Manchmal sind Jungs eben eigenartig! Das wusste sie von ihrem Vater, den sie dennoch über alles liebte. Es würde sich schon wieder geben.

Das tat es aber nicht, weil ich nicht zulassen konnte, ihr weh zu tun.

Und so fragte sie mich dann an einem kalten Novembertag, es roch schon nach dem ersten Schnee, am gemeinsamen Schulweg endlich, ob sie etwas falsch gemacht hätte. Ich blieb stehen, drehte mich zu ihr und sah die Tränen in ihren Augen. Diese Frage musste sie schon seit Wochen gequält haben.

„Nein Anni, du hast gar nichts falsch gemacht."

Auch ich war den Tränen nahe. Ich war schon immer nahe am Wasser gebaut. Es hätte für Außenstehende vielleicht eine rührende Szene sein mögen, aber für uns beide war es einfach nur traurig. Ihre nächste Frage traf mich wie ein Stich mitten ins Herz, ich weiß das noch sehr genau.

„Und warum bist du dann so böse mit mir?"

Ich war zwar knapp sieben aber nicht dumm. Ich hatte diese Art Fragen schon erwartet und mich darauf vorbereitet. Tagelang hatte ich mir das Hirn zermartert, wie ich es ihr erklären könnte, ohne mein Versprechen – ja meinen Eid, denn Severin hatte mich tatsächlich einen schwören lassen – zu brechen. Und irgendwann hatte ich eine Lösung gefunden, die zwar mehr als hanebüchen war, aber unter Kindern vermutlich durchaus logisch klang.

„Anni, kannst du dich an das gruselige Comicheft erinnern, das wir einmal in der Garderobe gefunden haben?"

„Du meinst die Gespenstergeschichten?"

„Ja, genau die. Ich glaube, ich bin ein Werwolf, Anni. Ich habe solche Angst, mich irgendwann zu verwandeln und dir weh zu tun."

Sie wirkte nicht im Mindesten überrascht, eher erleichtert.

„Aber Werwölfe verwandeln sich nur bei Vollmond, stand da. Und der im Heft auch nur dann, wenn er nass wurde. Ich fand's gruselig. Da bringt der Fährmann den Werwolfmann so vorsichtig ans andere Ufer, ohne auch nur einen Tropfen Wasser ins Boot zu lassen, und kurz bevor sie drüben sind, fängt es an zu regnen."

Ich konnte mich noch gut an diese Geschichte erinnern. Die war wirklich gruselig gewesen.

Ich packte meine nächste Lüge aus. Es würden im Laufe meines Lebens noch viele werden.

„Ich habe mit einem geredet, der sich da auskennt. Der sagt, es gibt verschiedene Arten von Werwölfen. Fast so, wie es verschiedene Arten von Hexen und Zauberern gibt. Und ich bin vermutlich einer, der verwandelt sich immer dann, wenn er jemanden besonders lieb hat."

„Ich weiß, was Sie jetzt denken werden!", sagte dieser Thomas Magnum in der Detektivserie in den Siebzigern immer. Und ja, ich weiß was *ihr* jetzt denken werdet, wenn ihr das gelesen habt. Eine beschissene Ausrede! Aber eine bessere war mir nicht eingefallen, und man sollte nicht vergessen, dass Werwölfe, Hexen, Zauberer, Trolle und Vampire für Siebenjährige etwas ganz Reales waren. Die gehören zur Kinderwelt wie der jährliche Heckenschnitt samt zweitägiger Zitterhand zum örtlichen Zahnarzt.

Annabell und ich beschlossen daher, auch weiterhin gute Freunde zu sein aber den Austausch von Zärtlichkeiten zu unterlassen. Sie akzeptierte das aber erst, nachdem ich ihr vorgelogen hatte, dass mir nach dem letzten Kuss augenblicklich meine Fingernägel um einige Millimeter gewachsen waren. Wie Krallen hätten sie ausgesehen, jawohl, wie kleine, scharfe Krallen!

„Und wie bist du die wieder losgeworden?", wollte sie wissen.

„Abgeschnitten. Die Schere hat's fast nicht gepackt", legte ich noch einen drauf.

„Ich hab' auch ein Geheimnis, weißt du?"

Ich blieb stehen und versuchte nicht, meine Überraschung zu verbergen. Was sollte Annabell für ein Geheimnis mit sich herumschleppen? Meine niedliche, kleine Annabell?

Sie gestand mir, dass sie vermutlich eine kleine Hexe wäre, was ich besonders süß fand, weil ich verstand, dass sie mich damit lediglich trösten wollte. Aber eine gute Hexe, meinte sie, du weißt schon, weiße Magie und so!

Höchstens eine gute Fee, erwiderte ich darauf, was unsere Vereinbarung, auf Küsschen zukünftig zu verzichten, auf eine harte Probe stellte.

Annabell, die kleine Hexe. Ich hatte das Mädel wirklich mehr als nur gern.

*

In dem kleinen Haus nahe Linz lächelte ein Baby.

*

In den darauf folgenden Monaten lehrte mich Severin einiges.

Er zeigte mir zuerst, wie ich mittels Kraft meiner Gedanken bei Berührungen das Übelste für mein Gegenüber verhindern konnte, was vor allem Annabell zugutekam. Das war jedes Mal eine ziemliche Konzentrationsübung, und mehr als einmal fragte man mich, warum ich so komisch (das war die nette Variante) oder aber, warum ich so blöd (die weniger nette Variante) drein schaute, wenn ich auf Geheiß meiner Mutter mal wieder jemandem die Hand schütteln musste.

Wie man sich leicht überlegen kann, war diese Schulung großteils theoretischer Natur. Man kann ja schlecht irgendwelche Menschen berühren und sich dann über die Fortschritte freuen wie ein Schneekönig, weil davon gestern noch jeder zweite gestorben war, während heute nur noch jeder dritte mit den Füßen voraus das Haus verließ.

Es klappte trotzdem ganz gut. Du kannst als Kind einfach nicht verhindern, dass du berührt wirst, und dann ist es schon gut, wenn die küssenden Großtanten oder Nachbarinnen nicht eine Minute später mit einem Kollaps zusammenbrechen, jedenfalls nicht, bevor sie dich in ihrem Testament bedacht oder dir zumindest fünf Schillinge geschenkt haben. Weil der Bub so artig grüßen kann.

Nach einigen Monaten hatte ich den Dreh heraus. Ich konnte die positiven Gefühle, die das Ärgste verhinderten, bei Bedarf in Sekundenbruchteilen abrufen. Das ist wohl auch der Grund, warum ich noch immer einige Tanten (eigentlich irgendwelche Cousinen x-ten Grades meiner Pflegemutter, aber was soll's?) habe.

Nachdem ich das also ganz gut beherrschte, riskierte ich es nun auch hin und wieder, Annabell kurz an der Hand zu nehmen, wenn wir auf dem Schulweg waren oder im Frühlingsgras lagen und uns über alles Mögliche unterhielten. Sie wurde nie krank, was mich beruhigte. Und ich nie ein Werwolf, was sie wohl ebenfalls freute. Allerdings bemerkte ich bei ihr mehr als nur einen Blick auf meine Fingernägel, wenn sie sich unbeobachtet fühlte.

Irgendwann in diesem Frühling, kurz nach meinem siebenten Geburtstag (meine Mutter erklärte mir, das wäre bereits mein achter Geburtstag, weil der erste ja der gewesen wäre, an dem ich das Licht der Welt erblickt hatte. Auch wenn das nur Neonröhren im Kreißsaal gewesen waren und ich mich daran natürlich nicht erinnern könne) holte mich Severin von zuhause ab, worüber sich zu jener Zeit niemand wunderte. Das wäre heutzutage anders. Ein Pfarrer, der regelmäßig einen Siebenjährigen abholt und dann für Stunden mit ihm verschwindet, ist in unserer Zeit grundsätzlich verdächtig wenn nicht von vornherein schuldig.

An diesem Tag zeigte er mir die andere Seite. Ich wäre so weit, meinte er. Ich könnte nun die negativen Auswirkungen großteils abblocken, jetzt sei es an der Zeit, zu lernen, wie ich sie im Notfall auch gezielt einsetzen könne.

Anders formuliert: Er lehrte mich, gezielt zu töten.

So gesehen hätte man ihn also durchaus verdächtigen oder als Schuldigen betrachten dürfen, als er so viel Zeit mit mir verbrachte, wenn auch in einem anderen Sinne, als man das heutzutage bei Pfarrern und kleinen Jungs schon fast reflexartig vermutet, was im Grunde genommen den meisten Pfarrern gegenüber eine bodenlose Gemeinheit ist. Wenn man davon ausgeht, dass in etwa jeder zehnte Mann schwul ist, waren damals die noch durchwegs männlichen Ministranten also in mindestens neun von zehn Fällen völlig ungefährdet. Ich habe sowieso nie verstanden, warum seit etlichen Jahren auch Mädchen ministrieren dürfen. Das erhöht rein statistisch das Risiko dann ja um den Faktor neun, oder verstehe ich da etwas falsch? Ich war nie besonders gut in Mathe.

Wie so oft im Leben, ist der Pfad zum Guten ein steiniger und steiler Bergweg, der zum Bösen jedoch, der zur dunklen Seite der Macht, kommt als breite, abfallende und gut geteerte Straße daher, die du fast ohne Anstrengung beinahe im Leerlauf bewältigen kannst. Nur hie und da zweigt als mögliche Rettung scharf ein kleiner Schotterweg ab, beschildert mit „deine letzte Chance" gefolgt von einem noch unauffälligeren Feldweg mit dem Schild „deine absolut letzte Chance". Ich bog nie ab.

Als Severin mir erklärt hatte, welcher Gedanken es bedürfe, um die Gabe zum Töten einzusetzen (er sagte nie *töten*), dauerte es keine Stunde, bis die Nachbarkatze leblos im Gras lag. Severin war kalkweiß im Gesicht. Normalerweise wirke die Gabe nicht auf Tiere, oder zumindest nur ganz schwach und selten, hatte er gemeint. Aber bei mir sei sie wohl extrem stark ausgeprägt.

Ich fand später heraus, dass Severin in Wahrheit ziemlich wenig über die Gabe wusste. Gut, er hatte instinktiv herausgefunden, wie man sie abschwächen oder verstärken konnte, aber ich fand schnell viel mehr heraus. Viel, viel mehr! (*Du bringst Unglück, Felix!* murmelte der verdammte Bach in meinen Gedanken. *Du bringst allen Unglück! Viiiieeel Unglück!*)

Die Gabe wirkte umso besser, je höher entwickelt eine Lebensform war. Sie wirkte auch auf intelligente Menschen meist besser als auf dumme, auf nüchterne besser als auf betrunkene, obwohl sie alle keine Chance hatten, *wenn ich wirklich töten wollte!*

Ich brauchte etwa ein halbes Jahr, bis ich damit jedes beliebige Säugetier, das ich berührte, innerhalb einiger Minuten verenden lassen konnte. Ich musste nur die

Berührung für einige Sekunden aufrechterhalten und meine Gedanken in gebündelten Hass (auf was war egal) verwandeln.

Interessant war, dass die Todesursache selbst jedes Mal eine andere war. Manchmal blieb einfach das Herz stehen oder sie bekamen einen Gehirnschlag, was man an den verzerrten Zügen dann leicht erkennen konnte, oder sie wurden von einem Auto überfahren, wenn ich sie losgelassen hatte, andere wurden von einem Greifvogel erwischt, und ein Frosch ist tatsächlich ertrunken, soweit ich das beurteilen kann.

Mir wurde irgendwann klar, dass ich wohl einfach ihr Lebensglück absaugte wie ein Treibstoffdieb Benzin aus einem Tank – oder Pech in sie hineinstopfte wie Futter in eine Gans vor dem Martinsfest. Passt ganz gut der Vergleich. Pechstopfleber. Schräger Humor? Meinetwegen, aber meinen Humor habe ich bis heute nicht verloren.

Was ich aber nie schaffte: Sie ohne Berührung ins Elend zu schicken. Zugegeben, das war ein Defizit. Und ja, ich hab's versucht. Aber es blieb eine Schwäche. Eine, an der ich arbeiten konnte so viel ich wollte, daran änderte sich nichts. Was andererseits den Tauben auf dem Dach eine relativ sichere Existenz verschaffte, weil es ziemlich schwierig ist, auf Griffweite an sie heranzukommen, zumindest, wenn man keine Katze ist (oder mit Pfeil und Bogen unterwegs). Ich hasste die Tauben, seit mir einmal eine genau ins Ohr geschissen hatte, als ich mit Anni spielte!

Ich übte weiter.

Mit acht Jahren schaffte ich es sogar schon manchmal, Regenwürmer zu killen. Das sind nun wirklich keine allzu hoch entwickelten Lebensformen, oder? Sie trockneten einfach aus, nachdem ich sie „behandelt" hatte. Das mit dem Austrocknen schaffte ich später dann sogar bei Fröschen und – jetzt wird es abenteuerlich – bei Fischen!

Glücklicherweise änderte das alles nichts an der Stärke der Gabe, wenn ich sie bei zufälligen Berührungen ungewollt einsetzte. Die Letalitätsrate blieb da auf dem Niveau, das sie schon seit jeher gehabt hatte.

Die schwierigsten Situationen waren für mich, wenn mich meine Pflegemutter, die ich eigentlich sehr gern mochte, wieder einmal schlug. Sich auf positive, glückliche, warmherzige und liebevolle Gedanken zu konzentrieren, wenn man gerade den Hintern versohlt bekommt, ist eine der beachtenswertesten Leistungen, die ein Kind vollbringen kann.

Ich bin schon ein wenig stolz darauf, dass Mutter neben mir so lange überlebte.

Marias Schreianfälle häuften sich. Sie dauerten zwar meist nicht lange, aber die Häufung machte Horst und vor allem Luise Angst, auch wenn sie mittlerweile schon wussten, dass kein unmittelbarer Grund zur Sorge bestand, weil sich das Mädchen noch jedes Mal wieder beruhigt hatte und kurz danach so war, als wäre nie etwas vorgefallen. Als wäre es nur für kurze Zeit in einem bösen Traum gefangen gewesen.

Aber es waren keine Träume.

Ihre Anfälle kamen genauso oft, nein eigentlich sogar öfter, wenn Maria *nicht schlief*. Überhaupt passierte es fast immer tagsüber, kaum einmal nachts.

Was den beiden aber wirklich beinahe das Blut gefrieren ließ, das waren die Begleiterscheinungen dieser Schreikrämpfe, wie sie die unerklärlichen Phänomene seit geraumer Zeit nannten:

Manchmal fiel zeitgleich mit Marias Schreikrampf ein Buch aus einem Regal. Manchmal fiel krachend eine Tür zu, obwohl kein Luftzug zu spüren war. Das waren noch die harmloseren Dinge. Am letzten Dienstag, so hatte Horst in sein kleines Notizbuch geschrieben, in das er alles notierte, was irgendwie mit Maria zu tun hatte, hatte er gerade den Rasen ihres kleinen Gartens (irgendwie war alles klein bei ihnen) gemäht, als er Maria schreien hörte. Er schwor Luise später hoch und heilig, dass er den Gashebel auf OFF gestellt hatte. Er stellte den Hebel immer auf OFF, wenn er aus irgendeinem Grund den Rasenmäher stehen ließ, um vielleicht ein Glas Limonade zu trinken, weil es heuer ein besonders heißer Sommer war. Er *hatte* den Hebel auf OFF gestellt! Hundertprozentig, Luise! Der Hebel war auf OFF!

Und trotzdem war der Mäher angesprungen, ohne dass er die Starterleine gezogen hatte und war losgefahren, bis er zurückgelaufen war und ihn erneut abgestellt hatte.

Nun gut, bezüglich eines Starthebels kann man einmal einem Irrtum unterliegen. Aber sie waren nicht gerade reich, und ihr Rasenmäher hatte auch so schon ein Loch ins Haushaltsbudget gerissen.

Weshalb sie sich aus genau diesen Gründen gegen den viel teureren Selbstfahrmäher entschieden hatten.

*

Annabells Vater zerstritt sich zu unserem Leidwesen im Sommer 1971 mit seinem Arbeitgeber. Anscheinend hatte er sich geweigert, das Gewicht der Semmeln unter das gesetzlich vorgeschriebene Mindestmaß zu senken – oder so etwas in der

Art. Meine Mutter erzählte mir, dass die Bäcker für derartige Betrugsversuche im Mittelalter dem „Bäckerschupfen" unterzogen worden waren. Das klang ja recht lustig, war aber eine ziemlich brutale Bestrafung. Man sperrte die Schuldigen in einen Käfig und versenkte sie dann mehrmals für eine festgelegte Dauer in einem Fluss. Bei der Qualität damaliger Uhren war das mit der Dauer so eine Sache. Viele der derart bestraften Übeltäter waren daher elendiglich ersoffen, sagte meine Mutter. Aber dafür hätte dann auch kaum noch ein Bäcker gewagt, zu kleine Semmeln zu verkaufen.

Unser Bäckermeister im Ort fand wohl, dass er so ein Bad gegebenenfalls schon überleben würde, und Annabells Vater sagte „Nein!", worauf er seine Arbeit verlor und sie kurz darauf aus unserem Ort fortzogen.

Annabell und ich waren todtraurig und verzweifelt, aber Kinder haben da kein Mitspracherecht, und so blieb mir nichts anderes übrig, als meine Wut darauf am meines Erachtens Schuldigen festzumachen: dem Bäcker. Ja, klar, Annabells Vater war auch schuldig an der Misere, aber das war eben Annabells Vater, weshalb ich keine Sekunde lang daran dachte, ihn auf meine Art zur Rechenschaft zu ziehen.

Da das Bäckerschupfen leider keine allgemein akzeptierte Form der Bestrafung für sein Vergehen mehr darstellte, beschloss ich, das Schicksal die Sache übernehmen zu lassen. Ich ging mit meiner Mutter ab dem Tag, an dem ich diesen Entschluss gefasst hatte, immer mit, wenn sie etwas bei ihm kaufte. Da es keine reine Bäckerei, sondern eine mit angeschlossenem Gemischtwarenhandel war, kam das ziemlich häufig vor.

Und irgendwann tätschelte er mir dann endlich den Kopf. Ich ließ es geschehen, ohne meine Fähigkeiten einzusetzen. Weder in die verhindernde noch in die verstärkende Richtung. Das Schicksal sollte entscheiden, wie lange er untergetaucht wurde. Bäckerschupfen auf Felixart.

Zwei Tage später fiel ihm ein heißes Backblech auf die Zehen. Beim Versuch, dem Unfall durch Zurückspringen zu entgehen, rammte er sich die Kante irgendeines Bäckereigeräts oder Möbelstücks so unglücklich in den Rücken, dass er ab da querschnittgelähmt blieb. Das hatte für ihn zumindest den Vorteil, dass er die verbrannten Zehen nicht mehr spürte.

Im Übrigen war das eine gerechte Strafe, fand ich. Immerhin hatte das Schicksal beschlossen, ihn überleben zu lassen. Und dabei wusste er noch nicht einmal, was für ein Glück er gehabt hatte!

*

Annabell und ihr Vater zogen gegen Ende des Sommers 1971 aus unserem Ort weg. Es war der Tag, an dem der Bäcker mit der Rettung aus der Rehaklinik nach Hause gebracht wurde. Ich beobachtete mit Genugtuung, wie er samt seines Rollstuhls aus dem VW Bus gehoben wurde. Mutter hat nie gefragt, warum ich nicht mehr zum Einkaufen mitkommen wollte. Versteht mich nicht falsch: Ich hatte kein schlechtes Gewissen wegen des Bäckers. Es war einfach so, dass meine Arbeit getan war und ich keinen Grund mehr hatte, mitzugehen.

Ich sollte Anni für Jahre nicht mehr wiedersehen.

Für viele Jahre. Aber nicht für immer.

8

Herbst 1971

Gianni Salvagnini war an diesem Herbsttag bester Laune, als er sein Büro im Vatikan betrat. Offiziell war er Mitglied der Schweizergarde, aber er war dort bereits seit Jahren von allen Pflichten entbunden. Eigentlich war er das schon, seit er aus dem Tessin nach Rom übersiedelt war. Gianni war in der Schweiz in einer Sondereinheit der Kantonspolizei gewesen, hatte eine Topausbildung in allen Nahkampfvarianten und natürlich auch mit allen möglichen Waffen, und war dann in Rom, als er glaubte, er hätte bereits eine harte Schulung hinter sich, erst so richtig zum Spezialisten gedrillt worden.

Was viele nicht wissen, ist, dass die Schweizergarde hinter ihren lustig bunten, von Touristen so gern fotografierten Uniformen, die vielleicht am intensivsten ausgebildeten Profis unter allen europäischen Polizeieinheiten versteckt. Und Gianni war „top of the best", wie sein Kollege und Vorgesetzter, Martin Wägele, es auszudrücken pflegte, wenn er über ihre offiziell gar nicht existierende Einheit sprach. Was er nur zu Gianni tun konnte – und einem einzigen, eingeweihten Kardinal, dem für die Spionageabwehr verantwortlichen Kardinal Scamponi, einem für seine siebenundsechzig Jahre noch beeindruckend fitten, klein gewachsenen Italiener mit roter Stoppelglatze. Er hasste das Pileolus und trug es nur, wenn es unvermeidlich war. „Meine roten Haare ersetzen mir die Mütze", sagte er mit einem Lächeln, dem es an jeglicher Wärme fehlte, wenn jemand die Unverfrorenheit hatte, ihn auf seine unvollständige Adjustierung aufmerksam zu machen. Scamponi war Kardinalbischof, also im höchsten der drei Kardinalsränge, und man konnte durchaus behaupten, dass er im Vatikan etwas zu sagen hatte.

Noch nicht einmal den Papst informierte man über die Existenz der „Wächter", wie ihre Abteilung inoffiziell hieß. Offiziell hatte diese Gruppe nicht einmal einen Namen, weil es sie kirchenrechtlich gar nicht geben durfte.

„Das ist zu seinem eigenen Schutz", hatte Scamponis Vorgänger ihm erklärt, als er ihm die Aufsicht über die Abteilung übertragen und die Schlüssel übergeben hatte. „Was der Heilige Vater nicht weiß, das kann ihm auch nie jemand zum Vorwurf machen."

Von diesen organisatorischen Details wusste Gianni nicht viel. In ihrer Abteilung war es ein ungeschriebenes Gesetz, nur das wissen zu wollen, was man unbedingt wissen musste, um seine Arbeit erledigen zu können.

Wie alle Schweizergardisten war Gianni großgewachsen und austrainiert. Was ihn mit seinen siebenundzwanzig Jahren von seinem nur unwesentlich älteren Vorgesetzten Martin unterschied, waren seine platinblonden, kurz geschnittenen Haare. Martin – die Wächter redeten sich seit Urzeiten mit dem Vornamen an – hatte braune Naturlocken, die ebenfalls militärisch kurz getrimmt waren.

Außer Kardinal Scamponi, den sie nur selten zu Gesicht bekamen, wusste keiner, was man dabei unter „Urzeiten" zu verstehen hatte. Dieser allerdings kannte die streng geheimen Aufzeichnungen der Wächter, zu denen ausschließlich er selbst Zugang hatte. Sie lagerten in einem Hochsicherheitsbereich in den Vatikanischen Archiven. Den Schlüssel dazu hatte nur der jeweils befugte Kardinal. Es war ein hochmoderner, elektronischer Schlüssel, der die Türen nur in Kombination mit dem Fingerabdruck des Kardinals öffnete.

Falls der Kardinal plötzlich versterben sollte, was in ihrem Geschäft schon vorgekommen war, dann wurde ein Kuvert geholt, das in einem Tresor lag, zu dem nur die Wächter Zugang hatten, und in dem der Nachfolger bestimmt war. In diesem Kuvert fand sich auch eine elfstellige Zahlenkombination, mit der man den Fingerabdruck auf den neuen Verantwortlichen umprogrammieren konnte. Für die Siebzigerjahre war dies das Modernste vom Modernen, aber gute Kontakte zur CIA und damals in der Öffentlichkeit noch kaum bekannten NSA hatten ihre Vorteile.

Wozu diese, Außenstehenden möglicherweise übertrieben wirkenden Sicherheitsmaßnahmen dienten, das wusste ebenfalls immer nur der jeweils betraute Kardinal. Die Wächter existierten in dieser Form nämlich seit fast eintausendfünfhundert Jahren. Und bis auf wenige Ausnahmen hatten sie es auch über die gesamten eineinhalb Jahrtausende geschafft, die „Verfluchten", wie sie sie nannten, davon abzuhalten, dem Teufel den Weg zur Macht auf Erden zu ebnen, ohne dabei in der öffentlichen Wahrnehmung Spuren zu hinterlassen.

Wenn es nach Kardinal Scamponi ging, wäre ausgerechnet er sicher nicht der erste, der bei dieser heiligen Aufgabe versagen würde. Leider wurde das in der zunehmend kleiner werdenden Welt immer schwieriger. Heutzutage konnte man Menschen nicht mehr so einfach und spurlos verschwinden lassen wie noch vor hundert Jahren. Und das würde in Zukunft noch schwieriger werden.

Mit diesen Gedanken betrat Scamponi etwa zehn Minuten nach sechs Uhr morgens, also eine gute Viertelstunde nach Dienstbeginn, das Büro von Gianni und Martin und verdarb den beiden gründlich die Laune, als sie gerade ihren Morgenespresso schlürften, der wie immer so heiß und stark war, wie ein richtiger italienischer Espresso eben zu sein hatte.

*

„Wir haben wieder einen Verdacht auf einen Verfluchten. Vermutlich ein A1 oder B1", polterte der Kardinal ohne zu grüßen mit den Neuigkeiten in das Büro, das nach der verführerisch-bitteren Schwere frischen Ristrettos duftete.

Die Wächter hatten für die „Verfluchten" Kategorien geschaffen, um sie besser einordnen zu können. Der Buchstabe A bis C sagte etwas über die Stärke der „Gabe" aus, wobei „A" die stärkste Ausprägung darstellte. Die darauf folgende Zahl sagte etwas über die Entwicklungsstufe aus, „1" hieß, dass es sich noch um ein Kind handelte, das sich seiner Gabe nicht bewusst war. „3" war ein voll ausgebildeter Verfluchter, aber in den letzten zweihundert Jahren hatte es ihres Wissens kein einziger bis zur „3" geschafft. Das zu verhindern, dazu waren die Wächter da.

Es kam nicht oft vor, dass die Wächter mit einem Verfluchten der Kategorie A zu tun hatten. Genau genommen kam es überhaupt nur ein bis zweimal alle zehn Jahre vor, dass ein Verfluchter identifiziert wurde. Die meisten waren Klasse „C", also eher harmlos. Ein „A1" oder gar ein „A2" bedeutete aber immer höchste Alarmstufe, weshalb sich Gianni auch prompt am Kaffee verschluckte und dabei die Zunge verbrühte. Die Erinnerung an die fehlgeschlagene Neutralisierung des letzten „B2" lag ihm immer noch im Magen wie ein spätabendlicher Milchshake.

Der Kardinal war es gewohnt, seine Statements wirken zu lassen, bevor er mit weiteren Details fortfuhr. Das war eine simple rhetorische Strategie, gelernt in seinen Jahren beim Opus Dei, die ihm in vielen Jahren im Klerus in Fleisch und Blut übergegangen war. Nicht derjenige, der viel sprach, gewann eine Debatte sondern derjenige, der das Wenige zur richtigen Zeit ins Gespräch einbrachte. So begab er sich erst einmal zur Espressomaschine, stellte eine kleine Tasse darunter, füllte den Kaffee in den Edelstahlhalter und zog am Hebel. Die Maschine setzte sich nur widerwillig in Gang und rülpste und hustete, als wäre sie über diesen unerwarteten Arbeitsauftrag alles andere als erfreut. So sehr er seine Untergebenen schätzte – auf die Idee, dass eine teure, italienische Espressomaschine der Pflege bedarf, kamen sie von selbst nie.

„Ein A1? Ganz sicher? Wo?", fragte Martin, der als erster die Fassung wiedergefunden hatte. Aber nicht völlig, sonst hätte er nicht die goldene Regel verletzt, keine Fragen zu stellen sondern zu warten, bis der Kardinal einem die notwendigen Dinge von sich aus mitteilte.

„Wie oft soll ich Ihnen noch erklären, dass man nicht mehrere Fragen auf einmal stellen soll?", gab ihm der Kardinal leicht angesäuert zurück, um dann sofort mit den Einzelheiten fortzufahren:

„Vermutlich ein A1. Das Kind hat in wenigen Jahren mindestens fünf Pflegeeltern verbraucht. Wie üblich fiel er uns bei der routinemäßigen Sichtung der Waisenhausakten auf."

Es waren interessanterweise fast immer nur männliche Kinder verflucht, aber das brauchte er nicht extra zu erwähnen. Lediglich ein Fall einer Frau war bekannt geworden, aber die hatte im 14. Jahrhundert ihre Gabe für eine gute Sache eingesetzt, jedenfalls aus Sicht der Franzosen, bis sie schließlich doch verraten und auf einem englischen Scheiterhaufen verbrannt worden war, was in der Folge drei ihrer Henker das Leben gekostet hatte. Von diesen unerfreulichen Nachwirkungen stand allerdings nichts in den Geschichtsbüchern.

„Und wo?", Gianni dachte, dass es nun wohl in Ordnung wäre, die dritte Frage zu stellen. Der Kardinal sah ihn mit einem unausgesprochenen Vorwurf im Blick an.

„Österreich. Salzkammergut. Ihr macht euch morgen auf den Weg. Und keine Fehler mehr, wie beim letzten Mal!" Damit legte er einen dünnen Aktenordner auf den Tisch und ging grußlos, die nur halb geleerte Espressotasse auf dem Tisch zurücklassend.

Schade um den guten Kaffee, dachte Gianni.

*

Das letzte Mal war tatsächlich ein vollkommenes Fiasko gewesen. Von Anfang an. Aber nicht ihres, sondern das ihrer Vorgänger. Das begann schon damit, dass man den „B2" erst identifiziert hatte, als er bereits siebzehn und sich über seine Gabe weitgehend im Klaren gewesen war. Der Versuch, diesen Jugendlichen zu neutralisieren, hatte dann damit geendet, dass die beiden Wächter in einer schlichten Holzkiste den Rückweg in den Vatikan antraten. Es hatte natürlich Fragen gegeben, die Hintergründe konnten aber glücklicherweise, wenn auch nur unter großen Anstrengungen, vertuscht werden. Offiziell waren sie an einer heimtückischen Infektionskrankheit gestorben und mit allen Ehren bestattet worden. Es hatte dann mehr als ein Jahr gedauert, die Wächterabteilung personell wieder einsatzbereit zu machen. Zwei Jahre, in denen glücklicherweise kein weiterer Verfluchter aufgetaucht war.

Der Junge, der ihren Vorgängern so übel mitgespielt hatte, war hingegen spurlos untergetaucht. Oder zumindest beinahe spurlos, denn einen Hinweis hatte es gegeben, dass er aus Bayern nach Österreich geflohen war, aber die Spur verlief später im Sande. Wäre es ein A2 gewesen, mittlerweile dann wohl schon ein A3, dann wäre nun die Sicherheit der katholischen Kirche und der ganzen Welt in höchster Gefahr. Als B2 oder B3 war das zwar immer noch eine kritische Situation, aber wenn man ihn nicht fand, konnte man sowieso nur warten. Irgendwann machten diese Verfluchten einen Fehler. Immer. Irgendwo gab es dann zu viele mysteriöse Todesfälle, um es noch als eine statistische Schwankung erklären zu können, und dann würde man ihn schnell und kompromisslos neutralisieren. Im Vatikan gab es mittlerweile eine ganze Abteilung nicht eingeweihter Analysten, die nichts anderes taten, als alle möglichen Todesfälle zu durchforsten. Wenn irgendwo auf der Welt eine Häufung auftrat, machten sie Meldung, ohne im Detail zu wissen, worum es dabei ging. Seit Computer und Datenbanken Einzug gehalten hatten, und nun auch noch weltweit vernetzt waren, hatte sich diese Arbeit deutlich vereinfacht.

Wirklich Bescheid, wirklich über *alles Wesentliche* Bescheid, wussten außer dem Kardinal nur Gianni und Martin.

Die beiden Wächter packten ihre Koffer, in denen neben Zivilkleidung – im Ausland konnten sie ja schlecht in der Schweizergardeuniform auftreten – auch einige weniger friedliche Utensilien Platz finden mussten. Sie würden im Auto nach Österreich reisen. Das war unauffälliger, und zwischen Italien und Österreich wurden Autos auch damals schon nur sehr selten gefilzt. Vor allem nicht Autos von Priestern, die sie zwar beide nicht waren, aber als die sie sich problemlos ausgeben konnten. Mit offiziellen Papieren des Vatikans natürlich. Pater Andrea und Pater Marco, wie die beiden Wächter jetzt hießen, setzten sich daher kurze Zeit später in ihren Fiat und machten sich auf den Weg zum Brenner.

*

„Neutralisieren" hieß im Jargon der Wächter nichts anderes als das, was die Nationalsozialisten unter den Begriffen „Ausmerzen" oder „der Endlösung zuführen" verstanden hatten. Ein recht offenherziger Euphemismus also. Es ging schlicht und einfach darum, diese „Verfluchten" mit möglichst wenig Aufsehen zu liquidieren und dann spurlos verschwinden, oder, falls das nicht möglich war, es zumindest wie einen Unfall aussehen zu lassen, was bei Kindern im Allgemeinen kein großes Problem darstellte. Kinder hatten sehr oft Unfälle. Sehr beliebt waren Autounfälle mit Fahrerflucht oder Ertrinken in einem Teich. Im ersten Fall ließ man dann den Wagen irgendwo in einen See oder über eine Klippe rollen oder ließ ihn einfach in einem Wald zurück. Ohne jede Spur – die Wächter waren schließlich speziell dazu ausgebildet worden, jede Spur zu beseitigen.

Gianni und Martin hatten selbst noch keinen derartigen Auftrag ausgeführt. Der Kardinal hatte aber keinen Zweifel, dass sie dazu in der Lage waren. Zur Ausbildung gehörte auch solider, psychologischer Drill. Man fing mit kleinen Haustieren an und ging dann einen Schritt weiter, bis das Töten derart automatisiert war, dass die Wächter keinen Gedanken mehr an das *Warum* verschwendeten. Oder auch daran, ob eine solche *Neutralisationsmaßnahme* nötig und angemessen war oder nicht. Sie waren Soldaten der Kirche, und gute Soldaten hinterfragten ihre Befehle nicht. Schon gar nicht jene, von deren Notwendigkeit für die Rettung von Kirche und Welt sie überzeugt waren, wofür eine ideologische Indoktrinierung gesorgt hatte, die schon seit jeher nach allen Regeln der Kunst vorgenommen wurde, sobald ein Gardist zu den Wächtern stieß.

Martin saß am Steuer, als sie über die Autobahn rollten, wobei sie natürlich sehr darauf achteten, nicht durch ein Missachten irgendwelcher Verkehrsregeln Aufmerksamkeit auf sich zu ziehen. Assassinen hatten nur wenige Regeln, aber eine der goldenen war, so wenig aufzufallen, wie im Hochsommer eine Stechmücke in einem Sumpfgebiet. Dazu gehörte auch, nur zu reden, wenn es nötig war, und so verlief die Fahrt weitgehend wortlos.

Gianni las sich die Zusammenfassung über den „A1" bereits zum wiederholten Male durch. Sie hatten beide eine hervorragende Auffassungsgabe, die durch ihre Ausbildung zu einem beinahe fotografischen Gedächtnis verfeinert worden war, sodass er nach dem dritten Mal den Bericht auswendig hätte wiedergeben können.

Der „A1" hieß Felix Hofer und lebte derzeit in einem kleinen Dorf im Salzkammergut, was die Sache nicht einfacher machen würde. Kinder in einer großen Stadt verschwinden zu lassen, war deutlich problemloser als in einer verschworenen Dorfgemeinschaft. Allerdings waren Verfluchte erfahrungsgemäß selten gut integriert. Dazu zogen sie zu oft um, und es passierten in ihrer Umgebung zu viele mysteriöse Dinge. Was ihren Auftrag vereinfachen würde. Gianni gedachte daher, in drei Tagen bereits wieder in seinem Büro in Rom zu sitzen und sich dort einen guten Espresso schmecken zu lassen. Diese Österreicher machten nur in Wien halbwegs genießbaren Kaffee, aber einen richtigen Espresso würden sie auch dort nie hinbekommen. Und schon gar nicht in Oberösterreich! Anscheinend lag das am Land. Selbst gebürtige Italiener, die einige Jahre im Ausland verbracht hatten, schienen die Kunst des Kaffeebrauens zu verlernen. Traurig! Aber in ein paar Tagen wäre das Thema dann ja gegessen.

Wenn der Mensch Pläne macht, dann ist das aber oft nur dazu nütze, dass der liebe Gott oder das Schicksal etwas zu lachen hat, wie die beiden bald feststellen sollten.

9

Karin Rehbein hatte einen echten Horrortag hinter sich, als sie um 18:15 aus dem Innsbrucker Cafe trat, in dem sie seit einigen Wochen arbeitete, und in dem sie Espresso von einer Qualität servierte, die den Anforderungen Giannis nie und nimmer genügt hätte.

Eigentlich war sie gelernte Friseuse, aber in diesem Beruf verdiente man in den Siebzigern genauso schlecht wie heute, weshalb sie vor zwei Monaten beschlossen hatte, lieber in die Gastronomie zu gehen, um sich endlich eine etwas größere Wohnung für sie beide leisten zu können. Es ging mit der Zweijährigen einfach nicht mehr in dieser Zimmer-Kuchl-Kabinett-Lösung, wie die Wiener eine solche Wohnsituation nannten. Sie war zwar keine Wienerin, aber Billigwohnungen mit WC am Gang gab es auch im Tirol der Siebzigerjahre zur Genüge. Und Karin lebte mit ihrer kleinen Tochter jetzt seit deren Geburt auf diesen knapp vierzig Quadratmetern, und das bei einer horrend überhöhten Miete.

In ihrem neuen Beruf verdiente sie, das Trinkgeld eingeschlossen, fast das Doppelte von früher, weshalb sie sich die etwas größere Wohnung demnächst würde leisten können. Und irgendwann vielleicht ein neues Auto. Der alte Japankrapfen, den sie jetzt fuhr, war eine Sparbüchse. Eine, in die man nur einwarf, wo man aber außer Ruß aus dem Auspuff nie etwas heraus bekam, dachte sie zum wiederholten Male bitter, als sie sich gerade anschickte, in diesen Schrotthaufen einzusteigen. Hoffentlich würde er heute wenigstens anspringen. Eigentlich sollte er das bei diesen Temperaturen. Sie seufzte. Im Winter sah das oft anders aus.

Der Wagen sprang sofort an.

Wenn wenigstens der Vater der Kleinen mitzahlen würde, aber das arbeitsscheue Arschloch hatte sich auf der Stelle verpisst, als sie ihm von der Schwangerschaft erzählt hatte. „Unbekannt verzogen!", keine Chance, ihn auf Alimente zu klagen. Davon abgesehen, dass sie sich die Anwaltskosten sowieso nicht würde leisten können. Dazu kam noch, dass bei diesem Versager gar nichts zu holen war. Wenn man es realistisch betrachtete, dann war durch sein Verschwinden lediglich ein Maul weniger zu stopfen.

Sie steuerte den Wagen aus dem Parkplatz auf die Ausfallsstraße in Richtung der Autobahn.

Nein, sie musste es alleine schaffen. Wenigstens passte ihre Mutter, die für ihre fünfundsechzig Jahre noch sehr fit war, für Karin auf die Kleine auf, wenn sie arbeiten war. Und Karin war oft arbeiten. Kein Wunder, dass ihr Sonnenschein ihr erstes „Mama" zu ihrer Mutter gestammelt hatte und nicht zu ihr. Bei diesen Gedanken stiegen ihr die Tränen in die Augen.

Sie fuhr bei Innsbruck Ost auf die A12, die Inntalautobahn, auf. Ging am schnellsten so, auch wenn sie nur knapp neun Kilometer auf der Autobahn fahren würde, weil sie in Volders schon wieder runter musste. Von dort dann noch ein paar Kilometer auf der Landstraße, dann wäre sie endlich zuhause. Ihre Mutter war sicher froh, wenn Karin sie dann endlich ablöste. Vermutlich hatte sie die Kleine wie immer gefüttert und gewickelt, Karin war einfach zu müde, um das nicht zu hoffen.

Sie fuhr die Auffahrt zur Autobahn hoch.

Ihre Müdigkeit, ihre tränengetrübten Augen und ein Moment der Unaufmerksamkeit sollten genügen, um einigen Schicksalen eine andere Richtung zu geben.

Felix sollte nie erfahren, dass ihm an diesem Tag eine Tiroler Kellnerin das Leben gerettet hatte, aber vielleicht gilt das für uns alle. Wie oft erfahren wir nicht, dass wir gerade viel Glück gehabt haben? Wir nehmen zwei Stufen auf einmal und lassen die eine aus, auf der ein nasser Fleck unseren Fuß sonst hätte ausrutschen lassen, was unserem Genick beim darauf folgenden Sturz den Rest gegeben hätte. Oder wir ärgern uns am Skilift darüber, dass sich einer vordrängelt, weshalb wir genau die zwanzig Sekunden später auf der Piste sind, die schlussendlich den Ausschlag dafür gegeben haben, dass uns ein besoffener Holländer eben nicht über den Haufen fährt. Vermutlich haben wir im Leben oft jede Menge Glück, von dem wir aber nie etwas erfahren. Wenn wir allerdings einmal kein Glück haben, wir sagen dann „Pech" dazu, fällt uns das sofort auf.

Karin hatte kein Glück, aber es fiel ihr trotzdem nicht mehr auf. Als sie von der Beschleunigungsspur auf die erste Fahrspur wechselte, hatte sie den Fiat hinter ihr genau im toten Winkel. Natürlich hatte sie vor Jahren in der Fahrschule gelernt, dass man sich immer auch Zeit für einen Blick über die linke Schulter nehmen sollte, aber heute war keine Schulterblickzeit. Heute war Crashzeit. Wovon Felix nichts ahnte, wovon Karin nichts mehr mitbekam, und wovon Gianni später als „ziemliches Pech" sprach.

Es ging alles sehr schnell. Sie bog mit ihrem Mazda auf die Fahrspur, der italienische Fiat konnte nicht mehr bremsen, die beiden Fahrzeuge berührten sich. Sanft zuerst, fast zärtlich, wie bei einem vorsichtigen Kuss zwischen einem rassigen Italiener und einer zurückhaltenden Japanerin. Doch nach diesem ersten, schüchternen Kennenlernen stieß die Japanerin den Italiener, als wäre sie ob seiner unanständigen Annäherung peinlich berührt, brüsk zur Seite, dieser schleuderte in liebevoller Begeisterung, während sich die so unsittlich liebkoste Japanerin wie aus falsch verstandener Solidarität ebenfalls zur Seite warf und in einer Folge spektakulärer Saltos den Pannenstreifen entlang purzelte, um dann mit einem letzten Sprung die rechte Leitschiene zu überwinden und endlich an einem Baum neben der Autobahn mit einem finalen, berstenden Knall zu zerschellen.

Der dermaßen abgewiesene italienische Kavalier krachte seinerseits, als er auf die Überholspur schleuderte, in einen schon fast monströs zu nennenden Jeep, der von einem deutschen Geschäftsmann gelenkt wurde, welcher auf einer Reise zu einem Meeting in Wien war, bei dem er am nächsten Tag seine neue Entwicklung im Bereich superleiser Staubsauger vorstellen sollte.

Martin, der den Fiat lenkte, war sofort tot, als der Fiat von diesem Jeep regelrecht zermalmt wurde. Gianni hatte etwas mehr Glück. Er kam mit einem gebrochenen linken Arm, einem aufgeschlitzten Gesicht und etlichen Abschürfungen davon, und durfte das Krankenhaus Innsbruck nach zwei Wochen verlassen, nur um sogleich in Untersuchungshaft überstellt zu werden, weil die Polizei im Kofferraum des verunglückten Fiat mehrere Feuerwaffen gefunden hatte, die so gar nicht zu den beiden Priestern passen wollten. Von wegen Unauffälligkeit ist die Zier des Assassinen! Sogar die Presse hatte Wind von den bewaffneten Priestern bekommen und es groß auf der Titelseite gebracht. Der Vatikan hatte daraufhin alle Hände voll zu tun, die Sache zu verharmlosen, was dann auch einigermaßen gelang, wobei sich die guten Kontakte zur italienischen und zur österreichischen Presselandschaft als hilfreich erwiesen hatten. Man stellte es schlussendlich so dar, dass den beiden Priestern, die auf einer Fahrt zu einem Glaubenskollegium diesen tragischen Unfall hatten, bei einem Aufenthalt in einer Raststätte die Waffen ins Auto geschmuggelt worden waren, um diese unauffällig über die Grenze bringen zu können. Eine Ausrede, die man auch dem Papst auftischte. Wenn Gott mit diesem Unfall nicht so energisch eingegriffen hätte, wären damit vermutlich in Tirol von Südtiroler Separatisten Anschläge verübt worden. Priester Martin sei also gleichsam einen Märtyrertod gestorben. Amen! Lasset uns für seine arme Seele beten!

Giannis Aufenthalt in der Haft war somit nur von kurzer Dauer, nachdem Kardinal Scamponi seine Verbindungen hatte spielen lassen, wobei ihm sein freundschaftliches Verhältnis zum damaligen, erzkatholischen Tiroler Landeshauptmann zugutegekommen war. Ja, man würde über die Seligsprechung von Andreas Hofer nachdenken. Hilfst du mir, dann helf ich dir!

Felix war ausnahmsweise einmal völlig unschuldig. Es war einfach Pech. Oder Glück. Das konnte man betrachten, wie man wollte.

Und diesmal schrie die kleine Maria nicht.

10

Weihnachten 1971

Gianni war weitgehend wiederhergestellt. Zumindest wenn man von der langen Narbe schräg über seine linke Gesichtshälfte absah, die ihn für immer an die unglückliche Autofahrt auf der Inntalautobahn erinnern würde. Sie stammte von einem beim Unfall ins Fahrzeuginnere eingedrungenen Blechteil der Motorhaube. Er hatte wahnsinniges Glück gehabt, dass er dabei nicht auch noch sein linkes Auge eingebüßt hatte, sagte ihm der behandelnde Arzt später. Die Narbe gab ihm etwas von einem Schläger oder Kriminellen, fand er. In seinem Beruf, wo das Credo war, möglichst nicht aufzufallen, wäre das eine ziemlich unangenehme Entstellung, meinte der Kardinal.

Da aufgrund des Todes seines Kollegen aber bei den Wächtern jetzt akute Personalnot herrschte, hatte ihn Scamponi in Amt und Würden belassen. Bis Nachwuchs eingeschult sei, müsste er sich zudem um diesen Verfluchten alleine kümmern. Etwas, das Gianni insgeheim nicht störte – er hatte schon immer am liebsten alleine gearbeitet. Was wiederum nicht im Sinne des Kardinals war. Einzelgänger neigten dazu, in Krisensituationen unvorhersehbar zu reagieren, weil das Korrektiv eines Partners fehlte. Das war auch der Grund, warum der Kardinal stets darauf bedacht war, die Charaktere der Wächter so auszuwählen, dass ein eher impulsiver Typ mit einem bedächtigeren Kollegen zusammengespannt wurde. Derzeit war der bedächtigere der beiden Futter für die Maden und seine Seele schmorte wohl am Fegefeuergrill. Nachdem ihm aber keine andere Wahl blieb, musste es eben auch so gehen.

Gianni hatte vom Kardinal Handlungsfreiheit bekommen. Hauptsache, dieser Verfluchte würde endgültig aus dem Verkehr gezogen, deutete ihm sein Vorgesetzter an. Gianni würde dafür sorgen, schon alleine dem Andenken an seinen Kollegen und Freund Martin war er das schuldig, dachte er, wobei er seine Verbitterung deutlich spürte. Aber jetzt würde er es auf seine Art machen. „Ich werde für einige Zeit untertauchen!", informierte er seinen Vorgesetzten. Dann packte er seine Sachen.

Dieses Mal würde er sich nicht als Priester tarnen.

*

Marias Schreianfälle waren seltener geworden, hatten aber nicht gänzlich aufgehört. Dafür hatten die Begleiterscheinungen, wie Horst die unheimlichen Vorkommnisse nannte, an ihren Nerven gezerrt.

Seit der Sache mit dem selbstfahrenden Mäher, der gar nicht zum Selbstfahren konstruiert war, weil er kein Getriebe hatte, das ihn dazu befähigte, hatte er sich oft eingeredet, dass das Zufälle sein mussten. Bis er sich nach dem letzten Vorfall endlich dazu durchgerungen hatte, zu akzeptieren, dass wohl Maria es war, die diese Dinge auslöste.

Als das Mädchen, das mittlerweile etwa eineinhalb Jahre alt war und gerade die große, weite Welt auf eigenen Beinen zu erkunden begann, zuletzt in seiner unbeholfen-süßen Art auf ihn zu stolperte, erstarrte es plötzlich mitten in seiner Bewegung. Nicht, dass es einfach stehen geblieben wäre. Es *erstarrte*. Und zwar in einer Position, in der die Physik jeden menschlichen Körper dazu zwingen müsste, nach vorne umzukippen.

Aber Maria kippte nicht nach vorne. Sie stand da wie ein Bronzemonument eines zu klein geratenen Sprinters. Ein Bein erhoben und schräg nach vorne weisend, eine Momentaufnahme eines Kleinkindes, das man mitten in seiner typischen, tapsigen Art sich fortzubewegen fotografiert hatte. Horst ging ihr entgegen. Vorsichtig und leise, als hätte er Angst, er könne sie wecken und erschrecken, wie eine Schlafwandlerin auf dem Giebel eines Daches, und sie könne nach vorne fallen.

Und dann hörte er Maria schreien.

Nur dass sich weder ihr Mund noch sonst etwas an ihr bewegten.

Der Spuk war so schnell vorbei, wie er gekommen war. Sie hörte auf zu schreien (*wenn sie überhaupt je geschrien hatte*, dachte Horst) und setzte ihre tapsenden Schritte auf ihn zu fort.

Als sie ihn erreicht hatte, lachte sie und sagte ihre ersten Worte: „La lu".

Als Luise herein stürmte, war bereits alles wieder wie vorher.

„Ich habe sie wieder schreien gehört. Aber nur kurz.", sagte sie fast beiläufig zu ihm. „Aber es war irgendwie ... anders."

„Alles in Ordnung, Luise!", beruhigte er seine Frau.

Aber es war nicht in Ordnung. Nichts war in Ordnung. Gar nichts war in Ordnung!

Maria hatte *in seinem Kopf* geschrien.

Pater Severin hatte die Meldungen in den Zeitungen verfolgt. Er las seine beiden Tageszeitungen immer sehr aufmerksam. Diese eine Stunde nach der Morgenmesse, die er meist fast alleine feiern musste, nur ein paar ältere Frauen saßen ebenfalls in der Kirche, gehörte zu den ihm heiligen Gewohnheiten. Er trank dazu zwei Espressi und aß ein Kipferl. Auch darauf wollte und konnte er nicht verzichten. Filterkaffee verabscheute er, außerdem bekam er davon Magenschmerzen. Aber ein guter Espresso, das war etwas ganz anderes. Er wusste natürlich nicht, wie ähnlich er in diesem Punkt einem bestimmten Schweizergardisten mit einer entstellenden Gesichtsnarbe war.

Normalerweise erregten ihn die vielen Katastrophenmeldungen und Unfallberichte nicht. Das war eben der Lauf der Welt. Der Mensch ist ein Raubtier, *Homo homini lupus*, wie Thomas Hobbes schon im siebzehnten Jahrhundert ganz richtig erkannt hatte. Severin dachte oft, die menschliche Rasse würde auf diese Weise wohl kaum die nächsten hundert Jahre überleben und wäre dann in der Geschichte dieses Planeten nicht mehr als ein Eiterdübel, den die Natur nach kurzer Zeit ausgedrückt hatte, eben als er begann, lästig zu werden. Eine kurze Eruption, ein paar Tage (jedenfalls in erdgeschichtlichem Maßstab) noch eine kleine, stetig abnehmende Schwellung, und die Auswirkungen des Homo sapiens waren vergessen. Na Hauptsache, wenn das nicht ausgerechnet zu einer Zeit geschah, in der er selbst noch auf diesem Planeten weilte.

Ein Bericht jedoch hatte ihn schon vor einigen Wochen aus seiner Gleichgültigkeit hochschrecken lassen. In Tirol waren zwei römische Priester mit ihrem Fiat auf der Autobahn in einen Unfall verwickelt worden, der einen der beiden das Leben gekostet und den anderen verunstaltet hatte. Das wäre an sich nichts Besonderes. Aber dass man im verunfallten Fahrzeug jede Menge Waffen gefunden hatte, ließ ihn aufhorchen. Als am nächsten Tag dann eine Meldung veröffentlicht wurde, dass diese Waffen den Priestern vermutlich ins Auto geschmuggelt worden waren und in der Folge über die Angelegenheit *überhaupt nichts mehr* in den Zeitungen stand, waren seine inneren Alarmglocken zu einer Art Daueralarm übergegangen. Zu präsent war noch die Erinnerung an die beiden Auftragskiller, die er mit siebzehn mit mehr Glück als Verstand unschädlich gemacht hatte. Worauf er genau dort untergetaucht war, wo der Feind es am allerwenigsten vermuten würde – im Schoß der heiligen Mutter Kirche. Was ihm wiederum nur dank der Hilfe eines unerkannt gebliebenen „Geistesverwandten" gelungen war, der ihm die nötigen Papiere verschafft hatte. Dieser Freund war vermutlich nur deshalb nie aufgefallen, weil die Gabe bei ihm sehr schwach ausgeprägt war. Seine Eltern lebten noch immer.

Damals war Richard gestorben und Severin geboren worden. Jedenfalls am Einwohnermeldeamt in Bayern. Sein Alter hatte er von siebzehn auf achtzehn korrigiert und war in das Priesterkollegium eingetreten und einige Jahre später zum Priester geweiht worden. Danach war er nach Österreich gegangen, wo die Datenvernetzung der Kirche noch nicht so übergreifend funktionierte wie in Deutschland. Wenn man in der damaligen Zeit überhaupt von Datenvernetzung sprechen konnte. Zu dieser Zeit funktionierte ja alles großteils noch nicht über Computer sondern über ganz normale, oft sogar noch über handschriftliche Akten.

Als er über die beiden Zeitungsberichte nachdachte, wurde ihm klar, dass die beiden Priester mit großer Wahrscheinlichkeit auf der Suche nach Felix gewesen waren. Gewesen sein mussten! Wenn er ihn anhand der Akten hatte finden können, dann musste das für den Feind ein Leichtes sein. Wie hatte er das nur übersehen können!

Die Waffen wiesen darauf hin, dass die beiden ein Exekutionskommando gewesen waren. Den Schweinen war ganz Recht geschehen. Schade, dass nur einer der beiden Mistkerle krepiert war.

Severin wurde klar, dass er Felix aus der Schusslinie nehmen musste, und zwar schnell. Felix Hofer musste aufhören zu existieren, so wie Richard Braunsberger damals aufgehört hatte zu existieren. Sonst würden sie ihn – nein, sonst würden sie *sie beide* – über kurz oder lang erwischen. Vermutlich war das zweite Kommando sogar schon am Weg oder bereitete sich zumindest bereits auf einen Einsatz vor. Und diese Kommandos stellten keine Fragen und machten keine Gefangenen.

Wenn er Felix in Sicherheit bringen wollte, müsste er zuerst dafür sorgen, dass niemandem auffiel, wenn der Junge plötzlich verschwand. Natürlich konnte er nicht einfach aufhören zu existieren. Nein, man musste vielmehr eine Lösung finden, wo man den Feind kommen sah. In seinem Kopf begann ein Plan zu reifen.

Er hatte keine Zeit zu verlieren.

*

Kurz nach Weihnachten 1971 ging es meiner Pflegemutter immer schlechter. Sie klagte über Schwindel und allgemeine Schwäche, sodass sie am Tag vor Silvester schließlich ins Krankenhaus gebracht werden musste. Pater Severin bot ihr an, sich um mich zu kümmern, bis sie wieder zuhause wäre und besuchte sie mit mir im Schlepptau fast jeden Tag im Krankenhaus, wo er stets lange ihre Hand hielt und ihr gut zuredete. Ich vermutete damals, dass er ihr über die Gabe positive Energie zukommen lassen wollte, aber auch das half nichts, sodass meine Pflegemutter schließlich in der ersten Jännerwoche 1972 starb, ohne dass die Ärzte genau sagen konnten, woran. Sie hatte einfach aufgehört zu leben. Als wäre ihr der Treibstoff ausgegangen. Die Beerdigung war vier Tage später, es waren nicht sehr viele Leute anwesend, obwohl meine Mutter nie jemandem etwas getan und immer bei allen Beerdigungen im Ort teilgenommen hatte. Sonst war ja bei solchen Gelegenheiten stets der ganze Ort auf den Beinen. Wir waren eben anders, und die Leute spürten das. Und am Land lassen sie ihre Ablehnung dann auch *dich* spüren.

Ich war traurig. Trotzdem weinte ich nicht. Ich wollte sogar weinen, es ging nur nicht.

„Warum kann ich nicht weinen, Severin?", wollte ich nach der Totenwache, zu der auch nur wenige Leute aus dem Ort gekommen waren, von ihm wissen.

„Es ist kalt. Lass uns nach Hause gehen!"

Nach Hause. Hatte ich so etwas überhaupt? Hatte ich je eines gehabt? Was er meinte war, dass wir in den Pfarrhof gehen sollten, wo ich wohnte, seit meine Mutter ins Krankenhaus gebracht worden war. Der Pfarrhof, ein etwa zweihundert Jahre altes Gebäude mit Steinwänden so dick, dass ein Cruise Missile daran zerschellt wäre, war im Winter kaum befriedigend zu heizen, weshalb ich am liebsten in der Stube schlief, auf einer Matratze vor dem Kachelofen. Ich mochte den Pfarrhof trotzdem. Er war weit genug vom Bach weg. Kein Gemurmel mehr. *Du bringst Unglück, Felix! Du bringst allen Unglück. Viiieeeel Unglück!*

„Wir werden von hier weggehen, Felix!", erklärte mir Severin schon am Morgen nach der Beerdigung, bei der das Wetter ein wenig wärmer gewesen war als die Tage zuvor. Er erwartete wohl, dass er ihn fragen würde, warum. Stattdessen fragte ich nur:

„Wohin?"

„Vorerst in eine Hütte in den Bergen, in der Nähe von Gosau. Du weißt, wo das ist?"

„Ja. Haben wir im Sachkundeunterricht gelernt. Severin?"

„Ja?"

„Heißt das, ich muss nicht wieder in ein Heim?"

Ich ging natürlich davon aus, dass ich nun abermals in ein Waisenheim kommen würde, bis neue Pflegeeltern gefunden waren. Ich kannte das ja zur Genüge, hatte aber die Rechnung ohne Severin gemacht. Er eröffnete mir, dass er sich um mich kümmern werde, dass ich aber damit rechnen müsste, dass wir oft umziehen würden. So wäre das bei Priestern nunmal. Mir wäre das egal, antwortete ich ihm, Hauptsache ich müsste nicht mehr in ein Heim.

„Du wirst nie wieder in ein Heim müssen. Das verspreche ich dir!" Zur Bestätigung legte er mir seine Hand auf die Schulter, und zum ersten Mal in meinem Leben kam ich mir richtig erwachsen vor.

Drei Tage später verließen wir den kleinen Ort im Salzkammergut und zogen auf eine Hütte in den Bergen, wo Pater Severin sich um meine Erziehung und Ausbildung annahm. In Österreich gibt es ja keine Schulpflicht, nur eine Unterrichtungspflicht, weshalb das Ganze auch vollkommen legal war. Ich musste nur einmal im Jahr bei einer Prüfung beweisen, dass ich den Schulstoff beherrschte, was ich jedes Mal mit ausgezeichneten Ergebnissen tun würde, da war sich Severin sicherer als ich.

„Du kannst bei mir mehr lernen als in jeder Schule, Kleiner", lachte er. Ich sagte nichts darauf. Irgendwie war dieses Lachen ... ich weiß nicht genau, irgendetwas an diesem Lachen stimmte nicht.

Severin wurde Pfarrer im Tal, lebte aber mit mir in der Hütte auf einer Alm, die man nur zu Fuß oder mit einem Motorrad erreichen konnte. Zu Fuß war es einigermaßen beschwerlich in zwei Stunden zu schaffen, mit Severins neuer Enduro ging es in zwanzig Minuten. Irgendwie hatte Severin es geschafft, die Pflegschaft für mich zu bekommen, was mich beruhigte. Und freute.

Vor allem auch, weil wir einen neuen Freund bekamen. Bully war einfach super.

*

Severin war mit dieser Lösung zufrieden. Die Hütte auf jener Alm in der Nähe von Gosau war derart abgelegen, dass zufällige Besucher ausgeschlossen waren. Er würde jeden, der sich näherte, bald genug bemerken. Allerdings musste er im Ort auch seine seelsorgerischen Pflichten wahrnehmen, und das bereitete ihm Kopfzerbrechen. Nicht, weil er dazu nicht in der Lage war, sondern weil das genau die Stunden waren, in denen er nicht auf Felix achtgeben konnte, die also ein Attentäter nutzen würde, um Felix aus dem Weg zu räumen.

Severin beschloss, einen Kampfhund anzuschaffen. Und so stieß Bully zu den beiden.

Bully war ein reinweißer Bullterrier. Felix liebte ihn auf Anhieb. Bullterrier haben ganz zu Unrecht einen schlechten Ruf. Sie sind zwar eher klein aber dafür sehr kräftig gebaut und muskulös und können aus dem Stand ohne Probleme beinahe zwei Meter senkrecht in die Höhe springen und sich an der Kehle eines Angreifers verbeißen, wobei sie dann in einer Art von natürlicher Sperre nicht mehr loslassen, bis man sie entweder totschlägt, oder bis sich das Opfer nicht mehr bewegt. Diesen

Mut und die Aggressivität sieht man schon an ihrem durchdringenden und entschlossenen Gesichtsausdruck. Manche bezeichnen das als das „Downface", also auseinanderstrebende Kopflinien. Dazu kommt der eiförmige Kopf, der sie irgendwie aggressiv erscheinen lässt. Das Haar von Bully war kurz, glatt und sehr gleichmäßig. Die kleinen, dünnen, nahe zueinander angesetzten Ohren waren immer wachsam und steif aufgerichtet. Man sah Bully in jeder Faser seiner Existenz Mut und Wachsamkeit an. Auch wenn Fremde seinen Charakter vielleicht als stur, feurig und mutig beschrieben hätten, war er von einem ausgeglichenen Wesen, diszipliniert und freundlich gegenüber Menschen.

Zumindest gegenüber Menschen, die er kannte.

Und Bully war sehr kinderlieb. Diese Horrorunfälle, von denen man bei Bullterriern oft hört, sind fast immer auf falsche Erziehung oder Stress zurückzuführen. Bully war jedoch gut erzogen, und auf der Alm hatte er zudem keinen Stress, außer er jagte wieder einmal Eichhörnchen, die er nie erwischte, was ihn ziemlich nervte. Ein Bullterrier ist eben kein Zwingerhund, so ein Tier gehört in die Natur. Und davon hatte er dort oben ausreichend.

Felix war außer sich vor Freude, als dieses bellende Etwas Einzug hielt, noch jung aber schon mitten in der Ausbildung. Es war auch Felix, der beschloss, ihn Bully zu nennen. Severin hatte nichts dagegen und band Felix von Anfang an in die Ausbildung des Tiers mit ein.

Bully und Felix waren vom ersten Tag an unzertrennlich. Wenn sich jemand Felix auch nur auf zwanzig Meter näherte, begann er zu knurren und ließ nicht den geringsten Zweifel daran aufkommen, was geschehen würde, wenn der Betreffende nicht augenblicklich kehrt machte. Nur Severin oder Felix konnten ihn dann noch beruhigen, indem sie bewusst auf die Person zugingen. Wenn sie allerdings vor dieser Person zurückwichen oder auch nur stehen blieben oder gar Unsicherheit zeigten, dann war Feuer am Dach. Ein Jäger aus dem Dorf konnte ein Lied davon singen, als er dem Pfarrer einmal unangemeldet einen eben geschossenen Hasen vorbeibringen wollte. Nur dem selbstmörderischen Eingreifen seines Jagdhundes war es zu verdanken, dass er gerade noch mit einigermaßen heiler Haut und zerfetzter Hirschlederhose die Flucht ergreifen konnte.

„Das Mistvieh von diesem Pfaffen ist verrückt wie ein Rudel Scheißhausratten!" erzählte er seiner Frau, als sie, die Augen weit aufgerissen, das am Arsch blutende Bündel Elend, das einmal ein stolzer Jäger gewesen war, bei der Tür hereinkommen sah.

Die Reste seines Jagdhundes und das fallengelassene Gewehr nahm ihm Severin tags darauf ins Dorf mit, was dem armen Jäger Spott und Häme seiner Weidmannskollegen einbrachte. Normalerweise würde die Jägerschaft nun beschlossen haben, den Hund zu erschießen. Ein Hund, der einen Jäger attackiert und dessen Hund zerfetzt, greift sicher auch das Wild an. Aber man erschießt eben nicht den Hund des Dorfpfarrers, man war ja froh, überhaupt einen neuen Seelsorger gefunden zu haben. Und Bully riss nie Wild. Bully war auf Menschen dressiert, nicht auf Rehe.

Ab da hatten Severin und Felix nie wieder Besuch auf der Hütte. Jedenfalls nicht aus der Dorfbevölkerung. Und schon gar nicht unangemeldet.

11

Frühjahr 1972

Maria war noch keine zwei Jahre alt, als sie wie ein Wasserfall zu quasseln begann. Meist nur ziemlich zusammenhanglos, wie das Babys eben tun, aber manchmal sprudelten tatsächlich bereits kurze Sätze aus ihr hervor.

„Mama, la le lu!"

Dann wusste Luise, dass es Zeit war, die Spieluhr aufzuziehen. Die bunte Raupe, in die diese Uhr eingenäht war, stank mittlerweile wie eine Seemannskneipe um zwei Uhr nachts, weil Maria sie dauernd in den Mund nahm, jedenfalls soweit das eben ging, und weil so die Raupe nie richtig trocknen konnte. Also hatte Luise beschlossen, die Naht aufzutrennen, die Spieluhr herauszunehmen und die Raupe endlich zu waschen. Etwas, mit dem Maria nicht einverstanden war, wie sich herausstellen sollte.

Als Luise die Raupe zusammen mit der anderen Buntwäsche in die Waschmaschine legte und das runde Hausfrauenbullauge schloss, wie Horst die Tür ihrer Waschmaschine immer nannte, wohl um Luise zu beweisen, dass dies kein Gerät war, mit dem ein Mann etwas zu tun haben dürfe, hörte sie leise Marias Lieblingsmelodie aus der Waschmaschine tönen. *La le lu ...*

Luise wäre in diesem Moment als Weißwäsche durchgegangen. Sie stolperte vor ... Überraschung? Schreck? Entsetzen? ... zurück und fiel über ihre kleine Tochter, die es irgendwie geschafft hatte, aus ihrem Laufkäfig zu entkommen und ihrer Mutter in den Waschkeller zu folgen.

Und dann stellte sie ihrer Tochter eine Frage, ohne sich bewusst zu machen, dass sie eben eine kaum Zweijährige fragte:

„Warst du das, Maria?"

Das kleine Mädchen sah seine Mutter mit großen Augen an: „La le lu!" Dann zeigte es auf das runde Bullauge der Waschmaschine: „Mond!"

Die Raupe spielte immer noch ihre Melodie, wobei sie in der Trommel der Waschmaschine dazu zu tanzen schien.

Maria lachte.

*

Es war für Gianni zwar nicht einfach gewesen, den neuen Aufenthaltsort von Felix herauszufinden, aber mittels seiner, respektive des Kardinals guten Verbindungen zu diversen staatlichen Stellen in Österreich, wusste er im Frühjahr mit ziemlicher Sicherheit, dass sich der mittlerweile achtjährige Junge nun in Obhut eines Pfarrers in der Nähe des oberösterreichischen Gosau aufhielt.

Gianni war sich noch nicht sicher, ob dies die Sache nun vereinfachen oder verkomplizieren würde. Jedenfalls war nicht anzunehmen, dass der Pfarrer über die speziellen Fähigkeiten des Jungen Bescheid wusste. Ja, Gianni hoffte sogar, dass ihm bislang noch nicht einmal etwas Besonderes aufgefallen war. Je länger er darüber nachdachte, desto mehr kam er zum Schluss, dass es für ihn besser sein würde, für die Augen des Pfarrers unsichtbar zu bleiben. Der Junge würde einfach verschwinden oder einen Unfall haben. In den Bergen sollte das noch leichter möglich sein als in einer Stadt. Der Pfarrer würde sonst zweifelsohne beginnen, tausend Fragen zu stellen, und das wollte er möglichst vermeiden. Die Antworten auf seine Fragen wären zwangsläufig Lügen gewesen, und Lügen sind selten eine gute Idee. Man muss sich einfach zu viel merken, vor allem, wenn man verschiedenen Leuten *unterschiedliche Lügen* erzählt. Regel zwei für gute Agenten lautete: Sag wenn möglich immer die Wahrheit! Noch besser aber: Sag generell möglichst wenig! Das war Regel drei.

Gianni war in einem alten, unauffälligen Fiat und unter falschem Namen in den Ort gekommen. Das war eine Lüge, die leider nötig war. „Arbeite nicht unter deinem wirklichen Namen!" war nämlich ebenfalls eine Regel. Eine, die über allen anderen stand.

Daher beschloss Gianni, der jetzt Beat Zuber hieß, was seinen schweizerischen Akzent erklärte, sich in der Nähe einzumieten, dem Pfarrer und dem Jungen aber aus dem Weg zu gehen. Er fand schnell ein Zimmer bei einer verwitweten Bäuerin, der das kleine Zubrot in Form eines zahlenden „Sommerfrischlers" aus dem Nachbarland, auch wenn es erst Mitte April war, durchaus gelegen kam.

„Wollen Sie gar nicht wissen, was die Stube kostet?", fragte sie den neuen Gast.

„Zeigen Sie mir zuerst bitte das Zimmer."

Die Witwe hinkte ein wenig, als sie die Stiege hinauf keuchte. Vermutlich arthritisch, dachte Gianni. Wenn er einmal von einem Thema ablenken musste, würde er sie danach fragen. Frag Frauen nach ihren Wehwehchen, und sie vergessen alles, worüber sie gerade reden wollten, und erzählen dir stundenlang davon, wo es sie wann warum wie stark zwickte.

Wie sich herausstellte, musste man seine Gastgeberin gar nicht erst fragen, um ihre ganze Lebensgeschichte zu erfahren. Sie freute sich anscheinend, endlich wieder jemanden zu haben, mit dem sie reden konnte, wobei ihr gar nicht aufzufallen schien, dass ihr Gegenüber kaum etwas sagte außer zwischenzeitlich einmal „Aha!" oder „Was Sie nicht sagen, das ist ja furchtbar/unglaublich/großartig!" je nachdem, was gerade passte.

Gelis Mann – sie heiße eigentlich Angela, aber jeder hier nannte sie Geli – war im letzten Spätherbst von einem fallenden Baum erschlagen worden. Man hatte ihn erst nach drei Tagen gefunden, nachdem Geli am zweiten Abend Alarm geschlagen hatte. Dass ihr Mann, wenn es bei den Holzarbeiten oben auf der Alm einmal später wurde, in der kleinen Scheune auf der Alm übernachtete, war schließlich schon öfter vorgekommen. Als er aber dann am zweiten Abend auch nicht zurückgekommen war, rief sie den Bürgermeister an. Das war das erste Mal, dass sie froh um das neue Telefon war, das ihr Mann vor zwei Jahren hatte einleiten lassen. Schließlich hatten die meisten im Ort jetzt schon einen dieser Apparate.

„Glaubst wirklich, dass wir dieses neumoderne Zeugs brauchen?", hatte sie damals ihren Mann vorwurfsvoll gefragt. „Was das wieder kostet?"

„Haben schon alle eines. Und wir werden nicht jünger. Wenn was passiert, kannst wenigstens jemanden zu Hilfe rufen!", war die einzige, aber im Nachhinein betrachtet fast hellseherische, Antwort gewesen, die sie bekommen hatte. Ja, und dann war wirklich was passiert, nur helfen konnte da keiner mehr. Weder mit noch ohne Telefon.

Als sie Gianni diese Geschichte erzählte, wobei sie Tränen in den tief in ihrem von langjähriger, harter Arbeit zerfurchten Gesicht liegenden, braunen Augen hatte, wanderten seine Gedanken unwillkürlich an seine eigene Kindheit in den Schweizer Bergen ab. Auch sein Vater war einst an einem Unfall gestorben. So war jedenfalls die allgemein akzeptierte Lesart gewesen. Obwohl jeder wusste, dass sich erwachsene Männer nur sehr selten das Genick bei einem Sturz über die Kellerstiege brechen. Aber im Ort hatte keiner Fragen gestellt. Es schien fast, dass die meisten froh waren, diesen alten Querulanten und Berserker los zu sein.

Und auch zwischen ihm und seiner Mutter, die er abgöttisch liebte, wurde in der Folge über die Ereignisse jenes Abends nie mehr ein Wort gesprochen.

Einige Jahre später war er in den Dienst der Kirche getreten, um dafür zu sorgen, dass Menschen, deren einziger Lebenszweck zu sein schien, anderen Menschen Schaden zuzufügen, dazu möglichst keine Gelegenheit bekamen. Die Ereignisse seiner Kindheit – er war zwölf, als sein Vater diesen ... *Unfall* ... hatte – schienen längst in eines der hintersten Fächer seines Gedächtnisses verbannt worden und vergessen zu sein, als sie sich bei der Erzählung der Bäuerin plötzlich und schmerzhaft wieder in den Vordergrund drängten. Gianni versuchte an diesem Abend vergeblich, sie wieder dorthin zu schieben, wo sie hingehörten: In den Vorraum der Vergessensabteilung seines Gehirns. *Das war kein Unfall!* verhöhnte ihn ein Dämon in seinem Kopf, ganz ähnlich wie Felix' Bach. *Und du weißt es! Kein Unfall, kein Unfall, kein ... ich werde dich das nie vergessen lassen!* zeterte der kleine, unsichtbare Teufel in seinem Hinterkopf, nur für ihn hörbar, das dafür aber umso lauter.

Fast beneidete er jetzt diesen Verfluchten. Der hatte es nicht nötig, jemanden über die Kellertreppe ... und ihm dann noch ... nein, er brauchte seine Opfer nur zu berühren. Eine kleine Berührung, ein zärtliches Streicheln vielleicht, reichte schon aus. War das überhaupt Mord? Natürlich war es das, wenn er es absichtlich tat. So wie er seinen Vater absichtlich ... nein, das war Notwehr gewesen. Auf jeden Fall konnte man sich danach einreden, ja gar nichts getan zu haben, oder? Er hingegen ...

„Warum machen Sie eigentlich als Schweizer in Österreich Urlaub? Ihr habt doch selbst so schöne Berge", wollte seine Wirtin wissen.

Na, das wäre einfach zu beantworten, setzte er sein bestes „Ich-bin-harmlos."- Lächeln auf. Die Schweiz sei einfach zu teuer, auch für einen Einheimischen. Zumal er ja aus der Nähe von Sankt Gallen käme, und das sei ja schon fast in Österreich, nicht wahr?

Geli hatte keine Ahnung, wo Sankt Gallen lag, hütete sich aber, danach zu fragen und nickte nur.

„Ja, hab' ich schon gehört, dass in der Schweiz alles teurer ist", sagte sie.

Er rügte sich in Gedanken, dass das mit Sankt Gallen eine völlig unnötige Lüge gewesen war, die aber vermutlich ohne Folgen bleiben würde.

„Wirklich sehr teuer", bestätigte er.

Sie öffnete die Tür zu seiner Kammer.

„Das wär' das Zimmer. Ist halt nur eine kleine Dachkammer, aber dafür verlange ich auch nicht so viel wie der Wirt im Ort."

Gianni lächelte.

„Das ist schon in Ordnung, danke!"

Sie schien sich zu freuen und zeigte auf die Waschgelegenheit in der Ecke des kleinen Mansardenzimmers.

„Fließendes Wasser haben wir hier oben halt nicht, aber ich stelle Ihnen jeden Tag eine Schüssel mit Wasser rein, wenn's recht ist?"

Gianni nickte.

„Und das Klo und das Bad hätten wir unten, nach der Stiege links."

„Danke sehr", sagte er und lächelte erneut.

„Wenn Sie noch was brauchen ..."

Gianni schüttelte den Kopf.

„Alles bestens. Wenn ich was brauche, komme ich runter. Ich bin ziemlich müde von der Reise und werde mich heute bald hinlegen. Gute Nacht – und danke!"

Geli nickte. Natürlich war er müde. Das war immerhin eine weite Fahrt aus der Schweiz. Wo sagte er, war er her? Ah ja, Sankt Gallen. Sie würde das jetzt unten im alten Schulatlas ihres verstorbenen Mannes nachschlagen.

„Gute Nacht Herr Zuber!"

Gianni stellte den Koffer in die Kammer und schloss die Tür. Dann lauschte er und war zufrieden, als er die Zimmerwirtin über die knarrende Treppe hinuntergehen hörte. Hier oben konnte ihn keiner unbemerkt überraschen, nicht über diese Treppe.

Gianni schlief an diesem Abend sehr lange nicht ein. Als er endlich doch wegdöste, träumte er zum tausendsten Male seinen lautlosen Traum, in dem er seinen Vater die Stiege hinunterfallen sah, wobei er mit weit aufgerissenen Augen mit dem Finger auf ihn zeigte, während sein Hinterkopf wieder und immer wieder auf der vorletzten Stufe der Stiege aufschlug. Wie in einem sich endlos wiederholenden Werbespot des Grauens. Es war stets nur dieser Traum. Nie träumte er davon, wie sein Vater seine Mutter krankenhausreif geprügelt hatte, wie er mit dem Stock seinen kindlichen Rücken bearbeitet hatte, bis die Haut in Fetzen hing. Wie er ... er träumte immer nur davon, wie der Kopf seines Vaters an der Kante der vorletzten Stufe aufplatzte wie ein Sack Mehl, den man aus großer Höhe auf den Steinboden geworfen hatte. Dann verwandelte sich Vaters anklagendes Gesicht in ein Skelett, von dem das Fleisch wie im Zeitraffer abfiel. Und dann krochen die Gehirnwindungen, die sich mittlerweile in fette Maden verwandelt hatten, hervor und machten sich auf den Weg über die Stufen hinauf, um auch ihn aufzufressen. *Wir kriegen dich! Irgendwann kriegen wir dich!* Jede einzelne von ihnen hatte das Gesicht seines Vaters und klagte ihn aus seinen toten Augen an. Und jedes Mal kamen sie ein Stück weiter herauf, bevor er endlich, kurz bevor sie ihn *kriegten*, doch noch aufwachte. *Aber nächstes Mal kriegen wir dich!* Dieses Mal hatten sie ihn schon fast erreicht gehabt, als er aus dem Schlaf hochfuhr und sich den Kopf schmerzhaft an einem Dachbalken stieß. Seine Stube war wirklich ein sehr kleines Mansardenzimmer, und die Balken waren nicht verkleidet.

Gianni ahnte, dass ihn diese Vatermaden eines Tages tatsächlich *kriegen* würden, *bevor* er aufwachte. Und das war das Einzige, vor dem der Wächter wirklich Angst hatte.

*

Der nächste Tag war ein angenehm sonniger, warmer Sonntag, wie sie in diesen Breiten im April genauso vorkommen können wie Hagelschauer, strömender Regen, Schneefall oder Frühlingsstürme. Gianni warf sich ein dünnes Gilet über und beschloss, den Kirchenbesuch dazu zu nutzen, sich diesen Pater Severin einmal etwas genauer anzusehen.

Das Hochamt begann um neun Uhr. Früher, so hatte ihm seine Zimmerwirtin am gemeinsamen Weg zur Kirche erklärt, hätte es noch zwei Messen gegeben am Sonntag, eine Frühmesse um halb acht und das Hochamt um neun. „Aber es sind eben immer mehr Leute aus dem Ort weggezogen, die meisten in die Stadt." Da habe der Pfarrkirchenrat gemeinsam mit dem damaligen Pfarrer beschlossen, die kaum noch besuchte Frühmesse abzuschaffen. Auch unter der Woche gäbe es jetzt nicht mehr jeden Tag eine Messe, „seit der neue Pfarrer da ist." Sie machte eine abfällige Handbewegung. Das wäre seine Bedingung gewesen. Und, naja, man wäre ja froh, überhaupt wieder einen Pfarrer bekommen zu haben. Und außerdem schien Pater Severin eh ein ganz guter Priester zu sein, meinte sie. Und jung sei er auch, den könne man also mit etwas Glück noch lange haben. Außerdem:

„Der hält das Hochamt kurz, in einer Dreiviertelstunde ist alles erledigt, das dauert nicht eineinhalb Stunden oder länger, so wie früher!"

Wegen der endlosen Predigten des alten Pfarrers sei das nämlich so gewesen. Aber der wäre mit seiner Pfarrerköchin weggezogen, als diese in andere Umstände gekommen sei. Sie zwinkerte bei diesen Worten. „Naja, auch Pfarrer sind nur Männer, nicht wahr?" Ihr wäre das ja egal gewesen. „Aber die Leute reden nunmal, wenn der Tag lang ist!"

Gianni war sich sicher, dass sie auch redeten, wenn der Tag kurz war, aber er nickte nur, schwieg und hörte weiter zu.

Der neue Pfarrer hätte gar keine Haushälterin oder Köchin gewollt. Eigenartig. Der wollte nur eine abgelegene Hütte für sich und seinen Zögling. Angeblich ein Waisenkind, aber es würde gemunkelt, dass er vielleicht sogar der Sohn des Pfarrers sei, obwohl, nein, da müsste der Pfarrer schon sehr jung eine Sünde begangen haben, nicht wahr? Wobei, sei ja ein fescher Mann, der Herr Pfarrer. Da könne man sich schon vorstellen, dass sich die Weiber anstellen, um ihn zu verführen. Jössas, sie wolle sich nicht versündigen, aber:

„Die Leute reden halt, wenn der Tag lang ist!"

Gianni war froh, als sie die dreihundert Meter zur Kirche zurückgelegt hatten, weil der Tag schon lange genug zu sein schien, jedenfalls was den nicht versiegen wollenden Redefluss Gelis betraf. Sie schritten durch das Portal der einfachen spätgotischen Kirche. Ja, die Leute redeten. Aber in diesem Ort hörten sie damit zumindest in der Kirche auf. Ein Rest von Respekt, Gott sei Dank! Eine Einschätzung, die er während der Messe teilweise revidieren musste.

Seine Wirtin hatte im Übrigen Recht. Dieser Pfarrer zog die Messe wirklich rasant durch. Seine Predigt war zwar nullachtfünfzehn, vermutlich aus einem Handbuch für Standardpredigten entnommen und ein wenig adaptiert, und für das Austeilen der Kommunion ließ er sich von einem Zechprobst helfen, wohl damit es schneller ginge. Aber den Segen am Ende spendete er routiniert und ging dann gemessenen aber eiligen Schrittes in die Sakristei, noch bevor die abschließende Antwort der Messebesucher, „Friede sei mit dir!", ganz verhallt war.

Als Gianni mit dem Rest der Dorfbevölkerung aus dem Kirchenportal trat, war der Pfarrer schon umgezogen und machte sich mit seinem Motorrad auf den Weg zu seiner Hütte, ohne sich noch einmal umzusehen.

Gianni registrierte, dass der Junge nicht in der Kirche gewesen war, was ihn verwunderte. Welcher Pfarrer würde es bei seinem Pflegekind akzeptieren, dass es den sonntäglichen Kirchenbesuch schwänzte? Ob der Junge krank war? Er beschloss, sich den Männern anzuschließen, die nach einem kurzen Tratsch am Kirchenplatz zweifelsohne das örtliche Gasthaus aufsuchen würden, um einen Frühschoppen zu nehmen und weiter über die wenigen Vorkommnisse im Dorf zu plaudern. Oder auch nur, um darüber zu diskutieren, wieviel Schillinge eine schlachtreife Sau derzeit brächte, oder wie das Wetter in den nächsten Wochen der Aussaat sein würde.

Er setzte sich nicht an den „Stammtisch". Er kannte diese Art Dörfler. Ein Fremder, der sich uneingeladen an den Stammtisch der örtlichen „Großbauern" setzte, würde wenig zu hören bekommen. Stattdessen nahm er an einem Tisch in der Ecke Platz, wo seiner Einschätzung nach eher die so genannten „Häuslmänner", also Leute ohne eigenen Bauernhof, und die Knechte saßen, und lauschte mit gespitzten Ohren auf das, was im Gasthaus geredet wurde.

Das Gasthaus füllte sich langsam, aber er blieb an seinem Tisch allein.

„Bist du der Sommerfrischler, der bei der Geli wohnt?", rief einer der Männer vom Stammtisch herüber, als die Kellnerin ihm gerade sein Bier hinstellte. Anscheinend goutierten sie seine Bescheidenheit, sich an diesen Ecktisch zu setzen. In ihren Augen schien der Fremde zu wissen, was sich gehörte und was nicht.

„Ja, der bin ich. Gianni heiße ich, Grüß Gott die Herren!"

„Mitzi, das Bier von unserem Sommergast geht auf mich", rief er der Kellnerin nach, die das Bier auf einen Bierdeckel abgestellt hatte, der wohl schon einmal als Rechnung gedient haben musste, wenn man die Striche darauf richtig deutete.

„Ist recht, Obermayr!", antwortete die Kellnerin, die schon dabei war, die nächsten paar Halbe Bier zu zapfen.

Gianni bedankte sich und prostete dem spendablen Bauern zu, worauf alle an dessen Tisch ihre Krüge hoben und ihn einluden, sich doch zu ihnen zu setzen.

„Wenn sich schon einmal ein Ausländer in unser gottverlassenes Dorf verirrt, dann darf er ruhig am Stammtisch sitzen, nicht wahr? Redet sich einfacher so", grinste der Bauer ihn an. Wie Gianni erfuhr, war „Obermayr" nur sein Hausname, er hieß mit bürgerlichem Namen Moosbrucker. Besitzer eines Bauernhofes konnten wechseln, aber der Hausname, auch als Vulgoname bezeichnet, der blieb stets beim Gut.

Nach einer guten Stunde wusste er, ohne auch nur eine Frage gestellt zu haben, dass noch kaum jemand im Ort den Jungen gesehen hatte. Er ging auch nicht zur Schule, anscheinend unterrichtete der Pfarrer ihn selbst. Auch über den Pfarrer wusste man wenig mehr als den Vornamen. Gianni zahlte eine Runde, bevor er ging. Hier nicht aufzufallen, war schlicht unmöglich. Da konnte er sich wenigstens als netter Kerl präsentieren. Wer weiß, von wem hier er noch einmal einen Gefallen benötigen würde?

Das mit dem Jungen war alles ziemlich eigenartig, fand er. Ob der Pfarrer nicht doch über die Eigenschaften seines Zöglings Bescheid wusste?

Er beschloss, der Hütte demnächst einen Besuch abzustatten. Allerdings ohne sich dabei sehen zu lassen.

Was keiner erwähnt hatte, einerseits, weil man es schon fast vergessen hatte und andererseits, weil der Betroffene heute nicht am Stammtisch gesessen hatte – und ohne sein rot anlaufendes Gesicht wäre das nur der halbe Spaß gewesen – war die Sache mit dem Hund, der ungebetenen Besuchern so gern Stücke aus dem Hintern biss.

*

„Du machst gute Fortschritte", sagte Severin zu seinem Zögling. „Und ich meine jetzt nicht deine Gabe sondern deine schulischen Fortschritte. Merk dir immer: Wissen ist Macht! Und das ist keine leere Floskel."

Felix war in der Tat ein guter Schüler. Er hatte eine enorme Auffassungsgabe und praktisch ein fotografisches Gedächtnis. Etwas, das er einmal bewusst registriert hatte, vergaß er nicht mehr. Ob das nun eine mathematische Formel oder ein Gesicht war, eine Grammatikregel oder ein Geruch – er konnte es sich jederzeit wieder ins Gedächtnis rufen. Severin vermutete, dass diese Auffassungsgabe mit seiner Gabe einherging, quasi als Kompensationsgeschäft, das der liebe Gott den mit dieser Gabe verfluchten zukommen ließ. Oder auch der Teufel. Wenn es die beiden, oder zumindest einen davon, überhaupt gab. Er selbst verfügte ebenfalls über ein sehr gutes Gedächtnis, aber nicht über ein derart lückenloses wie Felix. Das wunderte ihn nicht, weil bei ihm ja auch die Gabe viel schwächer ausgeprägt war. Er hatte deshalb auch ziemlich lange benötigt, bis Felix' Pflegemutter endlich ins Gras gebissen hatte. Die war wirklich ein zähes Luder gewesen. Trotz tagelangen Händchenhaltens mit Severin waren ihre Lebensgeister nur langsam erloschen.

„Ja, Severin", antwortete der Junge gedankenverloren. Sie saßen im Gras vor der Hütte, Bully zu ihren Füßen, und hatten ihre tägliche Lernlektion soeben beendet. Severin wusste, dass Felix schon darauf brannte, mit Bully spielen zu gehen. Die beiden waren ein Herz und eine Seele, und der Pfarrer war immer wieder darüber erleichtert, Felix im Schutz des Hundes zu wissen, wenn er ins Dorf musste.

„Na geh schon!", lachte er den Jungen an. „Ich sehe ja, dass du darauf wartest, den Hund wieder durch den Wald zu jagen, bis ihr beide völlig zerkratzt zurückkommt. Um sechs wird gegessen. Es gibt Erdäpfelnudeln, also seid bitte pünktlich."

„Klar, Severin."

Nicht nur wegen seines Gedächtnisses brauchte man Felix nie etwas zweimal zu sagen. Sekunden später waren er und der Hund verschwunden.

Severin wusste, dass Felix auch ohne Uhr pünktlich um sechs Uhr abends zurück sein würde. Er hatte ein sehr ausgeprägtes Zeitgefühl, und seine Lieblingsspeise würde er sowieso nicht stehenlassen. Kartoffelteignudeln, im Rohr gebacken und dann mit Sauerrahm übergossen und in der Pfanne serviert, die ließ man nicht stehen!

*

Severins und Felix' Hütte war nicht die einzige auf diesem Berg. Etwa zwei Kilometer weiter war eine Alm, auf der eine verlassene Unterkunft stand, in der früher die Sennerinnen den Sommer verbracht hatten, um die Kühe zu beaufsichtigen. Der Bauer hatte aber dieses mühselige Geschäft aufgegeben und war in die Stadt gezogen, wo er in einer Tischlerei arbeitete, sodass die Hütte zusehends verfiel. Bis dann ein anderer Bauer im Ort das ganze Gut samt Hütte kaufte und die Hütte renovierte.

Der Moosbrucker Martin war im Ort nicht sonderlich beliebt. Man munkelte, er hätte es nur deshalb zu seinem „Reichtum" gebracht, weil er ohne große Hemmungen die Notlagen anderer ausnütze und zudem zwei Verwandte um ihr Erbe betrogen hätte. Ein Erbschleicher sei er, jawohl! Was ihm aber keiner ins Gesicht sagen würde. Am Land sagt man so etwas besser nur hinter vorgehaltener Hand. Öffentlich begegnete man dem Moosbrucker daher mit Respekt und vorgetäuschter Achtung, zumal er auch den Bürgermeister wegen dessen Schulden in der Hand hatte.

Und die zweite Frau des Bürgermeisters in seinem Bett. Nun, eigentlich lag die Sabine nicht in seinem Bett, sondern war einmal pro Woche zu Gast in seiner Almhütte, die er vermutlich nur zu diesem Zweck renoviert hatte.

Wenn auch jeder inklusive des Bürgermeisters wusste, dass der Moosbrucker und die Sabine ein Pantscherl hatten, so redete man darüber ebenfalls nur hinter vorgehaltener Hand. Einerseits aus Scham, andererseits aus Vorsicht. Schließlich war so eine kleine Affäre auch am Land nichts Besonderes. Wer allerdings so dumm war und sich in flagranti erwischen ließ, der hatte eine „schlechte Nachred'", wie man das hier nannte. Dazu gehörte aber erst einmal jemand, der einen überhaupt erwischen wollte. Und genau daran hatte aufgrund der beträchtlichen Machtfülle des Martin Moosbrucker niemand ein Interesse.

Wie so oft bei Männern, die im Leben über beträchtliche Macht und Verantwortung verfügten, schlummerte beim Moosbrucker eine Leidenschaft, die er mit der groß gewachsenen und rassigen Sabine ausleben konnte. Er liebte es, wenn sie ihn dominierte. Allerdings nur beim Sex, im wahren Leben hatte sie wie alle Weiber zu wissen, wo ihr Platz war. Er mochte an ihr, dass sie das auch zu kapieren schien. Dass sie ihre Stunden auf der Hütte vom Alltagsleben zu trennen wusste. Wenn sie sich auf der Alm trafen, war sie seine Gebieterin, aber unten im Tal kuschte sie vor ihm wie alle andern auch. Martin hatte in seiner egozentrischen Arroganz nie bemerkt, wie sehr Sabine diese Behandlung verletzte. Sie liebte nämlich ihren Mann aus tiefstem Herzen, so absurd das in Anbetracht ihres Verhältnisses mit diesem Ekel Martin Moosbrucker auch klingen mochte. Aber solange sie den Kerl zufriedenstellte, solange ließ er ihren Mann in Ruhe. Das war der Deal, auch wenn er nie so direkt ausgesprochen worden war.

Dann war ein Brief vom Anwalt beim Bürgermeister eingetroffen. Der Inhalt war grob gesagt eine Art Vollstreckungsbefehl, ein finanzielles Todesurteil. Der Moosbrucker hatte die Hypothek des Bürgermeisters ja schon vor einiger Zeit aufgekauft und schrieb nun, dass er ihnen ein Kaufangebot für ihren Bauernhof mache. Der Preis war lächerlich. Aber sie würden es annehmen müssen, sonst drohte die gerichtliche Vollstreckung. Sie steckte den Brief ein, um mit Martin darüber zu reden, schließlich war Montag, und da trafen sie sich für gewöhnlich in seiner Hütte.

An diesem Tag hatten sie sich schon sehr früh getroffen. Sabine wurde von ihrem Mann nie gefragt, wenn sie einmal pro Woche am Montagmorgen verschwand, um „einen Spaziergang zu machen". Sie wurde auch nie gefragt, warum sie erst am Abend zurückkehrte. Und Martin Moosbruckers Frau hätte sowieso nie gewagt, ihren Mann danach zu fragen. Wäre ja noch schöner! Es war ein perfektes Arrangement.

Der Moosbrucker wartete schon zehn Minuten, als sie am frühen Vormittag endlich eintraf. Martin war es nicht gewohnt zu warten und herrschte sie an, was denn da so lange gedauert hätte?

Sie lächelte nur, nahm ihn an der Hand und führte ihn in den Heustadel, wo sie ihn wortlos auszog und mit ausgestreckten Händen und Beinen wie ein großes X an die Balken band. Schon lange waren in diesen Balken große, eiserne Ringe eingeschraubt, an denen die Seile hingen, mit denen sie ihn nun fixierte. Sie registrierte, dass ihn das erregte, was ihr nicht neu war. Aber für ihn würde heute einiges neu sein, nur wusste er davon noch nichts. Sie lächelte in sich hinein. Das sollte er lange nicht vergessen. Sie hätte ihn ja vorher gefragt, ob er es heute mal ein wenig härter wollte als sonst, aber dass er sie so angefahren hatte, das hatte ihrer Rücksichtnahme einen Dämpfer verpasst. Hier war sie die Herrin, wozu also fragen?

„Was hast du vor?", wollte er wissen. Er hätte keine Fragen zu stellen. Er würde heute nur reden, wenn sie es ihm erlauben würde, erklärte sie ihm in einem ungewöhnlich scharfen Ton.

„Spinnst jetzt komplett?", reagierte er, lauter werdend. Worauf sie lächelnd unter ihren Rock griff, ihren Slip auszog, zusammenknüllte und ihm damit sein vorlautes Maul stopfte, indem sie diesen Knebel dann noch reichlich unsanft mit seinem Ledergürtel fixierte, sodass er außer einem gegrunzten „Mmmpf" nichts mehr hervorbringen konnte.

Und dann zog sie die Seile straff, biss er schrie, was wieder nur als leises „Mmmmmpfff" zu hören war.

„Mein Lieber", begann sie, „Du wolltest doch letztens einmal *deine Grenzen kennenlernen*, wie du es ausgedrückt hast. Nun, das wirst du heute. Du kennst ja das Zauberwort, das du sagen musst, damit ich aufhöre, oder? ROT. Dann mache ich dich sofort los, ja? Es kann also nichts passieren."

Sie lächelte. Aber dieses Lächeln war kein freundliches Lächeln. Es war kalt und bedrohlich, was auch Martin nicht entging. Er begann zu schwitzen, als ihm klar wurde, dass er mit dem Knebel im Mund, der ihn nebenbei bemerkt ziemlich scharf machte, weil er roch, dass sie diesen Slip wohl schon seit gestern getragen hatte, kaum das Safeword, wie sie das nannte, würde sagen können. Kurz: Heute würde es erst enden, wenn *sie* beschloss, dass es genug war. Und irgendetwas in ihrem kalten Lächeln ließ ihn vermuten, dass sie heute lange nicht genug haben würde.

Sie besah sich ihr Werk. Und dann ging sie hinaus und holte etwas, das Martin das Blut in den Adern gefrieren ließ und ihn andererseits so heiß machte, wie er noch nie gewesen war. Als er erkannte, was sie da in der Hand hatte und was dieses Ding mit ihm anstellen würde, wenn sie es richtig handhabte, bekam er einen Steifen wie schon seit Jahren nicht mehr.

Es war eine drei Meter lange, lederne Bullenpeitsche, die Sabine jetzt langsam entrollte, wobei sie jede einzelne Schlinge auszukosten schien.

Ihr Lächeln war nun eiskalt.

*

Gianni war erfahren genug, den Pfarrer und den Jungen nicht nur aus einer Entfernung zu beobachten, die ihn selbst vor der Entdeckung schützte, sondern auch zu berücksichtigen, dass er den Wind im Gesicht hatte, damit ihn dieser verdammte Köter nicht riechen konnte. Er hatte sich dafür einen einigermaßen bequemen Platz auf einem alten Hochstand gewählt.

Dummerweise hatte ihn seine Wirtin gefragt, wohin er gehe, als er das Haus verlassen hatte.

„Nur ein wenig auf den Berg hinauf, das Wetter lädt ja geradezu zu einer kleinen Wanderung ein!", hatte er möglichst unverfänglich geantwortet und dabei gelächelt.

Geli hatte nur den Kopf geschüttelt und sich wohl gedacht, dass wirklich nur Sommerfrischler auf die Idee kommen konnten, freiwillig am Berg herumzulaufen, und „dem Herrgott den Tag zu stehlen", wie sie das nannte. Noch dazu im April, wo man nie wusste, ob nicht das Wetter umschlüge.

Er würde heute also bezüglich seiner Mission auf keinen Fall etwas unternehmen können, und beschloss daher, diesen Tag nur zur Beobachtung zu verwenden. Die Sache, die er vorhatte, konnte keine Zeugen gebrauchen. Selbst wenn er es wie einen tragischen Unfall aussehen lassen konnte, musste er sich sicher sein, dass ihn niemand in der Nähe des Jungen gesehen oder auch nur vermutet hatte. Und da Geli nun wusste, dass er „wandern" war … nein, heute würde er lediglich die Lage sondieren.

Seinen Platz am Hochstand müsste er aber bald verlassen. Er sah, dass der Junge mit dem Hund in seine Richtung kam, wobei sie „Hol das Stöckchen" spielten, was ihm glücklicherweise genug Zeit verschaffte, sich aus dem Staub zu machen.

Hoffentlich nahm dieser Köter nicht seine Fährte auf. Aber das zu riskieren war nun nicht mehr vermeidbar, und so machte sich Gianni davon, wobei er ohne sein Wissen in Richtung der Hütte ging, wo der Moosbrucker eben seinen ersten Schlag bekam, der ihm sofort die Haut am verlängerten Rücken und dem linken Oberschenkel aufriss und - *Mmmpf!!!* – ihn wie einen Irren an seinen straff gespannten Fesseln zerren ließ. Was völlig sinnlos war, weil Sabine wusste, wie man Knoten machte. Martin hingegen wusste zu seinem Unglück nicht, dass ihr jetziger Mann sie in einem Etablissement in der Stadt kennengelernt hatte, wo sie sich als Domina ihr Geld, mit, im wahrsten Sinne des Wortes, *harter* Arbeit, verdient hatte. Das ist nichts, worüber man am Land redet, so lange kann der Tag gar nicht sein. Ihr Mann hatte seine neue Lebensgefährtin aus der Stadt mitgebracht, als seine erste Frau sich totgearbeitet und er das Trauerjahr abgewartet gehabt hatte. Fertig! Zu viel Wissen macht Kopfweh.

Sie war in diesem Rotlichtlokal als besonders streng, ja als geradezu sadistisch bekannt gewesen. Nicht der professionelle, kontrollierte Sadismus, der in der Branche üblich war. Nein, sie *war* sadistisch veranlagt. Sie liebte es, Männer leiden zu sehen, sie brüllen zu hören, sie dazu zu bringen, sich verzweifelt in ihren Fesseln zu winden, seit sie als junges Mädchen einmal auf einem Zeltfest von mehreren Männern vergewaltigt worden war.

Zuerst hatte sie mit einem von ihnen getanzt, und es war einfach nur nett und lustig gewesen. Der junge Mann, der sich ihr als Franz vorgestellt hatte, hatte – genau wie sie selbst – schon ein paar Biere getrunken gehabt, war ihr aber ansonsten nicht unseriös vorgekommen. Groß war er gewesen, ein Riese. Und eine Bekanntschaft wie so viele im Laufe ihres damals noch jungen Lebens. Dann war man an die Sektbar gegangen, was auch nichts Besonderes war, weil man als Kavalier seine Tanzpartnerin oft noch auf ein Glas entführte, bevor man sie an den Tisch zurückbrachte. Dass zu einem Glas Sekt auch ein beherzter Griff an den Hintern gehörte, hätte damals auch noch niemand als sexuelle Belästigung empfunden, und wenn es zu viel wurde, war auch keiner über die Ohrfeige überrascht, die es dann setzte. Oder war etwa gar böse.

Sabine war damals knapp über 16 gewesen. Als Franz sie einlud, mit ihm „etwas zu rauchen, was man aber nur draußen rauchen sollte", fühlte sie sich plötzlich sehr erwachsen. Er meinte Hasch, das war ihr sofort klar. Am Land nannte man alles, was man nur illegal rauchen konnte, „Hasch", egal ob es sich dabei um Gras, Pot oder was auch immer handelte. Und da sie dieses Zeug noch nie probiert hatte, war ihre Neugier übermächtig, und sie folgte ihm vor das Zelt. Hinter das Zelt, genaugenommen.

Wo schon seine drei Freunde warteten.

Nachdem der erste mit ihr fertig gewesen war, während die zwei anderen sie festhielten und Franz ihr den Mund mit seiner riesigen Pranke verschloss, rief dieser überrascht aus: „Na servas, bei der Alten war ja der Deckel noch drauf!", was seine Freunde mit einem johlenden Gelächter goutierten. In der Tat war die Defloration von Sabine im Schlamm der Festzeltwiese – es hatte an diesem Sommerabend heftig geregnet – anders verlaufen, als sich das ein sechzehnjähriges Mädchen in seinen romantischen Träumen gemeinhin vorstellte. Was aber die drei, die noch nicht zum Zug gekommen waren, nicht davon abgehalten hatte, die günstige Gelegenheit ebenfalls zu nützen. Als letzter war dann Franz an die Reihe gekommen. Und sie hatte bemerken müssen, dass Franz nicht nur körperlich riesig war. Alles an ihm war gewaltig. Auch der Mistkerl, der in ihm steckte. Sabine entdeckte an diesem Abend, dass man als Frau an verschiedenen Stellen penetriert werden konnte und trug einen Dammriss davon. Das war der körperliche Schaden. Zumindest aber war ihr eine Schwangerschaft erspart geblieben.

Die jungen Männer wurden nie gefasst, was wohl auch daran lag, dass niemand Anzeige erstattet hatte. Diese Schande, hatte ihr Vater gemeint, bräuchte man nicht auch noch in die Öffentlichkeit tragen. Und verpasste ihr als Untermauerung seiner Argumentation noch zwei schallende Ohrfeigen, bevor er sie ins Krankenhaus brachte, wo man die äußeren Verletzungen behandelte.

Abgesehen von diesen Verletzungen bildeten sich aber auch in ihrer Psyche Risse im Damm, etwas, das im Gegensatz zu den körperlichen Schäden nie mehr ganz heilte. An diesem Abend wurde eine Sadistin geboren, die insgeheim die Männer hasste, auch wenn ihr das selbst nie bewusst werden sollte.

Meistens hatte sie diesen Sadismus im Griff, aber hie und da, wenn man sie allzu sehr reizte, gingen ihr die Sicherungen durch wie einem tollwütigen Hund, und sie prügelte einen der gar nicht so freien, weil gefesselten Freier buchstäblich krankenhausreif. Da sich Kunden dieser Art von Dienstleistungen selten bei der Polizei beschweren, kam sie damit durch. Bis sie ihr jetziger Mann kennen und lieben lernte und aus diesem Leben holte. Alles war gut gewesen, die Vergangenheit fast vergessen. Und dann kam der Moosbrucker, dieses Schwein, dieser neue *Franz*, und machte ihr Avancen. Weil ihr Mann bei ihm Schulden hatte, ging sie gezwungenermaßen darauf ein. Vögeln gegen Geld war für sie ja nichts Neues. Und dass der Moosbrucker ein paar bizarre Spielarten bevorzugte, schon gar nicht.

Heute aber würde er seine Grenzen kennenlernen.

Wieder surrte die Peitsche, bevor das Ende knallte, als es der vorauseilenden Peitsche folgend, kurzfristig Überschallgeschwindigkeit erreichte und sich dieses Geräusch mit dem Klatschen des Peitschenendes auf die nackte Haut des Opfers und dessen unmittelbar folgenden, durch den Knebel gedämpften Schrei zu einer Symphonie der Pein vereinigte. *Knall, Klatsch, Mmmpf!*

Davon wusste Gianni natürlich nichts, als er sich aus dem Staub machte und unwillkürlich dem kaum erkennbaren Weg zur Sennhütte folgte, wo soeben der dritte Hieb, noch heftiger als die vorangegangenen, eine blutige Spur über des Moosbruckers Oberschenkel zog, was Sabine dieses mädchenhafte Kichern entlockte, das Martin sonst so sexy fand. Heute allerdings nicht. Das Ende der Peitsche hatte sich um seinen Oberschenkel geschlungen und einen Bereich gestreift, an dem kein Mann auf diesem Planeten eine Peitsche spüren will. Sein „Moommmpfff", das „ROT" heißen sollte, konnte oder wollte sie zum wiederholten Male nicht verstehen.

Gianni hörte auch nichts von den 23 weiteren Hieben, von denen jeder ein wenig härter als der vorhergehende war. Weil man das als Domina eben so machte. Steigerung sei das A und O beim Sex, das sei beim Sadomasochismus nicht anders, hatte ihr ihre damalige Lehrherrin beigebracht.

Sabine hatte sich vorgenommen, nach zwanzig Schluss zu machen, weil sie wusste, dass ihn das sonst umbringen könnte. Aber so genau nahm sie es mit dem Zählen nie, vor allem, wenn sie einmal in Ekstase war. Und das hier und heute brachte sie definitiv in Ekstase. Sie hatte sich schon seit Jahren nicht mehr so gut gefühlt! Sie spürte, wie die Reste dieses *Franz* aus ihren Körperöffnungen in die kühle Gebirgsluft entwichen, diese Reste, die es sich über all die Jahre in ihr gemütlich gemacht hatten. Sein tiefes Grunzen, das er ausgestoßen hatte wie ein geiler Eber, als er endlich in ihrem Arsch gekommen war und als sich sein Samen mit ihrem Blut vermischt hatte, um dann an ihren Schenkeln hinunterzulaufen. Der letzte, tiefe, schmerzhafte Stoß, den er noch nachgesetzt hatte, wie um ihr zu zeigen, wer der Herr im Haus ihres Körpers war, bevor er sich aus ihr zurückgezogen hatte. Bevor er dann an ihrem Kleid abgewischt und mit seinen Freunden ohne jede Hast gegangen war und sie im Schlamm liegengelassen hatte, um im Zelt noch ein Bier zu trinken, wohl wissend, dass sie an diesem Abend nicht mehr ins Zelt zurückkehren würde.

Der stolze, reiche Martin Moosbrucker – *Franz! Er ist ein Franz! Nenn ihn also auch so!* – hing nach diesen sechsundzwanzig Hieben als blutendes, stöhnendes Etwas in den Seilen wie das in einigen Jahren George Foreman tun würde, nach seinem verlorenen „Rumble in the Jungle" mit Muhammad Ali. Nur würde Foreman nach diesem Jahrhundertkampf bedeutend gesünder aussehen. Sabine ging um ihn herum und sah mit Befriedigung, dass der liebe Gott ihm die Gnade einer Bewusstlosigkeit versagt hatte. Sie lächelte ihn wortlos an und ging aus der Scheune, um den Brief, das Nähzeug und eine Flasche Schnaps zu holen. *Mich hat man damals auch genäht*, dachte sie.

Gianni kam an einen Gebirgsbach und war damit noch etwa fünfhundert Meter von der Hütte entfernt, als er diese erstmals erblickte. Er vermutete, dass sie das Ziel des Jungen und des Hundes sein würde und beschloss, dass es jetzt an der Zeit wäre, sich aus dem Staub zu machen, indem er einen Bogen durch den Wald schlug, wobei er die ersten Meter im Bachbett marschierte, damit der Hund seine Fährte verlor, falls er sie tatsächlich aufgenommen haben sollte.

Dabei blieb er mit dem Hemd mehrmals im Gestrüpp hängen, aber seine christliche Erziehung ließ ihn einen Fluch unterdrücken.

*

Sabine kam mit dem Brief zurück und hielt ihn dem Moosbrucker wortlos vor das Gesicht. Dann ging sie schweigend um ihn herum und rieb Schnaps in eine der blutenden Striemen.

„Zur Desinfektion mein Lieber. Ich werde dir jetzt alle Striemen desinfizieren und dann zunähen, ja? Wir wollen ja nicht, dass du verblutest."

Martin brüllte auf, soweit das sein Knebel zuließ, aber Sabine hatte schon die halbe Flasche Schnaps über seinen Rücken geleert und begonnen, die erste Strieme mit einem gewöhnlichen Zwirn und einer großen Nähnadel zu vernähen. Sie war eine ausgezeichnete Näherin und setzte die Stiche schnell, präzise und eng.

Es dauerte trotzdem fast zwei Stunden. Danach kannte Martin Moosbrucker seine Grenzen. Sabine hatte ihm zudem klargemacht, dass dieser Brief nie angekommen sei und auch nie wieder ein solcher ankommen würde, andernfalls – klick, sie machte ein Foto mit ihrer mitgebrachten Kodak – würden diese Bilder – klick – den Weg in die Öffentlichkeit finden. Ja, sie würde sie am Sonntag vor der Messe in großer Zahl in der Kirche verteilen oder in die Briefkästen aller Häuser im Ort werfen. Oder beides.

Der angesehene Herr Moosbrucker nackt aufgehängt wie ein überdimensionales, bizarres X, mit angemalten Lippen, geschminkten Augen und erigiertem Gemächt (dafür hatte sie vorher noch gesorgt), ihrem Slip im Mund und ihrem BH um die Brust. Klick – das musste nicht sein, oder? Klick. Und dann tat sie ihm noch einen kleinen Gefallen, weil er sichtlich immer noch erregt war. Den hatte er sich wirklich verdient. Sie war ja kein Unmensch. Fasziniert registrierte sie, dass Männer – diese eigenartigen Kronen der Schöpfung – selbst nach so einer Behandlung noch immer fähig waren, einen Orgasmus zu erreichen. Und sie sah, wie sein Sperma sich mit dem Blut vermischte und sich einen Weg über seine Schenkel nach unten suchte. *Das war für Franz.*

Den Slip und den BH ließ sie ihm nicht, dafür lockerte sie aber ein Seil etwas, damit er sich selbst losmachen konnte, wofür er ihrer Einschätzung nach sicher eine halbe Stunde brauchen würde, was ihr genügend Vorsprung geben sollte, um ins Tal zu gehen, in die Stadt zu fahren und die Bilder entwickeln zu lassen.

*

Bully hatte zwar etwas gerochen, was er nicht zuordnen konnte, aber das Spiel mit Felix hinderte ihn daran, dieser Fährte sogleich zu folgen. Es roch irgendwie *böse.* Er wusste nicht, ob er dieser Fährte überhaupt nachstellen wollte, als neben ihm Felix erneut das Stöckchen wegschleuderte und Bully dahinter her sprintete, um es zu fangen, möglichst noch bevor es den Boden berührte.

Sie verbrachten die nächsten zwei Stunden damit, durch den Wald zu tollen und Spaß zu haben. Bully mochte den Jungen. Und den Mann, der mit ihm zusammen in der Hütte wohnte. Wehe dem, der einem der beiden zu nahe zu kommen versuchte. Er würde ihn zerfetzen.

Aus irgendeinem Grund nahm er dann die Fährte – sie roch *böse,* sogar noch *böser* als vorhin – doch wieder auf und schnüffelte sich entlang des alten Weges zur Sennhütte, während Felix ihm, vom Spielen schon etwas außer Atem, folgte. Als die Fährte beim Bach plötzlich weg war, hörte er etwas weiter vorne ein Geräusch, das selbst für empfindliche menschliche Ohren niemals, vor allem nicht aus dieser Entfernung, wahrnehmbar gewesen wäre. Und er roch etwas ... etwas *Neues.* Etwas, das ihn reizte. Etwas, das lohnte, es sich näher anzusehen. Bully sprintete los, ohne auf die Rufe von Felix zu achten, dem nichts anderes übrig blieb als hinter ihm her zu laufen, so schnell er eben konnte.

Was in diesem Falle nicht schnell genug war.

*

Martin Moosbrucker hatte Schmerzen, wie er sie bis zu diesem Zeitpunkt noch nicht gekannt hatte. Trotzdem schaffte er es in etwas über zwanzig Minuten, sich loszumachen und in weiteren fünf Minuten, sich anzukleiden. So durfte ihn niemand sehen. Das Miststück war sicher schon über alle Berge. Er musste jetzt nachdenken, was diese höllischen Schmerzen am ganzen Körper aber kaum zuließen.

Er würde dieses Biest umbringen, aber vorher würde er sie noch vergewaltigen, bis es ihr die Eingeweide zerriss. Die Wut und der Schmerz ließen ihn schwitzen. Schweiß, der für die feine Nase eines Hundes den Geruch blinder Wut verströmte. Doch seine Rache musste noch warten. Zuerst einmal musste er verhindern, dass irgendwer Wind von dieser nicht nur schmerzhaften sondern auch mehr als peinlichen „Behandlung" bekam. Er zwang sich noch einmal, nachzudenken und nahm einen Schluck aus der halbleeren Schnapsflasche. Er spürte das Brennen in der Kehle kaum, zu sehr überwog der Schmerz, der in wiederkehrenden Wellen durch seinen Körper raste. Wellen, die nur die wandernden Gipfel auf einem horizontlosen Ozean der Pein waren. Das waren die Nachwirkungen von mindestens hundertfünfzig Stichen, und diese Stiche waren in ihrer schnellen Abfolge fast noch schlimmer gewesen als die Peitsche vorher.

Als er aus der Scheune stolperte – normal zu gehen war ihm unter diesen Umständen nicht möglich – hörte er aus einiger Entfernung ein Geräusch, das er nicht gleich zuordnen konnte.

*

Felix und Bully waren stetig bergab gelaufen. Der Weg zur Scheune, wo der Moosbrucker seine innige Bekanntschaft mit dem Leder der Bullenpeitsche gemacht hatte, lag nämlich um einiges weiter in Richtung Tal als die Hütte von Severin und Felix. Felix wusste, dass der Rückweg länger dauern würde und beschloss, Bully zur Umkehr zu bewegen.

„Bully, wir müssen zurück. Bully!"

Er pfiff, indem er die Finger in den Mund steckt, wie Severin es ihm gezeigt hatte. Der Hund reagierte nicht. Naja, es war gerade erst ein Uhr, vielleicht auch schon knapp vor Zwei, wenn er den Stand der Sonne betrachtete, also noch genügend Zeit bis Sechs. Zu den Erdäpfelnudeln wollte er keinesfalls zu spät kommen.

Bully hatte offensichtlich Eile. Er hatte diesen seltsam verführerischen Geruch in die Nase bekommen, der seine artspezifischen Instinkte weckte.

Den Geruch von Blut. Menschenblut.

Wenn man einen Bullterrier sieht, ist man geneigt, die Geschwindigkeit, mit der so ein Tier laufen kann, zu unterschätzen. In Bullys Hirn hatte nämlich jetzt alles Pause – bis auf seinen Killerinstinkt. Dieses Blut und der Schweiß ... es roch irgendwie ... *feindselig* ... und zugleich *verlockend*. Er galoppierte in einem Tempo los, dem selbst Felix zum Leidwesen des armen Moosbrucker nicht mehr folgen konnte. Der hatte heute nun wirklich nicht seinen Glückstag. Zuerst Bullwhip, dann Bullterrier. Nicht gerade die Erfüllung seiner intimsten Wünsche.

Bully bellte. Aus Vorfreude. Und wohl auch, weil Hunde bei solchen Gelegenheiten immer bellen. Dieses Gebell war das Geräusch, das der Moosbrucker gehört hatte, als er aus der Scheune wankte.

*

Im Gegensatz zu Felix hatte Martin Moosbrucker eine Armbanduhr, und auf die sah er jetzt gerade. Kurz vor Zwei. Wenn er Glück hatte, war er um viertel nach Zwei zuhause, da würde seine Frau im Stall sein und er könnte sich waschen und umziehen. Da im Bett bei den beiden sowieso schon lange nichts mehr lief, und auch, weil er immer im angenehm kuscheligen Pyjama schlief, sollte er eine reelle Chance haben, dass sie nichts bemerkte. Irgendwer würde ihm allerdings in einigen Tagen die Fäden ziehen müssen. Verdammt. Und Blutflecken in der Kleidung ließen sich wohl auch nicht vermeiden. Na, darüber könnte man noch nachdenken, wenn es soweit war. Und auch darüber, wie er vermeiden sollte, dass sich die Wunden entzündeten. Zum örtlichen Arzt konnte er damals jedenfalls nicht. Schweigepflicht hin oder her, der konnte das Maul nicht halten.

Aus Bullys Sicht war es bereits jetzt so weit, das Maul nicht zu halten. Er hatte mittlerweile die Scheune erreicht und stürmte mit archaischer Gewalt auf dieses *feindselig* riechende Ungetüm ein, dessen Witterung ihm jede anerzogene Hemmung geraubt hatte.

Der arme Martin Moosbrucker sah mit vor Schreck geweiteten Augen den Hund auf sich zurasen und erstarrte für einen kurzen Augenblick. Hätte er schneller reagiert und sich die nur zwei Meter neben ihm liegende Bullenpeitsche gegriffen, die seine Peinigerin als Andenken zurückgelassen hatte, wer weiß?

So aber war bereits der erste Biss tödlich, als Bully ihm aus voller Geschwindigkeit an die Kehle sprang und seine Fänge in das weiche Fleisch schlug. Bullterrier haben eine gewaltige Beißkraft, und in diesem Fall war diese mehr als ausreichend, um dem Moosbrucker sofort die linke Halsschlagader zu zerfetzen, was aufgrund der schlagartig aussetzenden Blutzufuhr zum Gehirn zur Folge hatte, dass er bereits ohne Besinnung war, als er wie ein achtlos fallengelassener Sack Mehl am Boden aufschlug. Eigentlich war das ein Glück für ihn, eine Art letzte Gnade. Denn als Felix wenige Minuten später am Schauplatz eintraf, hatte Bully das Gesicht und weite Teile des Oberkörpers bereits einer rudimentären Autopsie unterzogen, während er sich zu Felix umdrehte und ihm mit seinem hündischen Grinsen aus blutigen Lefzen, in denen noch Teile einer Wange und das rechte Auge des Moosbruckers hingen, stolz sein Werk präsentierte.

12

Gianni brauchte einen Plan. Einen guten Plan. Solange sein Zielobjekt diesen Hund bei sich hatte – und das war anscheinend sehr oft der Fall – schien es ihm zu riskant, seinen Auftrag auszuführen. Zu viel konnte dabei schiefgehen. Zuerst den Hund zu erledigen beinhaltete die Gefahr, dass der Junge dann sofort die Flucht ergriff, was eine saubere Aktion schwierig machen würde. Zuerst den Jungen zu töten, das würde umgekehrt ein schwer kalkulierbares Risiko mit dem Hund ergeben. Zumal Feuerwaffen ausfielen, es musste unbedingt wie ein tragischer Unfall aussehen. Und genau dazu materialisierte beim Beobachten des spielenden Duos eine erste, nur in Umrissen erkennbare Idee in Gianni, die er nun systematisch durchdenken, perfektionieren und in einen ausführbaren Plan verfeinern musste.

Gianni war immer schon ein visueller Typ gewesen. Also schrieb er sich einige Stichworte auf kleine Notizzettel und pinnte diese mit Reißzwecken an die Holzwand seines Zimmers. Nicht ohne vorher die Tür zu verschließen, was an diesem Ort und zu dieser Zeit völlig unüblich war, wie er wusste. In den Siebzigerjahren des zwanzigsten Jahrhunderts sperrte kein Mensch am Land irgendetwas ab. Nicht einmal die Klotüre bei einem großen Geschäft. Naja, das vielleicht doch, aber auch nur, wenn man Durchfall hatte.

Auf seinen Notizzetteln standen Wortkombinationen wie: *Sonntag – Kirche, Spiel mit Hund, Wald – Bachbett, Abhang, Zeitpunkt, Absturz, Notfall - Alibi, Risiken, Hund loswerden* und einiges mehr.

Gianni sortierte die Zettel, schrieb etwas dazu, besserte etwas Anderes aus, zog zwischen den Zetteln Verbindungen mit Bindfaden, löste diese wieder, um sie anders zu verbinden, notierte sich Dinge, strich andere durch, ergänzte, dachte nach, ergänzte oder änderte wieder – und hatte nach einer guten Stunde einen Plan mit seiner Meinung nach durchaus überschaubarem Risiko, an dem er beim besten Willen keinen Fehler mehr finden konnte. Ein kalkulierbares Restrisiko blieb bei jedem Plan, aber das kalkulierte Risiko ist immer das Produkt aus zu erwartendem Schaden und der Eintrittswahrscheinlichkeit, und wenn keiner der beiden Faktoren allzu hoch war, war das Risiko akzeptabel. Gut, der mögliche Schaden – nämlich erwischt zu werden – war hoch, aber dass das passieren würde, war sehr unwahrscheinlich, das Gesamtrisiko also gering.

Nächsten Sonntag würde er Teil zwei dieses Plans ausführen. Teil eins allerdings konnte nicht so lange warten.

Aus seinen Gedanken riss ihn die Stimme seiner Vermieterin: „Herr Gianni, das Essen wär' fertig!" Sie hatte nicht versucht, die Türe zu öffnen, sie hatte nicht einmal geklopft sondern ihn durch die geschlossene Türe gerufen. Wie lange sie wohl schon da draußen stehen und möglicherweise lauschen mochte? Er antwortete, dass er gleich kommen werde. Er verspürte in der Tat großen Hunger. So räumte er schnell seine Unterlagen in den versperrbaren Koffer, schloss so leise wie möglich die Tür auf und polterte deutlich hörbar die Treppe hinunter, wo die Wirtin ihn schon mit einem dampfenden Topf Suppe erwartete, den sie gerade mitten auf den alten Holztisch stellte.

Das Abendessen schmeckte an diesem Tag besonders gut, seine Wirtin hatte sich sichtlich angestrengt, ihrem Gast ein gutes Abendmahl vorzusetzen, und eine Stunde später zog er sich in seine Stube zurück, hängte wie immer seine Kleider ordentlich über den einzigen Stuhl, legte sich ins Bett und nickte innerhalb von Minuten ein. Er schlief die ganze Nacht wie ein Murmeltier. Das erste Mal seit langem stürzte in dieser traumlosen Nacht sein Vater nicht mit seinem anklagenden Gesichtsausdruck über die Kellertreppe. Heute Nacht *kriegte* ihn niemand.

*

Als Felix sah, worauf Bully so stolz war, wurde ihm übel.

Vor ihm lag ein Klumpen aus Blut und Fleisch, der mit einem Menschen nicht mehr viel gemein hatte. Das Bild, das sich ihm bot, war an makaber-komischer Skurrilität kaum zu überbieten, zumal Bully mit seinem ihm eigenen Bullterriergrinsen, aufgestellten Ohren und freudig wedelndem Stummelschwanz daneben stand und sichtlich darauf wartete, für die begangene Tat, die in seinem hündischen Verständnis eine gute war, gelobt zu werden. *Na, was sagst du dazu, Felix? Habe ich das nicht gut gemacht? Er wollte dir wehtun. Ich habe das genau gespürt! Ich habe es gerochen! Er roch feindselig! Aber ich bin da, um dich zu beschützen! Ich bin Bully. Ich bin dein bester Freund!*

Felix war, nachdem er sein Entsetzen und seine Übelkeit niedergekämpft hatte, mit der Situation viel weniger überfordert, als die meisten Erwachsenen es vielleicht gewesen wären. Er dachte einfach nur nach und ließ die Fakten durch sein Gehirn wandern. Da lag ein offensichtlich von seinem Hund getöteter Mensch. Fakt. Vermutlich einer aus dem Ort, nein sicher sogar, er kannte das Gesicht, obwohl er es nur einmal kurz gesehen hatte. Fakt. Das durfte niemand erfahren, sonst würden sie Bully töten. Fakt. Also musste die Todesursache – wie hieß das nochmal? Vertuscht werden. Fakt. Oder noch besser: Die Leiche musste verschwinden. Beides konnte er nicht alleine bewerkstelligen. Er brauchte Hilfe von jemandem, dem er vertrauen konnte. Wem konnte er vertrauen? Bully und Severin. Fakt.

Felix machte sich auf den Rückweg zu Severin. Zuvor ging er allerdings noch mit Bully zum Bach und wusch ihm, so gut er konnte, das Blut ab.

Martin Moosbruckers Auge fiel von Bullys Lefze ins Wasser und trieb bachabwärts, wobei es noch immer ungläubig über das, was eben geschehen war, nach oben zu blicken schien.

*

Drei Stunden später hatte Severin das Werk vollendet. Felix und Bully hatte er in der Hütte gelassen und ihnen verboten, diese heute noch einmal zu verlassen.

„Du iss jetzt deine Erdäpfelnudeln und dann geh schlafen! Ich kümmere mich schon darum.", hatte Severin in nach außen stoischer Ruhe zu Felix gesagt. Dem war allerdings der Appetit gehörig vergangen gewesen, weshalb er seine Lieblingsspeise das erste (und einzige!) Mal in seinem Leben beinahe ganz unangetastet ließ, während Severin sich auf den Weg zur Sennhütte machte.

Bully schien zu spüren, dass etwas ganz und gar nicht in Ordnung war, und verkroch sich winselnd unter dem Tisch in der Stube.

Trotz des Zustands der Leiche hatte Severin in ihr sofort den Moosbrucker erkannt. Als er ihn in die Scheune zerrte, fand er darin die Eisenringe und die Seile, mit denen der Bemitleidenswerte vor seinem Tod offenbar noch gefoltert worden war, was eine nähere Untersuchung des von Bully kaum zerfleischten Rückens bestätigte. Er fand auch den Schnaps, und änderte daraufhin seinen Plan geringfügig ab. Er hatte ursprünglich die Leiche in die Scheune bringen und diese dann anzünden wollen. Etwas Glaubwürdigeres als ein bedauernswerter Unfall mit einer verbrannten Leiche war ihm nicht eingefallen. Diese Entdeckung aber bot ihm definitiv eine bessere Möglichkeit. Er band den Toten wieder an den Ringen fest, schichtete um ihn Heu und trockenes Holz auf und riss dann ein Streichholz an. Die Polizei würde von einem Mord mit vorhergehender Folterung ausgehen und hoffentlich an der verkohlten Leiche die Bissverletzungen übersehen.

Und – Hand aufs Herz! – wer würde dabei einen Pfarrer oder gar einen kleinen Jungen und seinen Hund verdächtigen?

Als er sich im Laufschritt von der Scheune in Richtung seiner Hütte entfernte, stieg bereits der Rauch auf. Es würde keinen Waldbrand geben. Der Frühling war bislang niederschlagsreich gewesen. Und Felix würde er in Zukunft nicht mehr unbeaufsichtigt im Wald spielen lassen.

Er und Felix wechselten über die Vorkommnisse an diesem Nachmittag nie wieder ein Wort.

105

13

Gianni wachte gegen elf Uhr nachts vom Lärm der Sirenen auf. Die meisten Menschen wären wohl schlaftrunken zum Fenster gestolpert um nachzusehen, was der Wirbel zu bedeuten hatte, aber er war ein Sofortumschalter, wie das sein Ausbilder beim Militär genannt hatte. Das war teilweise angeboren aber zum größten Teil antrainiert. Man konnte Gianni zu einer beliebigen Nachtzeit aus dem tiefsten Schlaf wecken, er war augenblicklich hellwach. In seiner Branche konnte diese Fähigkeit den Unterschied zwischen Leben und Tod ausmachen.

So war er putzmunter, als er notdürftig bekleidet die steile Holztreppe hinunter stieg und dort seine Wirtin vorfand, die sich gerade anschickte, vor die Haustüre zu gehen um nachzusehen, was es mit dem Theater auf sich hatte. Ihr verstorbener Mann war bei der freiwilligen Feuerwehr gewesen, erklärte sie ihm, und diese Sirenen verhießen nichts Gutes. Vermutlich brannte es irgendwo. Oder es gab eine Überschwemmung. Nein, das wohl nicht, es hatte in der Nacht ja nicht geregnet.

Wie die beiden wenige Minuten später von einem vorbeieilenden Feuerwehrmann, der noch ein halbes Kind zu sein schien, erfuhren, brannte anscheinend die alte Scheune „vom Obermayer oben am Berg". Der Feuerwehrjunge (Gianni weigerte sich, ihn, selbst in Gedanken, als Feuerwehrmann zu bezeichnen) war der Nachbar der Moosbruckers und rannte schon zum Sammelpunkt weiter, als er den beiden noch zurief, dass der Martin heute Nacht anscheinend nicht nach Hause gekommen war.

„Das hat mir am Telefon die Moosbruckerin g'sagt! Die sorgt sich jetzt schon ein bisserl um ihren Alten."

Mit so vielen brandaktuellen Informationen bewaffnet hielt es seine Wirtin nicht zuhause. Sie sah es als ihre heilige Pflicht an, sich auf den Weg ins Ortszentrum zu machen und bei jedem Haus, vor dem Menschen standen (was für so ziemlich alle Häuser zutraf), ihr Wissen weiterzugeben. Damals gab es noch kein Facebook, nicht einmal Internet, aber am Land brauchte man so etwas auch nicht, solange man Leute wie die Geli hatte.

Daher breitete sich die Information, dass der Martin Moosbrucker vermutlich in seiner Hütte verbrannt wäre, schneller aus als das Feuer selbst, das die Feuerwehr schon nach knapp zwei Stunden einigermaßen unter Kontrolle bekommen hatte, obwohl es da oben aufwändig und vor allem anstrengend (und auch ein wenig gefährlich) gewesen war, den Pumpschlauch vom Bach zur Scheune zu legen. Es war ja schon am Tag nicht einfach, über den eigentlich nur für Motorräder und Traktoren geeigneten Weg mit dem alten Feuerwehrfahrzeug zur Scheune zu kommen. Nachts war das ein ziemlich halsbrecherisches Vorhaben, das allerdings diesmal gutging.

Ganz im Gegensatz zu so vielen Gerüchten bewahrheitete sich dasjenige über den Verbrennungstod des armen Moosbrucker tatsächlich. Und wurde in der Folge noch durch einige recht pikante Details, die ebenfalls mehr oder weniger den Tatsachen entsprachen, ausgeschmückt.

Daher war auch Gianni bereits am frühen Morgen recht genau im Bilde, was dem Kerl da oben zugestoßen war. Innerlich fluchte er – und hängte sofort ein Gebet daran, weil das Fluchen selbst in Gedanken eine Sünde war. In seinem Fall aber eine verständliche. Geli hatte ihn am Vortag genau in Richtung der mittlerweile abgebrannten Scheune gehen sehen. Es war nur eine Frage der Zeit, bis man ihm dazu Fragen stellen würde. Sogar wenn die „Ermittlungen" von einem vertrotteltem Landpolizisten geleitet werden sollten, was er angesichts der zu erwartenden Medienwirksamkeit des Vorfalles aber bezweifelte.

Seinen zweiteiligen Plan konnte er, jedenfalls vorerst, vergessen.

Nachdem er eingehend darüber nachgedacht hatte, packte er in aller Eile seine Sachen und machte sich in seinem Fiat mit den gefälschten Kennzeichen aus dem Staub, nicht ohne vorher noch seiner Wirtin etwas Geld auf den Tisch zu legen. Auch wenn er ein Killer war, er war kein Zechpreller. Und wollte seine Seele nicht mit einer derart unnötigen Sünde belasten.

Er fand, sich aus dem Staub zu machen wäre die beste Lösung. Niemand hier kannte ihn unter seinem richtigen Namen, er würde für immer der unauffindbare Fremde bleiben. Sollten sie ihn doch verdächtigen. Was kümmerte ihn das? Und was er vor Tagen noch bedauert hatte, nämlich die Lüge mit seiner angeblichen Abstammung aus Sankt Gallen, präsentierte sich jetzt als Glücksfall.

Eines wurmte ihn allerdings: Dass er nur zu gern gewusst hätte, wer diesen Bauern auf dem Gewissen hatte und genau das jetzt wohl nie erfahren würde.

Er hatte da durchaus einen konkreten Verdacht.

*

Giannis Vermutungen bestätigten sich. Natürlich dauerte es nicht lange, bis man ihn für den Mörder hielt, was sowohl Sabine, die ihr ganzes, folgendes Leben darüber nachgrübeln würde, ob sie den Moosbrucker auf dem Gewissen hatte, als auch Severin und Felix ganz recht war, die es besser wussten.

Major Milchgruber von der Kripo Linz – man hatte für diesen Fall also wirklich einen hochrangigen Ermittler abgestellt – reagierte schnell. Um 10:30 Uhr war ihm klar, wer sein Hauptverdächtiger war. Um 10:50 hatte er bereits die erstaunlich genaue Personenbeschreibung (Geli war nicht nur im Verbreiten von Informationen einsame Spitze, sie war auch eine gute Beobachterin) an alle Posten an den Grenzübergängen zur Schweiz und zu Italien durchgegeben. Schließlich konnte man in die Schweiz auch recht gut über Italien reisen.

Gianni erreichte die Grenze um 11:25 Uhr.

Der österreichische Grenzbeamte nahm Giannis Pass durch das heruntergekurbelte Fenster entgegen, blickte auf das Passfoto, dann auf den ausdruckslos dreinschauenden Gianni, noch einmal auf das Passfoto – und winkte ihn durch. An die Beamten an der jugoslawischen Grenze wurde die Personenbeschreibung nämlich erst kurz vor 13:00 Uhr durchgegeben, und Gianni hatte aus Vorsicht, oder vielleicht auch aus einer Vorahnung heraus, die Route über das südliche Nachbarland Österreichs genommen, um dann über den Friaul nach Italien weiter zu fahren. Dass man ihn bei der Einreise nach Jugoslawien – damals waren das noch zwei getrennte Grenzposten – kurz das Gepäck öffnen ließ, war ihm dann schon gleichgültig. Seine Waffen hatte er vorher in einem kleinen Fluss entsorgt.

Einige Stunden später passierte er die italienische Grenze und fuhr weiter nach Rom.

*

Auch wenn er mehr wusste als Major Milchgruber – das Nachgrübeln ersparte sich Severin trotzdem nicht. Wenn er in seinem Leben je etwas gelernt hatte, dann war das, dass es so etwas wie Zufälle nicht gab. Alles hing immer und irgendwie mit Allem zusammen. Die Welt verlief, wenn man so wollte, stets in einer Art komplizierter Harmonie. Wenn irgendetwas oder irgendjemand diese Harmonie störte, wehrte sie sich mit „Zufällen", wie das die Leute dann zu nennen pflegten. Und hier roch es meilenweit nicht nur nach einer verbrannten Hütte, nein, es roch nach einer dramatischen Störung der Harmonie. Das hätte Severin nicht großartig erschüttert, wenn er nicht jede Menge Grund zur Wachsamkeit gehabt hätte, weil er wie ein aufmerksamer Wachhund alles um sich registrierte, immer in der Sorge, es könnte etwas mit seinem so speziell veranlagten Pflegekind zu tun haben.

Ob das tragische Ende des allseits unbeliebten Moosbrucker nun direkt etwas mit ihm und Felix zu tun hatte oder nicht – es war auf jeden Fall eine Angelegenheit, bei der man tags darauf nicht einfach zur Tagesordnung übergehen konnte. Dazu war einerseits die räumliche Entfernung zu gering und andererseits die kausale Verwicklung von Felix und Bully allzu deutlich. Auch wenn die vertrottelte Polizei nie dahinterkommen würde – denn davon ging er mit ziemlicher Sicherheit aus, obwohl dieser Milchgruber sicher kein Dummkopf war – woran der Moosbrucker wirklich gestorben war: Das Restrisiko war zu hoch. Risiko ist ja, wie wir jetzt schon wissen, immer das Produkt aus Eintrittswahrscheinlichkeit mal eintretendem Schaden, das wusste nicht nur Gianni sondern auch Severin. Und selbst wenn die für Außenstehende sichtbare Wahrscheinlichkeit, dass das etwas mit Felix zu tun hatte, gering war, dann war das Risiko aufgrund des potentiell zu erwartenden Schadens in diesem Fall eindeutig zu hoch.

Severin ahnte nicht *wie hoch.*

*

„Es sind wirklich nur ein paar Fragen."

Major Milchgruber hatte entgegen der Warnungen der Dörfler, insbesondere des Jägers, dessen Hund Bully damals in seine Fragmente zerlegt hatte, den Mut besessen, uneingeladen zur Hütte von Severin und Felix aufzubrechen. Zu seinem Glück war der erste, den er dort traf, Pater Severin – und nicht etwa Bully, der immer noch sein schlechtes Gewissen unter dem Stubentisch auskurierte, indem er einen Holzprügel mit seinen Zähnen in einen Haufen von Spänen verwandelte.

„Ich wüsste nicht, wie wir Ihnen da helfen könnten", antwortete Severin und zog die Schultern hoch.

„Sie sind praktisch die nächsten Nachbarn."

„Ja, aber wir kommen eigentlich nie zu dieser Sennerhütte rüber."

„Ihr – ähm – Pflegesohn auch nicht?". Der Ausdruck im Gesicht des Kommissars hatte in Severins Empfinden etwas Verschlagenes. Bei dem Typen war Vorsicht geboten. Er zuckte noch einmal mit den Achseln.

„Könnten Sie ihn holen, damit ich ihn fragen kann?"

„Das ist alles ein wenig viel für ihn, wissen Sie!"

„Bitte!"

Severin erklärte sich widerwillig dazu bereit und holte Felix, der sich in seine Stube zurückgezogen hatte, als er den Major hatte kommen sehen.

Nachdem der Junge artig gegrüßt hatte, fragte ihn der Polizist, ob er gestern am Nachmittag zufällig in der Nähe der Sennhütte gewesen wäre. Felix verneinte, ohne das geringste Anzeichen von Nervosität erkennen zu lassen, stellte Severin erstaunt fest. Der Junge überraschte ihn immer wieder.

„Das war's auch schon, Felix", lächelte der Major ihn an. „Ich danke dir."

Als Felix sich umwandte, um die Stube zu verlassen, stellte der Schnüffler doch noch eine Frage. Beiläufig, in alter Columbomanier, als wäre sie ganz unwesentlich, und er hätte sie beinahe vergessen:

„Dein Hund – war der vielleicht dort? Die Verletzungen des armen Toten sahen nämlich irgendwie eigenartig aus. Fast wie Hundebisse, auch wenn man das kaum noch erkennen konnte, weil ... na ja, der Brand. Furchtbar!"

Severin lief augenblicklich rot an, doch die Aufmerksamkeit von Milchgruber galt Felix, so dass ihm das entging. Und der ließ sich nichts anmerken.

„Nein, Bully hat den ganzen Tag mit mir vor der Hütte gespielt. Hol das Stöckchen. Er mag das so. Und dann zerbeißt er sie."

Der Major lächelte mit einem Seitenblick auf Bully, der mittlerweile sein Zerstörungswerk an dem Holzknüppel fast vollendet hatte. Nachdem er Severin und Felix zum Abschied die Hand gegeben hatte, wobei Felix diese einen Hauch länger als nötig drückte und dabei die Augen schloss, und sich auf den Weg ins Tal gemacht hatte, sahen sie ihn nie wieder.

Auch sonst sah ihn niemand lebend wieder. Er war offensichtlich beim Abstieg an der steilsten, aber trotz allem einer durchaus harmlosen, Stelle ausgerutscht und hatte sich das Genick gebrochen. Ein tragischer Unglücksfall, für den niemand etwas konnte, wie man bei der Untersuchung seines Todes feststellte.

*

Als Felix gerade dem Kriminalpolizisten die Hand zum Abschied reichte, war Maria mit ihren Eltern zum ersten Mal in ihrem Leben in einem Zirkus. Einem Kinderzirkus natürlich. Keine Hochseilartisten, dafür Clowns mit lustigen Perücken (fanden die Erwachsenen, während sich die Kleinen vor den geschminkten Gestalten ängstigten), kein Trapez, dafür Ponydressur, kein Messerwerfen, stattdessen ein Mann mit einem tanzenden Hund, bei dem man sich aufgrund seiner Gebärden fragte, wer wohl verrückter sei: der Hund oder der Mann.

Als Felix dem Polizisten die Hand gab und ihn damit zum Tode verurteilte, blieb der tanzende Hund mitten im Sprung in der Luft stehen, was beim Publikum zuerst lautloses Erstaunen und dann tosenden Beifall zur Folge hatte und beim Dresseur nach einer Sekunde erstaunten Schweigens die für Artisten typische Verbeugungsreaktion hervorrief. Artisten waren darauf dressiert wie ihre Hunde auf die Pfiffe. Klatschen: Verbeugen. Denk nicht nach, warum der Hund gerade der Schwerkraft trotzt. Tu so, als gehöre das zur Show und verbeuge dich.

Lediglich Marias Eltern wurden blass, als sie bemerkten, dass die Kleine nicht applaudierte. Nun, wenn man es genau nahm, applaudierte sie sogar. Nur war ihre Bewegung eingefroren wie damals, als sie auf ihren Vater zu gestolpert war. Ihre Hände waren einfach fünf Zentimeter, bevor sie sich berührten, stehengeblieben. Als sie nach wenigen Sekunden das Klatschen vollendeten, fiel der verblüffte Hund zu Boden, kroch winselnd aus der Arena und war tagelang weder durch Drohungen noch durch Leckerlis dazu zu bewegen, noch einmal in die Arena zurückzukehren.

Das Publikum jedoch brüllte vor Begeisterung, und der Zirkus musste zwei Extravorstellungen einschieben, weil jeder den schwebenden Hund sehen wollte.

*

Seine Eminenz Kardinal Scamponi war stinksauer. Er lief in Giannis Büro von einer Wand zur anderen wie ein eingesperrter Tiger kurz vor der Fütterung. Ein echter Scamponi war an sich schon selten gut gelaunt, das lag gleichsam in der Familie, aber wenn er wirklich verärgert war, hielt sich nach Möglichkeit jeder in seiner Umgebung so fern, wie es ihm nur irgend möglich war.

Gianni hatte diese Möglichkeit heute nicht.

„Sie Idiot! Wissen Sie, dass halb Europa nach Ihnen fahndet? Noch dazu unter Ihrem richtigen Namen!"

Gianni hatte ihn noch nie so wütend erlebt und beschloss, besser gar nicht zu antworten, um ihn nicht noch mehr aufzubringen.

„Sie tauchen jetzt für mindestens zwei Jahre unter und bilden Beat aus. Das ist der neue Wächter, der Martin ersetzen wird. Und lassen Sie sich einen Vollbart wachsen. Außerdem bekommen Sie eine neue Identität. Sie heißen ab sofort Marco Saldini – und ich will nie wieder den Namen Gianni hören. Auch nicht hier in Ihrem Büro! Sie sind so tot wie Martin Luther."

Gianni-Marco nickte, wobei er sich Mühe gab, möglichst zerknirscht zu wirken. Er hatte seinen Namen gemocht. Das mit dem Bart konnte der Alte sich aber abschminken. Der Kardinal hielt ihm den Ringfinger hin, und Marco küsste ihn. Eine Förmlichkeit, die der Kardinal seit Jahren nicht mehr von ihm verlangt hatte. Es war wohl etwas Ähnliches wie bei den Schimpansen, wo sich der Unterlegene eines Kampfes hinhockte, den Kopf senkte und die offene Hand ausstreckte, damit ihm das Alphamännchen durch eine huldreiche Berührung zeigen konnte, dass er ihm verziehen hatte.

Nur war es hier eben keine offene Hand sondern der Bischofsring und nicht der Unterlegene hielt ihn dem Alphatier hin sondern umgekehrt. Eine der wenigen Entwicklungen, die uns von der Primatenverwandtschaft unterscheidet, dachte Gianni – nein, Marco! – amüsiert und bemühte sich, seine Erheiterung nur ja nicht zu zeigen, bevor der Alte das Büro verlassen hatte. Am besten auch danach nicht, wer wusste schon, ob ihn das Ekel nicht überwachen ließ?

Horst und Luise sprachen nicht viel, als sie vom Zirkus nach Hause fuhren. Sie brachten die Kleine ins Bett und setzten sich dann auf die Veranda. Der Abend war für die Jahreszeit angenehm lau und lud dazu ein. Und etwas in ihnen wollte nicht, dass Maria hörte, was sie zu besprechen hatten, obwohl das absurd war. Die Kleine war keine zwei!

„Wir müssen etwas tun, Luise!" Horst war schon immer der Vernünftigere von ihnen beiden gewesen.

„Und was glaubt mein unendlich rationaler und weiser Mann sollen wir tun? Zum Kinderarzt gehen und ihm sagen, dass unsere Tochter offensichtlich ... übernatürliche Fähigkeiten hat? Was glaubst du würde der tun? Einweisen würde er uns lassen. In die Geschlossene."

Sie sagte das lauter, als sie beabsichtigt hatte, schrie ihn beinahe an.

Er senkte den Kopf.

„Welche Alternative haben wir? Irgendwann wird sie mit ihren ... Fähigkeiten, wie du es nennst, etwas Schlimmes auslösen. Was, wenn sie mich erstarren lässt wie diesen Hund, während wir im Auto unterwegs sind?"

Sie funkelte ihn an.

„Meine Tochter würde nie etwas tun, das jemandem Schaden zufügt."

„Sie ist zwei! Sie kann noch gar nicht abschätzen, ob etwas, das sie tut, jema-"

„Meine Tochter würde so etwas nie machen!", schrie sie ihn an.

Horst wusste, wann ein Gespräch beendet war.

Nein, *bewusst* würde Maria das sicher nicht tun.

14

1974 - 1976

Warum wir damals wegzogen, kann ich nur erahnen. Severin hat nie darüber gesprochen. Natürlich hatte es damit zu tun, dass Bully diesen Bauern filetiert hatte. In meiner kindlichen Naivität dachte ich aber, durch den Brand würde nie jemand auf die Idee kommen, dass wir etwas damit zu tun hatten. Vor allem nachdem der bedauernswerte Major so tragisch abgestürzt und das Thema „Hundebisse" mit ihm gestorben war.

Es scheint, als wäre das Severin zu wenig an Sicherheit gewesen. Ein zu großes Restrisiko, würde man heutzutage wohl sagen. Es war eigentlich auch egal. Ich war es gewohnt, nirgends heimisch zu sein. Wenn man das ganze kurze Kinderleben lang von einem Pflegeelternpaar zum nächsten, oder von einem Heim ins andere übersiedelt, fehlt einem schlicht der Vergleich, wie ein stabiles Kinderleben anders aussehen könnte, als dauernd auf Achse zu sein. Und wir zogen ja auch nicht gleich weg. Erst Ende 1973. Irgendwie waren die Dörfler darüber sogar froh, glaube ich. Obwohl sie danach keinen eigenen Pfarrer mehr bekamen sondern vom Geistlichen einer Nachbargemeinde mit betreut wurden.

Diesmal zogen Severin und ich nach Wels. Das ist eine kleine Provinzstadt mitten in Oberösterreich. Sie hat heute etwa sechzigtausend Einwohner, damals waren es vielleicht vierzig- oder maximal fünfzigtausend. Ich hasste diese Stadt von der ersten Minute an. Die Welser sind typische Kleinstädter. Die Stadt ist zu beengt, obwohl sie die sechstgrößte Österreichs ist, um echte Urbanität und eine weltoffene Kultur zuzulassen. Sie ist aber andererseits groß genug, damit sich die Einwohner wie Großstädter fühlen – und dementsprechend benehmen. Schlimmer sind glaube ich nur noch die Linzer, aber da fehlt mir, objektiv betrachtet, die nötige Menge an Vergleichswerten.

In Wels schloss ich die „Volksschule" bei Severin ab, indem ich die Prüfung für das vierte Jahr mit ausschließlich „Sehr gut" bestand. Severin meinte, für die weitere Ausbildung sollte ich nun aber doch besser in eine öffentliche Schule wechseln und meldete mich 1974 im Gymnasium in der Blickstraße an.

Diese Schule war damals als die „linkeste" in ganz Wels bekannt. Lehrer, die Mitte der 1970er in Jeans und mit „Palästinenserschal" unterrichteten, gab es an keiner anderen öffentlichen Schule in Wels. Vermutlich gab es so etwas in ganz Österreich nicht. Dazu kam das postmoderne Gebäude – ein hässlicher Betonklotz, bei dem sich der Architekt eingebildet hatte, dass dieser ob seiner kruden Schönheit weder innen noch außen einen Verputz benötigte. Dabei war das nur der neue Zubau zur Schule. Das Stammgebäude war ein Gründerzeitbau, der in einem grässlichen Rosa gestrichen war, weshalb keiner in Wels „Gymnasium Blickstraße" sagte, sondern es jeder nur „die Schweinchenschule" nannte – mit Ausnahme des Direktors natürlich.

Die ersten Klassen waren im Zubau untergebracht. Man muss sich diesen wie eine überdimensionale, zweistöckige Kiste vorstellen, die innen eine Art Atrium hatte – natürlich ohne Pflanzen (aus Sicht des Architekten würde das den künstlerischen Gesamteindruck stören) und alles in Beton gehalten. Das Atrium hatte im ersten und zweiten Stock zwangsläufig eine Galerie zur Folge. Der Boden war aus dunklem Stein und spiegelglatt poliert. In Kombination mit den als Hausschuhen einzig zugelassenen Filzpantoffeln und der Verspieltheit typischer Zehnjähriger ergab das für die Gangaufsicht das völlig unlösbare Problem, hier für ein Mindestmaß an Ordnung zu sorgen. Da half auch die Hausordnung nichts, in der klar geregelt war, dass „im gesamten Schulbereich die Rechtsgehregel gelte und Fortbewegungen nur gehend aber nicht laufend zu erfolgen haben".

Nachdem für jedes Kind offensichtlich war, dass man sich an diesen Passus der Hausordnung weder halten konnte noch halten musste, war die Schlussfolgerung, dass man sich auch an die anderen Punkte des Regelwerks nicht zu halten brauchte, nur logisch.

Es herrschte somit Anarchie, was zum Gesamteindruck einer „linken Schule" passte wie ein Regenschirm zum April. Zwischen den meisten Lehrern und den Schülern schien die unausgesprochene aber allgemein akzeptierte Vereinbarung zu bestehen, dass keine disziplinarischen Maßnahmen zu befürchten waren, solange die Exzesse in einem erträglichen Rahmen blieben – sprich: solange nicht die Rettung oder der Leichenwagen gerufen werden musste oder – noch schlimmer – die Einrichtung beschädigt wurde.

Ich denke, das funktionierte auch ganz gut. Zumindest, bis ich in die Schule kam.

*

Ich mochte die neue Schule. Zumindest anfangs. Die Lehrer waren alle locker, die meisten jung, nur an der Musiklehrerin schienen einige Jahrhunderte innerlich spurlos aber dafür äußerlich mit den deutlich erkennbaren Narben der Zeit vorübergegangen zu sein. Als Severin mich fragte, wie die Lehrer so seien, antwortete ich ihm:

„Eigentlich alle recht lässig. Nur die in Musik, das ist echt eine uralte Schachtel. Und der Zeichenlehrer ist auch ziemlich alt, aber der ist klasse."

Beim Elternsprechtag, Severin musste über dieses Wort schmunzeln, als ihm klar wurde, wie das aussehen würde, wenn ein Pater als „Elternteil" erschien, überzeugte er sich vom Wahrheitsgehalt meiner Einschätzung. Der Lehrer in bildnerischer Erziehung war in der Tat bereits fünfunddreißig, also weit jenseits von Gut und Böse, zumindest für einen Zehnjährigen. Ich glaube, die Musiklehrerin fragte er sicherheitshalber dann gar nicht mehr.

Ich hasste Musikerziehung. Wörter, die mit „Erziehung" enden, hasste ich immer – und tue das noch heute. Wir saßen oftmals in der Klasse und mussten zu einem vorgegebenen Stück rhythmisch mitklatschen. „Ein-e, zwei-e, drei, vier. Nein, Felix auf drei und vier ist keine Achtel! Wie oft muss ich dir das noch sagen?"

Ich bekam das einfach nicht hin, worauf sie sich hinter mich stellte, meine Hände in ihre nahm und den Rhythmus mit mir klatschte. Ich konnte, wenn sie sich so über mich beugte, ihren Schweiß riechen, der sich mit ihrem aufdringlichen, blumigen Altweiberparfum zu einer fast unerträglichen, olfaktorischen Belastungsprobe mischte, bei der man sich aus Leibeskräften bemühte, das mit dem Klatschen möglichst schnell hinzubekommen, nur um diese Tante loszuwerden, bevor man kotzen musste. So gesehen war das eine effiziente Unterrichtsmethode!

Sie war dann sechs Wochen krank, Innenohrentzündung, Lungenentzündung und noch ein paar Wehwehchen. Das Beste daran war aber, dass meistens unser Zeichenlehrer supplierte. Was hieß: Wir konnten zeichnen, was wir wollten – oder zu ihm zum Katheder kommen, ihm beim Zeichnen zusehen und mit ihm über Gott und die Welt philosophieren. Ich liebte diese Stunden und gab Acht, ihn nur ja nie anzufassen, ohne meine Empfindungen positiv zu programmieren. Nicht auszudenken, wenn der krank geworden wäre und wir dann Supplierungen mit dem Geografielehrer, dessen Hauptunterrichtsmethode es war, unaufmerksame Schüler mit einem gezielten (und meist schmerzhaften) Wurf seines Schlüsselbunds zum Aufpassen zu bewegen, oder gar mit dem Turnlehrer gehabt hätten.

Der Turnlehrer war richtig ungut. Der schöne Herbert, wie ihn alle nannten, war nämlich meistens sturzbetrunken, wenn er – immer zu spät – zum Turnunterricht erschien. Wenn wir „unauffällig" waren, ließ er uns zwei Stunden Fußball spielen, was ganz okay war. Aber wehe, irgendjemand von uns sah ihn schief an. Oder kam zu spät, wie Jürgen einmal. Wir standen schon in der Reihe im Saal, als der Lehrer herein wankte. Nur Jürgen war vielleicht eine Minute später da. Weil der Bus eine Panne gehabt hatte. Jürgis Busse hatten überdurchschnittlich oft Pannen. Vielleicht hatte er eine ähnliche Gabe wie ich, nur halt auf technisches Gerät bezogen, dachte ich mir oft. Bei ihm ging einfach alles kaputt, was er anfasste.

Was den schönen Herbert aber so viel kümmerte wie den Direktor Herberts Alkoholmissbrauch. „Ausreden gibt's keine!", pflegte er dann zu uns zu sagen. Er ließ uns daraufhin die gesamten zwei Einheiten umziehen – antreten – wieder umkleiden. Und dann begann das Spielchen von vorne. Da war uns ein gut gezielter, fliegender Schlüsselbund noch lieber.

Als die Schulglocke am Ende der zweiten Einheit läutete und wir endlich entlassen wurden, hielt ich ihm als Letzter die Türe auf, wobei ich ihn – nicht ganz unabsichtlich – am Handrücken berührte. Leider wurden die Turnstunden der nächsten zwei Monate meistens nicht vom Zeichenlehrer suppliert. Als Herbert wieder den Unterricht halten konnte, hinkte er merklich. Das ist ihm meines Wissens auch geblieben. So ein Oberschenkelhalsbruch, ob beim Turnlehrer im Vollrausch oder bei einer Krankenschwester nüchtern, ist eine ernste Sache.

Nach diesen beiden Zwischenfällen nahm Severin mich ins Gebet:

„Felix, ich kann mir sehr genau denken, warum die beiden Lehrer ausgefallen sind. Du musst damit aufhören, bevor es auffällt oder du noch jemanden umbringst."

„Ich bringe niemanden um, wenn ich nicht will", antwortete ich ihm trotzig, was ihm sichtlich zusetzte. Er hatte anscheinend seine Gabe nie so weit zu perfektionieren vermocht, dass er damit *das Ergebnis steuern* konnte. Was mir mittlerweile recht gut gelang. Ich glaube, ich konnte damals sogar schon die Art des Unglücks beeinflussen, das den Opfern zustieß. Zumindest die Festlegung auf Unfall oder Krankheit klappte auf jeden Fall.

„Es wird auffallen. Irgendwann muss das auffallen."

Also nickte ich und hörte vorerst damit auf, meine Lehrer in den krankheits- oder unfallbedingten Urlaub zu schicken.

Trotzdem erreichten die wenigsten meiner ehemaligen Lehrer das Pensionsalter. Wenn ich es recht bedenke, half ich auf diese Weise dem Staat, eine Menge Geld zu sparen.

*

Unser Klassenvorstand, eine langbeinige Brünette, die in ihren engen Jeans die reiferen unter uns Zwölfjährigen so effizient vom Mathematikunterricht ablenkte, dass wir oft nicht einmal das Pausenläuten mitbekamen, starb bei einem absurden Skiunfall. Ein betrunkener Engländer hatte sich von ihr seine Aufmerksamkeit rauben lassen (was man nachvollziehen kann, wenn man sie kannte), auf das Bremsen vergessen und war mit ihr in trauter Zweisamkeit über eine Geländestufe auf einen Felsen gesprungen. Blöderwiese genau vor unseren Augen – beim Skikurs in der zweiten Klasse nämlich. Wir standen brav in einer Reihe unterhalb unserer Lehrerin, wo sie uns gerade erklärte, dass man beim Wegfahren stets nach oben sehen muss, um Unfälle zu vermeiden, und waren danach pflichtschuldigst traumatisiert, als sie uns die Stichhaltigkeit dieser Lektion zu den FIS Skiregeln in so realen, bunten Bildern unter Einsatz ihres Lebens vor Augen führte.

Sie hätte eben auch zu der Seite sehen sollen, aus der der Brite heran geschossen kam. Oder vielleicht hätte sie mir nicht so oft den Kopf tätscheln sollen.

Nein, ich wollte ihr wirklich nichts tun. Aber wenn sie mich berührte, regte es sich in meiner Hose, der ganze Körper begann zu kribbeln und ich bekam eine Gänsehaut. Ich hatte keine Ahnung, was da mit mir passierte, ich war ja keine zwölf Jahre alt! Und da konnte ich mich dann manchmal nicht ausreichend auf gute Gedanken konzentrieren, um ihr nicht zu schaden.

Sie hätte das trotzdem alles überlebt. Was ihr das Genick brach – im wahrsten Sinne des Wortes – war, dass ihr das nicht nur auffiel, sondern dass sie, als ich zufällig unbemerkt hinter der Tür des Speisesaals stand, darüber mit dem Deutschlehrer sprach:

„Ich muss beim Felix ein wenig aufpassen. So ein lieber Bub, aber heute, als ich ihn lobte und über den Kopf strich, bekam er eine Mordsbeule in der Hose. Nicht, dass sich der noch in mich verliebt. Zwölf Jahre und schon geil, stell dir das mal vor! Vermutlich war sein erster feuchter Traum heute, und ein Wachtraum noch dazu!"

„Geil zu sein brauche ich mir bei dir nicht erst vorzustellen.", ätzte der Deutschlehrer. Ich konnte sein Grinsen dabei sogar noch hinter der Tür stehend hören.

Und dann lachten sie. Und gingen in sein Zimmer. Es war so demütigend! Zumal sie mit dem feuchten Wachtraum Recht gehabt hatte. Das Gefühl war unglaublich gewesen, als es da unten zuerst irgendwie zu kribbeln anfing und ich dann einfach nicht mehr wusste, was mit mir geschah, bis sich das Kribbeln schließlich in einer Art elektrischem Schlag wie ein Blitz entlud.

Als sie eine Stunde später wieder aus seinem Zimmer kam, hatte sie einen roten Kopf. Als sie mich sah – ich hatte einfach gewartet – wurde er blutrot. Und in meiner Hose ... schon wieder ... ich war so zornig! Ich ging wortlos an ihr vorbei. Sie könnte noch leben, aber nein, sie musste mich ja noch einmal tätscheln und lächelnd auf meinen Schritt schauen, die Schlampe, die gerade mit dem Deutschlehrer eine Stunde lang sicher keine Verben konjugiert hatte.

Der Skikurs war nach dem Unfall natürlich gelaufen, aber es war ja sowieso erst am vorletzten Tag passiert. Die Heimreise im Bus war gezeichnet von Stille und vielen Tränen. Ich weinte nicht, aber ich tat zumindest so, um nicht schon wieder aufzufallen.

Der Deutschlehrer wurde dann unser neuer Klassenvorstand, zumindest für den Rest des Jahres, bevor er sich im Sommer einer Chemotherapie unterziehen musste. Hodenkrebs ist mit dreißig Jahren schon ziemlich ungewöhnlich aber immerhin gut heilbar. Wenn man sich schon einen Krebs aussuchen müsste, dann den. Fünfundneunzig Prozent werden wieder ganz gesund. Fünf Prozent aber nicht, da hilft es auch nichts, wenn sie Wörter wie „Chemotherapie" oder „malignes Karzinom" richtig schreiben können. Zumindest bis die Metastasen im Gehirn sie zu einer leeren Hülle werden lassen, wie eine vertrocknete Kokosnuss. Nach außen wie immer, aber im Inneren ist nichts mehr, was irgendwie verwendbar wäre. Etwas später müssen sie dann „Chrysanthemen" schon nicht mehr schreiben können, die stellt man ihnen zur Erinnerung aufs Grab. Er hätte sich aber sicher darüber gefreut, dass die Parte keine Rechtschreibfehler enthielt, soweit ich das beurteilen konnte.

*

Maria, sie war jetzt sechs, schrie schon lange nicht mehr, wenn der Junge *etwas Schlimmes* tat. Über das Alter, wo dies ihre bevorzugte Methode war, sich mitzuteilen, war sie eindeutig hinaus. Sie war mittlerweile ein aufgewecktes, kleines Mädchen geworden, das ihre Eigenheiten meist zu verbergen wusste. Eigenartige Dinge passierten nur noch selten. Maria verstand jetzt, dass das die Erwachsenen durcheinander brachte, und dann passierten erst wirklich eigenartige Dinge! Zum Beispiel, dass sich Mama und Papa stritten, was sie sonst nie taten. Und das wollte Maria nicht!

Ihre Eltern wussten zwar von diesem *Jungen*, den Maria so oft sah. Aber weil Eltern bei ihren Kindern Dinge, die sie nicht verstehen können, gerne verleugnen, hielten sie *den Jungen* – Maria hatte ihnen nie einen Namen genannt, weil sie ihn selbst nur als *den Jungen* kannte – für einen erfundenen Freund, wie ihn viele Kinder im Laufe ihres Lebens einmal erwähnen. Luise dachte lächelnd daran zurück, dass sie auch einmal einen solchen fiktiven Freund gehabt hatte: Den Hutmacher aus „Alice im Wunderland". Als sie mit etwa zwölf Jahren dieses Buch gelesen hatte, war sie tief ins Wunderland eingetaucht, bis sich Realität und Fantasie derart vermengt hatten, dass sie sich schwer tat, sich im realen Leben als Luise und nicht als Alice zu fühlen. Zumindest bis ihr Vater ihr lachend erklärt hatte, dass sie selbst schon verrückt wie ein Hutmacher sei. Was gar nicht so weit hergeholt war, weil Hutmacher im neunzehnten Jahrhundert aufgrund des berufsbedingten Kontakts mit Quecksilber oft wirklich verrückt geworden waren, wie er ihr bei dieser Gelegenheit auch gleich noch darlegte. Ihr Vater hatte immer alles so verständlich erklären können!

Als der Junge aber zu dieser Frau ... *Lehrerin* dachte er ... schlimm war, konnte Maria nicht vermeiden, dass etwas geschah. Es war eben ein unglücklicher Moment gewesen. Maria war müde, weil sie am Nachmittag mit ihrem Papa einen Schneemann gebaut hatte (nicht ohne dass er ihr mal wieder erklärt hatte, wo dieser Brauch her kam) und saß mit ihren Eltern beim Abendessen, als der Junge zu seiner Lehrerin *schlimm* war. Sie konnte sich einfach nicht genug konzentrieren, um zu verhindern, dass der Lampenschirm mitten in die Suppenschüssel krachte und die umher spritzende Suppe sie alle drei leicht verbrühte.

Ihre Eltern blickten sie wortlos an.

„Es tut mir leid, Mama!", sagte Maria kleinlaut und sah ihre Mutter voller Trauer an. „Aber der *Junge* war gerade *sehr schlimm* zu seiner Lehrerin, und jetzt muss sie sterben."

Das war der Abend, an dem Horst beschloss, dass es nun endgültig genug war. Am nächsten Tag würde er einen Termin beim Psychologen machen. Obwohl er grundsätzlich nicht viel von diesen „Gehirnverdrehern", wie er sie nannte, hielt.

*

Severin war fuchsteufelswild.

„Sag mal, willst du unbedingt entdeckt werden? Bist du so scharf darauf, dass man dich wegsperrt oder abmurkst?"

Ich wusste nicht, was ich darauf erwidern sollte. War aber auch nicht nötig, er war dermaßen in Fahrt, dass ich sowieso nicht zu Wort gekommen wäre. Vielleicht hätte ich zumindest nicht laut auflachen sollen, aber „abmurkst" klang so witzig, und ich kannte dieses Wort noch nicht.

„Lach nicht so idiotisch, du Flaschenkopf! Ich wollte dir das eigentlich noch nicht zumuten, aber anscheinend geht es nicht anders.", brüllte er mich an. Er schrie sonst nie mit mir, ich war konsterniert.

Und dann erzählte er mir, was sich bei ihm an Wissen über diverse Vorfälle und die Beteiligung gewisser kirchlicher Kreise im Laufe der Jahre angesammelt hatte.

Wie sich später herausstellen sollte, waren seine Schlussfolgerungen ziemlich zutreffend aber bei weitem nicht erschöpfend.

*

Marias Besuch beim Psychologen war ein mittleres Fiasko.

Der einzige Effekt war, dass dieser Horst, nachdem er ihm einige der Vorkommnisse geschildert hatte, in seinem geschwollenen Ärztedeutsch (dabei war er nicht einmal ein Arzt, kam sich aber wohl so vor) empfahl, seine ... ähm ... veritablen und vor allem augenfälligen ... ähm ... Visionen mit einem Kollegen einer ... ähm ... Evaluierung zuzuführen. An dem Mädchen, mit dem er eine halbe Stunde alleine gesprochen habe, könne er beim besten Willen nichts Außergewöhnliches feststellen. Es sei aber durchaus nichts Ungewöhnliches, dass manche Eltern in ihre Kinder ... ähm ... besondere Eigenschaften *hineinprojizieren* (er betonte dieses Wort besonders) würden, weil sie ... ähm ... selbst unter gewissen ... ähm ... er wolle es nicht Probleme nennen, aber doch unter gewissen Restriktionen ihres Selbstwertgefühls litten. Ähm, Sie dürfen das jetzt aber nicht ... ähm ... persönlich nehmen, ja? Auf Deutsch: Du durchgeknallter Typ! Du bist das Problem, das deine Tochter hat! Du und niemand sonst. Lass dich selbst behandeln, dich und deine Minderwertigkeitskomplexe, und zieh das arme Kind da nicht mit rein!

Dass er an Maria nichts feststellen konnte, war nicht weiter verwunderlich. Das Mädchen hatte sich an diesem Tag besonders zusammengenommen, weil sie ihren Eltern ja wirklich schon genug Kummer gemacht hatte. Zuletzt war auch noch die Lieblingsschüssel von Mama kaputt gegangen, ein Erbstück von Oma (wobei Maria nicht genau sagen konnte, was ein *Erbstück* war und was eine *Oma*, weil sie beides nicht kannte. Ihre Großeltern waren allesamt schon lange vor ihrer Geburt gestorben.)

Luise sah Horsts vielsagenden Gesichtsausdruck, als sie vom Psychologen zurück kamen und beschloss, der hinterhältigen Versuchung, diesen Sieg ein wenig auszukosten, nicht nachzugeben. Also fragte sie ihn nicht, was beim Psychologen herausgekommen war.

Sie kannte ihren Mann. Lange würde er darüber sowieso nicht schweigen können.

15

Juni 1977

Gianni, der jetzt Marco hieß, und sein neuer Partner Beat – „Auszubildender" wäre treffender, wenn man Marco danach gefragt hätte – saßen in Rom in einem Straßencafe nahe dem Kolosseum und tranken einen Espresso, nachdem sie am Vormittag „Streetwork" gemacht hatten, wie Marco das zu bezeichnen pflegte. Dabei bestimmte Marco einen beliebigen Passanten, und Beat hatte die Aufgabe, diesen einige Minuten zu beobachten und dann seinem Lehrer seine Erkenntnisse mitzuteilen. Danach folgte Teil zwei. Beat musste dem Passanten die Brieftasche abnehmen, ohne dass der Betroffene es merkte, sich mit einem Blick auf den Ausweis die wesentlichen Daten einprägen und die Börse dann unbemerkt wieder zurückstecken.

Nachdem Beat die Prüfung bei zwei Personen mit Bravour bestanden hatte, beschloss Marco, dass es Zeit für einen Kaffee wäre.

„Das war nicht schlecht, Kleiner!"

Er nannte ihn stets „Kleiner", obwohl Beat so ziemlich die gleiche Körpergröße hatte wie er selbst. Die Wächter waren alle in etwa gleich groß und hatten idealerweise auch die gleiche Konfektionsgröße. Darauf achtete Kardinal Scamponi sehr genau, von wenigen Ausnahmen abgesehen, die sich als besonders begabte Schweizergardisten hervorgetan hatten. Austauschbarkeit, auch bezüglich Kleidung, war in manchen Situationen ein nicht zu unterschätzender Vorteil.

Beat nickte. Marco hatte ihn noch nie lachen gesehen, nicht einmal lächeln. Und Beat hatte eine Eigenschaft, die sein Lehrer an ihm besonders schätzte: Er sprach zwar vier Sprachen fließend, redete aber weniger als ein Weihnachtskarpfen in der Badewanne.

Ich wüsste zu gerne, welche Maden in *seinen* Träumen aus welchem Kopf krabbeln, dachte Marco.

„Jedenfalls betrachte ich deine Ausbildung als abgeschlossen. Hab' ich auch dem Alten schon gesagt."

Wieder nickte Beat nur. Der „Alte" war natürlich der Kardinal. Dass Marco es wagte, den Spitznamen gegenüber Beat zu gebrauchen, registrierte dieser als weiteren, subtilen Vertrauensbeweis. In den letzten drei Jahren waren sie – soweit das in ihrem sehr speziellen „Beruf" überhaupt möglich war – zu Freunden geworden. Trotzdem hätte keiner von beiden gezögert, auf Befehl des Kardinals den anderen, ohne weitere Fragen zu stellen, auf der Stelle zu eliminieren. Genaugenommen hätten sie jeden Menschen auf diesem Planeten ohne mit der Wimper zu zucken auf die Reise in die Ewigkeit geschickt, wenn Scamponi es angeordnet hätte. Den Papst vielleicht ausgenommen. Sofern der Kardinal es nicht schlüssig begründen konnte.

Beat nippte an seinem Ristretto. Eigentlich schmeckte ihm Café latte besser, aber er orientierte sich auch hier an seinem Lehrer. Besser man gewöhnte sich so bald wie möglich an, nicht aufzufallen. An zwei brünette, bartlose (Marco hatte die Anweisung seiner Eminenz tatsächlich ignoriert), gleich große und ähnlich unauffällig gekleidete Männer, die je einen Espresso tranken, würde sich kein Kellner erinnern. Jedenfalls weniger als an zwei Männer, von denen einer Espresso und der andere Café latte bestellt hatte. In ihrem Geschäft kam es oft auf kleinste Details an. Sie würden daher auch wie immer bar bezahlen und das ortsübliche Trinkgeld geben – nicht mehr, aber auch nicht weniger. Auch wenn sie sich im Moment auf keiner Mission befanden.

Beat sah Marco fragend an.

„Du willst wissen, wie es weitergeht?"

Er zuckte mit den Achseln. *Wenn du es mir sagen willst, dann wirst du das schon.*

„Der Alte hat mir gestern mitgeteilt, dass wir uns morgen auf die Reise machen werden. Wir sollen uns endlich um das Ziel kümmern. Ich hatte dir davon erzählt, mit wie viel Glück mir der Typ zweimal entwischt ist?"

Wieder dieses Nicken. Manchmal könnte er echt sein blödes Maul aufmachen, dachte Marco in einer Mischung aus Belustigung und dem Frust eines Lehrers, der es nicht schafft, einem halsstarrigen Schüler eine, wenn auch noch so falsche, Antwort zu entlocken.

„Wenn du Näheres wissen willst, kannst du ja fragen."

Beat schüttelte den Kopf. *Schon okay. Ich werde bald genug erfahren, wohin die Reise geht.*

Die Reise würde nach Österreich gehen. Nach Wels im Zentrum von Oberösterreich, um es genau zu sagen.

Und diesmal würde es keinen Fehlschlag geben, versicherte Marco sich selbst, so wie er es gestern dem Kardinal versichert hatte, als dieser ihn wieder einmal in seinem Büro besucht hatte, während Beat gerade seine Schießübungen am Schießstand im Keller des Vatikan gemacht hatte.

Nein, diesmal würden sie, wie es ihre Mission war, ihr Opfer spurlos verschwinden lassen.

Zumindest in diesem letzten Punkt lag Marco richtig.

*

Nach den „Anfangswidrigkeiten", wie Severin die Todesfälle unter den Lehrern des Gymnasiums bei sich zu nennen pflegte, hatte Felix sich am Riemen gerissen. Außer einigen kleineren Unfällen – ein Schüler war (und das war auch schon der schlimmste Vorfall) nachdem er kurz vorher Felix wegen einer Aufgabe, die ihn dieser nicht abschreiben ließ, verprügelt hatte, unglücklich gestolpert und über die Brüstung des Atriums zwei Stockwerke in die Tiefe gestürzt, hatte sich aber außer einem Arm und einem Bein nichts gebrochen – gab es keine Zwischenfälle mehr. Auch die lokalen Zeitungen, die die Todesserie vorher noch mehrmals ausführlich thematisiert hatten, vergaßen diese Story recht schnell wieder. Darauf, dass Felix irgendwie damit zu tun haben könnte, war ohnehin niemand gekommen.

Ein Problem allerdings ließ Severin keine Ruhe.

Felix Hofer war nachwievor unter seinem richtigen Namen registriert. Severin war klar, dass die Attentäter, wie er sie nannte, natürlich herausfinden würden, wo er jetzt lebte und zur Schule ging. Und wenn sie noch eine Bestätigung brauchten, dann würden die Unfälle und Todesfälle in der Schule jeden Zweifel ausräumen.

Das ließ ihn manche Nächte kaum schlafen. Er hatte den Jungen wirklich lieb - gewonnen. Die Ahnung, dass über diesem, wohin er auch ginge, immer das Damoklesschwert eines Assassinen schwebte, war für ihn zu einer kaum noch zu ertragenden Belastung angewachsen.

Natürlich hielt er Augen und Ohren offen. Er hatte nach eingehender Überlegung auch darauf verzichtet, zur Tarnung eine Stelle als Pfarrer anzunehmen. Seine Ersparnisse würden noch für viele Jahre ausreichen, damit sich die beiden einen akzeptablen, wenn auch nicht luxuriösen, Lebensstil leisten konnten. Seinem Bischof hatte er mitgeteilt, dass er sich eine Auszeit nähme, weil er sich der Erziehung seines Mündels widmen wolle, was dieser auch sofort und ohne rückzufragen akzeptiert hatte. Er musste lachen, wenn er daran dachte, dass in der Kirche die Linke nicht zu wissen schien, was die Rechte tat. Einerseits jagten sie den Jungen, andererseits war er quasi mit ihm in den Schoß von Mutter Kirche geflüchtet, um sich genau vor dieser Bedrohung zu schützen.

Severin wurde trotzdem nie langweilig. Außer der Zeit in der Schule war Felix praktisch keine Sekunde unbeaufsichtigt. Severin brachte ihn zur Schule und holte ihn von dort ab. Wenn Felix Mittagspause hatte, stand Severin fünf Minuten vor Unterrichtsende schon mit Bully vor dem Schultor, nahm ihn zum Essen mit und brachte ihn rechtzeitig zum Nachmittagsunterricht wieder zurück. Wenn Felix zum Fußballtraining ging, sah Severin zu. Wenn Felix zu einem Freund spielen fahren wollte, brachte Severin ihn hin und holte ihn ab – nicht, ohne die Familie des Freundes vorher gründlich zu überprüfen, was 1977 noch deutlich aufwändiger war als heutzutage, da es damals weder Internet noch Mobiltelefone gab.

Felix war aufgrund dieser Bemutterung oft kleineren Sticheleien ausgesetzt, die er aber in seiner unaufgeregten und eigentlich viel zu erwachsenen Art einfach ignorierte, bis sie schließlich von selbst aufhörten. Es machte schlicht keinen Spaß, Felix zu hänseln, worauf sich die Alphatiere in seiner Klasse andere Opfer suchten.

An einem sonnigen Frühlingstag, als Severin ihn wieder einmal unbedingt begleiten wollte – Felix hatte nur ersucht, mit Bully ein wenig in den nahen Wald gehen zu dürfen, um mit einem Freund ein Baumhaus zu bauen – fragte Felix das erste und einzige Mal nach:

„Warum darf ich eigentlich nichts tun, ohne dass du aufpasst wie ein Haftlmacher? Meine Freunde können am Nachmittag alle einfach abhauen, ich nicht! Mir passiert schon nichts."

„Wie alt bist du, Felix?", antwortete Severin mit einer Gegenfrage.

„Dreizehn, das weißt du ja eh."

„Willst du vierzehn werden?"

Felix fragte nie wieder. Natürlich kannte er die Problematik, seit Severin ihn über die Attentäter (er hatte sie damals euphemistisch *Jäger* genannt) aufgeklärt hatte.

Aber Severin beschloss, seine Bemutterung etwas zu reduzieren. Dabei kam ihm ein Angebot zupass, das ihm der Bischof weitergeleitet hatte. Die Welser Polizei suchte einen Seelsorger. Einerseits für die Gefangenen in der Justizvollzugsanstalt, andererseits für die Beamten selbst. Irgendein höheres Tier hatte wohl gelesen, dass ein Psychologe oder ein Seelsorger, oder am besten einer, der beides zugleich war, helfen konnte, den Stress zu lindern oder zu verarbeiten, dem die Beamten täglich ausgesetzt waren.

Severin nahm an. Die Aufgabe war nicht allzu zeitraubend, da außer ihm noch ein anderer Priester beschäftigt wurde, der aufgrund seines Alters aber um Entlastung gebeten hatte. Severin bot ihm an, nach Möglichkeit am Vormittag zweimal oder dreimal pro Woche Dienst zu tun, und so machten sie es dann auch.

Das war die Zeit, in der Felix in der Schule war. Und Bully konnte man durchaus zweimal die Woche drei Stunden mit einem Holzstück alleine lassen. Die Reste konnte man dann gut zum Anheizen des Kachelofens verwenden.

*

Marco und Beat kamen an jenem Julitag in Wels an, als Felix sein Abschlusszeugnis der dritten Klasse ausgehändigt bekam. Er war wie immer der Klassenbeste, auch wenn er sich dieses Jahr die Ehre, lauter Einser im Zeugnis stehen zu haben, mit einem Mädchen teilen musste. Einer Streberin, wie sie im Buche stand, deren Aufwand für solche Noten im Gegensatz zu dem von Felix ein Vielfaches betrug, und die in der ganzen Klasse unbeliebt war, weil sie bei der Abwesenheit eines Lehrers stets die Aufsicht über die Klasse zugeteilt bekam und diese Machtposition dann auch mit Liebe und Beflissenheit ausübte, indem sie jeden Schwätzer aufschrieb und in der Folge dem Lehrer meldete.

Es kostete Felix eine Menge Überwindung, ihr den Stolz auf ihre null Fehlstunden nicht mittels einer kleinen Lungenentzündung zu brechen, aber er verzichtete darauf, um nicht wieder Ärger mit Severin zu bekommen. Die Gefahr, die ihm von den Attentätern drohte, empfand er nicht als real.

Eine Einschätzung, die sich bald ändern würde.

Die beiden Wächter hatten ein Zimmer im Welser Hof reserviert. Der lag nahe an der Schule, was aber nicht der Grund war. Nein, es war einfach zentral gelegen – und es war das erste im Telefonbuch – halbseitige Anzeige. Marco hatte aus seinem letzten Fehlschlag gelernt. Keine Privatzimmer mit Familienanschluss mehr!

Ihre Pässe wiesen sie als Deutsche aus. Nur keinen Hinweis auf ihre wahre Herkunft. Und für Leute, die nur halb hinhörten, klang ihr Dialekt mit etwas gutem Willen durchaus nach Süddeutschland. Bodenseegegend. Was ja auch in Bezug auf Marcos frühere Tarnidentität recht nahe an der Wahrheit war. Falls wirklich jemand nachfragen sollte, dann hatte er eben lange in der Schweiz gearbeitet. Und Beat sprach so wenig, dass das sowieso keine Rolle spielte, der wäre auch als Norweger durchgegangen. Als Beruf gaben sie Immobilienmakler an. Das würde erklären, dass sie herumschnüffelten. Sie wären dann einfach auf der Suche nach Grundstücken, die sich für einen Invest ihrer Firma lohnten.

Vorerst sollten sie den Jungen und seinen Vormund einfach nur beobachten. Da diesmal einfach nichts schiefgehen durfte, waren überstürzte Aktionen von vornherein ausgeschlossen.

So legte sich Marco zwei Tage, nachdem sie angekommen waren, das erste Mal auf die Lauer und begann, den Tagesablauf von Felix und Severin zu studieren. Dabei wechselte er sich mit Beat ab. Glücklicherweise lag das Haus, in dem die beiden wohnten, etwas außerhalb der Stadt, dachte er sich, und vor allem nahe am Wald. Die ideale Deckung!

Der Junge hatte offensichtlich Ferien. Marco kannte das österreichische Schulsystem kaum, aber es ließ sich herausfinden, wie lange die Ferien noch gingen. Man würde genau überlegen müssen, ob ein Unfall in den Ferien unauffälliger war oder eventuell doch ein Verkehrsunfall auf dem Schulweg. Vermutlich zweiteres. Da wäre auch der Hund nicht im Wege. Außer der Pfarrer würde, was er bei intensiverem Nachdenken fast vermutete, den Jungen täglich zur Schule bringen und von dort abholen.

Nach drei Tagen wusste Marco, dass es praktisch unmöglich sein würde, den Jungen alleine zu erwischen. Diese Töle oder der Priester, aber meistens sogar beide, schwänzelten stets um ihn herum wie Fliegen um eine Kuhfladen. Es würde unvermeidlich sein, zumindest diesen Köter vorher verschwinden zu lassen. Den Priester, hmm, davor schreckte selbst Marco zurück. Einen Mann Gottes bringt man nicht einfach um die Ecke. Jedenfalls nicht ohne ausdrücklichen Befehl des Kardinals.

„Kleiner", fing er beim Abendmahl an, das aus einem hervorragenden Brie bestand, „Schick einen Brief an den Alten. Inhalt: Bitten um Order, ob ein eventueller klerikaler Kollateralschaden in naher Umgebung des Objekts in Kauf genommen werden darf oder nicht."

Die Küche hier war wirklich sehr abwechslungsreich und erstklassig zubereitet. Und auch der Wein war trinkbar.

Lediglich einen guten Espresso zuzubereiten, das würden diese Österreicher nie lernen.

*

Kardinal Scamponi antwortete nicht schriftlich sondern rief vier Tage später an. Das Telefonat war, wie es des Kardinals Art war, sehr kurz und prägnant. Er grüßte nicht einmal, als Marco in ihrem Zimmer abhob, ohne seinerseits den Namen zu nennen:

„Ja?"

„Jede Maßnahme wird genehmigt. Es ist lediglich darauf zu achten, dass keine Aufmerksamkeit erregt wird. Also macht es professionell und still!"

„Verstanden!"

Der letzte Teil dieses Worts ging schon im Piepen einer getrennten Verbindung unter.

In Marcos Kopf begann ein Plan Formen anzunehmen. Noch waren diese Formen schemenhaft. Aber sie waren vielversprechend.

*

Severin lag an diesem heißen letzten Julitag in seinem Klappliegestuhl und genoss das Buch, das er sich kürzlich in einer Buchhandlung in Wels gekauft hatte. Er hatte „Der alte Mann und das Meer" schon immer einmal lesen wollen, war aber irgendwie nie dazu gekommen. Dabei war es nicht einmal ein besonders dickes Buch, eher eine Novelle. Und Hemingways Genialität sprang ihn aus jeder Zeile dieses Werks an wie ein Bullterrier einen Bürgermeister im Salzkammergut, der aus schlecht vernähten Striemen blutet. Er war so in das Buch vertieft (in Anbetracht des Titels könnte man auch sagen *versunken*), dass er immer wieder kurz darauf vergaß, nach dem Jungen zu sehen.

Solange Bully bei Felix war, schien ihm das aber keine besondere Nachlässigkeit zu sein. Der Hund und der Junge waren ein Herz und eine Seele. Wenn jemand Felix etwas antun wollte, würde Bully ihn zerfleischen, bevor er auch nur in die Nähe des Jungen kam. Bully roch Gefahren. *Hunde können wohl Angst oder auch Zorn tatsächlich riechen*, dachte Severin. Anscheinend sonderte der menschliche Körper im Zustand der Erregung gewisse Duftstoffe ab. Das war damals wohl auch diesem Kerl bei der Berghütte zum Verhängnis geworden. Er blickte auf. Felix und Bully spielten am Bach, der die Wiese hinter ihrem Haus vom Wald trennte. Anscheinend stauten sie den Bach auf. Das heißt, Felix staute ihn auf, indem er Äste,

126

Steine und Schlamm an einer engen Stelle des Bachbettes in einer Art Kofferdamm anhäufte, während Bully aufgeregt um ihn herum hüpfte und von Zeit zu Zeit eine kurze Anweisung bellte oder ein besonders attraktives Stück Holz mit seinem Maul wieder aus dem gerade entstehenden Damm herausriss. Severin musste bei dem Bild, das ihm die beiden boten, laut auflachen, bevor er sich wieder in sein Buch versenkte, wo der alte Fischer eben versuchte, mit dem Ruderblatt die Haie zu verscheuchen, die ihm seinen Jahrhundertfang wegfraßen.

*

Beat staunte, wie effizient der Junge seinen kleinen Damm baute. Er hatte seine Zweifel, ob er wirklich wusste, wie man einen Kofferdamm anlegt, aber er machte intuitiv alles richtig. Der Bach war sonst nur ein kleines Rinnsal von vielleicht einem halben Meter Breite, hatte sich aber über die Jahrhunderte ein Bett gegraben, das sicher zwei Meter tief und drei Meter breit war. Und dieses Bett begann sich jetzt schön langsam bis oben hin zu füllen, wo der Junge – er ermahnte sich, ihn auch in Gedanken nicht mehr „Junge" zu nennen, er war ein Zielobjekt, und dabei sollte er es belassen – wo also das Zielobjekt gerade seinen beeindruckenden Staudamm baute.

Er werkte bereits seit über einer Stunde, und diese lästige Töle wich dabei keinen Schritt von seiner Seite, dachte Beat mit einer Mischung aus Bewunderung und Ärger, als er durch sein Fernglas blickte. Er saß etwa hundert Meter von den beiden entfernt in einem Hochstand, den die Jäger sonst wohl dazu benutzten, das Wild zu beobachten. Allerdings war bei dieser Hitze die Gefahr, dass ein Jäger auftauchen würde, als äußerst gering einzustufen, weshalb er seinen feuchten und von Ameisen frequentierten Platz im Unterholz verlassen und es sich da oben bequem gemacht hatte. Zudem stand der Wind günstig. Bully konnte ihn sicher nicht riechen.

*

Aber Bully roch doch etwas.

Nur war es nicht der Beobachter am Hochstand, dessen Duftstoffe sich ihren Weg in Bullys Nase bahnten sondern die Witterung eines Hasen etwas weiter oberhalb ihres Damms.

Bully wusste, dass man von ihm erwartete, stets in der Nähe des Jungen zu bleiben, und weil er ihn liebte, wie nur ein Hund einen Jungen lieben kann, widerstand er der – zugegebenermaßen großen – Versuchung, diesem Hasen nachzustellen. Stattdessen sprang er um Felix herum und versuchte ihm bellend klarzumachen, dass er, um den Damm noch höher zu bauen, weiteres Geäst brauchen würde. Äste waren toll. Wenn der Junge welche holte, warf er immer einen kleineren für ihn, den er dann in seinem Maul zurückbrachte. Das machte fast noch mehr Spaß als blutende, böse riechende Menschen zu filetieren, dachte Bully. Naja, vielleicht auch nicht.

Dieser Geruch! Es roch nicht nach Blut, es roch auch nicht böse – nein, es roch nach *Spaß*! Und der Junge schien keinen Drang zu verspüren, einen Ast zu holen und für ihn zu werfen, der klatschte Schlamm innen an seinen Damm.

Bully stand da und war uneins mit sich. So stark wie der Geruch war, konnte das Ding – konnte der *Spaß* – nicht weit weg sein. Er müsste sich also gar nicht viel vom Jungen entfernen, oder? Und wenn er Hilfe bräuchte, dann wäre er sofort wieder bei ihm. Ganz sicher!

Aber nein, er würde dieser Versuchung widerstehen!

Bully stand noch immer unschlüssig da, als Felix sich in Richtung Haus in Bewegung setzte. Er hatte Durst bekommen, was Bully aber natürlich nicht wusste. Er sollte jetzt mit dem Jungen zum Haus gehen? Ausgerechnet jetzt, wo es so verlockend roch? Da lag doch der große Mann, keine hundert Sprünge entfernt, und der Junge setzte sich genau in seine Richtung in Bewegung, oder?

Bully wartete noch ein paar Sekunden, bis der Junge den Mann fast erreicht hatte und beschloss dann, dass er in diesem Fall schon mal eine kleine Ausnahme machen durfte (das bisschen schlechtes Gewissen konnte man trotz hündischen Pflichtbewusstseins wegignorieren) und schnüffelte sich seinen Weg in Richtung des Hasen, der ein paar Meter bachaufwärts verletzt im Gras lag. Ein Fuchs hatte ihn angegriffen und hätte ihn sicher auch gefressen, wenn nicht Felix und Bully gekommen wären und ihm seine Mahlzeit verdorben hätten, worauf Heineke, getarnt vom hohen Gras, die Flucht ergriffen hatte, noch bevor Bully ihn riechen konnte.

*

Beat hatte den Hochstand verlassen. Marco würde das nicht gefallen, was er vorhatte, aber die Gelegenheit schien eine einmalige zu sein. Schnell aber trotzdem leise, wie er es in seiner Ausbildung gelernt hatte, verkürzte er die Entfernung zu seinem Ziel, das nun alleine war. Er würde vorsichtig sein müssen, damit es ihn nicht erwischte. Er hatte eine ziemlich genaue Vorstellung davon, welche Folgen das sonst für ihn haben könnte.

Sein Ziel war anscheinend mit den Gedanken woanders. Es bemerkte seine Annäherung erst, als Beat schon auf Griffweite heran war und es mit seinen durch Handschuhe geschützten Händen von hinten am Hals mit einem Griff umklammerte, dem auch ein wesentlich stärkeres Opfer nicht hätte entfliehen können.

Das leise Gurgeln, das aus dem Hals seines Opfers kam, erstarb, als Beat mit ihm in den aufgestauten Bach glitt, wobei er darauf achtete, dass der Kopf seines Opfers untertauchte, während es mit allen Vieren wild um sich schlagend langsam seine Lebensgeister aushauchte.

Der Todeskampf dauerte keine drei Minuten, dann gab Beat den reglosen Körper frei, worauf dieser langsam und lautlos im künstlich geschaffenen Teich versank. So schnell, wie er gekommen war, verschwand Beat auch wieder.

Seine Aufgabe hier war erfüllt, dachte er sich, als er die fünfhundert Meter zum Auto ging, das er auf einem Waldweg vor neugierigen Blicken gut geschützt geparkt hatte, wobei er darauf achtete, dass ihn niemand sah.

Was wohl Marco dazu sagen würde?

*

Der Pernegger Wolfgang hatte trotz der Hitze heute seinen alltäglichen Ausflug in den Wald natürlich nicht gestrichen. Kein Wunder, er war ein Jäger von altem Schrot und Korn, auch wenn er mittlerweile schon etwas über siebzig Jahre alt war. Sogar eher ein Heger und Pfleger als ein Jäger, wenn man es genau nahm. Sein Enkel, der kleine Franzi, könnte davon Geschichten erzählen. Im Herbst sammelte der Kleine, er war gerade mal acht oder neun Jahre alt, so genau wusste das der Opa nicht, Kastanien, die von den Bäumen gefallen waren. Wenn ihm die zu wenig erschienen, schnappte er sich einen großen Ast und warf den geschickt in die Baumkronen, um die reifen, aufgesprungenen aber noch nicht heruntergefallenen Früchte zu einem verfrühten Abschied von den sie tragenden Ästen zu überreden, was ihm auch meist sehr gut gelang. Zumindest, wenn der doofe Stock nicht mal wieder in den Ästen hängenblieb, was auch hin und wieder vorkam und einen guten Grund dafür bot, auf den Baum zu klettern. Was ihm seine Mutter eigenartigerweise streng verboten hatte. Als wenn Bäume gefährlich wären, pah!

Für jeden Eimer mit Kastanien – „Aber aus der grünen Schale musst sie aber schon herauslösen, Freundchen!" – bekam er von seinem geliebten Opa fünf Schillinge, was damals für einen Zehnjährigen (Franzi wusste im Gegensatz zu seinem Opa genau, wie alt er war) eine ziemliche Menge Geld war. Damit konnte man schon fast ein Mickymausheft kaufen; Mit zwei Eimern gingen sich zusätzlich sogar noch zwei kleine Schokoladenriegel aus.

Aber Franzi hätte seinem Opa auch Kastanien gesammelt, wenn dieser ihm dafür nichts bezahlt hätte. Vielleicht nicht mit dieser Begeisterung, aber er hätte geliefert. Weil er sich auf den Winter freute, wenn sein Opa und er dann die dünne braune, innere Schale der Kastanien aufknackten, das Fruchtfleisch heraus holten und zusammen in den Wald gingen, um es in die Futterkrippen für die Rehe zu schütten.

Danach zogen sie sich etwas zurück und warteten, bis das Rotwild fressen kam. Franzi würde sich zeitlebens an diese wundervollen Momente mit seinem Großvater erinnern, von denen es leider nicht mehr allzu viele geben sollte. Aber das konnte der Kleine natürlich nicht wissen; und sein Opa auch nicht.

Als der Pernegger bei seinem Streifzug durch das Revier den abgestellten Volkswagen sah, fragte er sich, was das zu bedeuten hatte. Wilderer gehörten zwar längst der Geschichte an, aber Jäger von altem Schrot und Korn reagieren im Allgemeinen trotzdem empfindlich auf Fremde, auf *Eindringlinge* in ihrem Jagdrevier. Und so machte er sich auf die Pirsch, um *mal nach dem Rechten zu sehen*, wie er sich selbst beteuerte, als müsste er sich dafür rechtfertigen.

Nach einigen Minuten, in denen er bestrebt war, möglichst keine Geräusche zu machen – ein Spiel, das er gerne mit Franzi spielte: *Schleich dich an mich an, aber ich darf dich nicht hören!* – sah er diesen Fremden gerade vom Hochstand herunterklettern. Den Hochstand hatte er mit Franzi selbst erst im Frühling zusammengezimmert, er betrachtete ihn daher als persönliches Eigentum und war dementsprechend sauer, als er diesen ... *Eindringling* ... davon heruntersteigen sah. Und er war wütend, dass er ihn nicht ein paar Minuten früher erwischt hatte. Ihn herunter zu jagen, ihm zu befehlen, *sich zu schleichen*, wäre eine Befriedigung gewesen, die ihm der *verfluchte Eindringling* leider gerade verdarb, indem er den Hochstand freiwillig verließ.

Er beschloss, sich nicht zu erkennen zu geben. Noch nicht. Er würde vorher noch beobachten, was dieser Kerl - *ein verdammter Eindringling war das* – weiter vorhatte.

Als er sah, was Beat mit seinem Opfer anstellte, war es zu spät, einzuschreiten. Und, um ehrlich zu sein, er hatte auch Angst. Nicht jeder Mensch wäre in der Lage, sein Opfer brutal und ohne zu zögern in einem Bach zu ertränken.

Wolfgang beschloss, dass er diese Sache wohl besser für sich behalten sollte und entfernte sich, noch mehr als vorher darauf bedacht, nur ja kein Geräusch zu verursachen.

Das Kennzeichen des Volkswagens aber notierte er sich, ohne jedoch eine genaue Vorstellung davon zu haben, warum er das tat.

16

Annabell dachte an Felix. Sie dachte oft an Felix. Eigentlich jeden Tag einmal. Nein, das stimmte nicht. Jeden Tag mehrmals. Auch noch nach diesen – wie lange war das jetzt her? Sechs Jahre waren es schon!

Sie war zu einem bildhübschen dreizehnjährigen Mädchen herangewachsen. Noch war sie zu jung, um sich wirklich in einen Jungen zu verlieben, aber sie wäre dazu auch gar nicht in der Lage gewesen, weil ihre erste Liebe – ihre große Liebe – Felix war. Menschen können sich im Laufe ihres Lebens mehrmals verlieben, ja, aber die erste Liebe ist immer etwas Besonderes. Man kann fast jeden fragen, wer seine erste Liebe war – er oder sie wird es noch wissen. Und oft wird um die Mundwinkel ein nostalgischer Ausdruck zucken, wenn sie davon reden. Fragt man nach der zweiten oder dritten Liebe, können viele auf Anhieb nicht einmal eine Antwort geben. Da müssen sie *nachdenken*. Aber die erste Liebe – die vergisst kaum jemand! Die brennt sich ein wie der erste Griff auf eine heiße Herdplatte. Oder wie der erste Vollrausch. Was der Sache ja auch ziemlich nahe kommt. Nur dauert der Kater länger.

Ihr Vater war mit ihr nach dem Weggang aus dem Ort, in dem sie Felix damals kennengelernt hatte, mehrfach umgezogen. Sie hatte ihn ein wenig im Verdacht, dass er im Innersten davor Angst hatte, irgendwo sesshaft zu werden. Zuletzt hatten sie in Innsbruck gewohnt, kürzlich waren sie aber wieder umgezogen, nachdem er auch dort seinen Job verloren hatte, weil ihn der Bäckereibesitzer dabei erwischt hatte, wie er mit dessen Frau allzu eng zusammengearbeitet hatte. Sie hätte ihn einfach nicht in Ruhe gelassen, meinte er, als Annabell ihn danach fragte. Irgendwie schaffte er es immer, seinen Arbeitsplatz zu verlieren, dachte sie, und irgendwie waren immer die anderen daran schuld.

Was für ein Glück, dachte Annabell, dass gerade die Ferien begonnen haben. Mitten in einem Schuljahr umziehen zu müssen war nicht lustig. So, in den Ferien, war es erträglich. Ihr Vater hatte schnell eine neue Arbeit in einer Großbäckerei in Wels gefunden, und heute war der Tag, an dem sie das voll beladene Auto, einen schon etwas in die Jahre gekommenen Volkswagenbus, in Richtung Oberösterreich steuerten, ohne zu wissen, dass dort gerade Felix an einem Bach seinen verhängnisvollen Staudamm gebaut hatte.

„Papa, wieso fährst du nur hundertzehn?", brach Annabell das für ihren Geschmack schon zu lang andauernde Schweigen.

„Häschen, das alte Schaukelpferd geht nicht schneller", war die erwartete Antwort. Es war so etwas wie ein Running Gag zwischen ihnen, und Annabell musste jedes Mal losprusten, wenn er den Bus „ihr altes Schaukelpferd" nannte. Weil er nämlich genau das war. Diese Rostlaube auf Rädern schaukelte bei jedem Schlagloch, in jeder Kurve, beim Abbremsen, beim Beschleunigen, kurz: zu jeder Gelegenheit. „Die Stoßdämpfer, mein Häschen", erklärte ihr Vater, was den nächsten Lachanfall zur Folge hatte. „Stoßdämpfer" klang irgendwie witzig, fand Annabell.

Er liebte Annabells glockenhelles Mädchenlachen.

„Und warum ist da ein roter Strich bei hundertdreißig?" Das war die nun folgende Pflichtfrage, auf die ihr Vater seine Standardantwort lieferte:

„Weil das Schaukelpferd explodieren würde wie ein mittelalterliches Schlachtross, das zu viel Hafer gefressen hat, wenn die Tachometernadel hundertdreißig erreicht. Das ist sozusagen die Selbstzerstörungswarnanzeige."

Annabell hatte noch nie ein Schaukelpferd explodieren gesehen und hatte naturgemäß auch keine Vorstellung davon, was ein Schlachtross war, fand das aber einfach zu komisch, um nicht darüber zu lachen.

Sie würde lernen, dass Explosionen alles sind, nur nicht komisch. Vor allem, wenn statt eines alten Schaukelpferds jemandes Kopf explodiert.

*

Bully hatte dem Hasen mit einem schnellen Biss ins Genick den Garaus gemacht – er war ja keine dämliche Katze und quälte seine Opfer daher nicht unnötig – und machte sich nun daran, ihn zu zerlegen. Und zu *fressen*, dachte er mit seinem Hundegehirn fröhlich. Das macht *Spaß*! Diese Gelegenheit war einfach zu günstig gewesen, ein Gedanke, den auch Beat gehabt hatte, von dem Bully aber, abgelenkt wie er war, nichts bemerkte, bis es zu spät war.

Denn plötzlich – Bully versuchte gerade, dem Hasen mit den Zähnen das Fell am Bauch abzuziehen – legte sich etwas um seinen Hals. Dieses Etwas war kräftig. Und es zog seinen Unterkiefer nach hinten, sodass er nicht einmal sein Maul öffnen konnte, aus dem noch Fellreste des Hasen hingen.

Und dann spürte Bully, wie er ins Wasser gezogen wurde. Er kannte das Wasser. Und er wusste, dass man im Wasser den Kopf oben halten musste. Das war das vorletzte, woran sein Hundegehirn dachte, bevor es darin dunkel wurde.

Sein letzter Gedanke galt Felix.

*

„Wo ist Bully?", fragte Severin aus seinem Liegestuhl heraus den vorbeilaufenden Felix, den offensichtlich entweder Durst, Hunger oder beides ins Haus trieben.

Oder vielleicht musste er auch nur kacken. Wegen eines kleinen Geschäfts jedenfalls wäre er kaum extra vom Bach zurückgekommen.

Felix blickte sich erstaunt um und bemerkte erst jetzt, dass der Hund nicht wie üblich mit ihm mitgekommen war. „Der war gerade noch mit mir am Bach. Wir haben einen wirklich riesigen Staudamm gebaut. Kommst du dann mit? Und siehst ihn dir an? Aber jetzt muss ich was trinken."

„Ein Krug mit Saft steht in der Küche. Und zieh dir …"

Aber Felix war schon im Haus verschwunden, wobei er auf der Terrasse zumindest noch seine schlammigen Gummistiefel von den Füßen gekickt hatte. Nachdem sie ihm zwei Nummern zu groß waren, ging das, ohne die Hände zu Hilfe zu nehmen, etwas, das Severin jedes Mal anmäkelte, vor allem, wenn der Schlamm dabei nur so durch die Gegend spritzte und grundsätzlich entweder an frisch geputzten Fensterscheiben oder auf zum Trocknen aufgehängter Wäsche landete.

„Ich höre mich ja schon an wie eine Frau", murmelte Severin und wusste nicht, ob er darüber lachen oder sich sorgen sollte.

17

Ich weiß noch alles, als wäre es gestern gewesen.

Bully war für mich neben Severin das einzige Wesen, das mir etwas bedeutete. Außer meiner Annabell natürlich, aber die hatte ich zu diesem Zeitpunkt ja jahrelang nicht gesehen.

Ich ging damals ins Haus, weil ich Durst hatte. Auch wenn wir nie unter Geldnot litten, war Severin stets sparsam, und so gab es bei uns üblicherweise Verdünnungssaft zu trinken. Oder eben Leitungswasser. Am liebsten war mir Himbeersaft. Und zwar der ohne Zitrone. Orangensaft ging auch, aber Felix sagte, der schmecke zu künstlich, sodass wir meist nur Himbeersaft oder Johannisbeersaft im Haus hatten, den wiederum ich nicht ausstehen konnte.

Als ich mit meinem schon fast wieder leeren Halbliterglas Himbeersaft aus dem Haus kam, hatte Severin sich bereits seine Gummistiefel angezogen.

„Du hattest wirklich Durst, was?"

„Gehen wir zum Damm, Severin?"

„Klar!"

„Wenn wir Glück haben, sind vielleicht Forellen drinnen, was glaubst du?"

„Wenn, dann gehören uns die aber nicht." Er grinste. Solche Details hatten uns noch nie gestört. Pfarrer hin oder her. Und gegen auf einem Stock gegrillte Forelle kam sowieso nichts an. Außer Erdäpfelnudeln vielleicht.

Wir fanden keine Forellen im neu aufgestauten Teich. Nur Bully. Ich war vorausgelaufen, weil ich es kaum erwarten konnte, Severin mein Werk zu zeigen, sodass ich es war, der ihn zuerst entdeckte.

Es ist mir nicht möglich, auch nur annähernd zu beschreiben, was in mir vorging, als ich seine Hundeleiche im Teich treiben sah. Mir war, als triebe ein Stück von mir im Wasser. Ein großes Stück. Ein lebenswichtiges Stück. Ein Stück, dem eine blaue Zunge aus den Lefzen hing. Mir wurde heiß, kalt und schlecht. Mir wurde schwindelig. Ich war unfähig, mich zu bewegen. Wie in Trance nahm ich wahr, dass zwischen Bullys Zähnen noch Reste eines Fells hingen.

Du bringst Unglück, Felix. Du bringst allen viel Unglück!

Es war ein anderer Bach als damals, aber er murmelte die gleichen Worte.

„Ich bin daran schuld. Ich bringe Unglück."

„Wer sagt das?" Severin hauchte es mehr als dass er es sagte. Er kämpfte mit den Tränen. Ich hingegen weinte nicht. Ich weine nie. Nicht, weil ich mich so beherrschen kann, nein, um ehrlich zu sein: Ich habe einfach keine Ahnung, warum ich nie weine. Ich weiß nicht einmal, wie das geht.

„Der Bach. Jeder Bach sagt das zu mir. Schon damals. Und jetzt wieder", presste ich heraus.

„Geh' ins Haus. Ich werde dir dann zeigen, wie man diese Stimmen verschwinden lassen kann. Aber vorher muss ich Bully begraben. Geh ins Haus! Bitte!"

Ich ging zurück in Richtung des Hauses. Und ich wusste nur eines: Jemand würde dafür bezahlen.

Und so kam es dann ja auch.

$$*$$

Severin kam eine knappe Stunde später. Er wusch im Garten noch unser beider Gummistiefel mit dem Gartenschlauch grob ab, bevor er zu mir ins Haus kam. Wortlos ging er an mir vorbei und holte etwas aus seinem Zimmer. Es war eine kleine Metallkiste. Eine *versperrbare* kleine Kiste. Das Ding hatte die Größe einer Zigarrenschachtel, etwas kleiner vielleicht.

„Bully?"

„Begraben."

„Was hast du mit dieser Kiste vor?", wollte ich wissen, mehr um mich abzulenken denn aus Wissbegierde. Ich war froh, das Thema wechseln zu können. Es tat zu weh, über Bully zu sprechen.

„Das ist jetzt deine Büchse der Pandora. Dein Gedankentresor. Jedes Mal, wenn du Stimmen hörst, die du nicht hören willst, holst du diesen Tresor hervor, öffnest ihn und atmest die Stimmen hinein. Du musst ganz ausatmen, bis alle Luft aus deinen Lungen entwichen ist. Dann versperrst du den Kasten wieder."

„Aber, wenn ich ihn das nächste Mal öffne, kommen dann die bereits eingesperrten Stimmen nicht wieder heraus?"

„Nicht, wenn du ihn ganz sachte öffnest, ohne sie zu wecken. Aber reiß sie niemals einfach auf. Es sei denn, du willst die Stimmen befreien."

„Und das funktioniert wirklich?"

„Es funktioniert, wenn du daran glaubst."

Ich beschloss, fest daran zu glauben. Ich ging zum Bach und sperrte die Stimmen ein. Sie wehrten sich, sie flehten regelrecht, sie winselten. Doch es funktionierte. Der Kasten blieb lange verschlossen; aber nicht für immer.

*

Der Pernegger Wolfgang hatte außer der Jagd keine Hobbys. Gut, als er jünger war, hatte man noch Steckenpferde dazu gesagt, aber das einzige Steckenpferd, das er je gehabt hatte, war eines aus Holz gewesen, das ihm sein Großvater geschnitzt hatte, als er noch ein Kind gewesen war. Mit dem hatte er in der karg bemessenen Freizeit gespielt, wenn er mal nicht auf dem Feld hatte arbeiten müssen; oder seiner Mutter helfen; oder die Kühe versorgen. Es hatte immer genug zu tun gegeben, auch für die Kinder. Und vor allem für ihn als den Ältesten.

Dass er jeden Sonntag nach der Messe zum Stammtisch ging, das betrachtete er nicht als Steckenpferd. Das war zeitlebens nie anders gewesen und gehörte einfach zum Tagesablauf eines Sonntags dazu wie die aufgebackenen Semmeln und die stets langweilige und einschläfernde Predigt des Pfarrers. Natürlich saß er nicht bei den Hauseln unten, die sogar am Sonntag unter der Fuchtel ihrer Weiber – sagt man nicht mehr, also Frauen – standen. Nein, gestandene Männer saßen in der „Bohkira", der Bachkirche, Gott weiß, wo der Name herkam, also dem Zwischengeschoß unter dem Chorgestühl, wo die Kniefreiheit so eng bemessen war, dass jede Predigt des Pfarrers zum kleinen Fegefeuer wurde und wo man sich stets darauf freute, danach zu einem der vielen Anlässe während eines Hochamts endlich wieder aufstehen zu dürfen.

Seine Frau saß unten im Weiberstuhl – *Frauen sagt man heutzutage, merk dir das endlich* – also auf der linken Seite, wo sich zu seiner Erschütterung in den letzten Jahren auch immer mehr Männer einfanden. Das war vor zwanzig Jahren noch anders gewesen, ja selbst vor zehn Jahren hätte jeder Mann, der sich da zu seiner

Frau setzte, im Gasthaus Häme und Spott über sich ergehen lassen müssen, dass er sich das am folgenden Sonntag dreimal überlegt hätte. Wobei solche Waschlappen dann eh nicht die typischen Stammtischgäste waren, davon mal abgesehen. Die halfen vermutlich ihren Weibern – *Frauen* – zuhause beim Kochen. Er lachte in sich hinein. Soweit würde es bei ihm nie kommen. Grillen ab und zu, ja, aber in der Küche hatte ein richtiger Mann nichts verloren. *Hätte!*

Ja, die Zeiten hatten sich geändert! Aber ihn würden keine zehn Pferde dazu bringen, jemals da unten zu sitzen. (In diesem Punkt hatte er Recht, weil ihm dazu kaum noch genug Zeit bleiben würde, nur wusste er das nicht.) Nein, nein, auch wenn er seine Frau sehr liebte und Gott jeden Tag mindestens zweimal, beim Abendgebet und beim Morgengebet, nicht ganz selbstlos darum bat, ihn bitte nach Möglichkeit – *Herr, dein Wille geschehe* – vor ihr in die ewigen Jagdgründe zu holen, hieß das noch lange nicht, sich zum Gespött der Leute zu machen, indem man da unten im Weiberstuhl – *Frauenstuhl* – saß. Und womöglich gar auch noch händchenhaltend!

Heute hatte der Pfarrer für die Predigt noch länger gebraucht als sonst. Meine Güte, der alte Kittelbrunzer – *Herr, verzeih mir diesen Ausdruck* – wurde langsam wirklich zum Krauterer. Aber jetzt saß er (Gott sei Dank!) seit einer Stunde im Wirtshaus, und alles war wieder in Ordnung. Seine zweite Halbe Bier stand vor ihm, und die erste drängte in seiner Blase schon seit einigen Minuten auf Auslass. Er wusste, dass er sich damit nicht mehr spielen durfte. Das Alter hatte so seine ganz bestimmten Eigenheiten und Auswirkungen auf den Körper. Also stand er auf, um aufs Klo zu gehen, wozu er zwei Sitznachbarn ersuchen musste, ihn raus zu lassen, weil er ja auf der Bank saß, wo er eben immer saß. Sagte ja auch das Schild am Stammtischaschenbecher in tiefstem oberösterreichischem Dialekt ganz deutlich: „Dahuckndededooiweidohuckn"

„Lasst's mich raus. Ich muss den Lehrbuben beuteln!"

„Na dann pass auf, dass er dir nicht abfällt. Wenn du ihn noch findest, ohne Spekuliergläser."

Gelächter. Natürlich musste der Steinbacher wie immer blöd daherreden, seine Goschen aufreißen. Dabei wusste eh jeder, dass er seinen Lehrbuben manchmal an Orten versteckte, wo der absolut nicht hingehörte. Bei der alten Siminovic zum Beispiel. Die war eine Witwe, die sich ihr ganzes Leben lang als Mädchen für alles durchgeschlagen hatte, nachdem ihr Mann schon früh bei Holzarbeiten unter einen Baum gekommen war. Hatte kein leichtes Los gehabt, die Michaela, aber seit einigen Jahren hatte sie dieses Pantscherl mit dem Steinbacher. Alle wussten davon, wohl auch sein armes Weib, die Mitzi. Trotzdem sprach keiner davon, jedenfalls nicht öffentlich. Wie das halt am Land so ist – und hier am Stadtrand von Wels war man mehr am Land als sonst wo!

Aber der Pernegger war heute nicht sonderlich gut gelaunt, weil ihm in der Kirche mehrmals der Hintern eingeschlafen war – *Herr, lass nächstes Mal mich einschlafen und nicht meinen Arsch!* – und so rutschte ihm halt was Unpassendes heraus, just als der junge Pfarrer, der mit dem kleinen Ziehsohn, bei der Tür hereinkam.

„Naja, ich weiß wenigstens, wo mein Pimmel zuhause ist." Und mit einem Blick auf Severin: „Grüß Gott, Herr Pfarrer. T'schuldigung gell, ich weiß, sowas sagt man nicht in Gegenwart eines Geistlichen mit seinem Kind."

Betretenes Schweigen, dann Gelächter. Nur der Steinbacher lachte nicht. Oder höchstens gequält. Stattdessen bemühte er sich, die Situation thematisch etwas zu entschärfen, indem er den Pfarrer einlud, sich doch an den Stammtisch zu setzen, während der Pernegger endlich zur Toilette eilte. Keine Sekunde zu früh, wie er sich dachte, als er dort den Reißverschluss – Dank sei Gott, dass es diese Hosen mit Knöpfen nicht mehr gab – öffnete und einen Strahl ins Urinal jagte. Mit einem Druck wie ein Platzhirsch im Frühjahr. Wenigstens das funktionierte noch wie in seiner Jugend, dachte er sich zufrieden, bevor er ihn abschüttelte und den Hosenschlitz schloss. Und bevor er, ohne sich die Mühe zu machen, seine Hände zu waschen, in die Gaststube zurückeilte.

„Etwas Ablenkung tut mir eh gut", sagte der Pfarrer – wie hieß der nochmal – gerade.

„Warum das?", wollte einer der Stammtischbrüder wissen? „Ist was passiert?"

Und dann erzählte Severin davon, welch tragischen Verlust sie, also Felix und er, kürzlich erlitten hätten, worauf sich der Pernegger das Bier auf die Hose schüttete.

„Na, Pernegger", genoss der Steinbacher es sichtlich, einen Konter für die erlittene Schmach zu landen, „jetzt schaust aus, als hättest dich angebrunzt. Wird deiner Alten nicht gefallen, hahaha!"

Manche können es eben nicht lassen, dir einen Elfmeter nach dem anderen aufzulegen.

„Naja, meine Hose ist nur außen angepatzt. Das macht meiner Frau weniger als der Mitzi, wenn sie deine waschen muss, glaube ich."

Er mochte alt sein, aber mit diesem Würschtl nahm er es noch lange auf.

„Ich muss jetzt eh heim, s'Essen wartet. Und hier brunzelt es sowieso ein bissl, seit du vom Häusl zurück bist." Jetzt war der Steinbacher offensichtlich wirklich sauer und schlüpfte in seinen Janker, den er über den Stuhl gehängt hatte, als er nach der Kirche in die Gaststube gekommen war.

„Dann pass auf, dass du nicht die Häuser verwechselst" legte der Pernegger noch ein Scheit nach, weil er in der nun nicht mehr zu rettenden Situation folgerichtig die Flucht nach vorne als einzig mögliche Strategie erkannte.

Gelächter. Ein irgendetwas Unverständliches brummelnder, die Gaststube verlassender Steinbacher. Ein paar belustigte Blicke zur soeben lauter als nötig zugeknallten Tür. Ein „Hält schon! Besser als deine Hose!" vom Pernegger. Wieder Gelächter. Zurück zur sonntäglichen Tagesordnung.

Der Pfarrer erzählte weiter. Wie sehr der Junge an seinem Hund gehangen habe. Was für ein lieber Hund das gewesen sei (Ja, ja, einer der Hasen zerlegt, dachte der Pernegger sich) und dass das schon sehr eigenartig sei, dass ein ausgewachsener Bullterrier einfach in einem Bach ertrinke, oder?

Hier schüttete sich der Pernegger fast noch einmal das Bier auf die Hose, sagte aber nichts, während der Rest des Stammtisches zustimmte. Ja, von so etwas hätten sie auch noch nie gehört. Seltsam sei das schon. Wobei der eine oder andere Jäger sich dachte: „Gut, dass das Hundskrüppel hin ist, erspart mir, ihn zu erschießen, wenn ich ihn beim Wildern erwische." Aber natürlich sagte das keiner laut. Schon gar nicht zu einem Herrn Pfarrer.

Kurz vor zwölf löste sich die Runde auf. Sie mochten alle großspurig davon reden, wer zuhause die Hosen anhatte, aber im Endeffekt getraute sich doch keiner, seine Frau mit dem Essen auf dem Tisch warten zu lassen.

Wie das halt so ist am Land.

*

Als Severin das Wirtshaus verließ, stand draußen der alte Jäger – wie hieß der? Na, auch egal – und wartete offensichtlich schon auf ihn.

„Herr Pfarrer, ich wollt's drinnen jetzt nicht erzählen, aber ich glaube, Sie sollten was wissen."

Dass er sich um zehn Minuten verspätete und von seiner Frau einen gesalzenen Rüffel bekam, nahm der alte Waidmann dafür in Kauf. In der Zeit konnte wenigstens das Bier auf seiner Hose trocknen.

*

Beat hatte erwartet, von Marco für seine Eigenmächtigkeit eine Standpauke zu hören, aber er hatte sich geirrt. Marco dachte kurz nach und stimmte dann zu, dass die günstige Gelegenheit beim Schopfe zu nehmen gewesen war. Sie wussten ja beide, dass der Junge praktisch nie ohne den Hund anzutreffen war. Zumal Beat seinen Angaben zufolge keine Spuren hinterlassen hatte.

„Ein Problem weniger, wenn der Hund weg ist. Du hast schnell entschieden und das Richtige getan, denke ich."

Einer der Irrtümer, die man erst viel später erkennt.

*

Annabell und Felix begegneten sich durch einen Zufall. Wenn es so etwas wie Zufälle überhaupt gibt. Vielleicht ist das, was wir Menschen als Zufall bezeichnen, auch einfach nur Teil eines Spiels, das Gott – oder das Schicksal, wenn man an keinen Gott glaubt – mit uns als Figuren auf einem unendlich komplizierten, mehrdimensionalen Spielbrett abzieht. Wobei wir nicht einmal ansatzweise auch nur die Regeln kennen, geschweige denn den Sinn oder das Ziel des Spiels erfassen können.

Wenn das so ist, dann hatte Gott eben beschlossen, seine Figuren so zu ziehen, dass Felix und Annabell sich eine knappe Woche nach Bullys Tod in Wels über den Weg liefen. Genaugenommen lief Felix Annabell über ihren Weg und sie ihn gedankenverloren über den Haufen, als sie, wie so oft, tagträumend durch die Stadt schlenderte, in jeder Hand einen Plastikbeutel mit Lebensmitteln. Da ihr Vater als Bäcker am Samstagvormittag schlief, war es ihre Aufgabe, für sie beide einkaufen zu gehen. Ende der Neunzehnhundertsiebziger gab es, außer vor Weihnachten, also an den „langen Einkaufssamstagen", noch keine Geschäfte, die am Samstagnachmittag geöffnet hatten.

Das Einkaufen war jedoch keine große Sache, da sie, obgleich am Stadtrand, doch ziemlich nahe an einem Supermarkt wohnten. Und das war wirklich ein Supermarkt! Es gab ihn zwar erst einige Jahre, hatte ihnen ihr Vermieter erzählt, und, meine Güte, Sie hätten bei der Eröffnung dabei sein sollen! Das war ein Theater, meine Güte! Da waren sogar zwei Neger, Sie wissen schon, vom Basketballclub, den der Supermarkt sponserte. Die waren mindestens zwei Meter groß, meine Güte, ach was sage ich, zweimeterzehn!

Damals war „Neger" noch ein gebräuchlicher Ausdruck. Wobei das dem Vermieter aber vermutlich sowieso alles vollkommen egal war, meine Güte!

Felix rannte in Annabell (oder auch umgekehrt), als sie eben aus dem Supermarkt kam. Sie ließ einen der beiden Beutel fallen, worauf sich der Inhalt über die Gummimatte vor den automatischen Türen ergoss.

„Scheiiiiiße!", rutschte es ihr heraus. Ihre Stimme war der Grund, warum Felix eine Sekunde länger Zeit hatte, die Überraschung zu verdauen als Annabell. Trotzdem stand er nur da wie ein Ölgötze und riss den Mund auf, ohne etwas herauszubringen. Severin, der noch den Wagen abgesperrt hatte und nun zu ihnen stieß, war der erste, der lachend etwas sagte:

„Willst du Annabell nicht helfen, die Sachen wieder einzusammeln, du ungehobelter Lümmel? Und mach den Mund zu, man sieht ja noch die Reste deines Frühstücks zwischen den Zähnen."

Solche Wiedersehen sind schon unter Erwachsenen oftmals eine romantische Sache, aber man kann nur sehr unzulänglich beschreiben, was sich in den nächsten Minuten zwischen Annabell und Felix abspielte. Nur seine jahrelang antrainierten Reflexe verhinderten, dass er bei der lang andauernden Umarmung darauf vergaß, die Berührung „positiv zu besetzen", wie Severin das auszudrücken pflegte, wenn er meinte, Felix solle seine Gabe *im Guten einsetzen*. Felix war das mittlerweile in Fleisch und Blut übergegangen. Beide wussten sie nur zu gut, was Felix anrichten konnte, wenn er auf das *positive Besetzen* auch nur kurz vergaß. Ganz zu schweigen von den Auswirkungen eines *negativen Besetzens*, das meist einem sofort zu vollstreckendem Todesurteil gleich kam. Ohne Möglichkeit einer Berufung.

Severin hatte, nachdem sie die Einkäufe wieder im Beutel verstaut hatten, die grandiose Idee, dass Felix und Annabell sich sicher eine Menge zu erzählen hätten. Sie könnte doch mit ihrem Vater am Nachmittag zu ihnen auf Kaffee und Kuchen kommen, oder? Jetzt aber würden sie sie mit dem Wagen nach Hause bringen, sonst mache sich ihr Vater womöglich noch Sorgen, ja?

Die beiden kamen kurz nach zwei Uhr nachmittags. Nach dem Kaffee zeigte Felix seiner Annabell das Haus, den Garten und den Bach. Und er erzählte ihr von Bully. Annabell weinte. Sie spürte, wie sehr Bully Felix ans Herz gewachsen war. Und sie spürte noch etwas anderes, als Felix ihr in die Augen sah und ihm ihre Hand auf die Schulter legte, während er ihr die Geschichte in einem für einen Dreizehnjährigen viel zu monotonen Tonfall erzählte. Sie hatte Angst vor dem, was sie da zu erkennen glaubte.

Eine Angst, die zur Panik wurde, als Felix fortfuhr.

*

Marco sah die beiden zum Bach kommen. Er hatte es sich wieder im Hochstand bequem gemacht. Wer war das Mädchen? Schade, die Gelegenheit wäre günstig gewesen. Aber Zeugen schlossen jede Aktion aus, und das Mädchen ebenfalls zu neutralisieren stand außer Diskussion. Jedenfalls, solange der Kardinal das nicht anordnete. Sie waren Wächter, keine Killer! Obwohl – *Kollateralschäden* ...

Leider konnte er nicht hören, was sie sprachen. Idiot! Ein Richtmikrophon. Daran hätte er jedenfalls denken müssen. Jetzt war es jedenfalls zu spät, aber das nächste Mal würde er vorbereitet sein.

Was sollten zwei Dreizehnjährige auch schon groß zu besprechen haben?

Marco hätte sich gewundert.

*

So wie Felix Annabell bei der ersten Begegnung sofort gemocht hatte, so fand auch Severin ihren Vater äußerst sympathisch. Vielleicht bot er ihm aus diesem Grund an, seine Wohnung in der Stadt aufzugeben, aber vermutlich spielte auch der Hintergedanke eine Rolle, dass Felix jetzt, wo Bully fort war, ein Stück sicherer sein würde, wenn mehr Personen im Haus wohnten.

„Wir haben hier im Haus wirklich genug Platz, und die Miete ist nicht allzu hoch. Selbst wenn wir sie uns teilen, fahren Sie immer noch um ein Hauseck günstiger, als wenn Sie in der Wohnung blieben!"

Auch Annabells Vater mochte Severin auf Anhieb.

„Ich bin, wie Sie vermuten werden, nicht der sesshafte Typ und grundsätzlich eher spontan. Also: ja, gerne! Aber ein Problem müssen wir da noch lösen."

Severin sah ihn fragend an.

„Wenn wir in einem Haus wohnen, ist das „Sie" wohl ziemlich daneben, oder?" Er lachte und nahm das Weinglas in die Hand. „Ich bin Fritz, Hochwürden." Wieder lachte er.

„Severin. Freut mich, Fritz. Prost! Und wenn du noch einmal Hochwürden sagst, ist unser Deal geplatzt!"

Und dann tranken sie die Flasche leer, während zur selben Zeit draußen am Bach Annabell aus dem Staunen nicht herauskam.

Nach der zweiten Flasche kannte Fritz die Wahrheit über den Tod von Bully.

Nach der dritten Flasche hatten Severin und Fritz einen Plan, wie man Bullys Tod rächen – nein, Rache ist unchristlich – vergelten, ja: vergelten würde.

Ein Plan, der nie zur Ausführung kommen sollte. Pläne sind die Witze der Menschen, damit Gott etwas zu lachen hat.

*

Maria spürte etwas. Aber es war *anders* als sonst. Sonst hatte sie mit dem *Jungen* immer nur Verbindung, wenn er zu jemandem *schlimm* war. Diesmal – sie glaubte zu spüren, dass diesmal jemand *schlimm zu ihm* gewesen war. Das war neu für sie. Neu und verwirrend.

Sie beschloss, diesmal sehr vorsichtig zu sein. Nicht dass noch mehr Erbstücke ihrer Oma platzten wie ein Kirtagsluftballon, an den man eine Kerze hielt.

Wenigstens hatten ihre Eltern die Idee mit diesem komischen Mann aufgegeben. Der hatte immer nur gefragt, aber nie etwas gesagt. Schon gar nichts Lustiges. Sie würde nie erwachsen werden. Erwachsene waren einfach eigenartig. Sogar ihre Eltern waren manchmal eigenartig. Warum hatte sie sonst ihr Vater mit diesem komischen Mann alleine gelassen?

Aber sie hatte dort etwas anderes entdeckt. An sich. Als sie sich ganz fest gewünscht hatte, dass der Mann aufhören sollte zu fragen, hatte er das wirklich getan.

Worauf dann Papa so einen roten Kopf bekommen hatte wie sonst nur beim Holzhacken. Oder einmal am Sonntagmorgen, als sie zu Mama und Papa ins Schlafzimmer gekommen war, weil sie komische Geräusche gehört hatte, und dann hatten die beiden gerade einen Ringkampf gemacht, aber keinen, wo man sich weh tat, nein, sie sahen vielmehr aus, als würden sie ein lustiges Spiel spielen, da hatte Papa auch so einen roten Kopf bekommen, als sie gesagt hatte, sie würde gerne mitspielen. Und Mama auch ein wenig, obwohl sie sonst nie rot wurde.

Im Auto, als sie von diesem komischen Mann heimfuhren, hatte Papa dann gar nichts gesagt. Nur, dass sie da nicht mehr hingehen würden, zu diesem eingebildeten Schallertan.

„Mama, was ist ein Schallertan?", hatte sie danach ihre Mama gefragt. Die hatte nur gelacht und gefragt:

„Hat das der Papa über den Mann gesagt, bei dem ihr heute wart?"

Maria hatte nur eifrig genickt.

„Maria, das Wort heißt *Scharlatan*. Und es bedeutet nur, dass Papa der Meinung ist, der Mann hat nicht viel Ahnung, weißt du?"

Wieder nickte Maria und beschloss, die naheliegende Frage, warum Papa dann mit ihr zu diesem Schalla… Scharlatan gefahren war, nicht zu stellen. Erwachsene waren nunmal eigenartig, das gehörte zum Erwachsensein anscheinend dazu.

Nein, diesmal würde sie vorsichtig sein, um nicht wieder zum Scharlatan zu müssen.

*

Marco fühlte sich unbeobachtet. Hätte er eine, wenn auch noch so kleine, Gabe für Vorahnungen gehabt, hätte er sich nur umzudrehen und genau schauen zu müssen, um den Jäger zu entdecken, der keine hundert Meter hinter ihm mit wachsendem Zorn beobachtete, wie schon wieder so ein *Zuagroaster* seinen Hochstand benutzte. Das war nicht der gleiche Typ, der den Hund ertränkt hatte, so viel konnte er erkennen, aber er sah ihm ähnlich, war ungefähr gleich groß, allerdings wohl etwas älter und vor allem: Er fuhr den gleichen Wagen!

Na warte, du Hund!

Wolfgang Pernegger war nicht intelligent genug, um sich die offensichtliche Frage zu stellen: Warum beobachteten zwei mit Sicherheit zusammengehörende Männer an zwei verschiedenen Tagen den Bach – oder den dort spielenden Jungen – und ertränkten den Hund?

Er war viel zu zornig, um sich solche Gedanken zu machen. Stattdessen entfernte er sich leise und ging auf der Straße zum Haus des Priesters, um ihm seine Entdeckung mitzuteilen.

*

Annabell dachte zuerst, Felix würde sie auf den Arm nehmen. In den Arm, das wäre okay gewesen, aber kein Mädchen, auch oder gerade kein verliebtes, lässt sich gerne veralbern. Doch irgendetwas in der Stimme ihres Freundes sagte ihr, dass er keineswegs scherzte. Es war sein voller Ernst.

„War das der Grund für die Werwolfgeschichte damals?", fragte sie ihn, als er kurz in seinem Redefluss innehielt.

„Ja. Damals konnte ich meine Gabe noch nicht kontrollieren, und ich wollte dich nicht in Gefahr bringen."

„Ich hatte ziemlich üble Zahnschmerzen nach deinem ersten Kuss."

„Ich weiß. Und ich hatte ein höllisch schlechtes Gewissen."

„Eigentlich müsste ich mich jetzt von dir fernhalten. Wer sagt mir, dass wir nicht irgendwann einmal wegen irgendeiner Kleinigkeit streiten und du mich dann über die Klinge springen lässt?"

Felix musste laut auflachen. „Wo hast du denn den Ausdruck her?"

„Du weißt schon noch, dass ich mir gerne Filme ansehe. Je brutaler, desto besser, oder?"

„Was sagt dein Papa dazu?"

143

„Naja, der arbeitet ja meistens, wenn diese Filme im Fernsehen laufen."

Sie lachten beide, bis sie kaum noch sitzen konnten und ließen sich ins Gras zurückfallen. Jedenfalls könnte das als Ausrede gelten.

„Und du kannst deine *Gabe* jetzt jederzeit kontrollieren?"

„Ja."

„Auch wenn du ein Mädchen küsst?"

Er wurde rot.

„Du hast noch nie ein Mädchen geküsst, stimmt's?" *Ich außer dich auch noch keinen Jungen, aber das musst du nicht wissen! Noch nicht!*

„Doch. Habe ich natürlich!" *Dich! Vor Jahren!*

„Ja, mich."

Felix wusste in diesem Moment, dass er ihr nie etwas würde vormachen können und gab ihr einen Kuss mit seinen gespitzten Lippen auf ihren ... wundervollen, nach Erdbeeren schmeckenden Mund. Was nach der Erdbeertorte vorhin zwar erklärlich war, aber der Romantik keinen Abbruch tat.

„Felix?"

„Ja?"

„Ich habe mal in einem Film gesehen, wie man küsst, wenn man erwachsen ist. Möchtest du ... du es ... es ... mit mir probieren?"

Und dann fanden sie heraus, wie Erwachsene küssen. Und sie fanden es ziemlich schnell heraus, obwohl sie sich dabei viel Zeit ließen.

Maria spürte es. Sie kam zum Schluss, dass die Eigenartigkeit der Erwachsenen irgendwann im Alter des Jungen zu beginnen schien. Ihre Mutter hatte mal einen Begriff dafür verwendet. Bubität – oder so ähnlich. Maria war sich nicht sicher, ob sie auch mal ... wenn Mädchen das überhaupt betraf. Vielleicht wurden ja nur Jungs eigenartig.

*

Der kleine Rotzlöffel, nein: der Verfluchte, küsste das arme Ding. Kannte er seine Gabe noch immer nicht? Er würde sie umbringen! Marco wollte beinahe aufspringen, den Hochstand hinunterklettern und dazwischen gehen, besann sich dann aber. *Kollateralschaden.* Sich einzumischen wäre aus mehreren Gründen eine große Dummheit gewesen.

Erstens war der Schaden mit dem Kuss bereits angerichtet, und kein Dazwischengehen würde die Folgen ändern können.

Zweitens durfte er sich keinesfalls zu erkennen geben. Weder jetzt, noch wenn der Auftrag erledigt war. Die Wächter existierten nicht, und so musste das auch bleiben.

Drittens wäre das Mädchen eine Zeugin gewesen, was die Sache nur noch verschlimmert hätte. So traurig es war, aber die Gabe dieses Verfluchten würde von selbst dafür sorgen, dass die potentielle Zeugin bald keine mehr war. *Kollateralnutzen!* Marco konnte sich ein Lächeln nicht verkneifen.

Im Grunde war er für die Situation sogar dankbar. Es half ihm den Verfluchten nicht als Kind zu sehen, sondern als das, was er war: ein skrupelloser Killer, dem das Leben eines Mädchens gleichgültig war. Wenn er von seiner Gabe wusste! Und wenn er nicht davon wusste? Dann ahnte er es zumindest. Und hatte abgesehen davon in diesem Alter kein Mädchen zu küssen. Der Junge – *das Ziel, nenne ihn endlich so!* – war dreizehn! Was die logische Schlussfolgerung nahelegte, dass das Mädchen seinerseits verdorben war, denn das war kaum älter. Mitleid off!

Marco hatte für heute genug gesehen. Vorsichtig, um kein Geräusch zu verursachen, machte er sich auf den Rückweg zu seinem Wagen.

18

Leutnant Leopold Blumenschein – er hieß wirklich so, und das war absolut nicht lustig, wenn man bei der Kripo war – langweilte sich. Wels war damals eine sehr sichere Stadt. Verbrechensrate unterirdisch, Aufklärungsrate nahe hundert Prozent, was zu einem nicht unwesentlichen Anteil auch der guten Arbeit von Leutnant Blumenschein zu verdanken war. Er hatte das „zweite Gesicht", wie seine Kollegen sagten, wenn er wieder einmal aus einer Ahnung heraus genau den richtigen Verdächtigen genau die richtigen Dinge zur genau richtigen Zeit fragte, sodass dieser gar keine andere Wahl hatte als zu gestehen.

Was seine Kollegen scherzhaft aussprachen, war gar nicht so weit von der Wahrheit entfernt. Er hatte zwar nicht das zweite Gesicht in einem Sinne, dass er etwa Gedanken lesen oder die Zukunft voraussagen konnte, aber er hatte ein untrügliches Gespür für Menschen. Und er war nicht dumm und konnte rational und logisch denken. Das war eine Kombination, die ihn als leitenden Kriminalbeamten qualifizierte, wogegen seine Töchter diese Gaben verfluchten. Vater *roch* regelrecht, wenn sie etwas vorhatten. Zum Beispiel am Moped eines Schulfreundes mitzufahren. Oder einen Test in Mathe zu schwänzen. Keine Chance! Nicht bei Leutnant Blumenschein als Vater!

Den neuen Pater allerdings konnte er nicht so recht einschätzen. Er spürte, dass diesen Mann irgendein (dunkles?) Geheimnis umgab, aber er … keine Ahnung!

Der Priester entzog sich seiner Gabe auf eine Weise, als könnte er einen Block um seinen Geist legen wie dieser Atlan in den Perry Rhodan Heften, die Blumenschein so gerne las. Auf die er Woche für Woche schon wartete und wo er stets der erste in der Trafik war, wenn sie endlich eintrafen. Was völlig unnötig war, weil der Trafikant ihn sowieso kannte und das neueste Heft immer für ihn zurücklegte.

Heute war Donnerstag. Und nachdem die Perry Rhodan Romane seit kurzem nicht mehr am Freitag sondern am Dienstag erschienen, hieß das, dass ihm langweilig war. Weil er natürlich den aktuellen Roman bereits ausgelesen hatte. Wenn man 1977 in Wels ein Verbrechen plante, war ein Dienstag dafür definitiv die beste Wahl! Gut, dass sich noch keiner die Mühe gemacht hatte, die unaufgeklärten Fälle mit den Wochentagen abzustimmen. Jetzt musste er selbst lachen.

„Was erheitert Sie so, Herr Leutnant?"

Blumenschein schoss aus seinem Stuhl hoch. Wie zum Teufel – normalerweise spürte er die Anwesenheit anderer. Kaum jemand konnte ihn so überraschen. Und kaum jemand hier sprach ihn per Sie an.

„Pater! Sie haben mich fast ein wenig erschreckt. Wie geht es Ihnen mit den Häftlingen?"

„Keine Probleme!" In Wahrheit gab es durchaus Probleme. Der Einbrecher aus Zelle Einsnulldrei hatte ihm anvertraut, dass er regelmäßig von seinem Zellengenossen zum Oralverkehr genötigt wurde. Ein anderer Häftling hatte ein Problem mit einem anscheinend sadistischen Justizwachebeamten, jedenfalls falls er die Wahrheit sprach. Er würde sich den Beamten mal zur Brust nehmen müssen.

Das waren aber keine Probleme, mit denen er Blumenschein *heute* behelligen würde. Für den hatte er heute etwas ganz anderes zu bieten. „Ich könnte allerdings Ihre berühmte, detektivische Spürnase brauchen. Hätten Sie eine Minute Zeit?"

Leutnant Blumenschein hatte sogar mehrere Stunden für ihn übrig. Und endlich wieder einen Fall. Eine Art Mordfall, auch wenn das Mordopfer nur ein Hund war. Etwas, das damals unter „Sachbeschädigung" oder bestenfalls unter „Tierquälerei" lief, aber das war Blumenschein angesichts seiner Langeweile egal. Hauptsache, der Fall war bis Dienstag erledigt. Der nächste Band versprach nämlich besonders spannend zu werden.

Dieser hier auch. Und ähnlich parapsychologisch.

*

Felix wusste noch nicht, dass Bully nicht einfach nur im Bach ertrunken war. Severin hatte beschlossen, ihn erst dann mit den Tatsachen zu konfrontieren, wenn er Felix' Wut brauchte. Und er würde sie benötigen. Severin hatte einen teuflischen

Plan gefasst, der ihnen beiden diese Killer aus dem Vatikan hoffentlich ein für alle Mal vom Hals schaffen sollte. Denn dass es mindestens zwei waren, wusste er seit dem letzten Besuch des Jägers.

„Da war schon wieder so ein verdammter Halunke – Verzeihung Hochwürden! – auf meinem Hochstand!" hatte der Pernegger ihm mitgeteilt, wobei ihm sein Zorn darüber an der Nasenspitze anzusehen war.

Severin hatte ihm dann ohne viel Mühe und unter Mithilfe einiger Schnäpse die restlichen Informationen recht schnell aus der Nase gezogen. Also mindestens zwei, beide sähen ähnlich aus, benutzten einen Volkswagen und wechselten sich offenbar ab beim ... Beobachten.

Um seinen Plan in die Tat umsetzen zu können, dazu musste man sie aber erst einmal ausforschen. Und das sollte Blumenschein für ihn erledigen. Es war mehr eine Ahnung als Gewissheit, dass sich dieser dazu bereit erklären würde, oder nennen wir es vielleicht besser „Gespür". Severin wusste ja nicht, dass sich Blumenschein im Dienst gerade fürchterlich langweilte, aber er spürte dessen Bereitschaft, ihm zu helfen, sobald er ihm die erste, genauere „Sachverhaltsdarstellung" gegeben hatte.

„Er hat ihn tatsächlich ertränkt? Einen ausgewachsenen Bullterrier? Entweder ist der Typ wahnsinnig oder er hat eine wirklich gute Ausbildung, würde ich sagen. Oder einfach nur ziemlich viel Schwein. Mich würden keine zehn Pferde dazu bringen, einen Bull mit bloßen Händen anzugehen."

„Ich denke, das mit der Ausbildung trifft am ehesten zu. Vielleicht einer dieser RAF Terroristen, die haben es auf uns Kirchenmänner ja abgesehen."

Severin wusste, wie man einen gelangweilten Polizisten hinter dem Ofen hervor scheucht. Linksradikale Terroristen waren dazu als Bedrohungsszenario 1977 schon genauso gut geeignet wie in späteren Jahren.

„Dann werden wir als erstes einmal das Kennzeichen durch den Computer jagen – wir haben in Wels nämlich vor einiger Zeit einen bekommen, samt Modemverbindung zur Datenbank in Wien, müssen Sie wissen. Tolle Sache!"

Severin nickte.

Nach zehn Minuten ratterten die Daten des Zulassungsbesitzers aus dem Nadeldrucker. Nach zwanzig weiteren Minuten und einem Anruf am Meldeamt – die Integration in das EDV System war hier noch nicht in Sichtweite – wussten sie, wo der Zulassungsinhaber abgestiegen war. Die Spur mit der RAF war heiß. Er war tatsächlich deutscher Staatsbürger. Interessant war, dass er nicht alleine im Welser Hof wohnte, aber das würde man vor Ort klären. Leutnant Blumenschein warf sich die Uniformjacke über und ging zur Tür.

„Knöpfen wir uns die Burschen vor! Wollen Sie mitkommen, Pater?"

„Ihren Mut in Ehren, aber wenn die beiden tatsächlich gefährlich sind, wäre es dann nicht besser, mit einer entsprechenden – wie nennen Sie das? Personalstärke? Einsatztruppe? – dort aufzukreuzen?"

„Wovor haben Sie Angst, Pater? Sie werden doch von Ihrem Boss beschützt, oder? Das Schlimmste, was Ihnen passieren kann, ist eine Beförderung auf einen Posten da oben!" Blumenschein verdrehte die Augen zur Decke und lachte, um zu verbergen, dass er in der Tat einfach nicht daran gedacht hatte, dass die Situation möglicherweise gefährlich werden könnte. Spürnasen haben es nun einmal so an sich, dass sie beim Hineinstecken meist nicht besonders vorsichtig sind.

„Ach wissen Sie, unter uns gesagt, ich glaube Gott mischt sich nicht immer in alles ein. Ich denke, dazu müsste man wohl vorher einige Gebete sprechen. Also lasset uns niederknien, Leutnant!"

„Schon gut, schon gut."

Blumenschein griff grinsend zum Telefon. Zwanzig Minuten später fuhren ein mit vier Mann besetzter, grüner Volkswagenbus der Polizei aus der Dragonerstraße los in Richtung Eisenhowerstraße, wo der Welser Hof lag. Leutnant Blumenschein notierte pflichtbewusst die Beginnzeit des Einsatzes: 11:20 Uhr.

*

Annabell und Felix waren unzertrennlich. Das hatte natürlich auch Annabells Vater bemerkt und hatte, in einem Anflug von väterlichem Verantwortungsgefühl, beschlossen, nach seiner morgendlichen Rückkehr von der Arbeit mit seiner Tochter eines dieser Gespräche zu führen, vor denen sich Väter üblicherweise gerne drückten.

Es wurde zu einem Fiasko!

Zuerst hatte er nur herumgedruckst, was klarerweise zur Folge hatte, dass Annabell überhaupt nicht verstand, was ihr Vater von ihr wollte. Als er dann konkret ansprach, dass bei ... ähm, näheren Körperkontakt ... ähm ... also ... dass da ... nun, man müsse aufpassen, als Mädchen ... dass man da nicht ... ähm ... schwanger (endlich war das Wort raus!), weißt du? Also werd' mir bitte nicht schwanger! Und überhaupt seid ihr noch viel zu jung, um ... ähm ... na, du weißt schon, oder?

Annabell war das alles einfach nur peinlich. Tatsächlich hatte weder sie noch Felix (wenn sie jetzt, so brüsk mit dem väterlichen Holzhammer darauf hingewiesen, darüber nachdachte, musste sie sich eingestehen, dass sie das eigentlich nur von sich mit Sicherheit wusste) bisher daran gedacht, mehr als nur Küsse auszutauschen. Er hatte noch nicht einmal seinen Händen erlaubt, auf Erkundungskurs zu gehen. Ja, vermutlich (aber was weiß man schon?) hatte er noch nicht einmal daran gedacht.

Und dann kam ihr Vater mit so etwas daher!

„Ich weiß wirklich nicht, wovon du da redest!" *Und ob ich das weiß, aus einem Film, den ich letztens sah, aber das binde ich dir jetzt ganz sicher nicht auf die Nase!* „Dann ist's ja gut, Schnuckelchen! Vergiss bitte das Gespräch, okay? Versprich mir nur, dass du zu mir kommst, wenn du ... bevor du ... okay?"

Sie sah ihn wütend an, ohne noch etwas zu erwidern und rannte davon. Ihre Antwort war der für ihren Vater regelrecht befreiende Knall, den die Türe machte, als sie diese ins Schloss warf.

Als sie Felix davon erzählte – sie hatte kurz darüber nachgedacht, dieses Gespräch tief in sich zu vergraben und nie wieder an die Oberfläche zu holen, sich dann aber anders entschieden, weil es eben auch Felix betraf – schaute dieser so dämlich drein, dass sie laut lachen musste.

„Jetzt schaust du drein wie Stan Laurel aus *Dick und Doof*!", gluckste sie.

Dass Felix daraufhin, ohne das absichtlich zu tun, sich mit der rechten Hand am Kopf kratzte, wobei er ein ziemlich ratloses Gesicht machte, entspannte die Situation vollends. Es dauerte Minuten, bis Annabell sich wieder halbwegs gefangen hatte, sodass er sie endlich küssen konnte.

Und diesmal begannen seine Hände, als hätte *sie* ihn erst auf diese Idee gebracht, auf Forschungsreise zu gehen. Als sie dabei einige der von textilen Wachposten geschützten Grenzen überschreiten wollten, wurden sie von Annabell sanft aber bestimmt daran erinnert, dass die entsprechende Einreisebestimmung durchaus restriktiv gehandhabt wurde, und dass das dafür nötige Visum noch nicht erteilt worden war.

*

Marco saß wieder in „seinem" Hochstand und beobachtete das Haus. Der Pfarrer war schon vor etwa zweieinhalb Stunden in Richtung Stadtzentrum losgefahren, aber der andere Mann, der Vater des Mädchens, war ebenso wie das Mädchen im Haus, was einen Zugriff natürlich ausschloss. Der Typ war Bäcker, wie Marco und Beat herausgefunden hatten, und das war absolut scheiße. Es bedeutete nämlich, dass er morgens nach Hause kam und den ganzen Tag im Haus war. Vermutlich schlief er zwar am Vormittag, aber was half das, wenn man darauf angewiesen war, das Opfer alleine anzutreffen? Die Order von Kardinal Scamponi war eindeutig: Es musste ein Unfall sein, ohne jeden Verdacht auf äußere Gewalteinwirkung.

Frustriert beschloss Marco, die Beobachtung jetzt abzubrechen, in sein Hotelzimmer zurückzufahren und dort mit Beat das weitere Vorgehen zu besprechen. Besprechen? Lustig! Er würde reden und Beat bestenfalls hie und da zustimmend grunzen oder ablehnend den Kopf schütteln.

Es war 11:25 Uhr, als er in seinen Wagen stieg und den Motor anließ. In gut zehn Minuten wäre er zurück im Hotelzimmer, also zeitig genug, um sich ein ordentliches Mittagessen genehmigen zu können. Er hatte tatsächlich einen Bärenhunger.

*

Nur in Actionfilmen steht die Kommandoeinheit mit Helmen und schusssicheren Westen vor der Tür des zu Verhaftenden, sprengt diese mit einer modernen Version eines mittelalterlichen Rammbocks auf, stürmt hinein und brüllt alle zwei Meter „Clear". In Wels lief das 1977 etwas weniger spektakulär ab. Nachdem sich Leutnant Blumenschein an der Rezeption erkundigt hatte, in welchem Zimmer die Zielperson untergebracht war, gingen die vier Polizisten ohne viel Aufhebens über die Treppe in den ersten Stock und klopften an die Tür zu Zimmer dreizehn.

Beat wusste auch nicht, was in solchen Actionfilmen üblich ist und sprang nicht sofort entsetzt über den Balkon in die Tiefe, um sicherheitshalber in einer Mülltonne mit Essensresten zu landen, sondern er öffnete die Tür, ohne durch einen Spion zu blicken, den es eben auch nur in diesen Actionfilmen aber nicht in Welser Hotels gibt. Es konnte nur Marco sein, der da klopfte. Der hatte wohl wieder einmal keine Lust, in seiner Jacke nach dem Schlüssel zu suchen.

Er war erstaunt, als er die vier Uniformierten sah. Statt etwas zu sagen, blickte er sie nur wortlos mit einem großen Fragezeichen in seiner Miene an.

„Sind Sie Marco Müller?"

Beat schüttelte wortlos den Kopf und schickte sich an, die Türe wieder zu schließen, als Blumenschein – und jetzt kam doch noch ein Filmklischee zum Einsatz – seinen Stiefel in den Türspalt stellte.

„Dann werden wir hier auf Herrn Müller warten, wenn es Ihnen nichts ausmacht!"

Beat überlegte kurz. Sie würden sich wohl auch kaum davon abhalten lassen, *wenn* es ihm etwas ausmachte und er das klarstellte. Also wozu sinnlos einen Aufstand machen? Er zog stattdessen die Tür auf und ging ohne ein Wort ins Zimmer zurück, wo er sich wieder auf die alte Couch setzte und die Zeitung in die Hand nahm. Ein Glück, dass Marco immer darauf bestand, alle Unterlagen ins Auto zu verräumen, um im Falle des Falles schnell flüchten zu können und keine Spuren zurückzulassen. „Und wegen der Putzfrau", wie er sagte. Es lag daher nichts Belastendes herum.

„Sind Sie stumm? Oder wollen Sie nur nicht reden?", begann Blumenschein eine Unterhaltung. Jedenfalls versuchte er es.

Beat schüttelte den Kopf und dann nickte er. Es waren schließlich zwei Fragen gewesen.

„Also was jetzt?", verlor der Leutnant langsam seine Geduld. Man musste ihn nicht über die Maßen reizen, fand Beat.

„Nein und Ja."

„Was *nein* und *ja*?"

„Die Antworten auf Ihre Fragen."

Das klang irgendwie nicht nach einem Deutschen, auch wenn man das aufgrund weniger Worte kaum mit Sicherheit feststellen konnte, dachte Blumenschein. Aber das würde er ihm schon noch austreiben, dieses provokante Schweigen. Vielleicht war es besser, damit zu warten, bis sie im Vernehmungsraum waren. Den Heimvorteil ausnutzen sozusagen.

„Damit Sie auf keine dummen Ideen kommen: Sie sind vorerst festgenommen. Verdacht auf widerrechtliches Betreten, Sachbeschädigung und Tierquälerei." Und mit einem Blick zu einem der drei Kollegen: „Mike, leg ihm Handschellen an!"

Beat überschlug seine Optionen. Mit diesen vier Kasperln wäre er vermutlich fertig geworden, aber ganz sicher war das nicht. Und dann? Marco war nicht da, das Auto war nicht da, was eine erfolgreiche Flucht mehr als fragwürdig erscheinen ließ. Und eventuell standen unten noch weitere Beamte, auch wenn er diesen Dilettanten das eigentlich nicht zutraute.

Er hielt dem angesprochenen Polizisten die Hände hin. Nach vorne. Der legte ihm die Handschellen an, wobei er scheinbar keine Sekunde daran dachte, dass man dies normalerweise mit den Händen am Rücken macht. Immerhin, das erlaubte ihm im Falle des Falles eine gewisse Bewegungsfreiheit. Beat fand, dass er damit aus der verzwickten Lage noch das Optimum herausgeholt hatte.

„Sepp, du postierst dich unten an der Hintertür. Nur zur Sicherheit. Und lass das Funkgerät eingeschaltet."

Der angesprochene Polizist nickte und ging, wobei er das Funkgerät erst einschaltete, als er außer Sicht war. Verdammt, verdammt, darauf vergaß er immer wieder. Lag ja auch nur daran, dass diese scheiß Batterien immer so schnell leer waren. Da schaltete man das Ding eben lieber aus, anstatt sich mit der blöden Kuh an der Warenausgabe herumzuschlagen. Jedes Mal ein Formular auszufüllen, nur weil man neue Batterien für den Funk brauchte, das nervte echt. Vor allem, wenn die blöde Tusse mal wieder Krach mit ihrem Mann gehabt hatte. Dann war das Trampel nicht nur stur sondern regelrecht bösartig.

*

Marco fiel der grüne Volkswagen-Polizeibus sofort auf, als er seinen Wagen vor dem Welser Hof parken wollte. Dass jemand im Bus saß, konnte er allerdings nicht sehen, weil Severin hinter den abgedunkelten Scheiben kaum zu erkennen war. Statt seinen Wagen abzustellen, fuhr Marco weiter und parkte in einer Seitengasse der Schauerstraße. Dann suchte er sich eine Telefonzelle, warf ein paar Schillinge ein und wählte direkt auf ihr Zimmer durch.

Es läutete drei Mal, bevor der Hörer abgenommen wurde.

*

Blumenschein war unvorbereitet, als das Telefon läutete. Er musste blitzartig entscheiden, was zu tun war. Und das tat er.

„Abheben. Wenn das Ihr Kollege ist und Sie ihn warnen, wird es Ihnen leidtun. Sagen Sie ihm, er soll raufkommen. Kein Wort weiter, dann legen Sie auf!"

Beat nahm den Hörer mit beiden Händen und hielt ihn an seine rechte Wange.

„Hallo?"

„Alles in Ordnung, Beat? Die Polizei steht vor der Türe. Wenn sie bei dir sind, dann räuspere dich."

Beat räusperte sich und sagte dann: „Ja, ich bin im Zimmer. Komm rauf!" Dann legte er auf.

„Gut gemacht!", nickte Blumenschein. „Wir warten."

Mal sehen wie lange, dachte Beat, lehnte sich zurück und ließ seine Daumen kreisen. Hoffentlich nicht zu lange, er hatte schon ziemlichen Hunger, fürchtete allerdings, dass er so schnell nichts dagegen würde tun können. Er unterdrückte ein Lächeln, als ihm klar wurde, dass das jetzt wohl eines seiner kleineren Probleme wäre.

*

Marco ging zum Auto zurück. Er widerstand dem Drang zu laufen nur mit Mühe. Er stieg ein und bog in die Schauerstraße ein, fuhr weiter Richtung Herrengasse und dann über den Ring stadtauswärts. In der Salzburger Straße stellte er seinen

Volkswagen ab und brach einen alten Ford auf, den er innerhalb weniger Sekunden kurzgeschlossen hatte. Er wusste über dieses Modell Bescheid. Der alte Taunus hatte zwar eine Lenkradsperre, aber die konnte man mit einem kräftigen Ruck am Lenkrad brechen. Am Scheibenwischer klemmte ein regennasser Prospekt eines Rotlichtetablissements. Es hatte vorgestern das letzte Mal kurz geregnet, das hieß, das Auto stand schon zwei Tage da und würde mit etwas Glück keinem so schnell abgehen.

Er lud die paar Dinge um, die er im Volkswagen hatte, vor allem aber ihre Unterlagen über den Jungen, wischte sorgfältig alle Griffe, das Lenkrad und den Schalthebel ab, stieg in den Ford und war keine drei Stunden später unbehelligt über die Grenze am Brenner. Das Auto in Italien verschwinden zu lassen, dachte er belustigt, würde wohl das geringste Problem sein.

Während der Fahrt überlegte er, was er dem Kardinal sagen würde. *Das* war ein viel größeres Problem.

Es fiel ihm dazu nichts Zufriedenstellendes ein. Der Alte würde – mal wieder – stinksauer sein.

19

Wolfgang Pernegger saß gerade bei seiner abendlichen Jause: Most, Schwarzbrot und einem Renken Speck, der fast nur aus Fett zu bestehen schien und so versalzen und hart war, dass seine Frau dazu „Leckstein" sagte, als das Telefon klingelte. Sie hatten das neumoderne Ding noch nicht sehr lange, und es war auch nur ein Viertelanschluss, was bedeutete, dass es die meiste Zeit nicht funktionierte, zumindest nicht, wenn die Mitzi, das war die Nachbarin, zuhause war. Der Himmel wusste, was die alte Tratsche für eine Telefonrechnung haben musste!

Aber heute schien es zu funktionieren, und der alte Jäger hob, noch an einem Stück Speck kauend, ab.

„Hammo, wemmm da?"

Die Stimme am anderen Ende der Leitung stellte sich als Polizeileutnant Blumenschein vor, was den Pernegger augenblicklich veranlasste, den schlecht gekauten Speck hinunterzuschlucken und Haltung anzunehmen – schließlich hatte er noch nicht alles verlernt, was man ihm bei der Wehrmacht eingetrichtert hatte, und Respekt vor Offizieren, egal ob Militär oder Polizei, gehörte dazu.

„Jawohl. Komme ich. Morgen um neun Uhr, bei Ihnen in Wels! Jawohl!"

Fast hätte er „zu Befehl" gesagt, es sich aber dann doch gerade noch verkniffen.

„Ja, weiß ich. Dragonerstraße. Jawohl, kenne ich, Herr Leutnant."

Hatten sie den Hundequäler und Hochstandbesetzer also tatsächlich erwischt. Wolfang Pernegger spürte etwas wie ... ja, wie einen wärmenden Stolz in seiner Brust, den nur ein braver Staatsbürger kennt, der einmal in seinem Leben etwas Richtiges, etwas *Wichtiges*, korrigierte er sich, getan hat.

Der Speck schmeckte ihm an diesem Abend besonders gut. Leicht salzig war er zwar, aber auch schön fett, so wie der Pernegger das gerne hatte.

*

Aus diesem Beat Kempff war nichts herauszubekommen. Seinen Namen kannte man, ja, und dass er angeblich aus einem kleinen Nest am deutschen Ufer des Bodensees käme, aber das war dann auch schon so ziemlich alles. Eine Erkundigung bei den durchaus hilfsbereiten, wenn auch etwas hochnäsigen deutschen Kollegen, ob er als RAF Terrorist gesucht wurde, brachte jedenfalls kein Ergebnis. Nun, das musste nichts heißen, das Bundeskriminalamt gab ja selbst zu, die meisten der Terroristen, vor allem die aus der zweiten und dritten Reihe der Fraktion, nicht namentlich zu kennen. Die kochten auch nur mit Wasser, diese Piefkes!

Leider hatte Beats Kumpan offensichtlich Lunte gerochen und war gar nicht erst aufgetaucht. Blumenschein war sich ziemlich sicher, dass ihn dieser Beat trotz des kurzen Telefonats, bei dem er sich genau an seine Anweisungen gehalten hatte, irgendwie hatte warnen können. Vermutlich war es aber eher kein Wort, das er sagte, als vielmehr ein Wort, das er hätte sagen müssen aber wegließ. Wenn das so war, dann waren die beiden Profis. Eine Schlussfolgerung, die dem Leutnant nicht gefiel.

Nachdem sie eine halbe Stunde vergeblich in diesem spartanisch eingerichteten Hotelzimmer gewartet hatten – Blumenschein war so langweilig geworden, dass er begonnen hatte, die Blüten auf der Tapete zu zählen – befand der Leutnant, dass die Aktion keine weiteren Erfolgsaussichten hätte und gab den Befehl, den Gefangenen nach Wels zu schaffen, um ihn dort in Ruhe verhören zu können.

Was wie erwähnt genau gar nichts brachte. Ein in Salz eingelegter Stockfisch war gesprächiger als dieser Kerl.

Daher hatte Blumenschein in Anwendung guter, alter kriminalistischer Standardmethoden beschlossen, den Burschen mit dem alten Jäger, der ja den „Mord" an diesem Hund beobachtet hatte, zu konfrontieren. Vielleicht würde ihm das die Zunge lösen, angesichts der überwältigenden Beweislast, wie die es beim Kojak – er mochte die Serie mit Telly Savalas sehr – immer so eloquent nannten. Er wünschte, er hätte die telepathischen Fähigkeiten dieses Mausbibers aus den Perry Rhodan

Romanen besessen! Dann würde er dem Knaben einfach ins Gehirn schauen, und der Fall wäre gelöst. Das wäre mal was für eine Karriere als Kriminalpolizist!

Aber für heute reichte es. Den Kerl die ganze Nacht weich zu klopfen, das wäre angesichts der nicht allzu bedeutenden Schwere der Tat wohl doch übertrieben gewesen. Und hätte ihn den Kojak von heute Abend gekostet. Einer dieser neuen Videorekorder, ja, das wär's, überlegte er sich. Es gab ja sogar schon solche Geräte zu kaufen, aber die waren noch ziemlich teuer. Jedenfalls, wenn man nur ein kleines Polizistengehalt bezog.

Also ließ Blumenschein den Burschen nach der erkennungsdienstlichen Erfassung in eine Zelle sperren und machte sich auf den Heimweg. Morgen nach der Vernehmung würde er entscheiden, ob er Untersuchungshaft beantragen würde oder nicht. Vermutlich würde er mit einer Geldstrafe davonkommen, zumindest, wenn sich der Terrorismusverdacht nicht erhärtete.

In der heutigen Folge seines Lieblingskrimis ging es um einen fanatischen, mörderischen Priester, der seine Opfer nach der Beichte verfolgte und um die Ecke brachte, wenn diese etwas Schlimmeres angestellt hatten, als eine Zeitung ohne zu Bezahlen aus der Verteilerbox zu nehmen. Sozusagen ein Richter und Henker in eigener Sache. Das gefiel ihm gar nicht, er hielt viel von einem funktionierenden Rechtsstaat.

Blumenschein, ein gläubiger Katholik, fand es ziemlich überdies provokant, Mitglieder der heiligen Mutter Kirche so schamlos durch den Dreck zu ziehen.

Und dann, und das ärgerte ihn als Polizisten besonders, hatte sich dieser Priester auch noch der Verhaftung und Verurteilung entzogen und den armen Kojak um seinen Erfolg gebracht, indem er sich, in kitschiger Erfüllung eines filmischen Klischees, vom Glockenturm in die Tiefe stürzte. Entzückend, Baby!

Glücklicherweise passierte so etwas aber nur in diesen amerikanischen Filmen.

*

Als das Alkoholproblem zu eskalieren drohte, war Hermann in seiner Verzweiflung nahe daran gewesen, den Job hinzuschmeißen. Dann hatte ihm der liebe Gott diesen Pater geschickt. Es musste einfach so gewesen sein. Der hatte ihn damals im Dienst mit der Flasche am Mund erwischt, und da hatte Hermann fix damit gerechnet, dass dieser Pfaffe nun Meldung machen und er suspendiert werden würde. Alkohol im Dienst war eines der Dinge, das der Polizeichef von Wels absolut nicht leiden konnte. Okay, wenn einmal einem Kollegen der Geduldsfaden riss und er einen Gefangenen *physisch forciert vernahm*, wie der interne Euphemismus lautete, dann blickte man weg. Also beim ersten Mal jedenfalls. Und vielleicht auch noch das zweite oder dritte Mal.

Aber sobald Alkohol im Spiel war, hörten sich Spaß und Verständnis beim Boss auf.

Severin hatte zwar nicht weggeblickt, aber er hatte auch keine Meldung gemacht. Dafür hatte er bei Hermann etwas gut. Zumal er ihm dann einen Platz bei den anonymen Alkoholikern vermittelt hatte, wo Hermann seine Sucht in den Griff zu bekommen schien. Etwas, das auch seiner angeschlagenen – nein, seiner beinahe schon vollständig zerstörten – Ehe gutgetan hatte. Ja, seine Frau schlief sogar wieder mit ihm. Und es war besser, als es je gewesen war.

Daher freute sich der mit dem Nachtdienst betraute Justizwachebeamte aufrichtig, als der Pater ihn um diese kleine Gefälligkeit bat. Mehr war es ja auch wirklich nicht. Er wollte ein paar Minuten mit dem Gefangenen alleine reden. Das könne zwar auch bis morgen warten, hatte der Pater gemeint, aber, naja, besser wäre es schon, die paar Fragen gleich zu klären. Ohne dass das jetzt unbedingt in den Verhörprotokollen aufschiene. Wie es ihm jetzt gehe? Ob er seit dieser ... hmm, Angelegenheit ... wieder einmal getrunken habe? Nein? Das freue ihn aufrichtig! Übrigens könne Hermann ja ruhig eine Zigarette rauchen gehen, während er mit dem Gefangenen im Verhörraum sitze. Nun, eigentlich müsse es gar nicht der Verhörraum sein. Die Zelle reiche vollkommen, und da brauche man dann auch nicht extra irgendeinen Papierkrieg führen, nicht wahr? Wie geht es der Gattin? Freue sie sich, dass der Alkohol Vergangenheit wäre?

Ach ja – sein Ziehsohn wolle unbedingt den Mann sehen, der seinen Hund ... ginge doch, oder? Er werde schon aufpassen! Der Junge sei ja auch erst dreizehn, in dem Alter müsse man solche Dinge aufarbeiten und abschließen.

Fünf Minuten später betraten Severin und Felix Beats Zelle, nachdem der Beamte ihn vorher mit Handschellen an den in der Wand eingelassenen Ring gekettet hatte. Kleiner Gefallen hin oder her – das Risiko, dass der Gefangene einem der beiden etwas antat, musste man trotzdem nicht eingehen! *Den* Papierkrieg brauchte niemand.

Als Hermann die Zelle von außen geschlossen und sich entfernt hatte – er rauchte zwar nicht, hatte aber den Wink durchaus verstanden – setzte sich Severin rittlings auf den einzigen Stuhl in der Zelle und holte eine kleine Plastikschachtel aus der Manteltasche, die er auf den kleinen Tisch vor Beat stellte, während Felix sich wortlos hinter Severin stellte.

Beat sah zuerst auf Severin, dann auf Felix. Severin glaubte, etwas wie Angst in seiner Miene erkennen zu können.

„Hast du den Hund ertränkt oder war das dein Freund, der dich ja leider im Stich gelassen hat?"

Beat schwieg.

„Das habe ich mir schon gedacht, mein Lieber. Ich werde dir jetzt etwas zeigen, vielleicht überlegst du es dir dann anders und antwortest doch."

Er holte aus der Schachtel einen offenbar quicklebendigen Regenwurm und legte ihn mit Daumen und Zeigefinger auf den Tisch.

„Felix hat – und ich weiß, dass du das weißt – gewisse ... *Kräfte*. Aber vielleicht ist dir ja noch nicht ganz klar, welche. Felix!"

Der Junge trat neben Severin und berührte den Regenwurm mit dem Zeigefinger für zwei oder drei Sekunden, wobei er seinen Blick auf Beat heftete. Dieser konnte nicht anders als zuzusehen, wie der Wurm innerhalb weniger Sekunden völlig vertrocknete. Nach einer halben Minute sah er aus, als hätte er einen vollen Tag in einem Solarium verbracht.

„Weißt du, Beat – das ist doch dein Name, oder? Nun, Felix' Gabe wirkt bei niederen Lebensformen nicht annähernd so gut wie bei höher entwickelten. Würdest du dich als höher entwickelt betrachten? Zumindest höher entwickelt als ein Regenwurm?"

Beat schluckte, schwieg aber immer noch.

„Ich frage dich jetzt ein letztes Mal, und ich würde dir raten zu antworten. Wir sind nämlich offiziell gar nicht hier. Wenn du morgen vertrocknet oder innerlich verblutet auf der Pritsche liegst, wird man sich das nicht erklären können. Aber groß Fragen stellen, das wird deswegen auch niemand. Also:

Wer schickt euch?"

Keine Antwort.

„Fein. Er zieht es also vor, dass ihm nach der Reihe alle Adern in seinem Körper platzen, ehe er seinen Auftraggeber verrät. Übrigens ein grässlicher, schmerzhafter, langsamer Tod. Zuerst platzen die kleineren Gefäße, zum Beispiel in den Augen. Dann vielleicht im Gehirn, was fürchterliche Kopfschmerzen zur Folge hat. Oder in der Lunge, worauf du zugleich glaubst zu ersticken und zu ertrinken. Außer du hast viel Glück und es zerreißt dir vorher die Aorta, dann füllt sich dein Bauch mit Blut und quetscht dir den Darm und die inneren Organe, während dir aus Sauerstoffarmut im Gehirn die Sinne schwinden. Und das Traurigste ist, dass deine Mutter daran zerbrechen wird. Ich nehme einfach mal an, du hast noch eine Mutter?"

Das kurze Aufblitzen in Beats Augen zeigte Severin, dass er den wunden Punkt erwischt hatte. Seine Stimme war ausdruckslos und nüchtern als er sagte:

„Sie wird glauben, Gott wolle sie strafen. Felix, du darfst deinen Hund jetzt rächen."

Felix machte einen Schritt auf Beat zu und hob langsam die Hand. Sein Gesicht war reglos, was Beat mehr Angst machte, als wenn er Hass darin gesehen hätte. Genau genommen machte es ihm sogar eine Heidenangst. Kein Zweifel, der kleine Teufel würde nicht eine Sekunde zögern. Beat wich unwillkürlich auf dem Bett zurück, bis sich die Kette der Handschellen spannte.

„Halt, bitte nicht! Es war Kardinal Scamponi. Er hat uns geschickt."

„Ihr solltet Felix töten?"

Beat senkte den Kopf und nickte kaum merklich.

„Warum?"

Beat schwieg. Felix machte einen erneuten Schritt auf ihn zu. Die Kette der Handschelle war jetzt straff gespannt.

„Nun?"

Severin hatte sein Kinn auf die gefalteten Hände über der Stuhllehne gestützt und lächelte Beat an.

„Wir sind die Wächter. Es ist unsere Aufgabe, die Welt vor den Verfluchten zu schützen."

Severin seufzte, erhob sich und nahm Beats Hand in seine, als wolle er ihm priesterlichen Trost spenden.

„Felix lässt dich unter zwei Bedingungen leben. Du erzählst niemandem von unserem Gespräch und du wirst niemals wieder versuchen ihm etwas anzutun. Schwörst du das?"

Beat nickte. „Ich schwöre es."

Severin nahm wischte die vertrockneten Überreste des Regenwurms in die Schachtel und stand auf.

Beat atmete auf, als sie die Zelle verließen. Er würde seinen Schwur halten. Ganz sicher!

Allerdings würde er das.

*

„Alles klar?", wollte Hermann wissen.

„Danke Hermann! Alles erledigt. Bitte überzeuge dich, dass er putzmunter und unverletzt in seiner Zelle sitzt. Es gab keine Probleme. Und – wir waren nie hier, ja?"

Hermann nickte.

„Wer soll hier gewesen sein?"

Severin lachte.

„Wir verstehen uns."

Als sie gegangen waren, ging Hermann in die Zelle und kettete den Gefangenen los, der zu seiner Verwunderung tatsächlich völlig unverletzt war. Er hatte eigentlich damit gerechnet, dem Leutnant morgen das eine oder andere blaue Auge mit einem unglücklichen Sturz in der Zelle erklären zu müssen.

Das Losketten war alleine nicht ganz ungefährlich, aber Hermann wusste, wie man so etwas machte. Er warf dem Gefangenen den Schlüssel zu und trug ihm auf, die Handschelle zu lösen und samt Schlüssel auf den Boden zu legen, wobei er die Waffe auf ihn gerichtet hielt. Dann musste sich der Gefangene auf das Bett legen und die Arme im Nacken verschränken, während er die Handschellen und den Schlüssel an sich nahm, die Zelle verließ und sorgfältig versperrte.

Der Gefangene schwieg die ganze Zeit, wie immer. Hermann konnte auch sonst keine Veränderung an ihm feststellen.

Aber er war auch kein Arzt. Dem wäre vielleicht aufgefallen, dass die Augen des Gefangenen gerötet waren, als wenn dort kleine Äderchen geplatzt wären.

*

Als sich Wolfgang Pernegger am nächsten Morgen, überpünktlich schon um 8:40 Uhr, beim Portier meldete, nun ja, er wäre von Leutnant Blumenschein bestellt, war dieser noch beim Morgenkaffee. Kurz darauf holte er seinen Zeugen an der Pforte ab.

„Sie sind sehr pünktlich, danke! Möchten Sie einen Kaffee oder können wir gleich?"

Der Pernegger war nervös, als hätte er selbst etwas ausgefressen. Blumenschein kannte diese Reaktion von Leuten, die sonst nie mit der Polizei zu tun hatten zur Genüge. Er bot seinem Zeugen an, kurz Platz zu nehmen und ging zu seinem Kollegen, damit dieser den Gefangenen und vier andere Gefangene in den Gegenüberstellungsraum brächte. Wenn wir das machen, dann richtig, dachte sich Blumenschein. So, wie das der Kojak immer macht!

„Ja, wissen Sie das noch gar nicht, Herr Leutnant?", fragte der junge Kollege sichtlich überrascht. „Als wir dem Gefangenen heute um sieben das Frühstück bringen wollten, lag der tot in der Zelle. Schlaganfall oder Gehirnblutung, sagt der Arzt. Aber genau wisse man das erst nach der Obduktion."

„Was? Wieso sagt mir das keiner von euch Volltrotteln? Wer hatte Nachtdienst?"

„Der Hermann. Aber der sagt, um zehn, kurz vor Lichtaus, hätte er mal nachgesehen, da wäre er noch putzmunter gewesen."

Um den Fall abzuschließen, zeigte der wütende Leutnant Blumenschein dem verdatterten Pernegger also anstelle des Gefangenen nun die erkennungsdienstlichen Fotos vom Vortag, worauf der alte Jäger den Hundemörder auch sofort erkannte. „Hundertprozentig, Herr Leutnant!", wie er sich pflichtbewusst zu versichern beeilte, wobei der Polizist jeden Augenblick damit rechnete, dass der Alte vor ihm strammstehen und salutieren würde.

Noch am selben Tag schloss er den Fall offiziell ab. Auch wenn irgendetwas in seinem Inneren immer noch der Meinung war, dass hier mehr dahintersteckte als nur ein Fall von Tierquälerei. Das passte alles nicht so richtig zusammen. So wie ein Puzzle, das nur fertig ist, weil man einige Teile mit Gewalt in die verbleibenden offenen Stellen gedrückt hat, obwohl sie eigentlich nicht richtig passten. Das Bild sah zwar auf den ersten Blick vollständig aus, aber bei genauerem Hinsehen blieben leichte Farbunterschiede und kleine Lücken.

Eine dieser Lücken war, dass niemand Anspruch auf die Leiche anmeldete und man unter dem Namen Beat Kempff zwar jemanden aus Hannover ausfindig machen konnte, der aber ganz offensichtlich mit dem Toten nichts zu tun hatte. Der betreffende Norddeutsche war nämlich schon vor zwanzig Jahren als Kleinkind an Kinderlähmung gestorben.

Schlussendlich übernahm die katholische Kirche dankenswerter Weise aus humanitären Gründen den Leichnam und setzte ihn anonym bei. So jedenfalls die offizielle Lesart.

*

Maria war bei einer Freundin. Nun, im Prinzip war es das Nachbarmädchen, aber Maria betrachtete Michaela als ihre beste Freundin.

Michaelas Mutter versorgte sie gerade mit hausgemachten Faschingskrapfen, obwohl natürlich noch lange nicht Faschingszeit war. Es war Spätsommer. Das tat dem Appetit der beiden jedoch keinen Abbruch. Nachdem jede von ihnen fünf Stück gegessen hatte, beendete Michaelas Mutter die Schlemmerei.

„Deine Mutter würde mir schön was erzählen, wenn du heute Abend Bauchschmerzen bekommst, Maria!"

Maria bekam mit Sicherheit keine Bauchschmerzen. Sie bekam nie irgendwelche Schmerzen. Sie wurde noch nicht einmal krank, selbst wenn alle Kindergartenkinder von einer Windpockenepidemie heimgesucht wurden, wie vor zwei Jahren. Nein, sie hatte in ihrem ganzen Leben noch nicht einmal einen Schnupfen bekommen. Marias phänomenale Gesundheit war vielleicht die Kompensation für ihre Fähigkeiten, hätte ihr Vater dazu gesagt, wenn man ihn gefragt hätte. Aber niemand fragte. Die Leute fragen immer nur, wenn ein Kind krank ist, aber Hand aufs Herz: Hat schon mal jemand etwas von Erwachsenen gehört, die sich über ein gesundes Kind gewundert haben?

„Ich krieg bestimmt nicht …"

Worüber sich allerdings jemand wunderte, in diesem Fall Michaelas Mutter, war, dass Maria plötzlich mitten im Satz erstarrte als hätte jemand die Zeit eingefroren, wie in diesem eigenartigen Sciencefiction Film, den sie letztens im Kino gesehen hatte.

Und dann begann das Öl im Frittiertopf überzukochen, in dem sie gerade die letzten Krapfen herausgebacken hatte.

Und der auf einer Herdplatte stand, die sie schon vor einigen Minuten ausgeschaltet hatte.

So plötzlich, wie das alles passierte, war der Spuk nach etwa zwei Minuten, in denen Michaelas Mutter den Topf vom Herd riss, wobei sie sich die Finger der rechten Hand verbrannte und sich das heiße Öl auf den Fußboden ergoss, auch wieder vorbei.

„… Bauchweh, Frau Klammer!" beendete Maria ihren Satz, als wäre für sie keinerlei Zeit vergangen. Als hätten diese zwei Minuten für sie gar nicht existiert.

Als hätte sie mit dem überkochenden Öl nichts zu tun. Was auch absurd war, wie sollte ein Kind …?

Aber etwas in Anna Klammer wusste es besser. *Spürte* es mehr als es zu wissen. Als sie am Abend desselben Tages darüber mit ihrem Mann sprach, als er hundemüde von einem anstrengenden Tag auf der Baustelle nach Hause kam, fuhr dieser ihr barsch über den Mund, worauf sie eine ihrer seltenen Auseinandersetzungen hatten.

Am Ende schalt sich Anna Klammer selbst einen Narren, so einen Unsinn überhaupt in Erwägung gezogen zu haben.

Aber das Öl *war* übergekocht. Und die Platte *war* aus gewesen. Und sie *hatte* Brandblasen auf der Handfläche.

20

Irgendwie hat das Leben immer Kompensationen zu bieten, oder? Als ich Bully verlor – ich dachte ja zuerst, er wäre ertrunken, bis mir Severin die Wahrheit mitteilte – war ich am Boden zerstört. Und was passierte? Annabell platzte in mein Leben wie ein Meteor. Im Nachhinein betrachtet war das vielleicht die glücklichste Zeit in meinem Leben. Dass wir uns später derart auseinander entwickeln würden, nachdem das Unglück passierte, hätte ich damals nicht für möglich gehalten.

Kurz nachdem der Mörder von Bully im Gefängnis an einem Gehirnschlag gestorben war, eröffnete mir Severin, dass er für einige Tage wegmüsste. Eine unaufschiebbare Angelegenheit nannte er das. Da Annabells Vater ja im Haus wohnte, könne er mich beruhigt alleine lassen. Zumal einer der beiden Attentäter – auch darüber klärte mich Severin recht offen und schonungslos auf – tot und der andere verschwunden war. „Der kommt so schnell nicht wieder", schien Severin doch mehr zu wissen, als er bereit war mir mitzuteilen.

Dass Severin bei diesem Beat etwas nachgeholfen hatte, war eine Vermutung, die für mich an Gewissheit grenzte. Er hatte zwar nicht annähernd meine Gabe, aber für einen kapitalen Gehirnschlag oder eine heftige Blutung reichte es mit etwas Konzentration allemal.

Ich genoss diese Tage mit Annabell. Wir hatten ja noch Ferien, ihr Vater war nachts arbeiten und schlief am Vormittag, und so blieb uns viel Muße für uns beide.

Sie hatte anfangs etwas Zeit benötigt, um das zu verarbeiten, was ich ihr über meine besondere Gabe mitgeteilt hatte, aber schon nach kurzem schien sie es als zu mir gehörig akzeptiert zu haben. Es gab mich eben nur als Ganzes, und diese *Gabe* war Teil des Pakets Felix. Ehrlich gesagt bewunderte ich sie für ihren Mut und ihr Vertrauen. Es musste ihr doch klar sein, dass eine kurze Berührung, bei der ich mit meinen Gedanken unachtsam war, ihr Tod sein konnte.

Aber natürlich war ich nie unachtsam. Nicht einmal, als unsere Berührungen intimer wurden. Wir waren zwar beide noch keine vierzehn aber doch schon ziemlich erwachsen, wie uns oft konstatiert wurde. Vielleicht war das ein Nebeneffekt der Dinge, die wir schon erlebt hatten. Kinder werden einfach schneller erwachsen, wenn sie ein unstetes, an Abenteuern reiches Leben führen müssen.

Nach einigen Tagen kam Severin zurück. Er sah zufrieden aus. Ich kannte ihn gut genug um zu wissen, dass ich ihn nicht zu fragen brauchte, was er getan – was er *geklärt* – hatte. Wenn er wollte, hätte er es mir gesagt. Stattdessen sprachen wir vom nächsten Schuljahr. Dem letzten in der Unterstufe. Severin bohrte ein wenig bezüglich meiner weiteren Pläne.

Ich hatte keine. Mein Plan hieß Annabell!

Severin hatte Pläne. Andere Pläne. Mit mir!

*

Kardinal Scamponi hatte getobt wie ein betrogenes Marktweib, fand Marco, als er ihm die Vorkommnisse schilderte. Kein schöner Anblick, wie auch sein Privatsekretär dachte, der sich unauffällig aus dem Zimmer schlich. Wenn der Kardinal, was selten vorkam, so richtig in Rage war, dann war für möglichst große räumliche Entfernung zu sorgen die einzig angebrachte Maßnahme.

Scamponi polterte fast eine halbe Stunde lang, wobei sein Gesicht die Farbe seiner Haare noch zu übertreffen suchte, während Marco in dieser Zeit kaum mehr als einige wenige Worte zu seiner Verteidigung murmeln konnte. Erst als der Kardinal sich etwas beruhigt hatte, bekam der Monolog endlich die Chance, zu einem konstruktiven Dialog zu werden.

„Und was, du hirnverbrannter Dauerversager, schlägst du als Nächstes vor?", wollte der Kardinal von Marco wissen, wobei er ihn mit einem immer noch wütenden Blick anstarrte.

Marco war der Auffassung, dass das eher als rhetorische Frage aufzufassen war, auf die man besser schwieg.

„Drei fehlgeschlagene Versuche! Drei! Wenn wir damit überhaupt etwas erreicht haben, dann nur, dass sie jetzt gewarnt sind. Es wird jetzt sehr, sehr schwer, an sie heranzukommen, das ist dir doch klar, oder?"

War das wieder eine rhetorische Frage? Marco entschied sich für ein Nein. Das war eine eindeutige Nicken-oder-Kopfschütteln-Frage. Marco nickte, wobei er seine zerknirscht-demütige Büßerhaltung schon einigermaßen strapazieren musste, um den Kopf noch das dafür nötige Stück weiter senken zu können.

„Als erstes brauchen wir Ersatz für Beat. Und ich muss seinen Eltern einen Kondolenzbrief schreiben. Der Leichnam wurde natürlich nicht in Österreich anonym beigesetzt. Wir lassen ihn in die Schweiz überführen. Gehirnschlag! Das passt genau ins Bild. Wobei der Junge angeblich nie Kontakt zu ihm hatte. Entweder die österreichische Polizei lügt, oder es war wirklich ein Schlaganfall. Was glaubst du?" Wieder starrte er ihn an. Nein, durch ihn hindurch.

Marco fasste etwas Mut. „Es gibt noch eine dritte Möglichkeit, Exzellenz. Die mir allerdings auch nicht gefällt."

„Und die wäre?" Der Kardinal schenkte sich ein Glas Rotwein aus der auf seinem alten Eichentisch immer bereit stehenden Karaffe ein, wobei er dachte, dass das bei seinem derzeitigen Blutdruck auch schon keinen Unterschied mehr machen würde.

„Ein weiterer Verfluchter."

Das Rotweinglas zerbrach, als der Kardinal es auf den Tisch knallte, und auf dem Schreibtisch bildete sich augenblicklich eine kleine, purpurrote Pfütze. *Wie Blut*, dachte Marco unwillkürlich. Der Kardinal ignorierte die sich ausbreitende Sauerei und blickte Marco mit einem Ausdruck entsetzter Überraschung an.

Marco ließ seine Aussage wirken, bevor er fortfuhr. Er hatte jetzt die ungeteilte Aufmerksamkeit des Kardinals. Der Rotwein hatte die Schreibtischkante erreicht und begann in einem dünnen Faden auf den polierten Parkett zuzusteuern.

„Es ist eine Idee, die eigentlich durch nichts untermauert ist, aber ... nun, eigentlich ist es eher ein Gefühl."

Der Kardinal kannte Marco lange genug, um zu wissen, dass er sich auf dessen Spürnase im Normalfall verlassen konnte. Fehlschläge bei operativen Einsätzen hin oder her. Daran änderte auch sein momentaner Zorn nichts.

„Nur zu, sprich weiter! Ich hatte ja auch schon so eine Vermutung. Wäre interessant zu hören, ob sie deiner entspricht."

Er füllte ein weiteres Glas, während der dünne Faden des zu Boden tropfenden Weines zerriss und sich zu dicken, einzelnen Tropfen reduzierte. Erst jetzt schien der Kardinal die Bescherung zur Kenntnis zu nehmen und klingelte nach dem Kammerdiener.

Scamponi nahm einen großen Schluck des wirklich ausgezeichneten Nebbiolos. Natürlich hatte der Kardinal keine Vermutung, aber dafür hatte er viel Erfahrung in Gesprächsführung. Seine Anmerkung würde einerseits Marcos Zunge lösen und andererseits, falls dessen Vermutung vernünftig war, ihn selbst als mindestens ebenso intelligent dastehen lassen. Als der Kammerdiener eintrat, nickte er nur kurz in Richtung des zerbrochenen Glases und des verschütteten Weines und heftete seinen Blick dann erneut auf Marco.

„Wir haben doch damals diesen Verfluchten ‚verloren', wie Sie sicher noch wissen, Exzellenz. Einfach verschwunden, der Kerl."

Der Kardinal nickte und ahnte jetzt wirklich, worauf Marco hinauswollte.

„Weiter."

Marco sah fragend in Richtung des Dieners. Der hatte bereits das Gröbste beseitigt.

„Du kannst den Rest später saubermachen, Paolo!"

Dieser nickte und entfernte sich aus der Gefahrenzone, so schnell es seine priesterliche Würde gestattete. Bloß keine Fragen, wenn der Alte so gelaunt war! Wenige Sekunden später schloss sich die dicke Eichentür mit einem leisen Knarren.

„Nun, ich habe irgendwie das Gefühl, dass der Pfarrer, der sich seit Jahren um den Jungen – äh, um den Verfluchten – kümmert, nun ja, er trägt meistens Handschuhe! Und er ist Seelsorger im Gefängnis, wo Beat inhaftiert war!"

Der Kardinal stellte das Glas ab, diesmal sorgsam, um dieses nicht auch noch zu zerbrechen, und beugte sich vor. Er sah Marco an und spielte seinen Trumpf aus.

„Ich sehe, wir hatten die gleiche Idee."

Marco atmete erleichtert aus und entspannte sich. Der Kardinal schenkte ihm ein Glas Wein ein.

„Welche Vorschläge hast du, um mit dieser Situation umzugehen? Nur, wenn es sich so verhält, wie wir vermuten, natürlich."

Marco erläuterte ihm seinen noch wenig ausgereiften aber trotz allem teuflischen Plan.

*

Als Severin der Anruf seines Bischofs erreichte, war er kaum überrascht. Unterbewusst hatte er schon mit so etwas gerechnet. Und wenn er jetzt darüber nachdachte, war das vollkommen logisch. Mindestens zwei Versuche des Vatikans, oder zumindest einer Gruppe innerhalb des Vatikans, seinen Zögling aus dem Verkehr zu ziehen, waren fehlgeschlagen. Man musste also zwangsläufig auf eine Alternative ausweichen.

Das Amtszimmer des Bischofs war stilvoll aber ohne Liebe eingerichtet, dachte er, während er sich, in diesem unbequemen Chippendalesessel sitzend, anhörte, was ihm der Bischof mitzuteilen hatte.

Dieser war ein bereits ziemlich alter Mann mit einem gütigen Gesicht, in dem Severin beim besten Willen keinen üblen Zug ausmachen konnte. Nein, der wusste mit Sicherheit nicht Bescheid. Severin entschied, es dabei zu belassen. Nach einigen Minuten des üblichen Smalltalks kam der Bischof endlich zur Sache.

„Mein lieber Pater Severin! Ich habe hier eine Note des Vatikans, von einem Kardinal Scamponi, dessen Name mir bis vor kurzem zugegebenermaßen gar nicht geläufig war, in der er mich ersucht, Sie nach Rom zu schicken."

Der Bischof blickte auf und sah Severin an.

Die Ratten kriechen aus ihren Löchern, dachte Severin.

„Über den Grund, um Ihrer Frage zuvorzukommen, die ich in Ihrer Miene lese, lässt er sich leider nicht aus. Ich gestehe, dass mich der Herr gnädigerweise, sozusagen als Prüfung, unter anderem auch mit der Schwäche der Neugier geschlagen hat. Können Sie sich einen Grund vorstellen, was ein römischer Kardinal ausgerechnet von Ihnen möchte?"

Von Ihnen unbedeutendem, kleinen Priester, hast du vergessen hinzuzufügen, dachte Severin.

Severin schüttelte den Kopf. „Ich habe ehrlich keine Ahnung, Eminenz!"

„Nun, dann werde ich mich wohl bis zu Ihrer Rückkehr gedulden müssen, nicht wahr? Seine Exzellenz erwähnte noch, dass man Sie umgehend in Rom erwarte. Das heißt also ..."

„... dass ich morgen aufbreche, Eminenz."

Der Bischof nickte. „Wenn es Ihnen möglich ist. Wer passt einstweilen auf Ihren Zögling auf? Sie könnten ihn natürlich gerne in meine Obhut geben, falls Sie niemanden haben. Strenggenommen ist ja die heilige Mutter Kirche sein Vormund, wie Sie wissen."

„Eminenz, danke für Ihr großzügiges Angebot. In meinem Haus lebt aber noch eine Familie, das heißt, ein Vater mit seinem Kind (dass es sich dabei um ein Mädchen handelte, verschwieg Severin), der für die paar Tage sicherlich einspringen kann. Dann muss ich Felix nicht aus seiner gewohnten Umgebung reißen."

„Natürlich, Pater! Dann ist also alles geklärt? Sie reisen morgen mit dem Zug."

Severin stand auf und deutete eine Verbeugung an.

Der Bischof trat zu ihm, fasste ihn mit beiden Händen an den Schultern und deutete auf jede Wange einen Bruderkuss an.

„Gute Reise, Pater!"

„Danke, Eminenz!"

*

Der Hinweis, dass Mutter Kirche der eigentliche Vormund des Jungen war, bereitete Severin, der das immer verdrängt hatte, Sorgen. Das bedeutete, wenn man ihn aus dem Weg räumte, hätte die Kirche uneingeschränkten Zugriff auf Felix. In Kombination mit der Einladung durch den Kardinal, der wohl nicht wusste, dass Severin aufgrund der Aussage von Beat Kempff, oder wie der Attentäter auch immer geheißen haben mochte, über den Kardinal im Bilde war, war die Situation höchst bedenklich. Sie mussten gar nicht Felix beseitigen, jedenfalls nicht gleich. Es reichte, wenn sie ihn, Severin, loswurden!

Er würde gewisse Vorkehrungen treffen.

Severin setzte sich, als er wieder zuhause war, an seinen Schreibtisch, ein einfaches und preisgünstiges Massenprodukt aus Spanplatten, mit dem Eichentisch des Kardinals nicht zu vergleichen, und begann einige Schriftstücke zu verfassen.

*

Leutnant Blumenschein war vom aktuellen Heft enttäuscht. Der neue Autor konnte seiner Meinung nach mit der gewohnten Qualität der Heftromane nicht mithalten. Na ja, nächste Woche würde wieder ein Heft seines Lieblingsautors erscheinen.

Zudem war er ziemlich verwirrt, weil er in der Post einen Brief von Pater Severin mit einem Schließfachschlüssel gehabt hatte. Der Inhalt war reichlich geheimnisvoll, fand er:

Sg. Hr. Leutnant, lieber Freund!

Sie finden in diesem Brief einen Schlüssel, der zu einem Schließfach am Hauptbahnhof passt.

Ich muss kurzfristig verreisen und habe Grund zu der Annahme, dass mir auf dieser Reise etwas zustoßen könnte. Vielleicht bin ich auch nur paranoid, aber an der Sache mit dem toten Hund scheint doch mehr dran zu sein, als wir alle glaubten.

Falls ich von dieser Reise nicht mehr zurückkehren sollte (und nur dann!), egal ob aufgrund eines Unfalls oder aus welchen anderen Gründen auch immer, öffnen Sie bitte das Schließfach umgehend und ziehen Ihre Schlüsse!

Falls ich zurückkehre, war es wohl wirklich nur Paranoia. Dann wäre ich Ihnen dankbar, wenn Sie mir den Schlüssel zurückgäben und mich nicht für restlos verrückt hielten!

Bitte vernichten Sie diesen Brief in jedem Fall, nachdem Sie ihn gelesen haben!

Ihr Freund

Pater Severin

Wenn das nicht kryptisch war, dann war eine Invasion der Erde durch übergewichtige galaktische Händler auch nichts Unvorstellbares, fand Blumenschein und steckte den Schlüssel in sein Portemonnaie, bevor er den Brief zerriss und die Schnipsel in den Papierkorb warf.

21

In Innsbruck, wo Severin in den Zug nach Rom umsteigen musste, herrschte wie so oft Föhn. Severin war nicht wetterfühlig, aber als Marco auf dem Weg nach

Wels einige Stunden später ebenfalls in der Tiroler Landeshauptstadt den Zug wechselte, schien im fast der Kopf zu explodieren, so sehr hatte die Migräne zugeschlagen. Er nahm einige Aspirin, weil er vergessen hatte, die stärkeren Tabletten einzupacken, wusste aber genau, dass die ihm keine Erleichterung verschaffen würden. Gegen Migräne half ihm nur Tramal – ein rezeptpflichtiges Mittel, das Ärzte normalerweise nur bei Knochenbrüchen oder schwersten Schmerzen gaben. Neben dem schmerzstillenden Effekt hatte es auch den Vorteil, dass die Träume ausblieben. Und die Maden. *Wir kriegen dich! Heute hast du kein Tramal genommen. Heute kriegen wir dich!*

Severin kam am Mittwochabend am Bahnhof Termini in Rom an. Scamponi hatte ihm tatsächlich einen Chauffeur geschickt, der ihn in ein kleines Dreisternhotel brachte, dessen Zimmer zwar einfach, aber sehr sauber und modern eingerichtet waren.

„Seine Exzellenz erwartet Sie morgen um neun Uhr in seinem Arbeitszimmer im Vatikan. Ich werde Sie um halb neun abholen, Hochwürden! Am Donnerstagmorgen ist immer ziemlich viel Verkehr in Rom.", informierte ihn der Chauffeur in fast akzentlosem Deutsch, aus dem Severin einen kaum hörbaren Schweizer Akzent zu erkennen glaubte. Ein Gardist also.

„Danke Herr ...?"

„Auf Wiedersehen, Hochwürden."

Bevor er aufs Zimmer ging, rief er von der Rezeption aus zuhause an und teilte Annabells Vater mit, wo in Rom er untergebracht war und unter welcher Telefonnummer man ihn zur Not erreichen konnte.

Als Severin seinen Koffer aufs Bett warf und seine feinen Wildlederhandschuhe auszog, nahm Marco in Innsbruck gerade seine Aspirin ein.

Severins Blick fiel auf das Bild der Bergpredigt über dem Bett.

„Na, mein Lieber? Dein Fischereiverein hat es weit gebracht, was?"

Er lachte. Es war ein kaltes Lachen, und ihm wurde klar, dass sein letzter Rest Glauben irgendwann verschwunden war, ohne sich die Mühe einer Abmeldung anzutun.

*

„Annabell, möchtest du mit mir ins Bad fahren?"

Der Tag versprach sehr heiß zu werden, was wohl auch dem kräftigen Südwind geschuldet war. Der Wetterbericht, dem man 1977 glauben konnte wie einem Politiker ein Vorwahlversprechen, schien diesmal richtig gelegen zu haben.

Annabell wollte. Sie packten ihre Badesachen und stiegen in den Achtuhrfünf-ziger, der pünktlich wie immer, also mit etwa zehn Minuten Verspätung, in Richtung Welser Freibad abfuhr. Der Busfahrer blickte missmutig drein, als sie das Geld für die Karte nicht passend hatten und gab ihnen dann heraus. Es schien ihm nicht gut zu gehen, seine Augen waren nur Schlitze.

Marco, der schon eine Weile das Haus beobachtet hatte und nun kurzent-schlossen hinter ihnen den Bus betrat, kannte diese Symptome. Migräne. Verdammter Föhn. Er sah ihm wahrsten Sinne des Wortes flimmernde Sterne, wenn er ins Licht sah, und sein Schädel schien jede Sekunde explodieren zu wollen.

Als die beiden beim Freibad ausstiegen, blieb er im Bus sitzen. Er beschloss, sich zuerst etwas Stärkeres gegen seine Kopfschmerzen zu besorgen, um seinen Auftrag ausführen zu können, ohne dass er mittendrin aus den Latschen kippte. Wenn hier ein Schädel explodieren würde, dann definitiv nicht seiner! Und die zwei würden sicher ein paar Stunden im Freibad bleiben, vielleicht sogar den ganzen Tag. Dort konnte er keinesfalls zuschlagen, viel zu viele Zeugen.

*

Rom war Severin natürlich nicht unbekannt. Er war schon mehrmals in der ewigen Stadt gewesen. Hier spürte man die zweitausendjährige Geschichte an jeder Ecke. Man kann im Zentrum keine zwanzig Schritte gehen, ohne über irgendeine Sehenswürdigkeit zu stolpern, hatte ein Bekannter von ihm einmal ganz richtig festgestellt. Severin liebte diese Stadt.

Anstatt also auf seinem Zimmer zu bleiben, beschloss er, eine kleine Runde spazieren zu gehen. Um zu seinem Lieblingsplatz, der Basilika San Paolo fuori le Mura, also Sankt Paulus außerhalb der (Stadt-)Mauern zu gehen, war es zwar zu spät, aber vielleicht bot sich morgen noch eine Gelegenheit. Diese fünfschiffige Basilika war ein einziges großes Mosaik. Auch wenn manche sagten, der Neubau nach dem Brand von 1823 ließ die Feinheit der ursprünglichen Kirche vermissen, gefiel ihm dieses Gotteshaus am besten von allen, die er kannte. Schade, dass sich das heute nicht mehr ausging!

Stattdessen schlenderte er zum Pantheon, seinem zweiten Favoriten in Rom. Wie man vor 1900 Jahren eine derartige Kuppel bauen konnte, die noch vor 200 Jahren die größte auf der ganzen Welt gewesen war und der weder Erdbeben noch Vandalen je etwas anhaben konnten, erstaunte ihn immer wieder. Nicht nur die christlichen Baumeister hatten Großartiges geschaffen. Er nahm sich vor, das dem Kardinal bei Gelegenheit unter die Nase zu reiben, falls das Gespräch morgen hitzig verlaufen sollte.

Gegen Mitternacht kam er erholt in sein Hotel zurück. Er fragte an der Rezeption, ob eine Nachricht für ihn da sei.

Es lag keine vor. Alles schien in bester Ordnung zu sein.

In Wels hatte Marco ebenfalls gerade sein Zimmer bezogen. Diesmal im Hotel Adlerhorst, in den Welser Hof konnte er natürlich nicht mehr.

*

Migränekopfschmerzen sind die Hölle. Die meisten Leute kennen Kopfschmerzen, sei es wegen eines Katers oder einer Grippe, wegen zu vieler Sorgen oder aufgrund langer, konzentrierter Arbeit. Aber die wenigsten wissen, was eine echte Migräne mit seinem wehrlosen Opfer macht.

Marco wusste es seit seiner Kindheit. *Wir kriegen dich. Wir kriegen dich trotzdem. Wir fressen dein Gehirn mit oder ohne dein Hohlraumsausen!* Nicht einmal schlimme Alpträume konnten mit einen kapitalen Migräneanfall mithalten. Er sah die typischen Lichtblitze, sein Schädel drohte jeden Augenblick zu platzen, ihm war schlecht. Schon der Gedanke an einen Kaffee, den er sonst so liebte, ließ den Brechreiz übermächtig werden. Er hatte sich heute bereits dreimal übergeben, wobei er das Licht auf der Toilette nicht aufzudrehen wagte. Licht ist der erste Verbündete der Migräne, der Heckenschütze, der dir den Fangschuss gibt, wenn du dich sowieso schon nur noch durch die Gegend schleppst wie ein weidwund geschossenes Stück Rotwild.

Marco ging, sobald er aus dem Bus vom Bad in die Innenstadt ausgestiegen war, in die Apotheke, um sich Ibuprofen zu besorgen. Das Zeug war seit kurzem auf dem Markt. Es war so ziemlich das einzige Mittel außer Tramal, welches zumindest ein wenig half. Allerdings war es rezeptpflichtig, und er hatte natürlich kein Rezept. Trotzdem erbarmte sich eine junge Angestellte in der dritten Apotheke, die er aufsuchte, und verkaufte ihm eine Schachtel mit 200mg Tabletten. Er war noch nicht einmal richtig bei der Türe draußen, als er schon vier von den Dingern aus der Folie gelöst und ohne Wasser geschluckt hatte. Zurück ins Bad oder vorher kurz ins Hotel? Er entschied sich für das Hotel.

Dort nahm er mit heißem Wasser, was die Wirkung beschleunigt, wie er aus Erfahrung wusste, noch weitere zwei Tabletten. Eintausendzweihundert Milligramm Ibuprofen lassen einen normalen Menschen schweben. Es stellt sich ein Gefühl ein, als wenn die Schuhe luftgepolstert wären. Marco legte sich hin, damit die Tabletten besser wirken konnten und schlief nach wenigen Minuten ein.

Er schlief so tief, dass er nicht einmal das Telefon hörte, das zweimal innerhalb von zehn Minuten neben seinem Bett klingelte.

Er wachte erst am frühen Nachmittag wieder auf und verfluchte seine Dummheit. Zumindest waren die stechenden Schmerzen einem dumpfen Grollen gewichen, das auszuhalten war. Trotzdem war jetzt guter Rat teuer. Zurück ins Bad oder gleich zu ihrem Haus?

Angesichts des frühen Nachmittags rechnete er damit, dass die beiden noch im Bad sein würden, und nahm den Bus um 14:10 Uhr.

Als er gerade aus der Tür gegangen war, läutete das Telefon zum dritten Mal. Er hörte es nicht mehr.

*

Während Marco im Hotel seinen traumlosen Schlaf genoss, bemerkte Annabell, dass sie sich mittlerweile beide einen Sonnenbrand geholt hatten. Selbstverständlich war Sonnencreme etwas, das man in ihrem Alter gerne vergaß. Vor allem, wenn einen kein Erwachsener daran erinnerte und man die Gedanken woanders hatte.

„Du hast einen Sonnenbrand, Felix!"

Er drückte einen Daumen auf die Haut seines Arms. Die entstehende weiße Druckstelle blieb länger als normal bestehen und zeigte den Unterschied zur geröteten Haut daneben eindrucksvoll auf.

„Scheiße, das wird heute Nacht wehtun!"

„Ich creme dich ein, wenn du mich auch eincremst."

„Überall?" Er grinste.

Sie boxte ihn in die Schulter. „Fast überall!", sagte sie leise und kicherte dabei mit gespielter Verlegenheit. Felix schien es angebracht zu sein, die Situation mit einem Kuss zu entschärfen, was die ältere Dame auf der Decke einige Meter neben ihnen zum wiederholten Male dazu brachte, ihre Entrüstung mit einem lauten Schnauben zum Ausdruck zu bringen. Wie die meisten Menschen war sie jedoch zu feig, etwas zu sagen.

Und Annabell und Felix bemerkten es zum wiederholten Male nicht. Oder taten zumindest so.

Kurz nach zwei Uhr am Nachmittag beschlossen sie, nun wirklich genug Sonne erwischt zu haben und stiegen um 14:30 Uhr in den soeben ankommenden Bus, der beim Freibad wenden und in die Stadt zurückfahren würde.

Den in einer vorderen Reihe sitzenden, großen, sportlich aussehenden Mann, der kurz vorher hatte aussteigen wollen, es sich aber dann anders überlegt hatte, beachteten sie nicht. Hätten sie ihn genau unter die Lupe genommen, so genau, wie man das nur macht, wenn man sich für jemanden interessiert, dann wäre ihnen vielleicht die Beule in seinem leichten Baumwollsakko aufgefallen. Dort, wo er die Beretta eingesteckt hatte.

Die Zeit für *Unfälle* war endgültig vorbei.

*

Severin wurde zwar pünktlich abgeholt, aber der Verkehr in Rom war an diesem Tag noch schlimmer als sonst. Die Straßen sahen aus, als hätte ein wahnsinniger Reiseveranstalter alle seine Kunden gezielt und zur selben Zeit strategisch in Taxis, privaten Fiats und Reisebussen auf die wichtigsten Straßen zwischen Severins Unterkunft und dem Vatikan verteilt. Er traf daher mit fünfzehn Minuten Verspätung beim Kardinal ein, was dieser aber mit keinem Wort erwähnte, als der kleine Mann mit den kurzen roten Haaren ihn auffallend freundlich begrüßte.

„Mein lieber Pater Severin!", begann er in fließendem Deutsch. „Bitte treten Sie ein und nehmen Sie Platz, ohne sich mit Förmlichkeiten aufzuhalten!"

Was Severin ganz richtig derart auffasste, dass der übliche Kuss des bischöflichen Ringes unterbleiben durfte.

Das Arbeitszimmer des Kardinals war beeindruckend. Severin konnte nicht umhin, die Bilder zu bewundern, die ohne jeden Zweifel alle Originale alter Meister sein mussten. Er versuchte, sich sein Staunen nicht anmerken zu lassen, als er in einem der barocken Sessel Platz nahm, aber der Kardinal war ein guter Beobachter.

„Sie haben Recht mit Ihrer Vermutung. Ein echter Tintoretto. Und daneben ein weitgehend unbekannter Raphael. Zumindest der Öffentlichkeit unbekannt." Scamponi lächelte, aber irgendetwas an diesem Lächeln wirkte auf Severin ... gefährlich.

„Exzellenz, warum bin ich hier?"

„Ein Glas Sangiovese? Oder lieber einen ganz ausgezeichneten Nebbiolo? Auch wenn Sie offensichtlich gleich zur Sache kommen, aber so viel Zeit muss sein!"

„Danke. Ich trinke, was Sie trinken." *Schenk ruhig ein, aber ich wähle das Glas.*

Der Kardinal griff zu einer Karaffe und schenkte in zwei Kristallgläser ein. „Dann den Nebbiolo. Wenn man die Augen schließt, während man ihn kostet, kann man fast die nebligen Hügel des Piemont sehen und den herbstlichen Morgennebel auf der Haut spüren. Ich ziehe diesen speziellen Nebbiolo jedem Barolo vor. Aber kosten sie ihn einfach!"

Er hielt Severin ein Glas hin. Der beugte sich vor und nahm lächelnd das Glas, das der Kardinal hatte stehen lassen.

„Wenn Sie gestatten, Exzellenz. In diesem Glas ist etwas mehr Wein, und was für ein Untergebener wäre ich, in Ihrer Gegenwart mehr zu trinken als mein Gastgeber?"

„Sehr aufmerksam! Auf Ihre Gesundheit, Pater!", hob Scamponi das Glas. Als sie am Wein genippt hatten, wurde Severin wieder ernst.

„Ich darf meine Frage wiederholen? Warum bin ich hier?"

„Die Angelegenheit ist etwas, nun, wie soll ich sagen? Delikat, mein lieber Pater. Es geht um Ihren Zögling. Und um Ihre Karriere." *Und darum, dich hier zu wissen, weit weg von ihm, während Marco diesmal hoffentlich seine Aufgabe zu Ende bringt. Sein Plan scheint so weit zu funktionieren.*

Severin zog die Augenbrauen hoch, sagte aber nichts. Auch der Kardinal schwieg. Beide wussten, wer auch immer zuerst das Schweigen brach, würde in der Defensive sein.

„Nun", fuhr der Kardinal fort, nachdem ihm klar geworden war, dass Severin keine Anstalten machen würde, ihm die offensichtliche Frage zu stellen, „wir wissen beide, dass der Junge über gewisse ... Fähigkeiten ... verfügt, oder? Die Frage, die ich mir stelle ist: Ist er der Einzige?"

Severin musste seine gesamte Selbstbeherrschung aufbieten, um sich sein Entsetzen nicht anmerken zu lassen.

„Ich ... ich weiß nicht, was Sie meinen, Exzellenz!", presste er heraus, während er sein Glas umklammerte.

Der Kardinal lachte sein offenes, gewinnendes Lachen.

„Oh doch, mein lieber Pater! Sie wissen genau, was ich meine! Was ich allerdings nicht weiß ist, was Ihnen Beat erzählt hat, als sie bei der Polizei mit ihm allein waren." Das war nur eine Vermutung, aber Scamponi registrierte, dass dieser Bluff ein rhetorischer Blattschuss gewesen war. Aus dem Gesicht des Kardinals war jetzt jenes freundliche Lächeln verschwunden, mit dem er seinen Gast vor wenigen Minuten begrüßt hatte.

„Ich sehe, Sie wissen, wovon ich spreche. Lassen Sie mich Klartext reden, Pater! Ich werde Ihnen jetzt einen Vorschlag machen, wenn ich das Gefühl habe, dass Sie ehrlich zu mir sind. Falls nicht – oder falls Sie meinen Vorschlag ablehnen – werden Sie den Vatikan nicht lebend verlassen. Ein bedauerlicher Unfall, Sie brechen sich bei einem Sturz über die Treppe das Genick oder werden beim Einsteigen überfahren oder fallen einfach aus dem Fenster. Haben wir uns verstanden?"

Das Gesicht des Kardinals zeigte jetzt nur noch eisige Kälte und Entschlossenheit. *Er hat die Maske schnell fallen gelassen. Zu schnell*, stellte Severin schockiert fest.

„Was ist mit Felix?", brachte Severin, mühsam um seine Beherrschung ringend, hervor.

„Ich fürchte, dieses Thema erledigt sich gerade. Jetzt beantworten Sie mir eine Frage: Haben Sie diese verfluchte Gabe ebenfalls?"

Severin wurde heiß und kalt zugleich. Der Kardinal teilte ihm gerade mit, dass Felix ermordet werden sollte. Vielleicht schon ermordet worden war, während er hier im Arbeitszimmer dieses Mörders saß. Er brauchte ein paar Sekunden, in denen er fieberhaft überlegte, welche Optionen ihm offenstanden. Die Wut und die Sorge halfen ihm, sich wieder zu fassen.

„Kardinal!" Etwas in ihm weigerte sich, dieses Schwein noch einmal „Exzellenz" zu nennen. „Bevor ich Ihnen diese Frage beantworte, werde ich Ihnen mitteilen, welche Optionen *Sie* haben!"

Er hatte sich jetzt wieder vollkommen im Griff, und seine Stimme hatte eine eisige Kälte, als er fortfuhr, ohne auf eine Reaktion seines Gegenübers zu warten:

„Ich habe vor meiner Abfahrt einem Vertrauten bei der Polizei eine Sachverhaltsdarstellung in einem verschlossenen Umschlag hinterlegt, mit der Anordnung, sie im Falle meines Todes oder Verschwindens zu öffnen. Um Ihre eine Frage zu beantworten: Beat Kempff – wenn das sein Name war – hat vor seinem Tod ausgepackt. Ich weiß über diesen Marco Bescheid, ich weiß über Sie Bescheid, ich weiß über die Wächter Bescheid, und", er machte eine kurze Pause, „ich weiß über die Mordversuche Bescheid."

Er ließ seine Worte auf den völlig überrumpelten Kardinal wirken, ehe er weitersprach.

„Und was die andere Frage betrifft: Soll ich Ihnen die Hand schütteln, damit Sie es herausfinden?"

Severin machte Anstalten, sich aus seinem Sessel zu erheben.

Scamponi wich sofort zurück, als wäre er einer Klapperschlange zu nahe gekommen. Severin blitzte ihn aus seinen jetzt eiskalten Augen an und wartete die Antwort nicht ab:

„Rufen Sie Ihren räudigen Köter zurück, Kardinal! Augenblicklich!"

„Sie ... Sie bluffen", ächzte der Kardinal.

„Die Entscheidung, mir zu glauben, oder es zu riskieren, mir nicht zu glauben, liegt bei Ihnen, Scamponi. Ich werde jetzt jedenfalls diesen Raum verlassen und nach Österreich zurückkehren. Falls Felix etwas zugestoßen sein sollte, oder falls *mir* etwas zustoßen sollte, wird der Vatikan – werden insbesondere *Sie* – viel zu erklären haben."

Severin stand grußlos auf und ging zur Tür. Er widerstand der Versuchung, sich noch einmal umzudrehen, um festzustellen, ob schon eine Waffe auf ihn gerichtet war und atmete erst auf, als er nach einigen Minuten unbehelligt die Tore des Vatikans hinter sich gelassen hatte.

22

Pfarrer Bertrand hatte sich nach der Frühmesse zu seinem täglichen Nickerchen zurückgezogen. Das sei ihm fast so heilig wie die Jungfrau Maria, pflegte seine Haushälterin stets zu sagen. Im Grunde genommen lag sie damit nicht so falsch. *Den Seinen gibt's der Herr im Schlafe*, antwortete ihr dann der alte Pfarrer immer, wenn sie ihn darauf ansprach.

Seine Pfarre lag im Westen von Wels, der Pfarrhof war nur einen Steinwurf von Severins gemietetem Haus entfernt. Trotzdem hatte er den geheimnisvollen Pater erst einmal getroffen, und zwar bei seinem Besuch, den er jedem neu hinzugezogenen Schäfchen abstatte. Wobei ihn in diesem Falle schon allein die Neugier, was das wohl für eine eigenartige Konstellation sei, ein Pater mit einem Ziehsohn, angetrieben hatte.

Als gegen Mittag der unverkennbare Duft eines Schweinebratens den Pfarrhof zu erfüllen begann, erhob sich der alte Geistliche von seinem Sofa und legte sorgfältig die Decke zusammen, die er heute bei dieser Hitze eigentlich gar nicht benötigt hätte. Aber auch das war eine liebgewonnene Angewohnheit, die er nicht mehr ablegen würde, bis der Herr geruhte, ihn zu sich zu rufen. Was angesichts seiner bald achtzig Jahre wohl nicht mehr allzu lange dauern konnte, dachte er ohne jede Wehmut.

Der Schweinebraten seiner Pfarrersköchin würde ihm allerdings fehlen. Aber vielleicht war das Manna im Himmel ja auch geschmacklich auf die Vorlieben der Glücklichen, denen das Paradies zuteilwurde, abgestimmt. Wundern würde ihn das nicht. Warum sollte es sonst „Paradies" heißen? Er hatte zwar keine konkrete Vorstellung über die himmlischen Freuden, sich aber überlegt, dass diese aufgrund der Unterschiede der Geschmäcker und Vorlieben der Gläubigen ja wohl ebenfalls für jeden anders sein mussten, oder?

Und Marthas Schweinebraten gehört für seinen Geschmack definitiv zu den himmlischen Freuden!

Als er sich zum alten Eichentisch setzte, den Martha wie immer mit einer schneeweißen Decke und dem gewohnten Gmundener Porzellan gedeckt hatte, lief ihm bereits das Wasser im Mund zusammen, als ihn das Telefon aus seiner Vorfreude riss.

Wer zum Kuckuck (was für ihn schon das Höchste der Gefühle war, was Flüche betraf) mochte das zu dieser Zeit sein? Wussten die Leute heutzutage nicht mehr, dass man um zwölf Uhr Mittag niemanden anrief? Da saßen ordentliche Leute beim Essen. Da Martha damit beschäftigt war, die Teller mit dem Braten herzurichten, mühte er sich selbst in den Vorraum, wo das Telefon an der Wand montiert war.

„Ja?", brummte er sich ein wenig unhöflicher als sonst in den Hörer. Und dann versteinerte er, als er hörte, wer am anderen Ende der Leitung war.

*

Leutnant Blumenschein ging dieser Brief des Paters nicht aus dem Kopf. Immer wieder ließ er den Schließfachschlüssel durch die Finger tanzen wie ein Zauberer eine Silbermünze auf einem Kindergeburtstag. Sollte er oder sollte er nicht? Eigentlich stellte sich diese Frage nicht. Was, wenn der Pater in Kürze zurückkam und er das Schließfach geöffnet hatte? Sehr viel dümmer konnte man dann eigentlich gar nicht dastehen!

Nein, das war keine Option. Aber der Pater würde ihm einige Fragen beantworten müssen, wenn er wieder da war. Blumenschein war sich sicher, dass die ganze Angelegenheit etwas mit diesen beiden Hundekillern zu tun hatte. Und seine Vorahnung, von der er selbst nicht wusste, dass es sich um eine, wenn auch gering ausgeprägte, telepathische Begabung handelte, warf zwischendurch immer wieder ein: *Der Junge spielt auch eine Rolle. Vergiss bloß den Jungen nicht!* Es war eine fast höhnische aber zumindest absurde Ironie, dass jemand, der mit Leib und Seele Perry Rhodan Romane liest, wo es vor Telepathen, Telekineten, Teleportern und sonstigen Telewasweißderteufel nur so wimmelte, seine eigene Fähigkeit nicht kannte.

Es war dem Leutnant auch nicht klar, dass er diesen Vorahnungen fast immer wie selbstverständlich folgte. Auch diesmal hätte er nachher nicht erklären können, warum er tat, was er tat. Er setzte sich nämlich am frühen Nachmittag in seinen Polizeiwagen und fuhr in Richtung Westen zum Haus des Paters und seines seltsamen Zöglings.

Wenn seine Begabung ausgeprägter gewesen wäre, hätte er sich beeilt.

*

Kardinal Scamponi hatte der Garde befohlen, den Pater unbehelligt ziehen zu lassen. Es wäre sowieso heikel gewesen, seine Drohung mit dem Sturz über die Stiege wahr zu machen. Das da draußen waren normale Schweizergardisten und keine Wächter. Mordaufträge gehörten nicht zu ihrer Jobbeschreibung, wenngleich

Scamponi dafür gesorgt hatte, dass an diesem Tag zwei Männer Dienst hatten, die wohl kaum Fragen gestellt hätten.

Und dann klemmte er sich hinter das Telefon, einen antik wirkenden Apparat mit goldenen Einlegearbeiten. Er wählte zuerst die Nummer von Marcos Hotelzimmer und ließ es lange klingeln. Niemand hob ab, nicht einmal die Rezeption. Er versuchte es einige Minuten später noch einmal, mit dem gleichen Misserfolg.

Dann rief er den Bischof in Linz an und ließ sich von dem erstaunten Mann die Nummer eines Welser Pfarrhofs geben. Der Bischof wagte nicht zu fragen, wozu er die Nummer brauchte. Und Scamponi sah keine Veranlassung, dem Bischof das ungefragt mitzuteilen.

Stattdessen versuchte er es noch einmal bei Marco. Wieder ließ er es lange klingeln, bis sich die Rezeption des Hotels endlich meldete. Er fragte, ob der Gast auf Zimmer 206 nicht da sei?

„Ich habe niemanden gesehen, aber der Schlüssel ist nicht hier. Was aber nichts heißen muss, manche Gäste nehmen die Schlüssel auch mit."

Das hat er sicher, dachte der Kardinal. Sonst hätte er ja wohl abgehoben.

„Könnten Sie eine Nachricht hinterlegen?"

„Natürlich. Was soll ich schreiben?"

„Bitte unbedingt vor eventuellem Vertragsabschluss noch um dringenden Rückruf in der Firma!"

„Ist notiert, Herr ...?"

Scamponi legte grußlos auf. Die Rezeptionistin kam nicht mehr dazu, diesem Rüpel anzubieten, ins Zimmer hinauf zu gehen und zu klopfen. Und aufgrund dieser grußlos-rüden Beendigung des Telefonats verzichtete sie darauf, dies aus eigenem Antrieb zu tun. Stattdessen notierte sie die Nachricht, wobei ihr entging, dass Marco in diesem Augenblick das Hotel verließ.

Dann rief Scamponi die Nummer an, die er vom Bischof erhalten hatte und teilte dem eingeschüchterten Pfarrer mit, was der Vatikan vom geringsten seiner Mitarbeiter erwartete.

*

Severin saß jede Sekunde der Rückreise auf Nadeln. Zwar hatte er versucht, vor Abfahrt des Zugs zuhause anzurufen, hatte aber niemanden erreicht. Möglicherweise waren die Kinder ins Bad gefahren, das hatten sie vor einigen Tagen schon vorgehabt, waren dann aber vom wenig einladenden Wetter davon abgehalten worden. Und Annabells Vater war wohl noch nicht wach oder hatte das Telefon abgestellt, um ungestört von eventuellen Anrufern (*Guten Tag, ich bin vom Donauland und möchte Ihnen ein Gratisbuch anbieten! Hallo, wir machen eine Umfrage über die Zufriedenheit unserer Kunden mit unserem Kochtopfset. Hätten Sie eine Sekunde Zeit für mich?*) schlafen zu können.

Wen konnte er sonst noch anrufen? Ihm fiel nur der Polizist ein. Severin nutzte die wenigen Minuten bis zur Abfahrt des Zugs, um Blumenschein anzurufen, erreichte aber nur die Telefonistin, die ihm mitteilte, dass der Leutnant vor wenigen Minuten das Gebäude verlassen habe. Er bat, diesem per Funk eine Nachricht zukommen zu lassen, dass er vermute, der zweite Verdächtige im Hundefall sei wieder in Wels, man möge die Hotels überprüfen.

Im Zug selbst gab es 1977 noch keine Möglichkeit zu telefonieren. Die hatte Severin erst wieder beim Umsteigen in Innsbruck, aber da war es längst zu spät.

*

Sie hätten fast übersehen auszusteigen. Junge Liebe ist eben etwas, das die Beteiligten alles um sie herum vergessen lässt. Und der Buschauffeur schien heute auch keine große Lust gehabt zu haben, die Haltestellen anzusagen. Als der Bus hielt und die Türen sich öffneten, war es Felix, der wie von der Tarantel gestochen aufsprang, Annabell an der Hand nahm und zur hinteren Türe eilte.

Als sie auf die Straße traten, bemerkten sie den Mann hinter ihnen kaum. Zumindest maßen sie ihm keine Bedeutung zu und schlenderten in Richtung ihres Hauses davon.

*

Marco war verwirrt. Die nächste Station war doch die, von der es am wenigsten weit zum Haus war? Warum machten die beiden keine Anstalten, aus dem Bus auszusteigen? Na ja, eigentlich war das egal. Er würde ihnen folgen, wohin sie auch immer gingen.

Als Felix plötzlich aufsprang, hätte Marco daher fast die Möglichkeit verpasst. Zumindest die Möglichkeit, ihnen unauffällig zu folgen. Er unterdrückte einen Fluch. Entweder der Junge war gerissen und wusste, wie man Verfolger abschüttelt oder zumindest dafür sorgt, dass man sie bemerkt, oder er war ein Träumer.

Die beiden schienen so mit sich beschäftigt zu sein, dass wohl Zweiteres zutraf, weil ihnen glücklicherweise nicht auffiel, dass Marco ebenfalls gleich hinter ihnen den Bus verließ. Er tastete in seiner rechten Jackentasche nach der achtschüssigen Beretta 87 Cheetah und spürte das kalte Metall des Aluminiumgriffs. Es war eine

178

leichte, kleine und unauffällige Waffe. Kaliber zweiundzwanzig war zwar nicht dafür geeignet, große Löcher zu reißen, aber aus nächster Nähe reichte es immer noch, um bei einem gezielten Schuss eine tödliche Verletzung zu verursachen, ohne dabei das gesamte Viertel durch einen durchdringenden Knall wie von einer Neunmillimeter oder gar einer Fünfundvierziger aufzuschrecken. Da hörte sich die Beretta eher an wie ein platzender Luftballon, dachte Marco belustigt.

Und – er hatte durchaus vor, seine Aufgabe aus kurzer Distanz zu erledigen, als er ihnen in wenigen Metern Entfernung folgte.

*

Leutnant Blumenschein würde sich um den Verdächtigen später kümmern. Der Funkspruch, dass dieser Marco wieder in Wels sein könnte, war zwar interessant gewesen, aber sein Gefühl sagte ihm, dass er zuerst zum Haus des Paters fahren sollte. Als ihn später jemand fragte, was er dort gewollt hatte, war er selbst überrascht, keine befriedigende Antwort auf diese Frage geben zu können.

Aber der Funkspruch bewirkte doch etwas, ohne dass Blumenschein sich dessen bewusst war: Er begann, etwas schneller zu fahren.

Nur eben nicht schnell genug.

*

Pfarrer Bertrand wurde der Schweinebraten an diesem Tag kalt. Wenn ein Kardinal, noch dazu einer aus Rom, anrief, dann war das fast so, wie wenn der liebe Gott persönlich eine Nachricht überbringen ließ.

Er schleuderte die Pantoffel von sich und schlüpfte in seine bequemen Slippers, die ihm seine Haushälterin zum Geburtstag geschenkt hatte. Die lautstarken Proteste, was denn nun mit dem guten Essen wäre, ließ er unkommentiert, als er zur Haustüre hinauseilte und sich auf den Weg zum Haus des Paters machte.

Der Kardinal hatte gemeint, es wäre unter Umständen hohe Dringlichkeit geboten und hatte ihm den Mann, dem er die Nachricht überbringen sollte, kurz aber detailliert beschrieben.

„Unternehmen Sie nichts, ohne vorher den Kardinal anzurufen!", sollte er ihm mitteilen. *Und bitte keine Fragen, Herr Pfarrer!*

Sapperlot, wenn man da keine Fragen stellen durfte, wann dann? Aber dafür war später noch Zeit genug. Der Kardinal hatte sehr nervös geklungen, es schien sich wirklich um eine hochwichtige Angelegenheit zu handeln.

Was Pfarrer Bertrand nicht ahnte: Er würde niemandem mehr Fragen in dieser Angelegenheit stellen.

*

Annabells Vater stand am Herd, als er die Schüsse hörte. Zuerst dachte er, ein Auto hätte eine Fehlzündung gehabt (wie klischeehaft), aber beim zweiten und erst recht beim dritten Schuss erkannte er das Geräusch, auch ohne jemals vorher Pistolenschüsse gehört zu haben.

Er legte den Kochlöffel zur Seite, mit dem er gerade die Gemüsesuppe durch das Sieb drückte, und eilte samt seiner Schürze mit der Aufschrift „Man nehme ein gutes Glas Wein und fülle es in den Koch!" zur Türe. Die Schüsse hatten nahe geklungen. Sehr nahe. Zu nahe.

*

Maria spürte den Schmerz des Jungen.

Die Verbindung zu ihm schien immer enger zu werden. Hatte sie früher nur gespürt, wenn er *schlimme Dinge* tat, so kam es jetzt immer häufiger vor, dass sie seine Emotionen mitbekam, solange sie nur stark genug waren. Wie vorhin im ... Schwimmbad? Aber die waren wie ein Flüstern gewesen im Vergleich zu diesem ... Schrei!

Ja, diese hier Gefühle jetzt waren sehr stark.

Maria hatte gerade im Garten mit ihren Puppen gespielt, als der Schmerz sie überfallen hatte, wie ein lauerndes Krokodil ein am Flussufer stehendes Gnu, das seinen Durst stillen wollte. Und genau wie eine Panzerechse in den Hals seines Opfers hatte sich dieser Schmerz in sie verbissen. Sie erstarrte.

Als ihre Puppen plötzlich wie Raketen senkrecht in den Himmel schossen, sah das niemand.

Niemand außer Anna Klammer.

*

Severin saß im Zug und war auf dem Weg nach Innsbruck, als sich das Drama in Wels abspielte. Natürlich konnte er davon nichts wissen. *Irgendwas Fürchterliches passiert.* Severin hatte eine Gabe, aber das war nicht die Fähigkeit zu Vorahnungen oder Telepathie. *Etwas ganz Furchtbares!* Er versuchte, sich auf seine Lektüre zu konzentrieren – *Als ich im Sterben lag* – aber seine Gedanken scheiterten an den

Buchstaben im Buch wie ein Verdurstender, von dem man verlangt, einen Aufsatz über die Wasserläufe Europas zu schreiben. *Etwas Fürchterliches passiert gerade, und ich kann NICHTS tun!*

In Innsbruck würde er umsteigen müssen, da hätte er eine halbe Stunde Zeit, zuhause anzurufen.

Und bis dahin wirst du ahnen, *du wirst es nur ahnen aber nicht wissen*, dass etwas Fürchterliches passiert ist.

Er versuchte, sich mit einer unmenschlichen Anstrengung dazu zu zwingen, weiterzulesen. *Als ich im Sterben lag*, während einige hundert Kilometer weiter nördlich tatsächlich das Sterben begonnen hatte.

*

Scamponi wusste, dass der Anruf bei diesem Pfarrer eine Verzweiflungsaktion und zugleich eine Dummheit war. Wenn dieser Geistliche zu spät kam, würden viele, sehr viele Fragen gestellt werden, auf die er – noch – keine befriedigende Antwort wusste.

Das würde er ändern. Man musste möglichst immer auf alles vorbereitet sein. Den Kopf in den Sand zu stecken und zu Gott betend auf das Beste zu hoffen, das war die Option der Narren. Und er war kein Narr.

Scamponi legte sich ein Erklärungskonzept zurecht. Und hoffte zugleich, dass er es nie benötigen würde.

*

Als Blumenschein um die letzte Kurve fuhr, die noch zwischen ihm und Pater Severins Haus lag, sah er etwas, das er sein restliches Leben lang nicht vergessen würde. Er drückte das Gaspedal durch und raste auf den Mann zu, der da mit der Waffe auf den Jungen zielte, der seinerseits neben einem am Boden liegenden Körper kniete und den Mann anzusehen schien.

Und da war noch jemand, der auf die Gruppe zueilte und dann ... oh mein Gott!

*

Pfarrer Bertrand erreichte den Mann – es war mit Sicherheit der, den ihm der Kardinal beschrieben hatte – zu spät, um den ersten Schuss noch verhindern zu können. Was zum Teufel war da los? Am Rande registrierte er noch, dass er entgegen seiner Gepflogenheiten den Namen des Satans in einem Fluch verwendet hatte, als er so schnell ihn seine gichtigen Beine trugen, auf den Mann zu eilte.

„Halt! Der Kardinal ...“

*

Es war so weit. Seine Kopfschmerzen waren zwar wieder da, aber sie blieben noch im Rahmen des Erträglichen. Jetzt oder nie. In einigen Minuten würde er nicht einmal mehr richtig sehen können, er kannte die Anzeichen, mit denen ihm seine Migräne einen kurz bevorstehenden kapitalen Anfall mitteilte, nur zu gut.

Marco beschleunigte seine Schritte, bis er nur noch zwei Meter hinter den beiden war und zog seine Waffe. Warum er zuerst auf das Mädchen schoss, hätte er selbst nicht sagen können. Es war auch gleichgültig. Zeugen waren zu vermeiden. Marco schoss dem Mädchen von hinten ins Genick, worauf es wie ein nasser Sack zu Boden fiel. Dann zielte er auf den Jungen.

„Halt! Der Kardinal ...“

Marco drehte sich zu der Stimme um. Ein alter Mann rannte auf ihn zu und hatte ihn fast erreicht. Er musste alles gesehen haben. Marco schoss sofort, aber der erste Schuss war schlampig gezielt gewesen und riss dem Mann nur einen Teil des rechten Ohrs ab, worauf dieser dankenswerterweise mit einem Ausdruck der Verblüffung innehielt. Der zweite traf ihn genau ins Auge. Mit einem Kleinkaliber zielt man nicht zwischen die Augen, der Schädelknochen konnte mit etwas Pech eine Kugel durchaus aufhalten, man zielt daher am besten genau auf ein Auge.

Der alte Pfarrer, der vor kurzem noch darüber nachgedacht hatte, wie es wohl im Paradies sein würde, sank langsam zu Boden, als sein sterbendes Gehirn die letzten Impulse an den Körper sandte, bevor das System ausfiel und schließlich niemand mehr da war, um dem Schließmuskel zu befehlen, seiner Arbeit nachzukommen.

Marco drehte sich erneut zu seinem eigentlichen Ziel um. Der Junge war neben dem Mädchen auf die Knie gefallen und blickte ihn ungläubig an. Marco registrierte eigenartigerweise, dass er einen Sonnenbrand hatte. In solchen Situationen scheint das Gehirn die verrücktesten Dinge zu bemerken. Er hob die Waffe, um seinen Auftrag zu Ende zu führen, als er hinter sich das Geräusch hörte.

Er schaffte es nicht einmal mehr, sich in Richtung des Geräuschs umzudrehen, bevor ihn Leutnant Blumenscheins Wagen mit etwa sechzig Sachen rammte und fünfzehn Meter durch die Luft ins neben der Straße liegende, bereits abgeerntete Weizenfeld katapultierte, wo er mit gebrochener Lendenwirbelsäule und schweren inneren Verletzungen liegenblieb, ohne jedoch das Bewusstsein zu verlieren, während er seine Waffe immer noch umklammert hielt.

Blumenschein kam dreißig Meter weiter zu stehen, schnallte sich ab und sprang aus dem Wagen, ohne den Gang herauszunehmen, worauf der VW mit einem entrüsteten letzten Ruck abstarb und der Leutnant sich den Kopf am Türrahmen anschlug, was er in seinem Entsetzen kaum bemerkte.

Der Junge kniete neben seiner Freundin und sah ihn an. Er weinte nicht. Sein Gesicht zeigte keine Regung, welcher Art auch immer. Er sah ihn einfach nur an, und Blumenschein konnte nicht anders als stehenzubleiben und seinerseits den Jungen anzusehen. Sie standen sicher einige Sekunden lang so da, als sie ein Schrei aus ihrer Trance riss.

Annabells Vater war aus der Tür gekommen und sah seine Tochter leblos am Boden liegen. Sah das Blut auf und unter ihr. Sah sonst nichts mehr.

23

Als zwölf Minuten später der Notarzt eintraf, der bis zu diesem Zeitpunkt einen ungewöhnlich ruhigen Tag (für eine Föhnwetterlage jedenfalls) gehabt hatte, konnte dieser nur noch den Tod des Pfarrers feststellen. Das Mädchen schien hingegen noch zu leben. Ungewöhnlich bei einem Genickschuss, aber nicht unmöglich, wenn unwahrscheinlicherweise keine großen Blutgefäße im Hals verletzt waren. In der Tat schien sogar das meiste Blut auf dem Mädchen von Blumenscheins Platzwunde am Kopf zu stammen.

Nach der Notversorgung ordnete er an, das Mädchen mit der Schaufeltrage zu bergen und die Wirbelsäule zu stabilisieren, um weiteren Schaden daran zu vermeiden und rief per Funk den Hubschrauber. Das Mädchen musste sofort nach Linz in die Landesnervenklinik. Der Name ließ viele zuerst vermuten, dass es sich dabei um eine Institution zur Behandlung von Krankheiten des Geistes handelte, aber das war nur zum Teil richtig. Sie hatten dort auch die beste neurologische und neurochirurgische Abteilung im gesamten Bundesland.

Dann wollte er sich um den Verletzten im Feld kümmern, als er sah, dass der Polizist bereits neben ihm kniete und mit ihm zu sprechen schien.

„Lassen Sie mich zu ihm, bitte!"

Blumenschein sah ihn an, wobei ihm das Blut über die Wange lief, was ihm irgendwie einen gefährlichen Ausdruck verlieh, fand der Sanitäter. „Dieser Mann hat soeben zwei Menschen ermordet."

„Das Mädchen lebt. Noch. Egal was er getan hat, *ich* mache jetzt meinen Job. Und das bedeutet nunmal, ihm nach Möglichkeit zu helfen. Und Sie sollten sich die Platzwunde am Kopf versorgen lassen, sie versauen mit Ihrem Blut den Tatort."

Blumenschein trat zur Seite und bemerkte zum ersten Mal, dass der Sanitäter Recht hatte. Er blutete wie ein Schwein. Der Sanitäter reichte ihm ein paar Tupfer und ein Pflaster. „Fest draufdrücken, bis es nicht mehr so stark blutet, dann das Pflaster drauf und ab ins Spital. Das muss genäht werden."

Blumenschein presste den Wattebausch auf seine Wunde und beobachtete den am Boden liegenden Mörder und den neben ihm knieenden Sanitäter. Das Schwein hatte ohnehin kein Wort gesagt, auf keine der Fragen geantwortet, ihn nur stumm angesehen. Er war sich nicht einmal sicher, ob er seine Fragen überhaupt verstanden oder auch nur registriert hatte. Es war vermutlich aus ermittlungstechnischer Sicht vernünftiger, wenn er jetzt den Jungen befragte. Obwohl der ebenfalls unter Schock zu stehen schien. Dabei fiel ihm auf, dass sich niemand um den Vater der Kleinen kümmerte. Der kniete immer noch neben seiner mittlerweile auf der Trage fixierten Tochter, als der Helikopter dreißig Meter weiter im Feld landete.

Was für ein beschissenes Durcheinander!

Eigentlich hätte er als Beteiligter gar nicht ermitteln dürfen, dachte er. Die Vorschriften besagten, dass er sofort seine Kollegen zu rufen und nichts zu unternehmen hatte. Ersteres hatte er einfach vergessen und holte es nun per Funk nach. Zweiteres ... scheiß auf die Vorschriften!

Er ging zu Felix und legte dem bewegungslos dasitzenden Jungen die Hand auf die Schulter. Der Bub schien mit den Gedanken weit weg zu sein. Er hatte diesen Blick in den Augen, der auf nichts fokussiert zu sein schien. Als er die Hand spürte, drehte er den Kopf langsam zur Seite und nach oben und sah Blumenschein an, ohne etwas zu sagen.

„Könntest du mir ein paar Fragen beantworten, Felix? Du heißt doch Felix, oder?"

Der Junge reagierte nicht.

„Kennst du diesen Mann, der ... der auf das Mädchen und den Pfarrer geschossen hat?"

„Annabell", sagte Felix tonlos.

„So heißt das Mädchen?"

Felix nickte, stand auf und ging mechanisch wie ein Roboter in Richtung Feld. Blumenschein dachte einen Moment daran, ihn zurückzuhalten, beschloss dann aber seinem Gefühl zu vertrauen und ihm stattdessen einfach zu folgen.

Was dann passierte, würde der Leutnant nie vergessen, selbst wenn er hundert Jahre alt werden sollte.

Was nicht der Fall war.

*

Anna Klammer sah die Puppen immer höher jagen, bis sie sie endlich aus dem Blick verlor, was ihre Aufmerksamkeit erneut auf Maria lenkte. Die saß starr da; starr wie ... *Denk an das Öl am Herd!*

Plötzlich schien die Zeit für das kleine Mädchen wieder zu laufen. Sie sah sich verwundert nach ihren Puppen um, die so unmittelbar verschwunden waren. Wenn die Situation nicht so ... schockierend ... gewesen wäre, man hätte über ihren Gesichtsausdruck lachen mögen.

Denk an das Öl!

Anna überlegte, was sie tun sollte, als plötzlich der Reihe nach die Puppen neben Maria einschlugen wie übergroße Hagelkörner.

Genau an der Stelle, von der aus sie aufgestiegen waren.

Öl! Öl! Öl!

*

War es vorhin noch der Schmerz des Jungen gewesen, zehn Minuten später war es etwas anderes. Etwas *Schlimmes*. Etwas *sehr Schlimmes*. Maria begann zu weinen, als sie erneut erstarrte. Die Tränen liefen aus ihren Augen und über ihre Wangen, zogen ihre gekrümmten Bahnen wie die Regentropfen eines Aprilschauers auf einer von den Jahrhunderten patinierten und rau gewordenen Bronzestatue.

Luise stand daneben und konnte nichts tun. Sie wusste, dass sie einfach warten musste, bis die Starre von selbst wieder verschwand.

Glücklicherweise hatte Maria gerade mit nichts gespielt, als sie innerhalb so kurzer Zeit zum zweiten Mal erstarrte. Luise vermutete, dass explodierende Suppentöpfe oder wie Raketen aufsteigende Puppen (die Nachbarin hatte sie gerufen und es ihr erzählt) nur eine Art Kollateralschaden, eine Nebenreaktion waren, wenn *die Starre* Maria befiel. Dinge, mit denen sie sich beschäftigte, Dinge, an die sie nur dachte (bei diesem Gedanken schauderte es Luise), setzten sich in Bewegung oder wurden zerstört.

Was, wenn Maria einmal erstarrte, während sie an ihre Mutter oder ihren Vater dachte? Oder an das Herz oder den Kopf von jemanden? Bei dem Gedanken, wie ein menschliches Herz aus der Brust gerissen würde, um senkrecht in den Himmel zu jagen, schauderte es sie.

„Da!", kreischte die Nachbarin, der das letzte Bisschen Gesichtsfarbe abhandengekommen war. „Es passiert schon wieder!"

Luise drehte sich langsam zu ihr um, ohne ein Wort zu sagen. Aber irgendetwas in ihrem Gesichtsausdruck dürfte deutlich genug gewesen sein.

Anna Klammer sah zu, dass sie ins Haus kam. Dort griff sie zum Telefon, um ihrer Schwägerin in stetig abenteuerlicher werdenden Ausschmückungen zu erzählen, was sie gerade erlebt hatte.

Vergiss das mit dem Öl nicht!

*

Als der Helikopter mit Annabell abhob, durfte ihr Vater mitfliegen. Der erfahren wirkende Pilot meinte, in Anbetracht des guten Wetters ginge sich das gewichtsmäßig mit ein wenig Augenzudrücken schon aus. Trotz einer leichten Überschreitung des zulässigen Maximalgewichtes.

Marco lag auf dem Rücken und sah den Helikopter abheben. Er hatte wieder versagt. Er spürte es. Irgendetwas hatte ihn mit der Wucht einer riesigen Faust von den Beinen gerissen und ins Feld geschleudert, als er seinen Auftrag gerade zu Ende bringen wollte. Er war eigenartigerweise nicht bewusstlos geworden und verspürte immer noch kaum Schmerzen, obwohl er sich nicht bewegen konnte. Er bekam mit, wie sich der Arzt um ihn bemühte, ihn untersuchte, seine Verletzungen erstversorgte.

Er hatte auch mitbekommen, wie dieser blutende Polizist versucht hatte, ihm Fragen zu stellen. Hatte er auf den auch geschossen? Er wusste es nicht mehr. Das Arschloch hätte ihm helfen müssen anstatt Fragen zu stellen. Er hatte einfach so getan, als wäre er nicht ansprechbar, bis es dem Bullen zu blöd geworden war.

Er wusste, dass seine Verletzungen ernst waren, aber er las im Gesicht des Arztes, dass er nicht in unmittelbarer Lebensgefahr zu schweben schien.

Jedenfalls war das so, bis über ihm das Gesicht des Jungen auftauchte wie das Raumschiff der feindlichen Außerirdischen im Film „Krieg der Welten". Seine Pupillen weiteten sich, als ihm klar wurde, was der Junge jetzt tun würde.

*

Felix beugte sich über den Fremden. Nur Marco konnte den unbändigen, puren Hass in seinem Gesicht sehen, als Felix ihm die Hand auf die Stirn legte.

Aber alle – Felix, der Notarzt und Leutnant Blumenschein konnten die nackte Panik in Marcos Augen erkennen, als der Junge ihn für ein paar lange Sekunden berührte. Als der Verletzte begann, wie am Spieß zu brüllen.

Und dann fing der Mann vor ihnen an, zu vertrocknen wie ein Regenwurm auf dem heißen Asphalt.

Jetzt kriegen wir dich! Riefen die Maden in Marcos Kopf. *Endlich kriegen wir dich!*

Es dauerte eine halbe Stunde, in der der Mann weiter vor Schmerzen schrie, der Notarzt verzweifelt versuchte, eine Vene für einen Zugang zu finden, um gegen die Dehydration anzukämpfen und Blumenschein, dessen Kopfwunde den Wattetupfer längst durchtränkt hatte, blass wurde wie ein Vampir in einer menschenleeren Gegend.

Als das Herz des Mannes aufhörte zu schlagen, sah er bereits wie eine ägyptische Mumie aus. Eine Mumie mit normaler Hautfarbe und moderner Kleidung.

Und Felix stand nur da und lächelte bitter auf ihn hinab.

„Bringen Sie mich jetzt bitte zu Annabell!" sagte er mit einer eigenartig ausdruckslosen Stimme zu Blumenschein. Ausdruckslos bis auf ein Wort in diesem Satz.

Denn das „jetzt" in diesem Satz ließ es dem Leutnant kalt über den Rücken hinunterlaufen.

Das „jetzt" klang, als hätte der Junge gesagt „jetzt, da das erledigt ist."

Das „jetzt" klang, als wäre der Junge innerhalb von Minuten zu einem eiskalten ... ja, wozu eigentlich? ... geworden.

Blumenschein fragte sich unwillkürlich, was *jetzt* als Nächstes zu *erledigen* sein würde.

Das Wort „Killer" drängte sich in sein Bewusstsein, als er wortlos nickte, obwohl er wusste, dass er dem Jungen diesen Wunsch nicht erfüllen konnte. Sein Auto war ein Fall für die Spurensicherung und er selbst ein Zeuge – nein, sogar ein Beteiligter – an einem Verbrechen.

War er ein Opfer? Oder gerade zum Mittäter geworden?

Als die Kollegen endlich eintrafen, war das erste, was sie zu tun hatten, sich um die in Ohnmacht gefallene Pfarrersköchin zu kümmern. Die hatte nach dem Rechten geschaut, als der Schweinebraten kalt geworden war.

Es war aber absolut nichts „recht", wie sie schnell bemerkte. Rein gar nichts.

Niemand bemerkte die Fliege, die ihr Ei in Marcos Leichnam ablegte. Ein Ei, das zu einer Made werden würde.

*

Eine halbe Stunde, nachdem Maria das zweite Mal erstarrt war, wusste fast das ganze kleine Dorf in der Nähe von Linz Bescheid. Annas Schwägerin hatte sich sofort auf den Weg ins Gemischtwarengeschäft gemacht, wo ihre Neuigkeiten begeisterte Abnehmerinnen fanden, darunter die bigotte Waltraud von der katholischen Frauenbewegung, die das Gehörte, um ein paar unwesentliche Details zum Thema Besessenheit erweitert, ihren besten Freundinnen mitteilte, wozu sie sogar den Heimweg etwas ausdehnte, auch wenn sie mittlerweile gar nicht mehr so gut zu Fuß war wie noch vor einigen Jahren.

Schon am frühen Abend waren wahre Horrorgeschichten im Umlauf. „Der Teufel hat Besitz genommen von diesem kleinen Geschöpf" war dabei noch die harmloseste Variante.

Nach der Abendmesse fand es der Pfarrer, der schon ziemlich alt und vor allem auch ziemlich altmodisch und nebenbei ein strenger Jünger des Opus Dei war, angebracht, bei Luise und Horst vorbeizuschauen, nachdem ihm von mehreren Seiten abweichende Schilderungen zugetragen worden waren.

Horst war ein aufgeklärter Mensch. Er versuchte stets, alle Dinge rational zu erklären. Zugegeben, bei Maria sperrte sich einiges gegen eine rationale Erklärung, außer man akzeptierte parapsychologische Phänomene als vernünftige Möglichkeiten. Und logisch betrachtet blieb ihnen kaum etwas anderes übrig.

Als daher der Pfarrer, den er höflicherweise ins Wohnzimmer gebeten hatte (wird Luise nicht gefallen, dass er die Schuhe nicht ausgezogen hat), mit seinen wenig feinfühlig formulierten Theorien zur Besessenheit anfing, warf Horst ihn ebenso wenig feinfühlig in hohem Bogen hinaus. Dabei hatte der alte Pfarrer noch Glück, dass er nicht mehr dazu gekommen war, einen Exorzismus vorzuschlagen. Das hätte den rein verbalen Rauswurf mit ziemlicher Sicherheit um eine physische Komponente erweitert.

Aber es reichte auch so. Den Pfarrer als „alten, hirnlosen Kerzerlschlucker", „konservativen Kittelbrunzer" und „gefährlichen Geisterbeschwörer" zu bezeichnen, das war in einem kleinen Ort ein gesellschaftliches Todesurteil.

Auch, wenn man selbst selten zur Messe ging.

*

Scamponi hatte nun schon mehr als eine Stunde auf einen Anruf von Marco gewartet. Langsam wurde ihm klar, dass wieder einmal alles ziemlich aus dem Ruder gelaufen sein musste.

Etwas in ihm hoffte, dass der Wächter wenigstens seinen Auftrag hatte ausführen können. Dass er selbst damit unter die Räder kommen würde, war eben der Preis, den man manchmal zu zahlen hatte, um die Welt vor den Verfluchten zu schützen.

Er traf seine Vorbereitungen und suchte das Wächterarchiv auf.

*

„Jemand von euch bringt bitte den Jungen nach Linz in die Nervenklinik. Seine Freundin wurde dort eingeliefert. Genickschuss. Und keiner von euch berührt den Buben!"

Blumenscheins Anordnungen wurden normalerweise ohne Diskussion befolgt, aber diesmal sah ihn sein Mitarbeiter, dem er die Leitung der Untersuchung abgetreten hatte, fragend an?

„Tu einfach, was ich sage, Karl! Bitte!"

Karl Sobotic nickte. Vermutlich stand der Alte unter Schock oder unter Strom oder beides. Dass er eine auf die Rübe bekommen hatte, war nicht zu übersehen, sein Hemd sah aus, als wenn er gerade ein Schwein geschlachtet hätte. Aber was soll's? Ihm zu widersprechen war sinnlos.

„Florian wird das übernehmen. Ich kann hier ja wohl nicht weg."

Blumenschein nickte. Er wirkte geknickt.

Sobotic winkte den genannten Kollegen herbei und teilte ihm mit, was er zu tun hätte.

„Und jetzt, Chef, erklär mir bitte, was sich da abgespielt hat!"

Blumenschein begann, ihm alles zu schildern, was er beobachtet hatte, seit er um die Kurve gekommen war. Seine Vorahnung behielt er für sich. Darüber würde er nie mit jemandem reden.

Was auch den Tatsachen entsprach.

*

Als Severin am Abend aus Innsbruck anrief, hob niemand ab. Das war eigenartig, denn es war noch zu früh, als dass Annabells Vater schon zur Arbeit gemusst hätte. Wenigstens er hätte also zuhause sein müssen, außer ...

Außer es war etwas wirklich Fürchterliches passiert.

Severin versuchte, seine Gedanken vom wilden Im-Kreis-Springen wieder in geordnete Bahnen zu lenken. Wen konnte er sonst noch anrufen?

Den Kriminalpolizisten.

Er wählte Blumenscheins Durchwahl und tatsächlich hob jemand ab.

„Kriminalpolizei Wels, Apparat Leutnant Blumenschein. Wie kann ich helfen?"

Er nannte seinen Namen. Er wolle bitte den Leutnant sprechen. Er kam nicht weiter. Am anderen Ende hörte er seinen Gesprächspartner ... stöhnen? Oder nur heftig ausatmen? Dann Gemurmel. Dann hörte er die vertraute Stimme des Leutnants.

„Pater Severin?"

„Was ist passiert?"

„Das frage ich Sie!"

„Ich bin in Innsbruck, der Zug fährt in zwanzig Minuten weiter. WAS IST PAS-SIERT?"

Blumenschein überhörte, dass Severin ihn anschrie und fasste in Kürze und im Polizeiprotokollton zusammen, was sich abgespielt hatte. Zumindest das, was sie bisher wussten. Er ließ auch nicht aus, wie der Attentäter gestorben war, unterschlug allerdings seine Vermutung, dass das an der Berührung durch den Jungen gelegen hatte. Das war einfach zu ... absurd. So etwas passierte vielleicht in Perry Rhodan Romanen, aber das hier war die Realität.

Als er fertig war, wartete er auf eine Reaktion des Paters. Vergebens.

„Pater? Haben Sie dazu nichts zu sagen?"

Severin versuchte, seine Stimme so emotionslos wie möglich klingen zu lassen.

„Haben Sie das Schließfach geöffnet?"

Blumenschein war wie vor den Kopf gestoßen. Er hatte auf das Schließfach komplett vergessen. Und nun war das die erste Frage, die dieser eigenartige Pater stellte, nachdem er ihm eine Horrorgeschichte erzählt hatte, wie man ihr sonst nur in diesen amerikanischen Filmen begegnete.

„Ähm, nein. Aber das ist mit Sicherheit das Nächste, das ich tun werde."

Severin atmete zweimal durch und sagte mit der eindringlichsten Stimme, derer er fähig war:

„Leutnant, ich ersuche Sie, genau das nicht zu tun. Ich kann ihnen im Moment nicht erklären, warum. Aber ich garantiere Ihnen, dass es nichts mit dem Fall zu tun hat. Bitte respektieren Sie einfach meinen Wunsch, diese meine Privatsache nicht anzutasten!"

Blumenschein überlegte. Nach dem was er von diesem Jungen gesehen hatte: Wollte er überhaupt alles wissen?

„Pater, schwören Sie mir, dass dieses Schließfach nichts zur Aufklärung des Falles beitragen könnte?"

Severin schwor den Meineid, ohne zu zögern.

∗

„Maria, Kleines, was ist denn heute mit deinen Puppen passiert, da im Garten?"

Horst fragte sie ganz beiläufig, während er mit ihr Fuchs und Henne spielte und sich größte Mühe gab, nicht komplett unterzugehen. Das Mädchen vernichtete ihn bei diesem Spiel regelmäßig.

„Die sind kaputt vom Himmel gefallen, Papa."

Er sah, dass er nicht mehr verhindern konnte, dass sie in wenigen Zügen alle Hennen im Stall haben würde.

„Und wie kamen sie da rauf?"

„Papa, du verlierst schooooon wieder!" Wieder eine Henne entkommen.

„Wie kamen die Puppen in den Himmel, Maria?"

„Ich weiß nicht, Papa. Der Junge war zuerst ganz traurig, weil das Mädchen … und dann hat er ganz *schlimme Dinge* gemacht."

Er verzichtete, die sinnlose Frage zu stellen, wer der *Junge* sei. Das hatte noch nie zu etwas geführt. Kinder hatten in diesem Alter oft fiktive Freunde, er hatte das nachgelesen.

„Was für Dinge, mein Kleines?"

Sie zog wieder eine der Hennen in den Stall, ohne dass er sie schlagen konnte.

„Er hat einen Mann totgemacht."

Horst schluckte. Er würde heute nicht mehr weiterfragen. Einerseits, weil er Maria nicht noch mehr verunsichern wollte.

Aber in erster Linie wohl, weil er sich vor den Antworten fürchtete.

24

Mai 1978

Die Monate nach diesem Attentat waren die schlimmsten in meinem Leben. Die Stimmung im Haus war fürchterlich, wie man sich denken kann. Annabell hatte wie durch ein Wunder überlebt, weil der Schuss etwas zu tief gezielt gewesen war. Statt ihr das Stammhirn zu zerfetzen, war die Kugel an einem Halswirbel nach oben abgeprallt und in der Schädelbasis im Knochen stecken geblieben. Ihr Rückenmark war teilweise durchtrennt worden, aber das Gehirn war wie durch ein Wunder fast ganz heil geblieben.

Der Arzt sagte nach der Operation das, was Ärzte nach schweren Notoperationen immer sagen: *Wir können noch nichts sagen. Vermutlich wird sie überleben, aber über die Folgeschäden zu spekulieren, wäre absolut verfrüht.* Und so weiter. Und so fort.

Anfangs war Annabell ab dem verletzten Halswirbel abwärts gelähmt. Sie musste künstlich beatmet werden, sie musste künstlich ernährt werden, sie hatte einen Katheder. Alles an ihr musste irgendwie künstlich gemacht werden. Nach einigen Tagen gelang es Severin endlich, den Arzt zu überreden, mich zu ihr ans Bett zu lassen. Von da an ging es aufwärts. Ich setzte meine Gabe endlich einmal sinnvoll ein, indem ich ihre Hand hielt und meine Gedanken in positive Bahnen lenkte. Anfangs durfte ich das nur für wenige Minuten, aber die Ärzte merkten schnell, dass meine Anwesenheit aus irgendeinem unerfindlichen Grund *der Genesung Annabells förderlich war*, wie sie das ausdrückten. Also durfte ich schon bald jeden Tag mehrere Stunden bei ihr bleiben, und nach zwei Wochen schlug sie das erste Mal die Augen auf.

Ich lernte auch über meine Gabe etwas dazu. Sie ist nicht unbegrenzt. Nach einer oder zwei Stunden fühlte ich, wie sie langsam versiegte. Sie kam dann auch nicht von selbst zurück. Jedenfalls nicht schnell genug. Ich konnte sie nur aufladen, indem ich ... es starben viele Leute in dieser Zeit, aber ihr Tod war zu etwas nütze.

Zuerst hatte ich es mit Tieren versucht. Aber deren Lebensenergie ist einfach zu schwach, um meine Batterien schnell genug aufzuladen. Ich hätte ein halbes Dutzend Rinder oder zwanzig Schweine töten müssen, um drei Stunden Energie für Annabell zu gewinnen.

Es war auch nicht egal, wessen Energie ich anzapfte. Alte Leute hatten weniger davon als Kinder, Psychopathen mehr als ethische Menschen, böse mehr als gute, gesunde mehr als kranke, dumme aber interessanterweise gleich viel wie kluge

Menschen. Und dann gab es welche, die passten in kein Schema, die hatten einfach eine Menge davon oder kaum welchen. Wenn ich ehrlich bin: Ich habe das dahinterliegende Prinzip nie ganz durchschaut. Wenn es überhaupt so ein Prinzip gibt.

Ich suchte mir also meine Opfer unter den jüngsten, psychopathischten und bösesten Menschen, die ich finden konnte. Nach einigen Wochen konnte ich schon aus einigen Metern Entfernung spüren, ob ein potentieller Spender eine größere Menge „Sprit", wie ich es nun für mich nannte, zu bieten hatte. Ich mochte das Wortspiel wirklich. Man muss beim Wort „Spirit" nur einen Buchstaben weglassen. Bis mir Severin erklärte, dass es gar kein Wortspiel ist. Es handelt sich einfach nur um den gleichen lateinischen Wortstamm für das deutsche Wort „Geist".

Damit es nicht auffiel, wenn sich an einem Ort plötzlich die Todesfälle häuften, lernte ich, meinen Opfern ihren Sprit nur zum Teil abzuzapfen. Die hatten dann im Normalfall zwar eine deutlich verkürzte Lebenserwartung, aber manche von ihnen starben erst nach Monaten oder Jahren, sodass das lange unbemerkt blieb.

„Wo findet man körperlich gesunde, böse Menschen und Psychopathen?", fragte ich Severin.

„Du meinst außer in der Politik?" lachte er.

Und dann wurde er wieder ernst.

„Du wirst mich jetzt öfter in den Strafvollzug begleiten müssen, Felix!"

Ich bin nicht stolz darauf, dass ich manchmal auch unschuldige, gute Menschen anzapfte, wenn ich ihren Sprit schon aus mehreren Metern wahrnahm. Das blieb aber die Ausnahme.

Wenigstens rede ich mir das ein.

*

Die Monate, als Felix seine Gabe in beide Richtungen exzessiv zu benutzen begann, waren für Maria die Hölle. Das kleine, sechsjährige Mädchen hatte Tage, an denen es wie ein Roboter mit einem Wackelkontakt in der Hauptstromversorgung auftrat, sodass Horst und Luise es angebracht fanden, es von der Schule ein Jahr zurückstellen zu lassen. Der Direktor der Volksschule ließ sich seine Erleichterung unverhohlen anmerken. Das Mädchen hätte vielleicht aufgrund gewisser Vorkommnisse in diesem Jahr sowieso ein sehr schwieriges Schuljahr vor sich gehabt, und so weiter, erklärte er den beiden. *Und so kann ich wenigstens mit den Eltern reden, die mir schon gedroht haben, ihre Kinder lieber in eine Privatschule in Linz zu geben, als es mit diesem Teufel in eine Klasse gehen zu lassen.*

Irgendwie lernte Maria dann jedoch, mit diesem Fluch umzugehen. Sie spürte anscheinend nun schon kurz vorher, wenn der Junge *etwas Schlimmes* vorhatte.

Meistens gelang es ihr dann, sich abzuschotten. Dann erstarrte sie zwar nicht, war aber auch kaum ansprechbar. Und es flogen zumindest keine Dinge mehr in die oder durch die Luft.

Der Nebeneffekt dieses Lernvorgangs, der bei Maria gänzlich unbewusst erfolgte, war, dass sie auch begann zu begreifen, wie sie Dinge bewegen konnte, *ohne dass der Junge etwas Schlimmes tat*. Eigentlich erinnerte sie sich eher an diese Fähigkeit, als dass sie sie erlernte. Sie hatte das als Baby schon gekonnt, wenn sie ihre geliebte Raupe mit ihren Gedanken aufgezogen hatte.

Mit Gedanken Dinge zu bewegen, das war, wie diese Gegenstände anzugreifen. Sie konnte die Dinge fühlen, als wenn sie sie in die Hand genommen hätte. Sie spielte mit ihnen, indem sie diese in ihre *Kopffinger* nahm, wie sie es ausdrückte.

Ihre Eltern hätten vielleicht schockiert sein sollen, aber sie begriffen schnell, dass Maria gerade lernte, Kräfte zu beherrschen, die unkontrolliert viel gefährlicher waren als in dieser, nun kanalisierten Form, angewendet.

Trotzdem baten sie ihr kleines Mädchen, nie in Gegenwart anderer *solche Sachen zu machen*. Ihre Mutter erklärte es ihr, so gut sie konnte:

„Weißt du Kleines, die Leute verstehen das nicht, weil sie das nicht können. Und dann bekommen sie Angst. Du willst doch nicht, dass jemand Angst haben muss, oder?"

Maria schüttelte den Kopf und beschloss, dass das nun wirklich ziemlich vernünftig klang und verzichtete selbst in Gegenwart ihrer Eltern meist auf das *Spielen mit den Kopffingern*.

Aber wenn sie dann endlich alleine war, spielte sie. Und wie sie spielte!

*

Als man Felix endlich erlaubte, täglich einige Stunden bei Annabell zu verbringen, zumeist händchenhaltend, das war ja so süß, fanden die behandelnden Ärzte und Schwestern, besserte sich ihr Zustand schneller, als irgendein noch so optimistischer Arzt prognostiziert hatte. Und viel schneller und vor allem weiter, als sie es überhaupt für möglich gehalten hatten. Mit einer derartigen Verletzung waren die Zukunftsaussichten der Patienten üblicherweise alles andere als rosig. Die Wahrscheinlichkeit, ein Pflegefall zu bleiben, war so hoch, dass sie eher als Sicherheit zu bezeichnen war. Mit etwas Glück würde das Mädchen vielleicht in einigen Monaten wenigstens wieder selbständig atmen und in einigen Jahren vielleicht sogar wieder kauen und schlucken können. Danach würde es eine Rehabilitation nach der anderen machen müssen, um in fünf Jahren mit viel Glück eine Gabel zum Mund führen zu können, um schlussendlich irgendwann an einem in die falsche Kehle geratenen Bissen zu ersticken.

Annabell begann am vierten Tag, nachdem sie Felix das erste Mal besucht hatte, zu atmen. Von der Magensonde konnte man sie drei Wochen später erlösen, weil sie, ohne sich zu verschlucken, schon breiige Nahrung essen konnte. Was auch nur möglich war, weil sie entgegen aller Prognosen bereits eine Woche nach Felix erster „Behandlung", wie die Schwestern seine Besuche mittlerweile nannten, wenn sie unter sich waren, die Augen aufschlug und am nächsten Tag die ersten Worte hauchte.

Natürlich war es nur eine Frage der Zeit, bis die Eltern des Mädchens, das mit Annabell in der Intensivstation lag, an Felix herantraten. Ihre Tochter war etwas jünger als Annabell und hatte zwei Tage vor der Schießerei, die für Annabell so tragisch geendet hatte, einen schweren Unfall gehabt. Der Schulbus war mit einem LKW kollidiert, was den Buslenker das Leben und dem Mädchen die Milz gekostet hatte. Und dem armen Ding leider auch eine schwere Schädelverletzung beschert hatte, weshalb es bislang noch nicht wieder aus dem Koma erwacht war.

Severin war in einer Zwickmühle. Dem Mädchen zu helfen würde zweifelsohne mit einer Aufmerksamkeit verbunden sein, die es unbedingt zu vermeiden galt. Ihm nicht zu helfen, war womöglich aber auch Grund für lautstarken Protest. Dabei war es gleichgültig, ob man bestritt, dass Felix eine besondere Gabe hatte. Die Eltern des Mädchens glaubten irgendwie daran, auch wenn es völlig irrational war. Sie klammerten sich für ihr Kind eben an den letzten, noch so dünnen Strohhalm.

Felix ging also zum Vater der Kleinen, als einmal niemand vom Pflegepersonal im Raum war, und flüsterte ihm zu, dass er zwar keine Ahnung hätte, wie er helfen könne, aber unter einer Bedingung dazu bereit sei: Er würde es nur versuchen, wenn niemand von den Ärzten und Schwestern im Raum wäre und man ihm verspreche, kein Wort davon zu irgendjemandem zu sagen.

Der Vater des Mädchens war einverstanden.

Die Gelegenheit bot sich schon eine Stunde später, und auch wenn Felix den meisten Sprit an diesem Tag schon für Annabell verbraucht hatte, reichte selbst das kleine Bisschen, damit das Mädchen noch am selben Abend aus dem Koma erwachte.

Der Vater hielt sein Versprechen. Beinahe jedenfalls. Außer seiner Frau sagte er keinem Menschen etwas davon. Die hielt es auch. Beinahe jedenfalls. Außer ihrer Schwester, als diese das Mädchen besuchte, sagte sie niemandem etwas davon. Die allerdings sah sich an kein Versprechen gebunden, und am nächsten Tag wusste das gesamte Personal Bescheid. Einer der Ärzte hatte einen Bruder, der Redakteur bei einer großen oberösterreichischen Tageszeitung war, und sich Severin und Felix am nächsten Tag beim Verlassen des Krankenhauses in den Weg stellte, um „ein paar Fragen zu stellen", allerdings ohne Erfolg.

Ohne Erfolg, aber nicht ohne Auswirkung. Felix zapfte ihn auf ein Nicken von Severin hin an, und tags darauf war der Redakteur tot.

„Felix, das mit dem Mädchen war ein Fehler."

Felix nickte traurig.

„Den wir korrigieren müssen."

Wieder ein kaum merkliches Nicken.

Als das Mädchen zwei Tage später wieder ins Koma fiel und einen Tag darauf starb und völlig zerbrochene Eltern zurückließ, schalten sich die Ärzte und Schwestern, die tatsächlich fast auf diese Zufälle hereingefallen waren und irgendwie ... wenn man daran dachte, merkte man, wie absurd das war ... nun, sie schalten sich Narren. Natürlich nur unhörbar, in ihren Selbstgesprächen, aber manche schüttelten dabei tatsächlich den Kopf über ihre eigene, dumme Naivität. Wie konnte man nur an den Blödsinn glauben, dass ein Junge eine Art heilende Berührung, nein so ein Schwachsinn! Der Tod des Mädchens hatte dann ja gezeigt, dass Annabells Fortschritte einfach nur ein glücklicher Zufall waren. Oder dass sie eben sehr widerstandsfähig war. Vermutlich beides.

Dass seine Berührung je nach Intention sowohl heilend oder aber auch ein Todesurteil sein konnte, auf diese Idee kam keiner.

*

Keiner außer Leutnant Blumenschein.

Der hatte aber auch gesehen, wie der Attentäter nach der Berührung durch Felix einfach *ausgetrocknet* war. Wie eine Pflanze, die man nicht gegossen hatte, aber in einer Zeitrafferaufnahme. Etwas, das sich jedem rationalen Erklärungsversuch widersetzte, wie eine sechzigjährige alte Jungfer der Versuchung durch den Gasmann. Weshalb der Kriminalpolizist, der berufsbedingt auf rationales Überlegen getrimmt war, diese Tatsache auch in die hintersten Winkel seines Unterbewusstseins verdrängte.

Bis ein Traum sie von dort wieder hervorholte. Wenn wir uns manchen Erkenntnissen verweigern, dann macht eben unser Unterbewusstes die Drecksarbeit für uns. Es tanzt mit uns im Karneval des Traums auf der Straße der Irrationalität eine Samba der Erkenntnis, wenn man es blumig ausdrücken möchte. Und dann geht uns die Melodie nicht mehr aus dem Kopf; wie ein lästiger Ohrwurm. Sie fällt uns zu den unmöglichsten Gelegenheiten wieder ein, drängt sich nach vorne, wenn wir es am wenigsten erwarten und erinnert uns daran, dass es da noch eine Kleinigkeit gibt, um die wir uns kümmern müssen.

Leutnant Blumenschein beschloss etwa einen Monat nach dem Desaster bei Severins Haus, sich nun darum zu kümmern. Damit er diesen quälenden Ohrwurm endlich loswerden konnte.

Er griff zum Telefon und wählte Severins Nummer, ohne zu wissen (aber etwas in ihm *ahnte* es), in welche Gefahr er sich damit begab.

*

Scamponi wartete seit Tagen auf Severins Anruf. Nachdem er alle Unterlagen über das Wächterprogramm vernichtet hatte – in den Vatikanischen Archiven gab es für solche Zwecke einen modernen Hochtemperaturofen – konnte man ihm zumindest kaum etwas beweisen. Er wusste aber auch, dass die öffentliche Meinung nicht immer Beweise brauchte, um ihr Urteil zu fällen. Trotzdem hoffte er, nachdem sein anfängliches Entsetzen von nüchternen Überlegungen relativiert worden war, dass er, oder zumindest der Vatikan, einigermaßen heil aus der Sache herauskommen könnte. Auch Felix und Severin konnten öffentliche Aufmerksamkeit und einen Pressewirbel so gut brauchen, wie ein Beduine ein paar Skier.

An diesem Sonntag Mitte September rief der Pater schließlich an. Und der Kardinal war vorbereitet. Er würde sich nicht auf Vorwürfe und sinnlose Diskussionen einlassen, sondern dem Pater einen Vorschlag machen.

Severin dachte nicht daran, sich darauf einzulassen. Stattdessen erklärte er seinerseits dem Kardinal, was nun geschehen werde.

*

Als Horst den Pfarrer hinausgeworfen hatte, rechnete er zwar nicht damit, dass die Angelegenheit nun erledigt sei, aber mit der sturen Hartnäckigkeit des alten Priesters hatte er dennoch nicht gerechnet.

Dieser hatte beschlossen, dass er sich eine solche Demütigung in Zukunft nicht noch einmal bieten lassen werde. Wenn der Vater nicht vernünftig sein wollte, dann musste man eben andere Wege gehen.

Und nachdem alle Wege nach Rom führten, rief er dort einen Bruder aus dem Opus Dei an, mit dem er seit Jahren nicht mehr gesprochen hatte.

Dieser Bruder war nach einem raketenhaften Aufstieg mittlerweile Kardinal geworden und lauschte den Ausführungen seines alten Mitbruders aus dem erzkonservativen Orden mit rasch wachsendem Interesse.

*

Annabell wurde Mitte September ins Welser Krankenhaus, und zwar gleich auf die Normalstation, verlegt. Das reduzierte die Wegzeit für Besuche durch Felix und ihren Vater beträchtlich. Fritz Zierler war in den Wochen seit dem Unfall – er weigerte sich, das Geschehene anders zu bezeichnen als einen Unfall – um Jahre gealtert. Sein Tagesablauf war daran vermutlich nur zum Teil schuld. Nachts um eins in die Bäckerei, um acht Uhr morgens heim, zwei Stunden Schlaf (der meistens unruhig und selten traumlos war), dann nach Linz in die Klinik, gegen fünf Uhr am Nachmittag wieder heim, nochmal zwei Stunden Schlaf und wieder in die Arbeit. Und dieses Prozedere sechs Tage die Woche. Wenn Felix ihm nicht ohne sein Wissen hie und da eine kleine Portion Sprit verabreicht hätte, wäre er vermutlich schon vor Wochen zusammengebrochen. Felix hätte das zwar nur am Rande gekümmert, aber Annabell brauchte ihren Vater noch.

In Wels wurde die gesamte Situation etwas leichter für sie alle. Zehn Minuten mit dem Auto statt einer Dreiviertelstunde. Ohne Parkplatzsuche, die in Linz eine Qual war, sodass sie zumeist mit dem Zug angereist waren, was dann stets über eine Stunde gedauert hatte.

Anfang September war zudem die Schule wieder losgegangen, und Severin hatte darauf bestanden, dass Felix den Unterricht nicht versäumte. Nachdem dieser zumeist gegen halb Eins zu Ende war, fuhr Felix danach direkt ins Welser Krankenhaus und besuchte seine Annabell, der es zusehends besser ging. Sie hatte wie durch ein Wunder keine geistigen Schäden davongetragen, aber die Motorik war stark beeinträchtigt. Und sie konnte sich – glücklicherweise – an nichts von alldem erinnern, was an diesem Tag geschehen war.

Felix hatte seit zwei Tagen keinen richtigen Sprit tanken können. Severin hatte gemeint, seine Besuche in der Justizvollzugsanstalt würden langsam auffallen, sodass Felix darauf angewiesen gewesen war, sich bei ein paar streunenden Katzen und Hunden zu bedienen und die Schafherde eines Bauern zu dezimieren. Aber auch diese Quellen waren limitiert, wenn er keine weitere Aufmerksamkeit erregen wollte. Er hatte daher heute Annabell, als er ihre nach innen verkrümmten Finger (ein typisches Merkmal für derartige Verletzungen, hatte der Arzt gemeint) in seine genommen hatte, nur wenig heilsame Essenz verabreichen können. Das musste sich ändern! Das *würde* sich ändern!

Als Felix fühlte, dass er fast leer war, küsste er Annabell, die in seiner Gegenwart immer einschlief, als wäre sie da sicher, dass ihr nichts geschehen könne, auf die Stirn und ging in Richtung des Bahnhofs davon. Dort trieben sich immer einige Obdachlose herum. Keine großartigen Spritquellen, ja, aber besser als Hammel,

Hunde und Katzen. Und vor allem fiel es noch weniger auf, als bei Haustieren, wenn einige verstarben.

„Gehst du heute schon, Felix?", fragte Annabells Vater, der gerade erst gekommen war.

„Ich muss ein wenig Energie tanken.", meinte Felix mit einem angedeuteten Lächeln.

Das war nicht einmal gelogen.

*

„Sie haben, wie ich das sehe, kaum eine andere Wahl, Kardinal!" Severin weigerte sich weiterhin, diesen Bastard mit „Exzellenz" anzusprechen.

„Ich könnte alles öffentlich machen."

Severin hörte in diesen Worten, dass der rothaarige Kardinal selbst nicht von dieser Möglichkeit überzeugt war. Der Schaden für die Kirche wäre unermesslich, und Severin wusste das. Aber er schwieg, um Scamponi weiterreden zu lassen.

„Man würde Sie und Ihren Jungen aus dem Verkehr ziehen. All die ungeklärten Todesfälle aufrollen. Sie würden das Tageslicht nie wieder anders sehen als in einem Gefängnishof!"

„Kardinal, wir wissen beide, dass man Sie höchstens für völlig verrückt halten würde. Die Auftragsmorde durch Ihre Attentäter hingegen sind sehr real. Wollen Sie das wirklich riskieren?"

Schweigen am anderen Ende der Leitung. Dann ein halbherzig unterdrücktes Seufzen.

„Sie wollen also keinen Waffenstillstand, Pater?"

„Was ich will, ist ein Dokument, indem Sie Ihre Schuld zugeben. Sozusagen als unsere Rückversicherung. Auf offiziellem Briefpapier des Vatikans. Mit Siegel und Unterschrift."

„Unmöglich!", schrie Scamponi in das Telefon.

„Im Gegenzug bekommen Sie von mir ein Dokument, in dem wir – also Felix und ich – die Kirche unserer unverbrüchlichen Solidarität versichern, solange uns nichts zustößt. Wir werden Ihnen niemals in die Quere kommen. Wenn Sie uns in Ruhe lassen."

Der Kardinal seufzte wiederum. Diesmal war es auch durch die Leitung deutlich hörbar.

„Und, Kardinal, ich werde dieses Dokument so hinterlegen, dass es im Falle eines eventuellen *Unfalls* an die Öffentlichkeit kommt. Also keine falschen Spielchen, bitte!" Severin betonte dabei das Wort „Unfall".

„Wer garantiert mir, dass Sie sich an Ihr Versprechen halten, der Kirche nicht zu schaden?"

Severin lachte gequält auf. Das Gespräch begann ihn zu nerven, und das hörte man deutlich heraus.

„Kardinal, wir hatten nie vor, der Kirche zu schaden. Was hätten wir auch davon? Alles, was wir wollen, ist in Ruhe gelassen zu werden."

Scamponis Widerstand war gebrochen, das konnte man jetzt deutlich spüren. Sein letzter Versuch, der Sache noch etwas Schärfe zu nehmen, war deshalb wenig überzeugend.

„Ich werde Ihnen diese Bestätigung auf neutralem Papier ausfertigen."

Severin wusste, dass er gewonnen hatte.

„Kardinal, Sie missverstehen da etwas. Ich verhandle nicht. Ich teile Ihnen unsere Bedingungen mit. Überlegen Sie es sich und rufen Sie mich morgen gegen Mittag an. Auf Wiederhören!"

Ohne die Antwort seines Gesprächspartners abzuwarten, legte Severin auf.

*

Da war noch etwas, um das sich Severin kümmern musste. Er kam sich vor wie ein völlig überforderter Sanitäter, der auf einem Schlachtfeld voller Verletzter und Leichen Ordnung schaffen sollte, nachdem sich der Pulverdampf endlich verzogen hatte. Um welchen Verletzten musste man sich zuerst kümmern? Hatte man jemanden übersehen? Was, wenn die Schlacht noch einmal aufflammte und einen die letzte Granate kalt erwischte, während man einem sowieso hoffnungslosen Fall die Wunden verband?

Severin machte sich im Geiste eine Liste, welche Aufräumarbeiten noch offen waren, ordnete sie nach der Priorität und kümmerte sich dann wie eine gut geölte Maschine um eine nach der anderen.

Ganz oben auf der Liste stand ein gewisser Polizist, der ihm am Telefon einige sehr lästige Fragen gestellt hatte. Er rief Blumenschein an und bat ihn, sich übermorgen mit ihm zu treffen. Heute und morgen ginge es nicht, aber übermorgen würde er ihm gern alle Fragen beantworten. Der Leutnant willigte ein. Geduld war eine Zierde.

Ein gewisses Maß an Ungeduld kann jedoch manchmal Leben retten.

*

Als der Kardinal das Gespräch mit dem alten Mitbruder, der es erbärmlicherweise nicht weiter als bis zum österreichischen Dorfpfarrer geschafft hatte (eine Schande für das Opus!), beendet hatte, lehnte er sich zurück und ließ seinen Füller durch die Finger kreisen, als er über das eben Gehörte nachdachte.

Was waren nüchtern betrachtet die Fakten?

Ein kleines Mädchen hatte offensichtlich ganz spezielle Begabungen telekinetischer Natur. Zudem schien sie fallweise in eine Art Trance zu fallen. Anscheinend genau dann, wenn auch diese telekinetischen Phänomene auftraten. Das legte den Schluss nahe, dass sie diese nicht bewusst selbst hervorbrachte, sondern dass diese Vorkommnisse vielmehr eine Art Nebeneffekt des eigentlichen Problems waren.

Scamponi konnte nur verächtlich schnauben, wenn er an die Vermutung dieses Dorfpfaffen dachte, dass das Mädchen vermutlich von einem Dämon heimgesucht wurde. Gut, es war nützlich, diesen Aberglauben für einfachere Geister aufrecht zu erhalten, aber er wusste natürlich, dass sich all diese angeblichen bösen Geister und Dämonen bei näherer Untersuchung fast immer als Effekte parapsychologischer Natur herausstellten. Oder einfach als Geisteskrankheiten.

Und manchmal stieß man, wenn man diesen Sachen auf den Grund ging, auch auf einen Verfluchten.

Das war jetzt natürlich weit hergeholt, aber die räumliche Nähe des Mädchens zu dieser Serie aus Fiaskos, die er in letzter Zeit hinnehmen musste, war zumindest ein Indiz für eine Verbindung des Kindes zu den beiden Mistkerlen, die ihm gerade die Hölle heiß machten und seine besten Agenten auf dem Gewissen hatten. Ein Gedanke, bei dem sich blanker Hass in ihm ausbreitete.

Leider hatte dieser Trottel von Pfarrer bei der Familie des Mädchens nur verbrannte Erde hinterlassen. Der Vater schien jetzt bereits rot zu sehen, wenn sich ein Talar seiner Familie auch nur auf Sichtweite näherte.

Er musste trotzdem eine Möglichkeit finden, mehr über dieses Kind herauszufinden. Zumindest würde es keine Gefahr darstellen, weder für die Kirche, noch für ihn, noch für einen Agenten, den er damit beauftragte. Aber vielleicht für Pater Severin und Felix.

Es war zumindest der Hauch einer Chance, die sich da auftat. Und es war ein taktischer Vorteil, weil dieser Pater Severin davon ganz offensichtlich nichts wusste.

Scamponi überlegte, wen er mit diesem Auftrag betrauen konnte.

25

Der Welser Bahnhof war selbst Ende der Neunzehnhundertsiebziger schon nicht mehr modern. Es sollte aber noch Jahrzehnte dauern, bis man sich zu einer Renovierung durchringen konnte. Damals jedenfalls konnte man sich als Reisender nur im äußersten Notfall dazu überwinden, sich auf eine der wenig einladenden Holzbänke zu setzen, um auf einen Zug oder auf eine Reduktion der Warteschlange vor dem Fahrkartenschalter zu warten. Zu groß war die Chance, dass man sich geradewegs in die eingetrockneten Reste der Stoffwechselendprodukte eines von einem Clochard vernichteten Doppelliters Wein setzte.

Das war wohl auch der Grund dafür, dass Felix hier nun seine Sprittankstelle Nummer eins hatte, auch wenn sich in letzter Zeit die Anzahl der auf den Bänken herumlungernden oder ihren Rausch ausschlafenden Sandler, wie man Obdachlose in Österreich damals ein wenig abfällig nannte, reduzierte. Zumal der Bahnhof ja seine größte Anziehungskraft auch in erster Linie in der kalten Jahreszeit besaß.

Und jetzt war Frühling, wobei der Sommer schon recht deutlich spürbar seine ersten Vorboten sandte.

Daher war an diesem Nachmittag nur einer dieser aus mehreren Gründen bedauernswerten Menschen in der Bahnhofshalle, als Felix sich durch das laute Quietschen der Schwingtür ankündigte, für deren Schmierung sich anscheinend seit Jahren niemand als zuständig betrachtete.

Wie dieser Mensch hieß, wusste keiner. Seine Saufkumpane – wirkliche Freunde gab es unter den Obdachlosen selten – nannten ihn aufgrund seiner plattgewalzten Nase nur Rocky, wie den Helden in diesem Boxerfilm, der vor einem oder zwei Jahren an den Kinokassen zum Schlager im Sinne des Wortes geworden war. Und auch Rockys schiefer Mund passte gut zu diesem Spitznamen, hatte aber traurige Gründe.

Rocky war früher ein erfolgreicher Kleinunternehmer gewesen, mit einem eigenen Laster, mit dem er Fuhren für ein lokales Kieswerk durchgeführt hatte, bis ihn das Glück verlassen und einer beinahe unglaublichen Pechsträhne Platz gemacht hatte, für die, wenn man es genau betrachtete, eine einzige Fehlentscheidung ausschlaggebend gewesen war.

Rocky hatte sich an diesem Freitag vor sechs Jahren schon eine ganze Woche nicht so gut gefühlt, hatte ständig über Kopfschmerzen geklagt, dann entgegen dem Rat seiner damaligen Frau aber den Arzttermin sausen lassen, um eine einträgliche Fuhre zu übernehmen. Schließlich würden die Banken kaum Verständnis dafür aufbringen, dass er wegen einer Untersuchung die nächste Rate für den

Laster nicht pünktlich bezahlen konnte. Als Selbständiger lief das eben ein wenig anders als für Angestellte. Kranksein musstest du dir da erstmal leisten können.

Dabei hatte er eine Vorahnung gehabt, die ihm dringend davon abgeraten hatte, den Arzttermin verstreichen zu lassen. Eine irrsinnig reale Vorahnung, ein schweigendes, stillstehendes Bild, das sich in seinem Kopf manifestiert hatte, bis er sich endlich mit purer Selbstdisziplin dazu zwang, es nicht mehr zu sehen.

Als er die Fuhre abgeliefert hatte und am Rückweg war, wurden seine Kopfschmerzen plötzlich dramatisch schlimmer, und er verlor kurz das Bewusstsein. Eine Gehirnblutung ist an sich schon Pech, aber wenn man dabei in einem Lastkraftwagen sitzt und deswegen auf ein Auto knallt, in dem gerade eine Familie sitzt, von der einzig das Kind im Fonds nur knapp und vor allem schwer verletzt überlebt, ist das doppelt tragisch. Und wenn nach einem langen Krankenhausaufenthalt dann auch noch ein Richter der Auffassung des Sachverständigen folgt, dass *der Lenker sich aufgrund seiner wochenlangen Beschwerden in verantwortungsloser Weise statt den Arzttermin wahrzunehmen, ans Steuer gesetzt hat*, dann hat man wirklich ein sattes Problem am Hals. Von den inneren Konflikten wegen des gelähmten Kindes und der toten Familie ganz abgesehen.

Um die Geschichte kurz und bündig abzuschließen: bedingte Haftstrafe, Versicherung ausgestiegen, Schmerzensgeld- und Rentenzahlung an das Kind, Firma bankrott, Haus weg, Frau weg, obdachlos. Soziales Netz? Arbeitslosen-geld? Unternehmer, daher Fehlanzeige!

Heute wäre so ein Privatbankrott in einigen Jahren Geschichte, aber damals war das das Ende eines geordneten Lebens.

Also begann Rocky, nun obdach- und erwerbslos, zu saufen wie ein Seemann auf Landurlaub, bis er sich neben den quälenden Erinnerungen endlich auch den letzten Rest Hirn aus dem Schädel gespült hatte.

Dennoch war das Schicksal nicht gänzlich unfair gewesen. Als Kompensation für die permanente Vernichtung grauer Zellen hatte es beschlossen, in dem Kerl eine bis dahin nur latent vorhandene Fähigkeit aus ihrem langjährigen Schlummer zu wecken.

Als Felix die Halle betrat, dämmerte Rocky auf einer der hölzernen Bänke im Halbschlaf eines abklingenden Vollrausches. Einem Kollegen war in der Nacht aus einer einsam und halb offen dastehenden Reisetasche eine volle Flasche Brandy in die Hand gehüpft. Guter Branntwein! Irgendwas Französisches stand auf der Flasche, und am Flaschenboden klebte kein Preispickerl. Sie waren zwar nur Sandler, aber so viel wussten sie, dass Billigmarken immer mit Preisen versehen waren. Bei den teuren, denen aus den Feinkostläden, fehlten diese hingegen oftmals.

Sie hatten es sich dann also, die Bottle brüderlich teilend, gut gehen lassen und sich einen sogenannten Edelrausch angetrunken. Sein Kollege war irgendwann aufgewacht und hatte beschlossen, dass er etwas zu essen brauchte, während Rocky weiterschlief und der Inhaber der Reisetasche erst in Wien bemerkte, dass das Geschenk für seinen Schwiegervater, das tatsächlich ein kleines Vermögen gekostet hatte, weg war.

Dass er damit Rockys Schicksal besiegelt (oder ihn vielleicht auch nur erlöst) hatte, wusste er freilich nicht.

*

Felix spürte sofort, dass dieser Obdachlose jede Menge Sprit im Tank hatte. Und damit meinte er nicht den teuren, französischen Cognac, von dem er nichts wissen konnte. Nein, der Mann war eine sprudelnde Quelle, eine dicke, fette Spritgoldader. Mit Erleichterung nahm er zur Kenntnis, dass es nicht nötig sein würde, ihn zu töten, nein, den konnte man anzapfen wie einen Kautschukbaum und mit Sicherheit wochenlang benutzen, bis er geistig ausgeblutet war und sterben würde, weil es dann nichts mehr gab, was ihn noch am Leben hielt.

Aber auch Rocky spürte etwas. Etwas Kaltes, nein: etwas *Schlimmes*. Er drehte sich in die Richtung, aus der die Signale kamen und sah den Jungen.

Vielleicht war es seinem Restalkohol zu verdanken, dass er den Jungen nicht nur durch seine Augen sah. Er sah vielmehr auch *in den Jungen hinein*. Er sah die Zukunft des Jungen. Das war die Kompensation, die ihm das Schicksal für seine in Alkohol eingelegten grauen Zellen zugedacht hatte.

Und dann sah er seine eigene Zukunft. Er wusste nicht, welche Vision ihn mehr erschreckte.

Und er sah noch eine Zukunft vor sich. Unscharf und schemenhaft, wie durch ein blindes Fenster.

Die Zukunft eines kleinen Mädchens.

*

Maria war heute besonders unruhig, fand ihre Mutter. Zwar hatten die Attacken – dieses Wort war mittlerweile zum allgemein akzeptierten Terminus geworden – mehr oder weniger aufgehört, aber Luise bemerkte es natürlich, wenn ihre Tochter wieder einmal *weg* war. Eine Mutter spürt so etwas einfach, vor allem, wenn sie bereits auf diese Phänomene sensibilisiert ist, darauf achtet, ja darauf *wartet*, wie eine Katze auf eine Bewegung vor dem Mäuseloch.

Maria schlief ihren Nachmittagsschlaf, aber vor einigen Minuten hatte sie begonnen, sich herumzuwälzen und war schließlich wach geworden und in den folgenden Minuten mehrfach in ihre Halbstarre geschlittert, die sie vielleicht vor anderen verbergen konnte, aber ganz sicher nicht vor ihrer eigenen, alarmierten und wachsamen Mutter.

„Spürst du wieder etwas von diesem Jungen, mein Schatz?"

Maria war mit ihren sechs Jahren geistig ihrem Alter weit voraus. Ob das eine Folge ihrer parapsychologischen Begabung war oder sogar eine Voraussetzung dafür, wusste Luise nicht. Im Grunde genommen war ihr das auch gleichgültig. Jedenfalls konnte man mit ihr wie mit einer Zehnjährigen sprechen, *das* war, was zählte.

„Mami der Junge will wieder *schlimm* sein. Nicht so schlimm wie sonst, aber er will einem von ... – sie hätte beinahe *einem von uns* gesagt – einem Mann wehtun, der auch so Dinge kann wie ich und er. Und der Mann weiß das."

„Wo ist dieser Mann jetzt, Schatz? Und es heißt *er und ich* und nicht *ich und er*."

„Am Bahnhof."

So schnell wie der Spuk gekommen war, schlief Maria auch wieder ein.

Sie träumte von noch einem Mann. Er hieß Walter.

*

Als ich auf diesen Sandler zuging, konnte ich spüren, dass ich seine Spritmenge sogar noch weit unterschätzt hatte. Dieser Kerl hatte wahre *Unmengen* des Stoffs, den ich so nötig brauchte. Aber irgendetwas an ihm strahlte Wachsamkeit aus. Als wüsste er, was ich vorhatte. Was natürlich absurd war, außer ... er wäre irgendwie ... *begabt* ... wie ich? Dann – das wusste ich – würde ich aber weder in der Lage sein, ihm zu schaden noch ihm Sprit abzuzapfen. Ich musste es also darauf ankommen lassen.

„Tu es nicht" sagte er, als ich auf ihn zutrat, und ich roch den Alkohol schon aus einem Meter Entfernung. „Das ist deine letzte Chance."

Ich war konsterniert, das gebe ich ja gerne zu. Diese Obdachlosen sprachen nie viel, und wenn, dann höchstens etwas wie: „Hast einen Schilling?" oder „Hast einen Tschick für mich?"

Dieser hier aber *warnte* mich. Ich kann nicht sagen warum, aber ich spürte, dass die Warnung ernst gemeint war. Und obwohl mich aus seinen glänzenden

Augen der Schnaps anstierte, obwohl er nach Alkohol und Pisse stank, wie ein Seemann in Shanghai, klang er vollkommen nüchtern.

„Mir ist es egal, ob du mich aussaugst, aber tu es nicht, Junge! Tu es *für dich* nicht!"

Aussaugst. Woher wusste ...

„Ich sehe deine Zukunft, daher. Noch gibt es mehrere Möglichkeiten, aber wenn du es tust, gibt es nur noch eine. Und die ... tu es nicht!"

„Es geht nicht anders. Tut mir leid."

Als ich ihn an der Hand nahm, traf mich sein Sprit wie ein Faustschlag in den Magen. Ich war nicht darauf gefasst gewesen, dass er mir Alles auf einmal hineinpumpen würde. Ich prallte regelrecht von ihm ab und landete auf dem Rücken. Eine ältere Frau, die einzige in der Bahnhofshalle außer uns beiden, sah kurz in unsere Richtung und beeilte sich dann, den Bahnhof zu verlassen, wie ich nur am Rande bemerkte.

Denn in dieser Sekunde, wo ich ihn berührte, hatte ich noch etwas anderes gespürt, nein gesehen. Eine Art *Vision*. Ich sah mich, Annabell, Severin, Blumenschein. Ich sah ... ein kleines Mädchen. Unsere Schicksale hatten sich verstrickt wie die Kabel der Lichterkette des Weihnachtsbaums, den man im Vorjahr beim Abnehmen einfach in die Schachtel gelegt hat und ein Jahr darauf beim besten Willen nicht mehr entwirren kann. Irgendeine meiner Pflegemütter hatte das Gewirr immer einen „Ritter" genannt, ich weiß bis heute nicht, warum.

Ich sprang auf. Ich fühlte mich, als hätte man mich mit Kernbrennstoff neu betankt. Ich hatte rasende Kopfschmerzen, so, als wäre ich irgendwie *überladen* worden, als hätte man versucht, mehr in meinen Kopf hineinzustopfen, als da je Platz haben konnte. Unwillkürlich sah ich in Richtung der Schwingtüre, die, von der älteren Dame in Bewegung gesetzt, nun langsam auspendelte und suchte mein Spiegelbild. Als ob ich erwartet hätte, zu leuchten wie ein Weihnachtsbaum. Nichts. Außer: Die Türe pendelte jetzt wieder heftiger.

Der Obdachlose war gerade durch sie hinausgerannt.

Und dann hörte ich dieses Knirschen und Klirren wieder, das ich das letzte Mal vernommen hatte, als der Polizist den Attentäter über den Haufen gefahren hatte.

Wenn man einmal gehört hat, wie ein Auto auf einen Menschen prallt, vergisst man dieses Geräusch nie wieder.

*

Walters Leben war nicht viel anders verlaufen, als er es sich vor dreizehn Jahren ausgemalt hatte, als er an diesem unglückseligen Herbstabend den Assistenzarzt überfahren hatte, den die Schwestern Doktor Flächenbrand genannt hatten. Er war jetzt einundfünfzig, immer noch glücklich verheiratet, und das Haus war beinahe abbezahlt. Nach außen vermittelte er den Anschein, als hätte er den Unfall gut verarbeitet. Und nicht einmal seine Frau wusste, dass er immer noch diese Albträume hatte, wenn auch nicht mehr so oft wie früher.

In diesen Träumen sah er den durch seine Schuld zu Tode gekommenen Arzt. Das Verrückte – wenn in Träumen überhaupt etwas verrückt sein konnte – daran war, dass er ihn nicht so sah, wie er ihm damals vor den Bus gelaufen war. Nein, der Arzt alterte, wobei er zugleich verweste und auch wieder nicht. Walter hätte diese Träume nicht so beschreiben können, dass jemand es verstehen würde, selbst wenn er das gewollt hätte. Aber er sprach nie darüber, nicht einmal zu seiner Frau. Vermutlich bemerkte sie es, wenn ihn wieder einmal einer dieser Albträume heimgesucht hatte, aber sie war klug genug, darüber hinwegzusehen.

Das Altern und Verwesen des Unfallopfers alleine wäre noch erträglich gewesen. Was Walter so zusetzte war, dass der Arzt in den Träumen zu ihm sprach, als wäre er … ein Lehrer? Eine moralische Autorität? Ja, das war es. Er belehrte Walter aus einer Position moralischer Überlegenheit. Und er sagte stets nur einen Satz, bevor sein gealtertes Gesicht einem Zeitraffer gleich zu verwesen begann und Walter versuchte, aufzuwachen, was ihm aber nie gelang, bevor ihn der Arzt zum Abschied mit seinem Skelettgesicht angrinste, während der eine Satz nachhallte wie ein endloses Echo:

Du hast noch eine Schuld zu begleichen, Walter!

Ja, er hatte noch eine Schuld zu begleichen. Wenn er damals nicht seine Gedanken bei den Fenstern seines Hauses gehabt hätte sondern dort wo sie hingehörten, nämlich beim Fahren des Busses, dann könnte dieses Arschloch noch am Leben sein. Wer weiß schon, *wie* groß diese Schuld wirklich war? Vielleicht hätte dieser Arzt ein Mittel gegen Krebs gefunden oder etwas ähnlich Wichtiges für die Medizin geleistet? In seinen Gedanken klagten ihn stumm Tausende Kinder an, die an Leukämie gestorben waren. *Wir könnten noch am Leben sein, doch du hast unseren Retter an einen Laternenpfahl genagelt, bis sein Gesicht langsam herunterglitt!*

Er fuhr immer noch mit dem Autobus Kinder zur Schule und wieder nach Hause. Seit dreizehn Jahren ohne den geringsten Zwischenfall. Doch das zählte nicht. *Diese* Schuld war von einer anderen Kategorie. Und irgendwann bekäme er die

Chance, sein Konto endlich auszugleichen. Etwas wirklich Wichtiges, etwas *Richtiges* zu tun.

Diesmal musste er sich keine Vorwürfe machen, als ihm der Mann ins Auto rannte. Weil er nämlich diese Gedanken schon zu Ende gedacht hatte und voll auf den Verkehr konzentriert war, als es passierte. Wieder dieses knirschende Geräusch von Blech und Stahl auf platzender Haut, abreißendem Fleisch und brechenden Knochen. Walter war nicht schnell gefahren, eigentlich hatte er den Mann nur niedergestoßen, nicht überfahren. Da konnte nicht viel passiert sein. Hoffentlich! Nicht noch einmal, bitte nicht noch einmal! Er riss die Autotür auf und sprang auf die Straße. Vor seinem alten Opel Rekord lag ein Mensch. Er sah heruntergekommen aus, ein Obdachloser, ohne jeden Zweifel. Eine Randfigur der Gesellschaft – und ein Mensch. Der jetzt aus Nase und Ohren blutend vor seinem Auto lag.

„Ist Ihnen etwas passiert?"

Wie dumm diese Frage war, fiel ihm selbst in dem Moment auf, als er sie stellte. *Ist Ihnen etwas passiert?* Was sonst? Der Mann lag am Boden vor seinem Auto in den Splittern des linken Scheinwerfers und der halb abgerissenen Stoßstange und blutete. Natürlich war ihm etwas passiert! Er hockte sich zu ihm hin und fasste ihn am Handgelenk, um ...

Er sah einen Jungen. Und ein Mädchen. Er sah einen Priester. Der Junge berührte das Mädchen, es war krank oder schwer verletzt. Es ... starb? Er sah noch ein Mädchen, ein kleines Mädchen, sie war da und sie war doch nicht da. Sie schrie einen stummen Schrei, aber nichts an ihr bewegte sich.

Und dann sah er sich, wie er ...

Als er in Panik die Hand losgelassen hatte, verschwanden die Bilder so schnell, wie sie gekommen waren. Es war alles auf eine surreale Art so ... wirklich ... gewesen und doch auch wieder nicht. Als wäre es schon lange her oder aber noch gar nicht passiert. Oder *beides*. Als wäre es ... eine *Möglichkeit*, die passieren könnte oder auch nicht. Er hatte nicht anders gekonnt als loszulassen, als er gesehen hatte, was *er* in diesem Szenario tun würde. Nein! Das würde er niemals tun!

Du musst deine Schuld abzahlen!

Ja, das würde er, aber nicht auf diese Weise!

„Du musst deine Schuld abzahlen!"

Diesmal war es keine Stimme in ihm, diesmal war es der Mann, der ihn ein letztes Mal ansah und ihm sagte, was er längst wusste.

Du musst deine Schuld abzahlen! Und niemand wird dir gestatten, selbst zu wählen, wie das zu geschehen hat.

„Maria wird dir helfen, deine Schuld abzuzahlen!" sagte der Mann und starb auf eine schrecklich unspektakuläre Weise.

*

Maria träumte. Sie würde einem Mann – Walter? Ja, Walter! – bei etwas helfen. Bei etwas *Schlimmen* ... und doch auch *Gutem*. Aber noch nicht gleich. Das hatte noch Zeit. Noch sehr viel Zeit. Zeit, es zu vergessen, hoffte ihr Kindergemüt. Und wusste zugleich, dass das nicht geschehen würde.

Weil es nicht geschehen durfte.

26

Der Kardinal hatte lange darüber nachgedacht, wie er die Sache mit dem Mädchen angehen sollte. Schließlich war er zu dem Schluss gekommen, dass er diese Aufgabe niemandem übertragen konnte. Das war etwas, das man persönlich erledigen musste.

Er setzte sich an sein Schreibpult, ein antikes Möbel mit verstellbarer, schräger Schreibfläche und versperrbaren Laden, dessen wundervolle Einlegearbeiten seinen wahren Wert nur erahnen ließen, und schrieb einen Brief, in dem jedes einzelne Wort wohlüberlegt und genau durchdacht war.

Das etwas über eine Seite lange Schriftstück faltete er gekonnt zu einem Brief und versiegelte es nach kurzem Nachdenken mit seinem Kardinalssiegel, ehe er seinen Sekretär damit beauftragte, es per Kurier zu überbringen.

„Per Kurier, Exzellenz?" Der junge Priester war sichtlich erstaunt.

„Mein lieber Bruder! Welchen Sinn hatte deine Frage jetzt, kannst du mir das erklären?" Es war Zeit für eine kleine Lektion.

Der Priester dachte kurz nach und verbeugte sich dann demütig und verdarb dem Kardinal die Genugtuung einer Zurechtweisung.

„Verzeiht Exzellenz! Es war eine sinnlose und überflüssige Frage, weil Sie mir ja kaum aufgetragen hätten, den Brief mit Kurier zu versenden, wenn es dafür keine Gründe gäbe, die ich im Übrigen nicht wissen muss. Ich hätte also wenn überhaupt, dann nach den Gründen fragen müssen und nicht die Order einfach als Frage wiederholen. Noch klüger wäre gewesen, gar nicht zu fragen."

Der Kardinal lächelte.

„Na, vielleicht machen wir aus dir doch noch einen ganz brauchbaren Kleriker. Du hast übrigens vollkommen Recht. Die Gründe musst du nicht wissen. Zu viel zu wissen, das macht ohnehin nur Kopfschmerzen."

Der Priester, froh, noch einmal so glimpflich davongekommen zu sein, verbeugte sich abermals und eilte etwas schneller hinaus, als es die Angelegenheit erfordert hätte, was Scamponi erneut grinsen ließ.

Wenn er gewusst hätte, dass dem jungen Priester eine glanzvolle Laufbahn im Vatikan bevorstand, es hätte ihn kaum überrascht.

*

Als Severin sich auf den Weg machte, um Blumenschein zu treffen, hatte er ein langes Gespräch mit Felix hinter sich.

„Felix, du hattest gestern riesiges Glück, dass dich am Bahnhof niemand gesehen hat, als dieser Obdachlose über den Haufen gefahren wurde."

Felix nickte nur geknickt.

„Was zum Teufel hat dich geritten, ihm alles abzuzapfen?"

Der Junge hob den Kopf und sah ihn an.

„Ich habe ihm gar nichts abgezapft, Severin. Er hat es in mich hineingeblasen wie mit einem Druckluftschlauch. Ich konnte gar nichts tun und war froh, losgelassen zu haben, sonst hätte mich das vermutlich auf der Stelle umgebracht. Er hat mich *betankt*, wenn du willst."

Der Pfarrer blickte ihn konsterniert an.

„Er hat *was*?"

„Er wollte es *loswerden*. Er wollte sein Leben loswerden. Es war eine Art Selbstmord. Und es war so *stark*, Severin. So *viel*! Ich habe noch immer Kopfschmerzen. Als wäre er irgendwie einer von uns gewesen. Aber doch auch anders. Eine Gabe, ja, aber eine andere als unsere."

Felix verschwieg ihm, dass er eine bestimmte Ahnung hatte, welche Art von Gabe das gewesen war. Zu präsent waren noch die Bilder, die sich in diesen kurzen Momenten in seinem Kopf aufgebaut hatten und dagestanden waren, wie ein dreidimensional fotografierter, einziger Vorwurf. Und er erzählte Severin auch nichts von diesem kleinen Mädchen, das ihm seither nicht mehr aus dem Kopf ging.

„Woran ist er eigentlich gestorben?" fragte Felix mehr, um dem Gespräch eine andere Richtung zu geben denn aus Neugier.

„Anscheinend an einem Schädelbasisbruch. Der Aufprall war zwar nur minimal, Fleischwunden und Knochenbrüche, aber er dürfte unglücklich gestürzt sein, stand in der Zeitung. Der Autolenker musste in psychologische Betreuung. Es war bereits sein zweiter tödlicher Unfall, beide Male war er unschuldig, schrieben sie."

Felix nickte zweimal. Er schien mit seinen Gedanken schon wieder woanders zu sein.

„Du sagtest, sein Sprit hat dich glatt umgeworfen?"

„Es war wie eine Orkanböe. Als ich gestern bei Annabell war, hielt ich ihre Hand für volle zwei Stunden, aber meine Energie war am Ende so stark wie vorher. Nur sie bekam dann leichtes Fieber, als hätte ich zu viel positive Energie in sie gepumpt. Obwohl ich vorsichtig war, sehr sogar!"

Jetzt war es Severin, der geistesabwesend nickte.

„Das wirst du auch in Zukunft sein müssen. Die Ärzte sehen dich schon immer so eigenartig an, wenn du Annabell besuchst. Als ahnten sie etwas, weigerten sich aber, es wahrhaben zu wollen."

„Die Ärzte sind mir egal. Hauptsache Annabell wird wieder gesund."

„Schon wieder dein jugendliches Unverständnis! Felix, wir haben eine Menge Probleme am Hals. Scamponi werde ich wohl zu einem Waffenstillstand überreden können, aber irgendwann werden wir uns um ihn kümmern müssen. Dazu kommt dieser Leutnant Blumenschein, der mir zu viele Fragen stellt, seit er gesehen hat, was du mit diesem Attentäter gemacht hast. Dann noch die Ärzte. Wenn Blumenschein mit den Ärzten spricht, und das wird er irgendwann, weil er Annabell vernehmen wird, und wenn er dann eins und eins zusammenzählt, nun, dann sind wir dran."

Felix blickt auf. Er schien jetzt wieder voll bei der Sache zu sein.

„Was wirst du tun? Blumenschein scheint unser Problem Nummer eins zu sein, so wie sich das anhört."

Severin war immer wieder erstaunt, wie schnell der Junge jetzt erwachsen wurde. Gerade hatte er ihm Vorhaltungen über seine jugendliche Naivität gemacht und nun? Das war kein Dreizehnjähriger mehr, der da eiskalt und überlegt fragte.

„Um den werde ich mich heute kümmern."

Felix kannte den kalten Ausdruck, den er jetzt in Severins Augen sah.

*

Maria hatte nun schon fast zwei Tage lang keine Anfälle mehr gehabt, den *Jungen* nicht mehr bemerkt und vor allem: nichts *Schlimmes* mehr gespürt. Zwei Tage, in denen sie einfach nur ein sechsjähriges, fröhliches Mädchen sein konnte.

Aber Maria war trotz ihres Alters nicht untätig. Was ihre Eltern nicht wissen durften, so dachte sie zumindest, war, dass sie, wenn sie alleine war, nicht mit Puppen spielte, wie andere Mädchen ihres Alters, sondern die *Puppen spielen ließ*. Dass sie die Puppen *tanzen* ließ. Sie unterhielt sich blendend dabei, mit ihren Kräften, die sie täglich besser zu beherrschen lernte, die Puppen wie durch Geisterhand durchs Zimmer marschieren zu lassen, hüpfen, springen und tanzen zu lassen und – manchmal – auch miteinander kämpfen zu lassen. Wenn sie nicht gehorcht hatten, zum Beispiel.

Einem nicht eingeweihten Beobachter hätte es beim Betreten ihres Zimmers vermutlich die Nackenhaare aufgestellt, aber für die kleine Maria war es mittlerweile etwas erschreckend Normales, dass sie am Boden sitzend ihre Spielsachen beobachten konnte, wie sie um sie herumtollten. Gesteuert nur von Marias Gedanken; oder von ihren Gefühlen. Ja, eher zweiteres!

Hatte sie dabei am Anfang nur eine Puppe in Bewegung versetzen können, so war sie jetzt in der Lage, eine kleine Armee synchron zu dirigieren. Sie hatte nämlich bemerkt, dass sie den Puppen gleichsam posthypnotische Befehle mitgeben konnte, die diese auch dann noch befolgten, wenn sie sich selbst bereits auf etwas anderes konzentrierte.

Ein Parapsychologe hätte ihr natürlich erklärt, dass diese Befehle nicht in den Puppen gespeichert wurden. Puppen hatten kein Gehirn, Puppen waren tote Materie. Aber ein kleiner Teil von Marias Gehirn konnte bei der betreffenden Puppe bleiben, ohne dass dies Maria bewusst wurde. Der Effekt war der Gleiche: Maria konnte viele Dinge zugleich bewegen, wobei sie sich trotzdem immer nur auf eine Sache konzentrieren musste.

Es war ein gespenstisches Bild, das sich Luise präsentierte, als sie am Vormittag ohne anzuklopfen in Marias Zimmer kam: Barbie tanzte mit Ken Walzer, während das Puppenpublikum sich dazu im Dreivierteltakt wiegte und Maria dem Geschehen zusah, als wäre sie daran gänzlich unbeteiligt. Luise fiel dabei nicht einmal auf, dass die Musik selbst aus dem Puppenhaus zu kommen schien. Von einem kleinen Spielzeugklavier im Puppenhaus genaugenommen.

Sie war so konsterniert, dass sie zuerst kein Wort herausbrachte. Eigentlich hatte sie Maria fragen wollen, ob sie die Mixerstäbchen abschlecken wolle. Sie liebte es, das zu tun, wenn ihre Mutter einen Kuchen ins Rohr geschoben hatte. Und ein wenig roher Teig schadete ja nicht, nicht wahr? Das war schließlich noch eine Zeit, in der man von Salmonellen noch nie etwas gehört hatte, wenn man nicht gerade ein Arzt war.

„Au ja, ich komme schon Mama!" beantwortete Maria die nie gestellte Frage. Sie sprang auf und lief zur Tür, in der ihre verblüffte Mutter nachwievor stand wie ein Ölgötze und immer noch kein Wort herausbrachte, während der Puppenreigen sich munter weiterdrehte als wäre Maria nur ein unwichtiger Zaungast, dessen Anwesenheit oder Abwesenheit niemand von den Künstlern interessierte.

„Und die Puppen?" ächzte Luise nun doch mit sichtlicher Anstrengung, ihre Fassung wiederzugewinnen.

Maria warf einen Blick ins Zimmer. Die Musik verstummte, die Puppen hörten auf zu tanzen und gingen zu ihren Plätzen im Regal, um sich dort ordentlich aufgeräumt hinzulegen.

„Krieg ich jetzt den Teig, Mama?"

Luise wurde klar, dass ihnen noch Einiges bevorstehen würde.

*

Annabell ging es nach Felix' Energiebombe langsam wieder besser. Hätte er am Vortag ihre Hand noch ein paar Minuten länger gehalten, dann hätte sie das wohl umgebracht, dachte sie.

Zuerst hatte es sich wie immer wunderbar angefühlt, als er gekommen und ihre Hand sanft wie immer in seine genommen hatte. Sie konnte richtig spüren, wie seine positive Energie in ihren Körper floss und die Nervenenden in ihrem halb durchtrennten Rückenmark anregte, sich wieder zu verbinden. Es war sicher nur Einbildung, aber sie konnte es regelrecht sehen, wie die feinen, grauen Fäden (Nerven stellte sie sich grau vor; warum, hätte sie selbst nicht erklären können, wenn man sie gefragt hätte) zu wachsen begannen wie diese Pflanzen in der Zeitrafferaufnahme, die sie einmal in einer Dokumentation über die Jahreszeiten im Fernsehen gesehen hatte.

Doch dann war irgendetwas passiert.

Sie hatte andere Bilder gesehen. Sehr reale Bilder. Furchtbare Bilder. Sie war sich nicht ganz sicher, aber es war, als hätte sie verschiedene mögliche Ausprägungen der Zukunft gesehen. Felix in einigen Jahren. Einen toten Polizisten. Einen fremden Mann ... einen Wachmann, nein, war das nicht die Uniform eines Buschauffeurs? Und noch einigen andere Menschen. Allerdings kam in keinem dieser Bilder sie selbst vor. Und darüber war sie ... froh? Ja, sie war froh darüber. In einer solchen Zukunft wollte sie nicht ... vorkommen.

Dann hatte sie Fieber bekommen. Sie war in einen unruhigen Schlaf hinübergeglitten. Hatte geträumt. Wieder diese grausigen Bilder. War aufgeschreckt, als etwas ihren Arm zu fressen schien, immer noch fiebrig. Die Ärzte hatten ihr ein unangenehm brennendes Medikament injiziert. Dann war sie wieder weggedöst, und diesmal träumte sie nicht mehr. Oder konnte sich später nicht mehr daran erinnern. Das Fieber war gegangen, aber etwas anderes war geblieben.

Angst.

*

„Herr Inspektor, das Mädchen macht zwar unglaubliche Fortschritte, aber ich weiß nicht, ob das klug wäre, Sie jetzt schon zu ihr zu lassen."

Der blonde Arzt sah aus als wäre er einem dieser Hollywoodfilme entstiegen, bei denen er unwillkürlich immer an diese Heimatfilme der Fünfzigerjahre denken musste. „Die Assistenzärzte" aus Amerika oder „Die Försterin vom Silberwald" aus Österreich – wo war da der Unterschied? Mit seinen sicherlich Einsneunzig, den stahlgrauen Augen und der sportlichen Figur war der junge Mediziner vermutlich der Traum aller weiblichen Angestellten hier, dachte Blumenschein. Und vermutlich auch der so mancher Patientin.

„Es ist wirklich sehr wichtig, und ich verspreche Ihnen, sie nicht aufzuregen."

Der Arzt zögerte. Nur jetzt nicht den Anfängerfehler machen und insistieren, dachte Blumenschein und sah den Arzt an, ohne ein weiteres Wort zu sagen.

„Okay, fünf Minuten. Wenn Sie das Mädchen aufregen, und glauben Sie mir, ich merke das allein schon an ihrer Herzfrequenz, wenn ich danach nur kurz auf ihren Monitor sehe, dann drehe ich Sie eigenhändig durch den großen Fleischwolf in der Krankenhausküche."

Hunde, die bellen, beißen selten, dachte sich Blumenschein, nickte aber nur kurz.

„Natürlich nicht. Und ja, das traue ich Ihnen glatt zu", lachte er.

Der Arzt öffnete ihm die Tür zu Annabells Zimmer. Warum auch nicht? Das Mädchen schien über eine unglaubliche Konstitution zu verfügen. Und derartige Heilungsfortschritte hatte er in seiner gesamten, wenn auch noch jungen Karriere noch nie beobachtet. Eigentlich sollte Annabell noch immer beatmet und künstlich ernährt werden müssen, aber heute am Morgen war sie tatsächlich mit Hilfe der jungen, rothaarigen Physiotherapeutin, deren beeindruckende Fähigkeiten jemanden dazu zu animieren, aufzustehen, er selbst (eher ein Teil von ihm selbst) zur Genüge kannte, ihre ersten vier oder fünf wackeligen Schritte durch das Zimmer gegangen. Sein Bericht würde in der Fachwelt mit Sicherheit für Aufsehen sorgen, was seiner Karriere einen kleinen Boost geben sollte. Schaden würde es ihm jedenfalls nicht.

Blumenschein wusste von diesen Gedanken des jungen Arztes nichts, aber er spürte etwas anderes, als er das Zimmer betrat. Sorgen? Nein, das war kräftiger. Angst. Ja, das Zimmer war voll mit Angst.

Was er in den nächsten fast zehn Minuten von diesem Mädchen erfuhr, nahm ihm dann buchstäblich den Atem, und als er ging, nahm er etwas von dem mit, das er vorhin beim Betreten gespürt hatte.

Den bösen Blick des Arztes, der mit kaum verhohlenem Zorn den schnellen Puls Annabells kontrollierte, als er das aufgeregte Mädchen verließ, sah er nicht mehr.

Das Treffen mit Severin, dem er jetzt gleich einige unbequeme Fragen zu stellen gedachte, würde mit Sicherheit anders verlaufen, als er noch vor zwanzig Minuten gedacht hatte.

Damit allerdings hatte er Recht.

*

Horst las den Brief zum wiederholten Male.

Als er gestern von der Arbeit nach Hause gekommen war, hatte seine Frau am Küchentisch gesessen, vor sich diesen Brief aus dem Vatikan.

„Lies!", hatte sie ihm das Papier hingehalten. Schweres, handgeschöpftes Papier mit einem verschnörkelten Wasserzeichen, wie er bemerkte, als er es entgegennahm. Was sollte man aus dem Vatikan auch anderes erwarten?

Der Brief war ganz anders als er gedacht hatte. Zumindest der Inhalt. Horsts Erstaunen wuchs mit jeder Zeile des in perfektem Deutsch verfassten Schreibens:

Sehr geehrte Familie Galler!

Mit großem Bedauern habe ich Kenntnis davon erlangt, wie dumm und unhöflich sich ein Mitbruder Ihnen gegenüber verhalten hat. Bitte fragen Sie mich nicht, woher ich das weiß. In der Kirche bleibt nichts geheim.

Sein Benehmen ist natürlich völlig unentschuldbar, und ich möchte das hier keinesfalls relativieren oder verniedlichen. Die katholische Kirche hat sich von der Theorie der Dämonen und der Besessenheit schon lange gelöst, aber manche unserer älteren Mitbrüder hängen ihr bedauerlicherweise immer noch an.

Dass der katholischen Kirche jede Seele wichtig ist, und insbesondere, dass uns dieses Fehlverhalten sehr leid tut, können Sie schon daraus entnehmen, dass ich Ihnen in meiner kirchlichen Funktion als Kardinal hiermit meine Entschuldigung und mein aufrichtiges Bedauern zum Ausdruck bringe.

Ich möchte Ihnen als kleines Zeichen der Wiedergutmachung anbieten, mich im Vatikan zu besuchen, wo Sie eine exklusive Führung durch die Vatikanischen Museen erwartet.

Natürlich übernehmen wir alle Reise- und Unterbringungskosten!

Ich ersuche um Ihren Anruf oder Ihre schriftliche Zu- oder Absage. Meine Privatnummer finden Sie unten.

Hochachtungsvoll

Kardinal F. Scamponi

„Was sagst du dazu?" hatte seine Frau ihn gefragt, als er den Brief nach zweimaligem Lesen weggelegt hatte.

„Ich bin ... überrascht. Fast überrumpelt. Ich finde nichts in diesem Brief, was mir ... ich weiß nicht, was meinst du? Und ... die Privatnummer des Kardinals. Ich glaube nicht, dass die jeder bekommt. Und er hat das anscheinend selbst mit der Hand geschrieben."

„Jeder hat eine Chance verdient", meinte Luise, die Horsts Wut auf die Kirche nie im selben Maß geteilt hatte.

„Jeder hat eine Chance verdient", wiederholte Horst, nickte und ging zum Telefon.

Was er nicht ahnte war, *wie* Kardinal Scamponi gedachte, diese Chance zu nutzen.

*

Leutnant Blumenschein wartete bereits zehn Minuten, als er endlich Pater Severin durch die Glastür des Cafés in der Nähe des Krankenhauses kommen sah. Er musste unwillkürlich lachen, als er den Kopf des großen Pfarrers durch das Glas der schmutzigen Tür sah, auf dem innen ein Plakat der Chippendales klebte. Es hatte kurz so ausgesehen, als wäre Severins Gesicht auf dem muskulösen, nackten Körper des dargestellten Strippers aufgepflanzt.

„Grüß Gott, Leutnant!", begrüßte Severin ihn. „Was erheitert Sie so?"

„Nicht wichtig, Pater! Guten Tag!", zog Blumenschein die säkulare Grußformel vor.

Severin tat, als wäre ihm das nicht aufgefallen und warf seine Jacke neben sich auf die schmuddelige Polsterung der halbrunden Bank, die vor Jahren wohl einmal weinrot gewesen sein musste, jetzt aber in allen möglichen Farben schillerte und stolz auf die vielen Brandlöcher zu sein schien, die von unzähligen fehlgeleiteten Zigaretten stammten. Er setzte sich dem Polizisten gegenüber, der offensichtlich den unbequem wirkenden, aber sauberen Holzstuhl der weicheren Bank vorzog.

Eine junge Kellnerin, deren wenig gepflegtes Äußeres gut zur Innenausstattung des Cafés passte, pflanzte sich vor ihm auf.

„Einen großen Schwarzen, bitte!", nickte ihr Severin mit der Andeutung eines Lächelns zu und bestellte damit das, was auch Blumenschein schon vor sich stehen hatte. Allerdings ohne das in Österreich unverzichtbare Glas Wasser, wie Severin bemerkte, worauf er der eben davon schlurfenden Kellnerin nachrief, dass er bitte Wasser dazu haben möchte, was sie mit einem wenig begeisterten Grunzen zu registrieren schien.

„Na, dann viel Glück", lachte der offenbar bestens gelaunte Polizist. „Das mit dem Wasser habe ich auch schon versucht. Allerdings ohne Erfolg."

„Manche sind eben selbst der größte Feind ihres Trinkgeldes." Severin zuckte mit den Schultern.

Die Kellnerin brachte den Kaffee auf einem kleinen Tablett, das sie ohne das übliche „Bitte sehr" einfach auf den Tisch stellte. Natürlich war kein Glas Wasser dabei, was dem Leutnant einen weiteren Grinser entlockte, obwohl es in seinem Inneren ganz anders aussah. Aber das würde Severin noch bald genug merken. Es gab keinen Grund, ihn allzu frühzeitig vorzuwarnen. Nein, Blumenschein wollte seine Reaktion genau beobachten, wenn er ihn dann mit dem konfrontierte, was er eben von Annabell erfahren hatte. Wobei sich seine Ratio immer noch weigerte, diese Dinge überhaupt in Betracht zu ziehen, geschweige denn, das Unglaubliche als Tatsache zu akzeptieren. Aber Blumenschein bestand nicht nur aus Ratio. Ein Gutteil seiner selbst bestand eben auch aus dem Bauchgefühl – manche nannten es Instinkt, andere Gespür – das seinen Erfolg als Polizist ausmachte.

Als Severin den ersten Schluck seines Espressos machte, sah Blumenschein den Augenblick gekommen, ihm *mit dem Gestellwagen ins Gesicht zu fahren*, wie seine Großmutter immer gesagt hatte, wenn jemand unverblümt und – ja, brutal – sagte, was er dachte.

„Seit wann wissen Sie, dass Felix Menschen mit einer Berührung töten kann, Pater?"

*

Annabell hatte heute schon zehn Schritte geschafft. Mit Hilfe zwar, aber immerhin war sie bis zur Toilette gekommen, nur auf dem Rückweg zum Bett war sie froh gewesen, als die Therapeutin ihr den Rollstuhl gebracht hatte.

„Es reicht für heute, Annabell!" hatte diese in einem Ton gesagt, der keinen Widerspruch duldete. „Morgen schaffen wir wieder ein Stück mehr. Deine Fortschritte sind auch so schon ein Fall für jedes Medizinerjournal."

Annabell freute sich sichtlich. Das Einzige, was sie wirklich traurig stimmte war, dass ihre schönen langen Haare im Zuge der Operation abgeschnitten und teilweise sogar ausrasiert worden waren. Aber die würden nachwachsen.

Jedenfalls war das bis *gestern* das Einzige gewesen, was sie traurig gemacht hatte. Vom Tod des mehr oder weniger unbeteiligten Pfarrers hatte man ihr nämlich nichts gesagt.

Aber diese Vision, die sie gestern hatte, nein, es waren *Visionen* gewesen, Mehrzahl, diese Visionen hatten ihre Perspektive verändert. Dazu der Besuch des Polizisten heute, dem sie – sie konnte einfach nicht anders – anvertraut hatte, wozu Felix fähig war. Sie hätte das niemals in Erwägung gezogen ohne diese *Visionen*. Sie liebte Felix, und sie wollte ihm helfen. Ihn *retten*. Wovor eigentlich? Vor Severin? Vor ihm selbst?

Über ihre Wange lief eine einzelne Träne, was der Therapeutin nicht entging.

„Ich weiß, dass das anstrengend ist, Annabell."

„Nein, schon okay, ich bin nur ein bisschen müde", log sie, und die Therapeutin verstand den Wink und staunte abermals, weil Annabell mittlerweile wieder so deutlich sprach, als wäre sie nie angeschossen worden.

„Dann bis morgen. Ruh dich jetzt aus."

Annabell nickte.

Als die Therapeutin die Tür öffnete, um das Zimmer zu verlassen, rannte sie beinahe die Schwester mit dem Mittagessen über den Haufen, das wie in allen Krankenhäusern, auch hier schon deutlich vor zwölf Uhr gebracht wurde und das, wie in allen Krankenhäusern, bestenfalls lauwarm aber vermutlich wieder einmal kalt sein würde. Wenigstens war es geschmacklich einigermaßen akzeptabel, dachte Annabell. Zumindest meistens.

Und heute war es sogar richtig gut. Und nicht ganz kalt. Rinderbraten mit Sauce und Nudeln, vorher eine undefinierbare, grüne Cremesuppe. Es gab jeden Tag undefinierbare Cremesuppe, nur die Farbe wechselte. Und zweimal die Woche gab es klare Rinderbrühe, da wechselte nur die Einlage. Als Nachspeise lag heute ein ebenso kaum einzuordnendes Cremetörtchen vor ihr. Vermutlich irgendetwas mit Topfen. Naja, Apfelstrudel wäre ihr lieber gewesen, aber Topfen ging auch. Das flüssige, grüne Zeugs ließ sie nach dem ersten Löffel stehen. Es war nicht wert, dafür in Kauf zu nehmen, dass der Rinderbraten auch noch seinen letzten Rest Wärme verlor, während sie diese undefinierbare Flüssigkeit löffelte, der sie die Bezeichnung *Suppe* jetzt entschieden verweigerte.

Sie war ja schon froh, überhaupt selbständig essen zu können. Bei der Visite gestern hatte ihr der Arzt so einiges erklärt. Wie knapp sie erstens dem Tod und zweitens einer vollständigen Lähmung vom Hals abwärts entronnen war. Wie lange es bei anderen Patienten mit ähnlichen Verletzungen üblicherweise dauerte, bis sie zumindest wieder sprechen konnten, von koordinierten Bewegungsmustern, wie sie zum selbständigen Essen benötigt wurden, ganz zu schweigen. Und vor allem keine Windel mehr! Et cetera, et cetera.

Sie hätte wirklich wahnsinniges Glück im Unglück gehabt und eine unglaubliche Selbstheilungskraft!

Annabell wusste es besser. Felix hatte das getan. Sie hatte sich darüber gefreut, es einfach als großes Geschenk angenommen, und dann ... dann war dieser Polizist gekommen und hatte sie, ohne dass er selbst wusste, was dahintersteckte, dazu gebracht, den Tatsachen in die Augen zu blicken. Ohne diesen Schleier aus Gefühlen, der sie bislang davor bewahrt hatte. Ihr war schlagartig klar geworden, dass diese heilende Energie, die ihr Felix einflößte wie eine ... *Droge* ... einen Preis hatte. Einen hohen Preis. Einen viel zu hohen Preis! In Kombination mit diesen *Visionen*, die sie gestern gesehen hatte, wusste sie plötzlich, dass diese Droge *gestohlenes Leben* war. Felix hatte es anderen weggenommen, um ihr zu helfen.

Und dann hatte sie gebeichtet. Dem Polizisten alles gesagt, was sie über Felix wusste. War das richtig gewesen? Hatte sie das Recht dazu gehabt?

In wenigen Minuten würde Felix sie besuchen kommen, wie immer nach der Schule.

Das war gut so. Sie würden reden. Klartext! Und zwar ohne sich zu berühren.

*

Nachdem Maria nun schon einige Zeit – Horst und Luise verstanden unter *einige Zeit* mehr als einen Tag – keine Anfälle mehr gehabt hatte, beschlossen die beiden, den Kardinal anzurufen, um ihm mitzuteilen, dass sie sein Angebot gerne annehmen würden.

Es war ein viel freundlicheres und persönlicheres Gespräch, als Horst je erwartet hätte. Dieser Scamponi schien wirklich und ehrlich traurig und beschämt darüber zu sein, wie der Pfarrer sich ihnen gegenüber verhalten hatte. Und er sprach ein fast akzentfreies, gepflegtes Deutsch, dem man den Italiener kaum anhörte. Horst hätte das nicht zugegeben, aber es beeindruckte ihn immer, wenn jemand eine Fremdsprache so gut beherrschte.

Sie würden schon morgen mit dem Zug nach Rom fahren, dort vom Bahnhof abgeholt werden und zwei Tage im Vatikan ein Zimmer beziehen.

„Sie können natürlich auch in einem Hotel wohnen, wenn Ihnen das lieber ist", hatte er am Telefon gesagt, „Wir werden selbstverständlich gerne für die Kosten eines sehr schönen Hotels aufkommen, würden uns aber freuen, wenn Sie ein Familienzimmer im Vatikan ins Auge fassten. Das verkürzt Ihre Wege und ist für Ihren Besuch sicher annehmlicher. Wir hätten Ihnen eine Suite vorbereitet, in der wir normalerweise unsere Geschäftspartner und offiziellen Gäste unterbringen. Die Entscheidung liegt ganz bei Ihnen, Herr Galler."

Auch wenn Horst sich immer rühmte, unbestechlich zu sein – es schmeichelte seinem Stolz, in einer Suite im Vatikan zu wohnen, wo vor ihnen vielleicht ein Minister irgendeines anderen Landes oder ein Direktor einer großen Firma genächtigt haben mochte, und so sagte er kurzentschlossen zu. Mit seiner Frau würde er das später besprechen. Auch hier war natürlich und vor allem der männliche Stolz ausschlaggebend, sich nicht vor diesem Kardinal die Blöße geben zu müssen, dass man erst noch die Ehefrau um Erlaubnis fragen musste.

Insgeheim hoffte er, dass das ohne Streit abgehen würde. Und er hatte Glück. Auch Frauen sind gerne bereit, sich ein wenig Honig ums Maul schmieren zu lassen, und so packte jetzt Luise bereits die Koffer für ihre in Summe dreitägige Reise.

Wenn er aus dem Augenwinkel zu ihr sah, was sie alles packte, rechnete sie wohl eher mit einem dauerhaften Umzug, dachte er.

Frauen wollen eben immer möglichst auf alle Eventualitäten vorbereitet sein. Auch wenn man um diese Jahreszeit nach Rom fuhr: Im Vatikan gibt es dicke Steinmauern, da könnte es kalt sein, da müssen auch warme Pullover mit. Und der Boden ist sicher hart, also bequeme Turnschuhe. Am Abend wird man womöglich fein zum Essen eingeladen, ohne Abendgarderobe und schöne Schuhe geht da gar nichts! Andererseits – vielleicht ist das dort auch eher spartanisch, ist ja ein Kirchenstaat, also auch was Unauffälliges, Schlichtes. Und wenn man dort Kopfweh bekommt oder gar Zahnweh? Zu einem italienischen Zahnarzt? Dann lieber eine Packung dieser fantastischen neuen Schmerzpillen mitnehmen und zur Sicherheit – Schatz, hast du dir in der Firma einen Urlaubskrankenschein besorgt, wie ich dir sagte? Natürlich habe ich das gesagt, du hörst nie zu, wenn ich etwas sage! Meinst du, dass wir für die Zugfahrt etwas zu essen? Hallo? Schahaaaatz, ich rede mit dir! Ach was, ich werde am besten die Kühltasche mitnehmen.

Ja, Luise wusste, wie alle Ehefrauen, wie man sich auf eine derartige Reise vorbereitet. Sie glaubte zumindest, es zu wissen.

Sie ahnten beide nicht, dass hier nur einer wirklich gut vorbereitet war, und der trug Kardinalsrot.

*

Irgendetwas war an diesem Tag anders, das spürte ich bereits, als ich Annabells Zimmer betrat.

„Hallo Anni", lächelte ich sie an.

„Hallo Felix."

Sie lächelte mich nicht mit dieser liebevollen Wärme an wie sonst immer.

Ich hängte meine Schultasche an den Haken neben der Tür, wie ich es jedes Mal tat, darüber meine Jacke und ging zu ihr ans Bett. Das Essen stand noch am Tisch, jedenfalls was davon übrig war. Außer auf die Suppe schien sie heute einen ziemlichen Appetit gehabt zu haben. Mir krachte der Magen, weil ich mir mal wieder nicht die Zeit genommen hatte, noch etwas zu essen, bevor ich nach der Schule zu ihr eilte.

„Darf ich die Suppe essen? Ich hab' mal wieder einen Bärenhunger."

Sie nickte. „Ist halt schon kalt, wie immer."

Ich saß bereits am Tisch und aß. Der Geschmack ging als gerade noch erträglich durch. Vermutlich Broccoli, aber so genau konnte man das unmöglich feststellen. Als zwei Minuten später die Schwester, ich glaube sie hieß Gertrud, hereinkam, um die Reste mitzunehmen, war ich bereits fertig. Sie grinste mich an.

„Hat es geschmeckt, Annabell? Und dir die Suppe, Felix? Du bist noch ganz grün um den Mund herum."

Ich lächelte verlegen und wischte die Beweismittel mit dem Handrücken weg.

Als die Schwester die Tür wieder schloss, fragte ich Annabell wie jedes Mal, wie es ihr ginge. Sie sah mich ernst an, bevor sie mir ihre Antwort, die keine war, wie eine Lanze in den Bauch rammte.

„Du tötest, um mir zu helfen, oder?"

„Was?", keuchte ich. Mehr brachte ich nicht heraus.

„Deine Kraft, die du mir einflößt, wo kommt die her?"

Ich schwieg. Weil mir in meiner Fassungslosigkeit nichts einfiel, was ich hätte antworten können. Sie sah mich an, ohne etwas zu sagen, aber ihre Augen sagten genug. *Einfach zu schweigen wird heute nicht genug sein. Und ich werde nicht weiterreden. Jetzt bist du dran!*

„Woher soll ich das wissen?", log ich in einem verzweifelten Versuch, da rauszukommen. Es funktionierte natürlich nicht. Sie sah mich weiter an, ohne etwas zu sagen, wie das nur Frauen können. *Pack aus! Jetzt!*

„Ich dachte immer, meine Gabe ist unbegrenzt, wie du weißt."

Weiter!

„Ist sie aber nicht. Als ich dir nach deinem ... deinem Unfall geholfen habe, da merkte ich nach einiger Zeit, dass sie irgendwie ... versiegt. Und sich viel zu langsam regeneriert, um dir weiter helfen zu können."

Eine Frau kann einem Mann auf viele Arten zusetzen. Anscheinend ist das angeboren, oder irgendwer nimmt die Mädels im Kindergarten zur Seite und erklärt ihnen, wie man das macht. Zum Beispiel mit Vorwürfen. Oder mit Fragen, was meistens schlimmer ist. Die schlimmste Methode von allen ist aber immer noch, wenn sie ihn einfach nur schweigend ansehen. *Weiter, ich warte!*

„Was willst du noch wissen? Was?", würgte ich lauter als beabsichtigt heraus.

„Hast du meinetwegen Menschen getötet?"

Ich musste darauf nicht antworten. Schon an der Tatsache, dass ich das nicht sofort entrüstet verneinte, es abstritt, sah sie, dass sie mit ihrer Vermutung Recht hatte. Ich senkte den Kopf.

„Anni ..."

„Dazu hattest du kein Recht!" Sie weinte. Ich kann fast alles ertragen, aber Anni weinen zu sehen, das war schon immer unerträglich. Das war noch schlimmer als das Anschweigen.

„Anni ..."

„Felix Hofer, bitte geh jetzt und komm nie wieder!"

„Anni, ich verspreche dir, es nie wieder ..."

„Geh einfach, bitte!" Sie schluchzte und drehte sich um. „Ich habe Leutnant Blumenschein alles gesagt, was ich über deine *Gabe* – sie kotzte dieses Wort mit aller Abscheu heraus, derer sie fähig zu sein schien – weiß."

Als ich den Krankenhausgang entlang ging – irgendwie musste ich einen ferngesteuerten Eindruck hinterlassen haben, jedenfalls fühlte ich mich wie eine seelenlose Maschine – war ich unfähig, einen klaren Gedanken zu fassen. Stattdessen wirbelten mir die Fragen und Antworten, allesamt unbefriedigend, durch den Kopf wie durch einen Sturm aufgewirbeltes Herbstlaub, ohne dass sich eine Ordnung herauskristallisieren wollte. Jedes Mal, wenn sich das Laub auf dem Boden absetzte und zu beruhigen schien, kam eine neue, noch stärkere Bö und trieb es erneut hoch.

Was habe ich falsch gemacht? Sie hätte es nie herausbekommen dürfen. Nein, ich hätte es nie tun dürfen. Wuuuusch! Sie wäre gestorben, hätte ich es nicht getan. Quatsch, sie hätte nur langsamere Fortschritte gemacht. Wuuuusch! Hatte ich das Recht gehabt, andere zu opfern? Sind ja gar nicht tot, jedenfalls die meisten nicht. Unsinn, sie sind tot oder jedenfalls bald. Wuuuusch! Und wenn schon? Habe die meistens eher erlöst. Wollten sie erlöst werden? Wird mir Anni wirklich nie mehr verzeihen? Sehe ich sie nie wieder? Was soll ich jetzt tun? Ich hätte ja aufgehört, nachdem mir der Obdachlose so viel Sprit hineingeblasen hat. Wuuuusch! Nein, hättest du nicht. Aber jetzt höre ich auf. Wozu? Der Schaden ist bereits angerichtet. Du musst jetzt verhindern, dass dieser Bulle den Schaden noch vergrößert!

Langsam begann meine Wut die Trauer zu überwuchern wie aggressives Unkraut die Salatsetzlinge. Wut ist viel leichter zu ertragen als Trauer, weshalb man sich in solchen Situationen automatisch in seinen Zorn flüchtet. Versucht, jemandem die Schuld zuzuweisen, um die Trauer über das eigene Versagen verdrängen zu können.

Blumenschein. Dieses Schwein hatte Annabell aufgewiegelt. Und jetzt würde er mich zur Strecke bringen.

Auf dem Weg von Annabells Zimmer bis zum Fahrstuhl am Ende des Ganges wurde aus dem dreizehnjährigen Jungen ein Mann.

Nein, das stimmt nicht ganz.

Wenn ein Junge jedes Mitgefühl und jede Gnade abwirft und nur noch den Hass Zutritt zu seinem Innersten gewährt, dann macht ihn das nicht zu einem Mann.

Es macht ihn zu einem gefährlichen Mann. Einem sehr gefährlichen. Weil es dann kein moralisches Regulativ mehr gibt, das seinen Handlungen Grenzen setzt.

Noch gab es eine kleine Bremse in mir. Es war die Hoffnung, Annabell doch noch nicht gänzlich verloren zu haben. Aber diese Hoffnung sah ich damals in meiner blinden Wut nicht. Ich war wie ein voll beladener Güterzug, dessen Lokomotivführer mit einem Herzinfarkt vornüber gesunken war und den Beschleunigungshebel in seiner Bewusstlosigkeit auf Vollschub drückte.

Der Zug raste aus dem Krankenhaus, ohne einen genauen Plan zu haben, wohin. Aber auf diesen Gleisen gab es ohnehin keine Weichen. Diese Gleise waren auf den Abgrund zu gestellt.

*

Severin war wie vor den Kopf gestoßen, unfähig etwas zu erwidern. Er sah durch den Polizisten hindurch, als er überlegte, woher dieser das alles wissen mochte. Ob er überhaupt etwas wusste oder nur bluffte. Diese Überlegungen schob er jedoch sofort zur Seite und kalkulierte stattdessen die Möglichkeiten durch, wie er darauf reagieren konnte.

„Jetzt schauen Sie drein, als wäre Ihnen der Heilige Geist höchstpersönlich begegnet", lachte Blumenschein ihn an. Aber es war kein fröhliches Lachen. Eher eines der Sorte, die man aufsetzt, um zu verbergen, was man wirklich fühlt und denkt. *Er wird mich jetzt gleich fragen, woher ich das weiß.*

„Und was werden Sie mit diesem ... „Wissen" will ich es nicht nennen ... mit diesem Unsinn jetzt anfangen?", überraschte ihn Severin.

Ich habe ihn unterschätzt, dachte Blumenschein. *Er ist gefährlicher, als ich dachte.*

„Wir wissen beide, dass es kein Unsinn ist", fasste der Leutnant sich bewusst kurz und ließ seinen Blick auf Severin ruhen. *Er würde ihn jetzt nicht entkommen lassen. Okay, du willst ein wenig herum lavieren. Das Spiel kann ich mitspielen. Ich war mal ein ganz passabler Schachspieler, musst du wissen. Und gerade das Lavieren im Mittelspiel war meine Stärke.*

„Natürlich ist es Unsinn. Aber nehmen wir mal an, Sie gehen damit jetzt ... ja, zu wem eigentlich? Sie machen also einen Bericht. Den irgendjemand liest. Was würde da drinnen stehen? *Felix Hofer kann Menschen töten, indem er sie einfach berührt und ihnen die Lebensenergie aussaugt.* Glauben Sie nicht, dass man Sie ohne viel Federlesens in die Klapsmühle einweisen würde?"

Das Lachen, das Blumenschein jetzt zeigte, war eine Spur fröhlicher als vorhin.

„Eigenartig, dass Sie das mit der *Lebensenergie* erklären. Ich hatte noch gerätselt, was da genau vor sich geht, wenn Felix Menschen einfach vertrocknen lässt. Danke für diese ... Information!" Er betonte das Wort, um klarzustellen, dass es sich nunmehr um eine Tatsache handelte, und nicht mehr um eine bloße Vermutung.

Severin versuchte, sich seinen Zorn nicht anmerken zu lassen. *Anfängerfehler,* dachte er wütend. *Was für ein idiotischer Anfängerfehler, diese Information ohne Zwang preiszugeben! Dämlicher Vollidiot!*

„Was also haben Sie nun vor, Leutnant?"

„Mal sehen. Ich würde sagen, jetzt kommt eine Menge Routinepolizeiarbeit auf mich zu. Recherchen eben. Bis ich genug Material zusammen habe, damit man mich eben nicht gleich ins Irrenhaus verfrachtet." Er lachte wiederum.

„Sie würden mir jetzt gerne mein Lachen aus dem Gesicht prügeln, Pater, nicht wahr?"

Jetzt zwinkert er auch noch. Ruhig bleiben, das ist reine Provokation.

„Ach nein, ich finde Ihre Theorie ja auch amüsant. Ich habe auf Ihrem Schreibtisch mal eines dieser Science Fiction Hefte gesehen. Sie sollten wirklich aufpassen, dass Ihnen da Roman und Wirklichkeit nicht durcheinander geraten, mein Lieber!"

Ah! Jetzt ist das Lachen weg. Das war wenigstens mal ein erster Wirkungstreffer in diesem psychologischen Boxkampf.

Severin stand auf.

„Wenn es nichts Wichtiges mehr gibt, Leutnant, dann werde ich mich jetzt verabschieden. Sie verstehen das sicher, oder? Es gibt einiges zu tun, nach den Vorkommnissen der letzten Tage." Er streckte ihm die Hand hin, die Blumenschein, das Lächeln wiederfindend, ergriff und schüttelte.

„Ja, ich habe jetzt auch einiges zu tun, Pater. Wir werden uns sicher bald wiedersehen. Obwohl Sie ... vielleicht bis auf weiteres auf die Seelsorge im Gefängnis verzichten sollten. Nur, bis sich alles aufgeklärt hat, ja? Die Rechnung hier geht auf mich."

Severin nickte. „Natürlich! Und danke für den Kaffee!"

Er nahm seine Jacke über den Arm und ging die paar Schritte zur Tür, wobei er sich bemühte, einen unbelasteten Eindruck zu machen. Dort drehte er sich noch einmal zu Blumenschein um, der eben die Rechnungen auf dem Tablett addierte, um den entsprechenden Betrag einfach am Tisch liegen zu lassen.

„Ach, eines noch, Leutnant: Gesetzt den Fall, Sie hätten mit Ihrer Vermutung ins Schwarze getroffen, warum glauben Sie dann, Felix wäre der Einzige mit dieser Gabe?"

Dabei winkte er Blumenschein lächelnd mit seinen Handschuhen zu, die er in der Linken trug.

Er öffnete die Tür und verließ das Café, ohne auf Blumenscheins Antwort zu warten. Es war vielleicht dumm gewesen, das jetzt zu sagen, aber es hatte gut getan. In der Scheibe neben der Tür sah er, wie der Polizist schlagartig bleich wurde. Severin lächelte noch immer. Jetzt allerdings befreit.

*

Luise und Horst hatten Maria heute früher als sonst ins Bett geschickt. Morgen war Freitag. Der Freitag, an dem sie ihre Reise nach Rom antreten wollten. Da sie davon ausgingen, dass Maria, die zum ersten Mal mit dem Zug fahren durfte, auf der Reise aufgrund der vielen neuen Eindrücke wohl kaum schlafen konnte, sollte sie sich wenigstens heute noch einmal richtig ausschlafen. *Vorschlafen*, nannte Luise das, und Horst hatte es irgendwann aufgegeben, sie darüber aufzuklären, dass es so etwas wie ein Vorausschlafen nicht gab. Wenn seine Luise sich das einbildete, dann war die Erde eine Scheibe, da konnte der Horizont gekrümmt sein, wie er wollte. *Gegen weibliche Logik kommst du nicht an*, hatte Horst einmal einem Bekannten sein Leid geklagt, als sie Eisstockschießen gewesen waren, und der hatte nur als Zeichen der Zustimmung geseufzt, weil selbst seit zehn Jahren verheiratet.

Maria hielt davon auch nichts. Sie war vom Schlafen ungefähr so weit weg wie Österreich vom Fussballweltmeistertitel. Das mit dem Fussballweltmeistertitel sagte Papa immer, wenn er was erklären wollte, das sicher nie passieren würde. Trotzdem sah er sich diese Spiele immer an, wenn sie im TV waren. Seit kurzem hatten sie nämlich einen Farbfernseher im Haus. Erwachsene waren eigenartig. Da kannst du nichts dran ändern.

Sie träumte sich in ihrem Kleinmädchengehirn gerade die Romreise zusammen. Ob sie den Papst auch sehen würde? Der war schon ziemlich alt, obwohl es ein neuer Papst war. Schon komisch, dachte sie, dass in der Kirche alle so lange arbeiten müssen. Warum das der liebe Gott so macht? Annas Opa ist auch so alt, und der ist schon seit vielen Jahren in Pension. Anna war eine Freundin, und wenn sie sie besuchte, dann las ihnen ihr Opa immer Geschichten vor. Meistens aus dem *Alten Testament*, obwohl Maria nicht wusste, was ein *Testament* war. Eigentlich wusste sie auch nicht so genau, was eine *Pension* war, und als Papa zur Mama gemeint hatte, der Vatikan zahle nicht nur eine Pension sondern sogar ein Hotel, aber man könne auch direkt im Vatikan bleiben, hatte sie an den Großvater von Anna denken müssen. Auch was *Vatikan* bedeutete, wusste sie nicht. Vielleicht hing das mit dem Heiligen *Vater* zusammen? Dass man den Papst so nannte, das wusste sie nämlich. Und dass der immer weiß angezogen war. Sie musste kichern, als sie daran dachte, wie der wohl aussah, wenn es Spaghetti mit Sauce gab. Der war schließlich ein Mann, die bekleckerten sich immer, sagte Mama, die sich nie bekleckerte. *Und wenn, dann muss ich es eh selber waschen!*

Erwachsene sind einfach komisch. Die reden immer von Dingen, die Kinder nicht wissen, und wenn die Kinder dann fragen, sind sie *im Stress* und können *gerade nicht antworten*. *Stress* muss das Gegenteil von *Pension* sein, dachte Maria, als sie an Annas Opa dachte. Nein, das konnte auch nicht stimmen, weil Papa letztens beim Arzt gewesen war und nachher gejammert hatte, dass die Pensionisten dort immer den größten Stress …

Böse!

Der Gedanke drängte sich mit brachialer Gewalt in ihren Kopf, brach über sie herein wie ein Wolkenbruch über den unachtsamen Wanderer im Gebirge. Der *Junge* war verletzt. Etwas tat ihm sehr weh. Und jetzt war er nicht mehr nur *schlimm*, jetzt war er *böse*. Sie spürte ein Gefühl, das sie nicht anders benennen konnte. Es trieb ihr die Tränen in die Augen. Sie hatte dafür mit ihren sechs Jahren einfach noch keinen passenden Begriff.

Der Begriff der Erwachsenen dafür war *Hass*.

*

Als Blumenschein das Café verließ, sog er die frische Luft ein, auch wenn es nur mit Benzindämpfen und Abgasen belastete Siebzigerjahrekleinstadtluft war. Sein Dienstwagen stand zwei Straßen weiter. Als Polizist hätte er zwar ohne weiteres auch im Halteverbot vor dem Café oder dem schräg gegenüberliegenden Krankenhaus parken können, aber etwas in ihm sträubte sich immer wieder, solche kleinen Vorteile seines Berufsstandes auszunutzen. Nachdem er zwei tiefe Atemzüge genommen hatte, machte er sich auf den Weg.

Was hatte ihm der Pater mit seiner letzten Bemerkung sagen wollen? Dass nicht nur Felix diese Gabe hatte sondern auch er selbst? *Er hat dir die Hand geschüttelt.* Es fröstelte ihn unwillkürlich. Dann wurde ihm schwindlig. *Zu viel Sauerstoff* war das Letzte, was ihm in den Sinn kam.

*

Felix kam gerade in seinem emotionalen Ausnahmezustand aus dem Krankenhaus, als er auf der gegenüberliegenden Straßenseite den Mann zusammenbrechen sah. Der Typ war sicher vierzig Meter entfernt, und Felix konnte nicht erkennen, um wen es sich handelte, aber er kam ihm bekannt vor.

Um zur Bushaltestelle zu gelangen, musste er sowieso über die Straße. Ob hier oder unten bei der Haltestelle war egal. Felix wollte sich die Sache ansehen. Vielleicht nur, um jemand anderen als sich selbst leiden zu sehen. Vielleicht auch aus Neugier. Vermutlich aus einer Kombination von beidem. Sicher nicht, um dem Typen zu helfen.

Als er die Stelle erreichte, wo der Mann am Boden lag, standen bereits einige Passanten um ihn herum, sodass er nicht gleich erkennen konnte, um wen es sich handelte. Felix drängte sich zwischen zwei älteren Damen hindurch und sah ... *dieses Schwein* ... da liegen. Er hatte Annabell besucht, er musste sie so ... *aufgehetzt* ... haben. Felix würde es zu Ende bringen. Jetzt! Er beugte sich zu Blumenschein, der bewusstlos zu sein schien und ein eigenartig verzerrtes Gesicht hatte, hinunter. Mit allem Hass, zu dem er fähig war.

*

Maria erstarrte. Zum ersten Mal seit längerem wieder. Sie konnte es nicht wie sonst verhindern, der *Hass* des *Jungen* nahm sie gefangen. Sie wehrte sich. Sie schrie ihren Gedanken wortlos in den Äther des Übersinnlichen, wo nur Gleichbegabte ihre Antennen haben. *NEIN!*

227

Und dann löste sich ihre Starre so plötzlich, wie sie gekommen war.

*

Ich weiß nicht, was damals geschehen war. Im Nachhinein betrachtet war es wohl meine Rettung gewesen. Vor vielleicht zehn oder zwölf Zeugen Blumenschein wie einen Regenwurm auf einer heißen Herdplatte zu mumifizieren, das hätte mit Sicherheit einige Fragen aufgeworfen. Aber dazu kam es nicht.

Das *Mädchen* hatte es verhindert.

Als ich mich zu dem am Boden liegenden Polizisten hinab beugte, explodierte ein Gedanke in meinem Kopf, der mich regelrecht zurückschleuderte, wobei ich die ältere Frau hinter mir beinahe umriss und selbst auf dem Hintern landete.

„NEIN!" schrie etwas in meinem Kopf. Nur dieses eine Wort, aber es war mitten in meinem Gehirn mit einer Urgewalt aufgetaucht, der ich nichts entgegensetzen konnte. Als hätte mir jemand ... das *Mädchen* ... direkt mit ihrer kleinen Hand in meinen Kopf gegriffen und dann zugedrückt.

Ich muss wohl einige Minuten so gesessen haben, weil mir der Kopf zu platzen schien und ich nicht wagte, mich zu bewegen. Als ich mich langsam wieder fing und aufrappelte, waren schon ein Arzt und eine Schwester, die aus dem nahen Krankenhaus herbeigeeilt waren, damit beschäftigt, diesen ... *dieses Schwein* ... zu versorgen. Keine Chance mehr, es zu Ende zu bringen, jedenfalls nicht im Moment.

Ein paar Minuten später brachten sie ihn auf einer Liege ins Krankenhaus. Der Arzt sagte etwas von einem heftigen Schlaganfall. *Sieht nicht gut aus.*

In mir mischten sich Erleichterung und Zorn. Wenn das Schwein krepierte, sollte es mir recht sein, aber ich hätte zu gern selbst dafür gesorgt, und diese Möglichkeit hatte man ... *hatte das Mädchen* ... mir genommen. Wobei mir nicht klar war, wie sie hatte wissen können, was ich vorhatte. Denn unter den Schaulustigen war kein Kind.

Wenn ich nicht wollte, dass so etwas noch einmal geschah, würde ich mich um dieses Biest kümmern müssen. In meinem Kopf würde ich keine Eindringlinge dulden. Niemals!

28

Blumenscheins Prognose sah ähnlich gut aus wie die eines ägyptischen Skirennläufers bei der Weltmeisterschaft im alpinen Abfahrtslauf. Schon ein Überleben wäre ein Erfolg gewesen. Der Schlaganfall hatte weite Teile seines Gehirns verwüstet. Selbst wenn er davonkäme, meinte der Arzt bei der Visite am nächsten

Morgen, wäre er wohl für immer ein Pflegefall. Außer ... hatte nicht dieser Junge, nein, das war angesichts der offensichtlichen Schäden im Kopf des Polizisten nicht einmal ein Grashalm, an den man sich klammern konnte.

Gut nur, dass Blumenschein alleinstehend war. Keine Frau, keine Freundin, keine Kinder; Eltern bereits seit langem verstorben. Anscheinend lebte als einziger Verwandter sein Bruder irgendwo in Deutschland. Jedenfalls, wenn man nach dem Adressbuch des armen Kerls ging. Allerdings war unter der Nummer, die bei diesem Eintrag stand, niemand erreichbar.

Dr. El-Arani, der behandelnde Arzt, wollte trotzdem nichts unversucht lassen, und suchte die Nummer von Pater Severin heraus, um ihn um Hilfe zu bitten, während er nach diesem Wundermädchen schaute. Unglaublich, wie sich die kleine Annabell erholte. Felix könnte doch auch ... schließlich wäre Leutnant Blumenschein ein Bekannter, oder? Danke, ja heute am Nachmittag passe gut. Danke, dass Sie dazu bereit sind, noch dazu an einem Sonntag!

Severin war nicht nur bereit, er war begierig darauf, die Sache zu Ende zu bringen. Felix hatte seit gestern, als er am Nachmittag nach Hause gekommen war, kein Wort gesprochen. Auf die Frage Severins, wann er ins Krankenhaus fahren wolle, um Annabell zu besuchen, hatte er einfach nur den Kopf geschüttelt, sodass Annabells Vater schließlich alleine aufgebrochen war. Sonntag musste er nicht in die Bäckerei, er würde also den ganzen Tag am Bett seiner Tochter verbringen können, was Severin die Möglichkeit gab, sich langsam an Felix heranzutasten, um herauszubekommen, was ihn so ... verstört ... hatte.

Keine Chance! Der Junge weigerte sich, ein Wort zu sprechen. Er aß nicht, hing nur herum und blickte missmutig drein, und so versprach sich Severin keine Reaktion, als er ihm von der Bitte des Arztes erzählte, dem Polizisten zu helfen.

Zu seiner Überraschung riss Felix die Augen auf, erhob sich und griff zur Jacke, bevor Severin den Satz beendet hatte.

„Fahren wir. Ich werde ihm helfen. Und wie ich das werde."

„Felix, wenn du ihn *behandelst*, dann so, dass er ... nun, es soll nicht zu auffällig sein, ja? Sonst erledige ich das selbst, aber ich kann es nicht so genau kontrollieren wie du, er könnte praktisch unter meinen Händen ..."

„Willst du weiter labern, oder fahren wir endlich?"

Auch auf der zehnminütigen Fahrt zum Krankenhaus war aus Felix nicht herauszubekommen, was los war. Severin gab es auf. Irgendwann würde der Junge damit schon von selbst zu ihm kommen.

Dabei entging ihm, dass er keinen *Jungen* mehr neben sich hatte.

229

*

Annabell ging es wieder ein Stück besser. Sie konnte bereits mit dem Rollstuhl kleine Ausflüge unternehmen, ohne dass sie jemanden benötigte, um sie zu schieben. Und als sie das Telefonat des Arztes mit Severin mitbekam und so von Blumenscheins Tragödie erfuhr, beschloss sie, diesen zu besuchen. Vielleicht konnte sie ihm etwas von ihrer Energie abgeben? Sie selbst wollte dieses Geschenk von Felix nicht mehr haben.

„Herr Doktor?", begann sie, nachdem dieser sein Telefonat beendet hatte und hatte sofort seine Aufmerksamkeit.

„Ja, Annabell?"

„Ich habe mitgehört, dass es dem Herrn Polizisten so schlecht geht. Darf ich ihn besuchen? Ich kenne ihn ja gut. Er hat mir und Felix das Leben gerettet."

„Er darf leider keine Besuche empfangen. Sein Zustand ist wirklich kritisch, meine Kleine."

„Wissen Sie, vielleicht könnte ich ihm etwas von meiner … ich weiß nicht, wie ich es nennen soll. Aber ich mache doch größere Fortschritte, als Sie alle erwartet hatten, oder?"

„Viel größere." Der Arzt schien nachdenklich zu werden.

„Nun, vielleicht kann ich ihm irgendwie *helfen*?"

Schweigen. Er dachte sichtlich nach.

„Bitte! Es würde auch mir helfen, es versucht zu haben, wissen Sie?"

Zwei Minuten später schob sie der Arzt in den Lift, wo sie zwei Stockwerke höher fuhren. *Intensivstation* stand auf dem Schild über dem Gang, als sie den Aufzug verließen. Der Arzt hatte darauf bestanden, sie zu schieben, auch wenn Annabell beteuert hatte, die kleine Reise selbst unternehmen zu können.

„Ohne mich lassen die dich dort nicht zu ihm", war schließlich ein Argument, dem man nichts entgegenzusetzen hatte.

Ein paar Minuten nachdem Severin und Felix sich ins Auto gesetzt hatten, um Blumenschein einen kleinen Besuch abzustatten, saß Annabell an dessen Bett und nahm seine Hand in die ihre. Überall ragten Schläuche aus ihm hervor. Sie hatte fast Angst, irgendetwas *kaputt zu machen*. Der Arzt war schon gegangen, er hatte noch einige Visiten und war schon jetzt im Zeitrückstand. Die Kleine konnte dem Polizisten zwar sicher nicht helfen, aber schaden wohl auch kaum.

Dann betraten Severin und Felix das Zimmer.

*

Maria gefiel es im Vatikan. Als sie gestern am späten Abend am Bahnhof ange-kommen waren, hatte schon ein riesiges Auto mit einem Pfarrer auf sie gewartet. Papa hatte gesagt, so etwas nenne man *Limousine*. Ein Wort, das sie noch nicht gekannt hatte, aber es klang fast wie Limonade, und das war etwas Gutes. Der freundliche Pater – Papa hatte nämlich gesagt, das sei ein Pater, kein Pfarrer, und das sei ein gewisser Unterschied, auch wenn dieser Maria nicht so ganz klar werden wollte – hatte sie am Bahnsteig abgeholt. Er hatte eine Art Einkaufswagen dabei, wie sie sie aus dem Einkaufszentrum kannte, aber doch ein bisschen anders. Da hatte er ihr Gepäck draufgestellt, und dann ging es zu diesem Monsterauto. Das war länger als Annas Swimmingpool, dachte Maria und musste lachen. Ihr Vater lachte auch, als sie ihm das erzählte. Limousinen waren in der Tat mindestens so gut wie Limonade!

Wie lange sie gefahren waren, konnte Maria nicht sagen. Aber laut war es ge-wesen. Dauernd hupte jemand, und Mama sagte einmal, dass die hier in Rom vermutlich statt der Bremse ein Huppedal haben würden, worauf der Pfarrer, nein der Pater, gelächelt und genickt hatte. Der sprach nicht sehr viel, vielleicht ein Schweigeorden, raunte ihr Papa auf der Rückbank ins Ohr. Als sie laut fragte, was das sei, ein Schweigeorden, hatte der Pater laut gelacht und gemeint, nein, nein, er dürfe schon reden, und Papa war rot geworden.

Dann kam ein großes, eisernes Tor, das aber offen stand, und daneben stan-den links und rechts zwei lustige Clowns mit bunten Hosen, worauf sie ihren Vater natürlich gleich aufmerksam machen musste. Das seien keine Clowns, hatte der Pater gemeint (und Papa war schon wieder rot geworden) sondern die Schweizer-garde, also quasi die Polizei des Vatikanstaates.

„Sind wir nicht in Italien?", glänzte Maria mit ihrem Wissen. Mama hatte ihr vor der Abreise gesagt, sie würden nach Rom fahren, das läge in Italien, das hatte sie sich genau gemerkt.

„Ihre Tochter stellt bemerkenswert viele und vor allem für ihr Alter sehr kluge Fragen", meinte der Pater zu Horst und erklärte Maria, wie sich das mit diesem kleinen Staat im Staate verhielt.

„Papa, was ist ein Quadratkilometer?", wollte Maria wissen. Die Auskunft des Paters, dass der Vatikanstaat nur etwa einen halben Quadratkilometer groß war, hatte sie fasziniert, vor allem, weil sie keine Ahnung hatte, was das war, ein Quad-ratkilometer.

Horst seufzte und versuchte immer noch, es ihr zu erklären, als man ihnen die Suite zeigte, in der sie untergebracht waren.

„Wenn Sie noch etwas benötigen, Familie Galler, dann nehmen Sie einfach das Telefon zur Hand und wählen Sie bitte die Neun. Seine Exzellenz Kardinal Scamponi wird Sie dann morgen früh kurz vor neun Uhr zur heiligen Messe im Petersdom abholen, wenn es Recht ist?"

Horst und Luise nickten und bedankten sich. Ob man dem Pater ein Trinkgeld geben sollte? Bevor sie sich dieser Peinlichkeit aussetzen konnten, hatte er schon die Suite verlassen und die Tür geschlossen.

„Die Wohnung ist echt groß, Mama, was?", Maria hatte bereits begonnen, die Räume der Wohnung, wie sie es nannte, zu erkunden.

„Das ist eine Suite, mein Schätzchen! Und – wenn wir morgen mit dem Kardinal reden, könntest du dann bitte ein bisschen weniger herumquatschen und nicht so viele Fragen stellen, hmmm?"

„Klar!" Maria hatte eben das Bad entdeckt. Das war größer als ihre Garage, fand sie. Die Bitte ihrer Mutter hatte sie bereits wieder vergessen, als sie den vergoldeten Wasserhahn sah. Sie hatte wieder einmal keine genaue Vorstellung davon, was eine Suite war, aber hier in Rom war anscheinend alles toll. Das genügte als Erklärung.

*

„Exzellenz, die Familie Galler hat nun die Diplomatensuite bezogen."

Ausgezeichnet, dachte Scamponi, nickte wortlos und winkte den Pater mit einer Handbewegung hinaus.

Dann setzte er sich an einen Schreibtisch, der an einer Wand seines Arbeitszimmers stand und steckte einen Schlüssel in ein Schloss an der Seite des Tisches, worauf sich die Arbeitsplatte zurückschob und Tonbandgeräte und Kopfhörer freigab, die darunter verborgen waren.

Natürlich hatte er schon vor Jahren dafür gesorgt, dass alle Gästeunterkünfte (und ebenso einige andere) verwanzt waren. Hier konnte er jedes Wort, das in einem der vielen Räume gesprochen wurde, mithören. Er brauchte lediglich den jeweiligen Tonkanal zu wählen. Jeder Kanal war genau beschriftet. Er drückte auf die Taste „D1B", die für „Diplomatensuite 1, Bagno" stand, als das Licht über diesem Schalter signalisierte, dass der Bewegungsmelder dort angesprochen hatte, und hörte ein kleines Mädchen ein Kinderlied summen.

Befriedigt lächelnd lehnte sich der Kardinal zurück. Es lief alles genau so, wie er das geplant hatte.

*

„Hallo Anni!"

Felix ließ sich nichts anmerken. Nicht einmal Severin spürte die veränderte Situation zwischen den beiden. Jedenfalls nicht bis ihm auffiel, dass Felix zu seiner großen Liebe Abstand hielt. Keine Umarmung, nicht einmal eine Berührung. Und ...

„Hallo Severin. Hallo Felix."

Annabell konnte sich nicht so gut verstellen wie Felix. Die kalte Distanz war aus ihrer Begrüßung deutlich zu hören.

„Traurig, was mit dem armen Polizisten passiert ist, nicht wahr?" Severin klang betont geknickt.

„Er heißt Leopold Blumenschein", blaffte Annabell ihn an. „Menschen haben Namen. Und er ist ein Mensch, nicht nur Polizist. Und er hat", sie blickte Felix an, „Felix und mir das Leben gerettet."

Severin nickte. „Umso trauriger. Das hat er sich wirklich nicht verdient."

Felix hielt den Kopf gesenkt und sagte nichts.

„Warum seid ihr hier?", wollte das Mädchen jetzt wissen. „Um ihm den Rest zu geben?" Wieder sah sie Felix an, der ihrem Blick auswich.

Severin schien vor den Kopf gestoßen. Er blickte Annabell aus großen Augen an.

„Ja, Severin. Ich denke, ich weiß Bescheid über euch. Leopold Blumenschein hatte mich noch besucht, bevor ihm *das hier* zugestoßen ist."

Annabell hielt immer noch die Hand des Polizisten in ihrer.

„Und jetzt solltet ihr gehen! Ohne ihn zu berühren, sonst schreie ich das ganze Krankenhaus zusammen."

Jetzt hob Felix seinen Kopf.

„Severin? Sie soll ihn loslassen."

„Annabell, bitte!" Severin wirkte ratlos. Und dann fasste das Mädchen einen Entschluss.

*

Annabells Vater war ins Spital gekommen und hatte das Zimmer seiner Tochter leer vorgefunden. Man muss selbst Kinder haben, um die Gedanken nachvollziehen zu können, die einem durch den Kopf gehen, wenn man mit einer solchen Situation konfrontiert wird. Natürlich sagt einem die Logik, dass die Tochter nur bei einer

Untersuchung sein würde, oder dass sie vielleicht von einer netten Pflegerin mit dem Rollstuhl ein wenig im Park des Krankenhauses herum geschoben würde, aber irgendwo hinten im Kopf nistet sich ein Dämon ein, der dir dann Dinge einflüstert, die du nicht hören willst: *Komplikationen. Schwere Komplikationen. Vielleicht ein Blutgerinnsel. Sowas kommt oft vor. Sie ist gerade am Weg in den OP, während ein Arzt nebenherläuft und eine Herzdruckmassage versucht.*

Fritz Zierler war der Panik nahe, als eine Schwester das Zimmer betrat, um nach einem der beiden anderen Mädchen zu sehen, die sich mit Annabell das moderne Dreibettzimmer teilten. Die war erfahren genug, um mit einem Blick auf den kalkweißen Vater die Situation zu erfassen und ihn schnell zu beruhigen:

„Annabell ist auf ihrem ersten kleinen Ausflug. Es geht ihr immer besser, also haben wir nichts dagegen gehabt, dass sie einen anderen Patienten besucht."

Das Aufatmen des besorgten Vaters war für sie beinahe körperlich spürbar. Er murmelte ein „Danke!" und vergaß beinahe, die Schwester zu fragen, welchen Patienten Annabell denn besuchen wollte, holte das aber nach, als er sich wieder etwas gefangen hatte.

Dreißig Sekunden später war er selbst am Weg zur Intensivstation, wo man ihm jedoch den Zutritt verwehrte.

Es hätte sowieso keinen Unterschied mehr gemacht.

*

Maria hatte ihre Erkundungstour durch die Suite beendet, lag auf dem unbequemen (wie sie fand) aber wunderschönen, antiken (wie ihre Mutter fand) Sofa und blätterte zum tausendsten Mal ihr Lieblingsbuch durch. „Hatschi Bratschis Luftballon" hieß es und war ein Klassiker, den schon ihre Eltern als Kinder kennengelernt hatten. Weil es ein wenig rassistisch war, sollte es in der Folge mehr und mehr geächtet werden, nachdem gewisse Entschärfungsversuche den Verfechtern der politischen Korrektheit nicht genügt hatten, aber damals wurde das Buch noch als unverfänglich und für Kinder geeignet eingestuft.

„Mami, warum stürzt der Ballon nicht ab, wenn er so viel Eis drauf hat?" wollte die Kleine wissen. Anscheinend war sie gerade an der Stelle angelangt, wo der Ballon über den Nordpol flog.

„Maria, das ist nur eine Kindergeschichte. Die nehmen es da nicht so genau."

Maria schien sich mit dieser Erklärung zufrieden zu geben, dachte ihre Mutter, weil keine weiteren Einwände kamen. Hätte sie von ihrem Buch aufgeblickt, wäre sie wohl erschrocken.

Maria war erstarrt. Schon wieder! Das Buch begann samt dem darin abgebildeten Ballon sanft zu steigen.

Der Kontakt zu diesem *Jungen* war wieder da, intensiver als je zuvor. Es schien, hätte Maria sich darüber Gedanken gemacht, als würde die Verquickung ihrer Gedanken, *ihrer Gehirne*, mit jedem Mal inniger. Maria spürte nicht mehr nur, wenn der Junge daran war, etwas *Schlimmes* zu tun, nein, sie war *in* dem Jungen. Und er in ihr? Sie wusste es nicht. Dieses Mal war das erste Mal, dass sie sogar mit seinen Augen sah, was er gerade sah. Und das war nichts, was ihr gefiel.

Sie wusste, dass sie sich jederzeit lösen konnte, aber dann ... konnte sie nichts dagegen tun. Hätte Maria sich in einem Anfall von Selbstreflexion gefragt, ob auch ein wenig simple Neugier mit ausschlaggebend war, dass sie *in dem Jungen blieb*, sie hätte es wohl zugeben müssen. Aber Hand aufs Herz – das wäre für eine Sechsjährige schon ein bisschen viel verlangt, oder? Maria wusste noch nichts von Selbstreflexion oder kritischem Hinterfragen der eigenen Handlungsweisen, also beschloss sie in kindlicher Neugier, einfach noch ein Weilchen länger *im Jungen* zu bleiben. Wenn er wieder etwas sehr Schlimmes tun würde, dann könnte sie das verhindern, da war sie sich sicher, ohne genau zu wissen (oder sich auch nur zu fragen) warum.

„Severin? Sie soll ihn loslassen!"

Maria sagte das, nein, der *Junge* sagte das, aber für Maria war der Unterschied verschwunden. Sie war in dem Jungen. Sie erlebte das, was er sagte und tat, als würde sie selbst es sagen und tun. Dass ihr Körper in der Zwischenzeit stillstand wie eine gut gemachte Holografie, wusste sie nicht. Und ihre Mutter bemerkte es nicht. Nicht dieses Mal.

*

Etwas war *anders*. Etwas, das Felix auf eine bestimmte Art Angst machte und sich auf eine andere Weise *gut* anfühlte. Gut im Sinne des Wortes. Edel. Ja, „edel" war das Wort, das darauf passte. Es war in ihm. Und plötzlich wusste er, dass es das Mädchen war. *Was machst du hier? Verschwinde!* Felix wuchtete diesem Etwas in seinem Kopf die Worte entgegen. Er ahnte, dass das dem Eindringling Schmerzen bereiten musste, so wie das erste Eindringen damals ihm Schmerzen bereitet hatte.

Aua! Du tust mir weh! Wer bist du? hörte er die Gedanken in seinem Kopf und schwankte zurück. Sie waren um ein Vielfaches lauter gewesen als seine eigenen Gedanken. Er bekam das Bett neben dem von Blumenschein zu fassen, und fing sich. Dieses Mädchen war sehr stark, schoss es ihm durch den Kopf. Wenn es weiter so schrie, würde ihm der Kopf platzen.

'tschuldigung! Ich tu nicht mehr so laut, ja?

„Felix, was ist los?" Severin hörte sich besorgt an.

„Nicht jetzt, Severin. Ich erkläre es dir später. Lass mich, ich muss mich konzentrieren!" Felix konnte diese Worte nur mit Mühe stammeln. Als müsse er seine ganze Kraft auf etwas richten, dachte Severin.

Verschwinde aus meinem Kopf! dachte er. *Du hast hier nichts verloren! Du willst etwas Schlimmes tun! Das darfst du nicht! Du hast schon viele schlimme Sachen getan! Du musst damit aufhören!* antwortete die Stimme in ihm prompt.

Wer bist du? wollte Felix wissen und dachte in diesem Moment daran, wie absurd das Ganze war. Menschen, die laut Selbstgespräche führten, waren schon schräg. Aber mit sich selbst in Gedanken zu streiten, das war wirklich mehr als skurril!

Ich bin Maria. Und du? Die Lautstärke hatte sich jetzt auf einen akzeptablen Wert reduziert. Das Mädchen lernte. Und es lernte schnell.

Felix.

Du bist so traurig, Felix! Und jetzt tust du so viele schlimme Sachen. Das darfst du nicht. Wenn du mir versprichst, dass du damit aufhörst, gehe ich.

Felix dachte nach. Ihr etwas vorzumachen, das könnte nur funktionieren, wenn es ein normales Gespräch wäre. Aber so? Sie wusste anscheinend, was er dachte. Sie würde es durchschauen.

Was heißt „durchschauen"? Die Kleine – Felix ahnte, dass es ein sehr kleines Mädchen war – war also zu allem auch noch neugierig.

Also gut. Ich verspreche dir für den Moment, diesem Mann nichts anzutun. Und jetzt geh! Bitte! Die letzten Worte dachte er lauter – intensiver – als er beabsichtigt hatte.

Aua! Jetzt schreist du!

Entschuldige! Und jetzt geh bitte! Es ist mein Kopf, nicht deiner!

Na gut! Und dann war sie so plötzlich weg, wie sie da gewesen war.

„Severin, lass uns gehen! Wir haben etwas zu besprechen."

Severin merkte, wie Annabell sich entspannte. Was war hier gerade passiert? Warum hatte sich Felix plötzlich anders entschieden? Diese Frage stellte sich nicht nur Severin. Auch Annabell tat das.

*

Maria legte Hatschi Bratschi zur Seite, nachdem es plötzlich in ihren Schoß zurückgefallen war. Sie hatte jetzt keine Lust mehr zu lesen.

*

Die beiden schritten gerade aus dem Fahrstuhl und eilten in Richtung des Ausgangs, als Severin das Schweigen brach.

„Was war da eben los? Raus damit!"

Und dann erzählte Felix Severin in allen Details, was sich nun schon zum zweiten Mal in seinem Kopf abgespielt hatte.

Severin sagte nichts. Es war Felix, der das Schweigen nach einigen Minuten brach.

„Was soll ich jetzt tun? Die bricht in meinen Kopf ein, wann und wie sie will. Kannst du dir vorstellen, wie das ist? Und es ist jedes Mal stärker. Ich habe Angst, dass sie mich irgendwann *übernimmt*."

Der Pater schüttelte langsam den Kopf. „Es mir vorstellen? Nein, das kann ich nicht. Aber du sagtest, als du intensiver dachtest, hätte sie sich beschwert? Was hat sie da gedacht? Aua?"

„Ja, und dass ich schreie."

„Nun, dann schrei, wenn sie wieder kommt. Schrei, so laut du kannst! Tu ihr weh! Und wenn das funktioniert, wenn sie benommen ist, dann ..."

Felix zog die Augenbrauen hoch. „Was ... dann?"

„Weißt du noch, wie ich dich lehrte, das Gemurmel des Bachs in ein Kästchen zu sperren?"

Um Felix' Mundwinkel begann sich ein diabolisches Lächeln abzuzeichnen.

<h1 style="text-align:center">27</h1>

Luise hatte, in ihrem Buch versunken, nichts davon bemerkt, als Maria weg gewesen war.

Horst, der sich im Badezimmer rasierte, hatte ebenfalls nichts davon bemerkt, dass seine Tochter für kurze Zeit nicht in ihrem Körper gewesen war.

Doch jemand hatte etwas gemerkt.

Der Kardinal lehnte sich in seinem Stuhl zurück. Vor ihm flimmerte immer noch das Schwarzweißbild aus dem Wohnzimmer der Suite. Die Auflösung war dürftig, aber man hätte blind sein müssen, um nicht die minutenlange Starre des Kindes und das schwebende Buch mitbekommen zu haben. Er musste nachdenken. Er war in einer guten Stunde mit der Familie zum gemeinsamen Mittagessen verabredet, danach wollte er sie durch die Vatikanischen Museen führen. Er hatte also noch etwas Zeit.

Was um Christi Willen war das eben gewesen?

Das Mädchen hatte ausgesehen, als wäre es plötzlich schlicht nicht mehr anwesend gewesen. Körperlich schon, ja, aber geistig nicht. Wenn das stimmte, gab es eine Frage, deren Beantwortung essentiell war:

Wo war das Mädchen gewesen?

Oder sollte man vielleicht besser fragen: *In wem* war es gewesen?

Scamponi machte sich auf den Weg in die Bibliothek. Er musste einige Bücher konsultieren, die es eigentlich gar nicht gab. Jedenfalls nicht offiziell. Nicht mehr, seit sie vor Jahrhunderten auf den Index gesetzt und alle Kopien verbrannt worden waren. Aber das traf schließlich für viele Schriften in den Vatikanischen Archiven zu.

*

Das Essen war feudal. Diese Kleriker wussten, was gut war, fand Horst, nachdem er beim sechsten Gang, einem ausgezeichneten Tiramisu, das auf ein wunderbar weiches, medium gebratenes Steak gefolgt war, aufgegeben hatte, ohne das ganze Stück verspeist zu haben. Er fühlte sich ein wenig beschwipst, was bei ihm immer dazu führte, dass seine Zunge ein wenig lockerer saß als üblich. Kein Wunder, angefangen bei der Vorspeise hatte ein offensichtlich eigens dafür zuständiger junger Pater zu jedem Gang einen hervorragend passenden italienischen Wein kredenzt. Dass Luise keinen Alkohol trank, kam ihm da ganz gelegen, und er beschloss daher, das Reden eher ihr zu überlassen.

Allerdings schien der Kardinal kein Mann vieler Worte zu sein. Zumindest nicht während des Speisens, stellte Horst fest. Außer dem Tischgebet am Anfang des Mahls hatte er kaum ein Wort gesprochen, während sie aßen. Nur hin und wieder Maria angelächelt, die jetzt tatsächlich ihre heißgeliebte Limonade bekommen hatte.

Nun winkte er den jungen Pater erneut herbei. Dieser hatte – natürlich – wieder eine Flasche in der Hand. Die war in einem kleinen Weidenkorb mit Henkel gelegt worden, sodass Horst das Etikett nicht erkennen konnte. Der Kardinal schien ein guter Menschenkenner zu sein, oder er konnte Gedanken lesen, dachte Marias

Vater, als ihr Gastgeber milde lächelnd seine unausgesprochene Frage beantwortete:

„Ein wundervoller Portwein. Ich gebe zu: der einzige Wein hier, der nicht aus
Italien stammt. Aber bei den süßen Dessertweinen geht einfach nichts über einen
echten Port, finden Sie nicht auch?"

Horst nickte unmerklich. Er hatte noch nie Portwein getrunken, was sollte er
also auf diese Frage antworten? Als alle Gläser gefüllt waren – diesmal hatte sich
auch Luise einen kleinen Schluck einschenken lassen – hob Scamponi das Glas.

„Ich möchte darauf anstoßen, dass sie meine Entschuldigung für das unerhörte
Benehmen meines Mitbruders in Christo annehmen. Und natürlich auf die Zukunft
Ihrer Familie. Möge Gott Sie segnen!"

Wenn angestoßen wurde, nahm Maria immer sofort ihr Glas, sprang auf und
rannte lachend rund um den Tisch, um mit jedem – klingeling – das Glas erklingen
zu lassen. Nur Luise fiel auf, dass ihre Tochter diesmal einfach still auf ihrem Platz
sitzenblieb.

Aber auch Luise blieb es verborgen, dass Maria dafür tatsächlich einen guten
Grund hatte. Der rote Mann war *schlimm*. Sie konnte es spüren, wie sie es bei dem
Jungen spürte, nur viel ... *entfernter*, kaum wahrnehmbar, ganz weit weg. Sie wusste nicht, dass sie bei jedem übersinnlich veranlagten Menschen spüren konnte, ob
er *schlimm* war oder nicht.

Dass der Kardinal übersinnlich veranlagt war, wusste nicht einmal er selbst. Es
war auch keine starke Veranlagung, aber Horst war auf der richtigen Fährte gewesen, als er sich gefragt hatte, ob der Kirchenmann Gedanken lesen konnte. Das
konnte er zwar nicht im eigentlichen Sinne, aber er hatte ein gewisses, untrainier-
tes Gespür. Wenn man es mit dem Leutnant Blumenscheins vergleichen wollte, der
dieses Gespür in den Jahren seiner polizeilichen Ermittlertätigkeit verfeinert hatte,
hätte man festgestellt, dass es deutlich schwächer war. Aber es war vorhanden.

Und Maria spürte es.

＊

„Es freut mich sehr, dass Ihnen die Führung gefallen hat." Der Kardinal lächelte, wie er es schon die letzten Stunden immer wieder getan hatte.

„Es war ... fantastisch!"

Luise war ehrlich beeindruckt. Sie hatte sich vor der Abreise in einem Buch
schlau gemacht, was sie in den Vatikanischen Museen erwarten würde. Und trotzdem war sie von der schieren Fülle unglaublicher Kunstwerke überwältigt worden.
Hier war Kunst von Jahrtausenden in einer Dichte versammelt, die ihr den Atem

raube. Aus Rücksicht auf Maria hatte die Führung nur etwa drei Stunden gedauert, aber Luise hätte sich auch nach zehn Stunden noch nicht gelangweilt, dessen war sie sich sicher.

„Wenn Sie möchten, dann bleiben Sie einfach noch einen Tag und wandeln Sie morgen in aller Ruhe noch einmal durch diese Hallen. Ihr Gatte kann sie begleiten, dann organisiere ich für Ihre Tochter gerne ein Kindermädchen, das mit ihr zu einem der vielen Spielplätze in der Stadt fährt. Oder auf die Kuppel des Doms, wenn sie mag."

Das Angebot war in der Tat verlockend. Sie hatte schon selbst daran gedacht, mit Maria die Kuppel zu besuchen, war dann aber vor den Menschenmassen, die vor dem Lift warteten, zurückgeschreckt. Nun hatte der Kardinal es von sich aus vorgeschlagen. Und *der* würde gewiss nicht warten müssen. Sie blickte ihren Gatten an.

Der zuckte mit den Schultern. Wenn er ein paar Gläser getrunken hatte, war er noch unkomplizierter als sonst, dachte Luise. Sie liebte ihn dafür und machte sich eine Gedankennotiz, auch zuhause für ein kleines Lager an gutem Wein zu sorgen.

Der Kardinal lachte. „Fein, dann machen wir das so. Maria, möchtest du morgen ganz hinauf auf die Kuppel des Doms?"

Auch wenn das Mädchen irgendwie Angst vor diesem Mann hatte, dieses Angebot war zu verlockend für eine unternehmungslustige Sechsjährige.

„Jaaaaa, bitte Mama!"

Die Kleine schien zu wissen, an wen sie sich wenden musste, dachte Scamponi belustigt. Das mit der Weiberwirtschaft würde in den nächsten Jahren wohl noch schlimmer werden. Er unterdrückte einen Seufzer. Vor ein paar hundert Jahren hatte man hyperaktive oder aufmüpfige Frauen einfach als Hexen denunziert, gefoltert, bis sie gestanden hatten und dann dem reinigenden Feuer übergeben, und das Problem war gelöst gewesen. Er trauerte dem finsteren Kapitel zwar nicht nach, zumal sich die Irrmeinung hielt, die Kirche hätte das getan, wo es doch in den allermeisten Fällen weltliche Gerichte gewesen waren, aber die aktuelle Entwicklung gefiel ihm auch nicht.

„Also gut! Wir bleiben morgen auch noch", legte Luise fest. „Natürlich nur, wenn du nichts dagegen hast, Liebling?"

Wieder lächelte der Kardinal in sich hinein. Diese Weiber waren schon immer gerissen gewesen und werden es immer sein. Eine der Versuchungen, die der Herr den Männern auferlegte, um die Spreu vom Weizen zu trennen. Gewiss, auch er hatte sich dann und wann von bestimmten körperlichen drücken handgreiflich befreit, aber nur, um seinen Geist wieder uneingeschränkt einer Aufgabe widmen zu können.

Horst zuckte nur mit den Schultern. Damit waren die Weichen gestellt. Das „Kindermädchen", mit dem Maria auf die Kuppel steigen sollte, würde Kardinalsrot tragen, aber das bräuchten die drei vorerst nicht zu erfahren.

*

Es gibt kaum etwas Schöneres als einen frühherbstlichen Montagmorgen in Italien. Außer man befindet sich in Rom. Allerdings merkte Familie Galler nichts vom typischen, römischen Montagmorgenchaos, als sie sich nach dem Frühstück daran machte, ihrer Wege zu gehen.

Luise hatte die Gelegenheit genutzt, die Weinseligkeit ihres Gatten zu einem Zugeständnis auszunutzen, dass er mit ihr „in aller Ruhe, Schatz" die Vatikanischen Museen besuchte. Wer schon einmal dort war, kennt die harten Steinböden, und schon nach etwa zwei Stunden verfluchte Horst, dass er statt der bequemen Sport-schuhe wieder die eleganteren, aber für eine mehrstündige Tour auf dieser Unter-lage völlig ungeeigneten Slipper angezogen hatte. Die hatten ihn doch gestern schon gedrückt? Wie seine Frau – wie überhaupt irgendeine Frau – so etwas in diesen Stöckelschuhen, bei denen schon das Hinsehen allein wehtat, aushalten konnte, war eines der Mysterien, das er nie entschlüsseln würde.

„Sag mal, tun dir nicht die Füße weh, Luischen?" Er nannte sie nur „Luischen", wenn er etwas von ihr wollte.

„Ist das deine dezente Umschreibung für *Lass uns eine Pause machen?*", grins-te sie ihn an.

Er murmelte irgendetwas davon, dass Gedankenlesen in ihrer Familie anschei-nend nicht nur auf Maria beschränkt wäre und setzte sich auf den einzigen Stuhl, der in der Ecke des Saals mit den holländischen Renaissancemalern stand. Ei-gentlich interessant, dass in der Hochburg des Katholizismus Maler vertreten wa-ren, die eher dem Protestantismus zuzurechnen waren, dachte Luise.

„Du bist ja sehr höflich." Sie lachte laut auf. „Der Herrgott hat sich echt etwas dabei überlegt, als er den Geburtsschmerz uns Frauen zugedacht hat."

Etwas Unverständliches grummelnd stand er auf, wobei seine Körpersprache ausdrückte, dass er nahe am Erschöpfungstod war.

Luise sah auf eine Weise darüber hinweg, wie das nur eine Frau kann.

„Wusstest du, dass die holländischen Meister der Renaissance allesamt protes-tantisch waren? Scheint dem Vatikan aber komplett wurscht zu sein."

Sein Stöhnen – *Jetzt fängt sie auch noch zu dozieren an!* – überging sie genau-so gekonnt und ging einen Raum weiter, während er sich wieder auf den Stuhl niederließ, der zwar nicht sonderlich bequem war – aber zumindest eine Sitzgelegenheit.

*

Maria war mit dem Kardinal zum Petersdom gegangen. Die lange Schlange am Aufzug zur Kuppel ignorierte Scamponi mit der Selbstverständlichkeit des Hausherren und nahm die Treppe, sodass sie etwa zwanzig Minuten später schnaufend an der Galerie am Dach des Petersdoms standen und den Ausblick auf den Petersplatz und die ewige Stadt genießen konnten.

„Gefällt es dir, Maria?", wollte der Kardinal wissen.

Maria hatte in ihrer kindlichen Herangehensweise die Antipathie, die sie für ihn empfand, in ein Fach weit hinten in ihrem Bewusstsein verfrachtet und nickte heftig.

„Der Platz ist ja gar nicht rund, der ist oval.", rief sie aus, als sie auf den von Säulen eingesäumten Petersplatz hinunterblickte.

„Nicht oval mein Kind, elliptisch. Der Architekt hat das geschickt gemacht. Wenn du am Platz stehst, sieht er fast rund aus, aber die Ellipsenform hat ein Geheimnis, weißt du?"

Sie sah ihn fragend an.

„Jede Ellipse, das musst du dir vorstellen wie einen in die Länge gezogenen Kreis, hat zwei Punkte, die man Brennpunkte nennt. Unten am Platz sind genau dort zwei Steine eingelassen, wo diese Punkte sind. Wenn du dich auf einen stellst und ein Freund sich auf den anderen, kann er alles hören, was du sagst, auch wenn du nur leise sprichst. Natürlich nur, wenn der Platz ziemlich leer ist."

Maria verstand ungefähr, was er meinte.

„Ui", sagte sie. „Das erzähle ich nachher Mama. Dann kann sie das mit Papa und mir ausprobieren."

Ihre Eltern, aber das konnte Maria nicht wissen, würden einige Stunden später ganz andere Sorgen haben, als sich am Petersplatz ein Flüsterstelldichein zu geben.

*

Felix hatte sich vorbereitet. Er hatte mit Severin geübt, wie man jemanden eine mentale Falle stellt. Da Severin nicht über Marias Fähigkeiten verfügte, war das nur annähernd geglückt, aber Felix war sich sicher, dass es im Ernstfall dennoch klappen würde. Das kleine Luder würde sein blaues Wunder erleben, wenn es noch einmal in seinen Kopf einzudringen versuchte. Und dass es das probieren würde, dessen war er sich ziemlich sicher.

Er machte sich mit Severin auf den Weg ins Krankenhaus. Fritz war noch nicht von der Arbeit zurück, der würde dann sicher seine Tochter besuchen, aber es war nicht Annabell, der sie ihre Aufwartung machen wollten.

Sie hatten andere Pläne.

Am Eingang zur Intensivstation, auf der Blumenschein immer noch lag, wollte sie eine Schwester zuerst nicht zu ihm vorlassen. Da er aber keine Angehörigen hatte, und der diensthabende Arzt dann bestimmte, dass die beiden wohl so etwas wie seine engsten Freunde seien, ließ man sie schließlich doch zu ihm vor.

Auf der Station waren alle drei Betten belegt, und eine Schwester war gerade mit einem der beiden anderen Patienten beschäftigt. Felix wartete, bis sie kurz den Raum verließ, um irgendein Medikament oder was auch immer zu holen, und näherte sich dann Blumenscheins Bett auf Griffweite.

In dem Moment, als er die Hand ausstreckte, spürte er es.

*

Scamponi war zwar überrascht, als es passierte, aber er war nicht völlig konsterniert. Er hatte das ja schon einmal am Überwachungssystem beobachtet. Was ihn verblüffte und irgendwie auch belustigte, war die Unmittelbarkeit, mit der die Starre Maria befiel. Sie hatte die Hand erhoben um auf etwas in der Stadt zu zeigen, die sich unter ihnen ausbreitete, und wollte ihn wohl gerade etwas fragen, als sie innerhalb von Sekundenbruchteilen in ihrer Bewegung erstarrte. Der Mund, der gerade ein Wort formen wollte, blieb mitten im Öffnen stehen, ihr Arm zeigte starr auf die in der Entfernung sichtbare Kuppel des Pantheons. Es schien, als wäre sie soeben regelrecht *eingefroren* worden. Wo sie jetzt wohl war? *Wo ihr Geist war*, korrigierte er sich.

*

Maria hatte gerade vorgehabt, den Kardinal zu fragen, was das für ein großes, rundes Gebäude sei, als sie spürte, wie dieser *Junge* ... Felix ... diesmal war es *sehr schlimm*, er wollte den ... Polizisten ... *töten*.

Aber sie wusste, wie sie das verhindern konnte. Das hatte ja schon zweimal geklappt. Sie *sprang* – wie sollte man das sonst nennen, dachte sie – in den Jungen, und *brüllte ihn an*, er solle damit aufhören!

Und dann geschah etwas, mit dem sie selbst in ihren schlimmsten Albträumen nicht gerechnet hätte.

*

Annabell ging es wieder ein Stück besser. Es schien fast, als wirkte die Energie, die ihr Felix in den letzten Wochen mitgegeben hatte, immer noch nach. Vielleicht brauchte Annabell aber auch keinen zusätzlichen *Sprit* mehr, keine Starthilfe, vielleicht rannte ihr Motor einfach nur von selbst wieder. Manchmal spuckte und hustete er noch ein wenig, aber vom Absterben war er weit entfernt. Sie würde wieder auf die Beine kommen, auch wenn ihr klar war – das hatten die Ärzte recht offen gesagt – dass ihr eine lange Rehabilitationsphase bevorstand.

Ihr Vater war ihr dabei keine große Hilfe. Manchmal konnte man fast den Eindruck gewinnen, dass Annabell sich mehr um die emotionale Befindlichkeit ihres mit der Situation völlig überforderten Vaters kümmerte, als dass dieser sie bei ihrer Genesung unterstützte. Aber das war in Ordnung so. Sie fand, dass sie das ein wenig ablenkte und vor allem auch forderte, und genau das brauchte sie jetzt, um nicht wahnsinnig zu werden. Annabell war noch nie ein Mädchen gewesen, das den ganzen Tag im Bett zu liegen als höchstes Lebensziel betrachtete.

Speziell in den Phasen der Depression, wie sie jeder Mensch durchwandert, den das Schicksal mit seinem dicksten Knüppel ins Krankenbett geprügelt hat, tat es ihr gut zu wissen, dass es da jemanden gab, der sie brauchte. Bis vor kurzem waren das noch zwei Personen gewesen, dachte sie bitter, aber ... sie musste weinen, wenn sich Felix in ihre Gedanken drängte. Was er getan hatte! Und sie wollte jetzt nicht weinen, beschloss sie in einem Anflug von kindlichem Trotz. Krone richten, Haare kämmen, das Kleid in Ordnung bringen und schauen, dass du wieder auf die Füße kommst, Prinzessin!

Um die Gedanken in andere Bahnen zu lenken, würde sie jetzt wieder den armen Polizisten besuchen. Den hatte es noch deutlich schlimmer erwischt als sie. Das war zwar kein Trost, weil das Leid eines anderen Menschen nie ein Trost sein kann, jedenfalls nicht für empathische Wesen, aber es lenkte ab. Annabell wurstelte sich aus dem Bett und zog den Morgenmantel über, den ihr Vater ihr gekauft hatte. Männer! Eine oder eher zwei Nummern zu klein, was klar war, weil Väter ihre Töchter immer eher als kleines Mädchen sehen wollen, aber vor allem: dieses Muster! Was treibt einen Mann, seiner dreizehnjährigen Tochter einen Morgenmantel mit Blümchenmuster, noch dazu in Rosa zu kaufen? Immerhin musste es für ihn als Mann und – ja, ein bisschen Macho war er schon – eine immense Überwindung gewesen sein, in dieses Damenmodengeschäft überhaupt auch nur einen Fuß zu setzen. Annabell musste bei der Vorstellung, wie hilflos er da wohl herumgetapst war, herzhaft lachen. Ihre instabile gesundheitliche Lage spiegelte sich auch in ihrem nach außen sichtbaren Zustand wider. Die kleinste Störung, der unwichtigste Gedanke konnte sie vom Lachen in einen Weinkrampf treiben – oder umgekehrt.

Einige Minuten später fuhr sie mit ihrem Rollstuhl bei der Tür ihres Zimmers hinaus und sagte bei der Station der alten, geistlichen Schwester, die heute Dienst hatte, dass sie auf einen Sprung zu ihrem Freund auf die Intensivstation fahren würde. Die nickte nur freundlich. Diese Nonnen waren irgendwie immer freundlich, fand Annabell. Sie wirkten einfach, als wären sie *mit sich im Reinen*. Sie beschloss, das auch anzustreben. Nein! Nicht, eine Nonne zu werden. Dafür war sie definitiv nicht geschaffen, wenn sie an die prickelnden Berührungen von Felix dachte – *verdammt, das war jetzt nötig gewesen!*

Vielleicht kann man Felix ja noch helfen? Der Dämon ließ nicht locker. Annabell wollte daran glauben, ihm helfen zu können. Egal, was er getan hatte. Jeder konnte sich ändern. Und sie wusste, dass sie ihn trotz allem immer noch liebte. Aber sie ahnte auch, dass eine gemeinsame Zukunft unmöglich geworden war. *Denk jetzt an etwas Anderes, und lass das auf dich zukommen, verdammte Zicke!*

Die geistliche Schwester. Ja, ein ausgeglichener, zufriedener Mensch zu werden, das war schon ein Lebensziel, das man sich setzen konnte. *Pling!* Der Fahrstuhl war da und riss sie aus ihren Gedanken. Es war eine Herausforderung, mit diesem Rollstuhl in den Lift zu kommen, bevor die automatischen Türen sich wieder schlossen. Das war ein Krankenhaus, zum Teufel, warum nahmen die Konstrukteure dieser Fahrstühle dann nicht auf solche Details Rücksicht?

Sie hätte es nicht geschafft, wenn nicht eine freundliche, ältere Dame die automatische Türe blockiert hätte. Annabell bedankte sich artig. Hoffentlich wollte die Frau jetzt kein Gespräch beginnen, ihr war im Moment einfach nicht nach belanglosem Smalltalk.

„Wo geht es denn hin, junge Dame?"

Klar. Ältere Damen wollen *immer* reden. Vermutlich würde sie eines Tages ganz genauso sein. Nein, würde sie nicht!

„Nur einen Freund besuchen, ich fahre nur einen Stock weit mit." *Es hat also gar keinen Sinn, ein Gespräch zu führen, ja?*

„Ich drücke dir gerne den Knopf, junge Dame. Was ist dir denn passiert?"

Der Lift setzte sich in Bewegung, nachdem die automatische Tür endlich zugegangen war. Komisch, wenn du rein willst, schließt sie sofort. Wenn du drinnen wartest, bleibt sie ewig und einen Tag offen.

„Ein Mann hat mir eine Kugel in den Hinterkopf geschossen. Ich hatte Glück, ist nicht viel passiert. Also mir. Der Mann ist tot. Von einem Auto überfahren worden, bevor er meinen Freund auch über den Haufen schießen konnte. Und andere sind noch schlimmer dran!" *Andere wie Blumenschein oder ... Felix!*

Als das *Pling* des Aufzugs ertönte, sich die Türen zur Intensivstation öffneten, und Annabell in ihrem Rollstuhl über die kleine Stufe zwischen Fahrstuhl und Gang hinaus holperte, stand der Mund der älteren Dame noch immer sperrangelweit offen.

*

„Luise, ich kann keinen Meter mehr gehen!"

Horst jammerte, wie das üblicherweise nur Männer beim gemeinsamen Schuhkauf mit ihren Ehefrauen können. Wenn man diese Kronen der Schöpfung nicht kannte, müsste einem angst und bange werden, dachte Luise.

„Wir sind ja eh gleich fertig. Zumindest für den Vormittag."

Sie genoss seinen panischen Gesichtsausdruck. *Sie will da am Nachmittag nochmal rein? Oh Gott!*

„Dann essen wir eine Kleinigkeit, der Kardinal gab uns ja die Gutscheine für das Restaurant, und dann setzt du dich in irgendein Café und ich schlendere noch ein, zwei Stunden durchs Museum, ja?"

Das klang gut, fand Horst und nickte, weil er den Eindruck seiner Müdigkeit nicht zerstören wollte, indem er bewies, dass er Kraft zum Reden hatte, und ließ einen Seufzer folgen, der jeden Zweifel ausräumte. Dieser italienische Kaffee war mit nichts zu vergleichen, das man in Österreich bekommen konnte. Vor allem dieser grandiose Cappuccino mit dem Milchschaum hatte es ihm angetan. Wenn sie wieder zuhause waren, würde er sich auf jeden Fall gleich so eine Spirale zum Aufschäumen von Milch besorgen.

Den Weg ins Restaurant schaffte er gerade noch. Der ins Café ging dann schon etwas leichter.

Er war froh, dass er nicht Gedankenlesen konnte, dachte er, als seine Frau das Gesicht verzog und den Kopf schüttelte. *Der würde den Geburtsschmerz niemals ertragen können. Nicht eine einzige Wehe!*

Dass Luise die Füße auch schmerzten und sie ganz froh war, dass ihr Göttergatte zuerst etwas gesagt hatte, musste er ja nicht unbedingt wissen.

*

Felix merkte, wie das kleine Luder in ihn eindrang. Er hörte, wie sie schrie. Beim letzten Mal hatte ihn dieser mentale Schrei noch vollkommen überrumpelt, aber diesmal war er vorbereitet. *Gewappnet*, dachte er, wie ein Ritter beim Turnier. Jemandem, der über keinerlei übersinnliche Gabe verfügte, hätte er das kaum erklären können, aber im Wesentlichen lief es darauf hinaus, sich einen Schutz *vorzustellen*, damit er wirkte. Was ja auch logisch war, bei einem rein mentalen Angriff.

Felix hatte sich daher schlicht und einfach einen geistigen Gehörschutz verpasst, durch den der Schrei des Mädchens – *Nein! Das darfst du nicht!* – sich nur noch wie ein entferntes Flüstern anhörte.

Und dann schlug er zurück! Er hatte sich nicht nur um rein passive Schutzmaßnahmen gekümmert, er hatte mentale Waffen geschmiedet. Und zwar aus gehärtetem Gedankenstahl.

*

Maria war überrascht. Beim letzten Mal war der Junge zusammengebrochen, als sie in seinem Kopf laut geworden war. Diesmal zuckte er nicht einmal. Ein Bild entstand in ihrem Gehirn, es zeigte ihr einen Krieger mit einer Art Helm, nein einem *Gehörschutz* und einem Knüppel in der Faust, nein, einem blitzenden Schwert, das er jetzt mit einer schnellen, schwungvollen Bewegung über seinen Kopf hob.

Sie konnte gerade noch zurückzucken, als der Hieb sie traf. Ein Streich, der tödlich gewesen wäre, hätte sie einen Sekundenbruchteil später reagiert, aber auch so spürte sie einen Schmerz, der so real war, als hätte ihr ein glühendes Messer die Haut am Kopf aufgerissen. Sie fühlte sich niederstürzen, unfähig sich zu bewegen, obwohl selbst ihrem kindlichen Verstand klar war, dass „sich bewegen" auf dieser Ebene der Existenz grundsätzlich eine Absurdität war. Ja, sie fühlte sogar, wie Blut aus einer Wunde auf ihrer Stirn über ihr linkes Auge rann, spürte den metallenen Geschmack, als es warm und feucht ihre Lippen erreichte.

Und dann packte der *Junge* ihren linken Arm und schleifte sie … zu einer *Tür*, stieß diese auf und zog sie in einen … *Raum*, in dem sich nichts befand. Wortlos verließ er den Raum, dessen Größe sich ihrer Wahrnehmung entzog, er mochte nur so geräumig sein wie eine Toilette oder auch unendlich groß, sie konnte es nicht erkennen, weil alles in diesem Raum konturlos weiß war. Als würde sie in einer Wolke schweben, aber sie konnte den Boden spüren. Das Einzige, was dieses weiße Nichts aufbrach, war das kleine Stück *Außen*, das sie noch durch die Türe sehen konnte, die sich jetzt langsam zu entfernen schien und auf die der *Junge* in aller Ruhe zuging.

Als er die Türe von außen schloss, verschmolz sie mit dem Rest des Raums. Sie war gefangen in einer beengenden, weißen Unendlichkeit. Maria begann zu weinen, aber sie konnte sich nicht hören, nicht einmal, als ihr Weinen zu einem Schluchzen wurde. Der Raum schien alles vollständig zu schlucken, jede Bewegung, jede Kontur und sogar jedes Geräusch.

Vor allem – und das war irgendwie das Beängstigendste an ihrer Lage – konnte sie den Jungen nicht mehr spüren. Sie konnte überhaupt niemanden mehr wahrnehmen. Sie war *allein*. Als wenn dieser Raum sie von der Außenwelt in einer Weise abschirmte, deren Absolutheit sie verzweifeln und dessen Konturlosigkeit sie ihr Gleichgewicht verlieren ließ.

Maria war jetzt das einsamste Wesen im Universum.

29

„Erledigt."

Felix lächelte Severin an, aber das Lächeln hatte nichts Fröhliches an sich. Es war das Lächeln eines Racheengels, der seine Arbeit getan hatte.

„Wo ist sie?"

„Ich weiß nicht, wie ich das nennen soll. Im *Nichts*, ja ich denke, das trifft es am besten."

Severin bekam eine Gänsehaut.

„Du hast sie getötet?"

„Severin, ich habe es versucht, aber sie wich aus und bremste irgendwie meinen Schlag ab. Ich glaube, nicht einmal ich könnte sie töten, ohne sie zu berühren. Vielleicht nicht einmal dann. Zumindest noch nicht. Nein, ich denke, ich habe ihr sehr glaubhaft suggeriert, dass sie in einer Art Raum gefangen ist, von dem es kein Entkommen geben kann, weil der Raum keine Wände und Türen hat. Egal wie weit sie geht, sie wird nichts anderes finden als gähnende, weiße Leere."

„Suggeriert?"

„Ich weiß auch nicht, wie ich das mache, Ich zeigte ihr Bilder. Sehr *glaubhafte* Bilder! Sie hatte nach meinem mentalen Hieb gar keine andere Möglichkeit, als diese Vorstellungen als Realität zu akzeptieren. Es ist schwer zu erklären. Jedenfalls wird sie uns nicht mehr stören. Vermutlich wird sie verrückt werden. Ich würde es dort, wo sie jetzt ist."

In Felix' Stimme schwang keinerlei Emotion mit. Severin lief es eiskalt über den Rücken.

„Und jetzt werden wir uns um Blumenschein kümmern, Severin!"

*

Der Kardinal hatte seine erste Überraschung überwunden. Vorsichtig nahm er den immer noch ausgestreckten Arm der Kleinen und versuchte ihn zu bewegen. Es fühlte sich an, als würde er die Gliedmaßen einer Puppe zurechtrücken, als er ihn nach unten drückte. Er brauchte dazu keine große Kraft aufzuwenden. Sie *war* eine Puppe, dachte er. Jedenfalls im Moment. Er rief dem unauffällig in einigen Metern Entfernung stehenden Gardisten, der ihnen die ganze Zeit gefolgt war, ohne dass die Kleine ihn bemerkt hatte, zu, er solle ihm helfen.

Gemeinsam trugen sie die Kleine über die enge Treppe nach unten zum Fahrstuhl, den der Gardist mit einem Schlüssel nach oben rief. Scamponi hatte im Lift endlich Zeit, sich die Kleine genauer zu besehen. Ihre Atmung schien ganz normal zu sein, ebenso ihr Puls. Die Augen waren offen, aber die Pupillen waren sehr klein, und sie reagierten auf keinerlei Reize. Sein rudimentäres medizinisches Wissen sagte ihm, dass man das wohl als katatonischen Zustand, als ein lupenreines Wachkoma, bezeichnen könnte.

Wo bist du im Moment, meine Kleine? Scamponi runzelte die Stirn. *Und vor allem – bei wem bist du?*

Etwas in ihm war sich ziemlich sicher, die Antwort auf die zweite Frage zu kennen.

*

Leutnant Blumenschein war nicht wach, noch war er im Koma. Er träumte mit dem letzten Rest gesunden Gehirngewebes, und das Absurde war, dass ihm das auf eine Weise sogar bewusst war. Er träumte, er schwebe in einem großen, hellen Nichts.

Wo bin ich hier? fragte er in die Leere.

Keine Antwort.

Er beschloss, zu gehen. Der Gedanke alleine reichte, damit er sich bewegte. Blumenschein senkte den Blick auf seine Beine. Sie schienen von diesem weißen Nebel verschluckt zu werden. Er konnte nicht sehen, ob sie sich bewegten. Weil es hier keinerlei Abweichungen gab, ja, nicht einmal feinste Nuancen von Helligkeit, konnte er nur ahnen, dass er sich bewegte. Weder spürte er einen Lufthauch, noch sah er einen Schatten oder irgendeine Veränderung. Ihm fiel auf, dass er nicht zu atmen schien. Er war einfach. Und er war *da*, wo immer dieses „da" sein mochte. Ihm wurde schwindlig.

Wo bin ich? Ist das der Tod? fragte er noch einmal und bemerkte, dass auch sein Mund sich nicht bewegte.

Hallo?

Es war nur ein Hauch gewesen, kaum hörbar. Blumenschein war sich sicher, dass „hören" hier ohnehin ein unpassender Ausdruck war, aber ihm fehlten einfach die Kategorien, mit denen man es beschreiben konnte, weshalb „hören", „sprechen" und „sehen" reichen mussten. Sehen? Er konnte rein gar nichts und alles sehen. So viel Licht und nichts zu sehen. *Die Blindheit der Konturlosigkeit*, dachte er.

Wer ist da? dachte er, so laut er konnte.

Und dann sah er doch etwas. Einen Hauch eines Schemens, der auf ihn zu glitt (oder schwebte vielmehr er auf diese Erscheinung zu? Wo war der Unterschied in diesem endlosen, weißen Nichts?)

Ich bin Maria. antwortete die Stimme. *Und du bist der Polizist. Keine Angst, der Schwindel vergeht schnell, wenn du das willst. Du musst es nur wollen.*

*

Als die Schiebetür zur Intensivstation vor Annabell aufglitt, sah sie, wie Felix Blumenschein an der Hand berührte, während Severin zwei Meter entfernt stand und Felix beobachtete. Sie sah Felix, seine Haltung und … seine eiskalten Augen.

Sie stand da und begann schweigend zu weinen. Auf ihrem Weg zur Station, auf diesen wenigen Metern zwischen einer verblüfften älteren Dame im Fahrstuhl und der Schiebetüre zu Blumenscheins Zimmer, hatte sie beschlossen, Felix anzurufen und ihn um ein Gespräch zu bitten. Sie wollte ihn *retten*. Wie naiv sie gewesen war!

Felix blickte auf und sah gerade noch, wie sie ihren Rollstuhl wendete und das Zimmer verließ.

„Annabell!"

Die Tür glitt zu. Sie konnte nicht mehr hören, was er noch sagte. Sie musste auch nichts mehr hören. Sie hatte es *gesehen*. Sie hatte genug gesehen.

Annabell wusste, was sie zu tun hatte.

*

Scamponi trug das Mädchen, als sie den Fahrstuhl betraten, während der Gardist den Schlüssel in das Schloss oberhalb der Tastatur steckte und herumdrehte. Der Lift setzte sich sofort nach unten in Bewegung, als Scamponi eine Veränderung spürte.

Hatte sich die Kleine gerade, kaum merklich zwar aber doch, bewegt?

*

Sie war jetzt bei ihm, aber immer noch kaum mehr als ein geisterhafter Schemen.

Ich weiß nicht, wo wir hier sind, Maria.

Ich glaube, ich weiß es. Wir sind im Kopf des Jungen. antwortete sie ihm.

Wie kann das sein?

Er hat mich gefangen, als ich in seinen Kopf sprang.

Blumenschein war verwirrt.

Ich bin aber nicht in seinen Kopf gesprungen. Wie kann ich also auch darin sein?

Er spürte eine Traurigkeit. Es war das Mädchen. Sie musste es nicht denken, damit er verstand.

Er bringt mich gerade um, ja?

Er spürte, wie sie versuchte, ihre Gedanken zu verbergen, aber es gelang ihr nicht.

Ja.

Und du wolltest das verhindern, und dann hat er dich gefangen genommen?

Ja.

Maria, ich habe keine Angst vor dem Tod. Aber ich habe eine Idee.

Und diese erklärte er jetzt der Kleinen. Wie erwachsen sie war, für ihre sechs Jahre! Warum wusste er eigentlich, wie alt sie war? Das war jetzt nebensächlich. Die Zeit drängte. Wobei er sich unwillkürlich fragte, ob Zeit hier die gleiche Bedeutung zuzumessen war wie *draußen*. Beziehungsweise, ob es überhaupt eine Zeit gab an diesem Ort.

Die Kleine war traurig. Aber Blumenscheins Idee schien gut zu sein, also stimmte sie zu und verschmolz mit ihm.

*

Der Schock traf Felix unvermittelt und mit Wucht. Vorhin war er darauf vorbereitet und gerüstet gewesen, aber nun schlug das Mädchen zu, ohne dass er damit gerechnet hatte.

Als er den Polizisten berührte, um Severins Arbeit zu vollenden, explodierte in seinem Kopf eine Bombe. So empfand er es jedenfalls.

MÖRDER!

Das Mädchen. Wie hatte sie es geschafft, auszubrechen? Felix stürzte zu Boden und hielt sich die Hände an den Kopf. Er wimmerte.

„Felix! Was ist los?"

Severin war in Panik, während Blumenschein seinen letzten Atemzug tat, bevor sein Herz aufhörte zu schlagen.

Die Ärzte würden sich später im Dienstzimmer darüber unterhalten, dass sie noch nie gesehen hatten, dass ein Patient ein so friedvolles Lächeln auf dem Gesicht hatte, nachdem er gestorben war.

*

Es wird Zeit für mich zu gehen, Maria.

Sie schien zu weinen, wenn das hier möglich war. Ja, er spürte, wie sie weinte.

Du kommst in den Himmel, Polizist!

Mehr brachte sie nicht heraus.

Und du nutze die Gelegenheit und befreie dich. Wenn wir wirklich in seinem Kopf sind und du mit mir verbunden bist, müsstest du fliehen können. Jetzt! Ich spüre, wie er mir ... JETZT!

Maria schrie den *Jungen* an, so laut sie konnte. Mit all ihrer Kraft. *MÖRDER!*

Und dann war sie frei.

Und sie wusste – sie würde sich in Zukunft von diesem *Jungen* fern halten. Sie *musste* sich fern halten. Noch einmal würde sie nicht so viel Glück haben.

Blumenschein spürte, dass das Mädchen sich befreit hatte und lächelte ein letztes Mal.

*

Die Verschmelzung zwischen Blumenschein und Maria hatte nicht nur für Felix und Maria – zugegebenermaßen sehr verschiedene – Auswirkungen. Auch Scamponi war betroffen, ohne dass die anderen das mitbekamen.

In dem Moment, als Maria – *MÖRDER!* – Felix überraschte, war der Kardinal durch den Körperkontakt mit dem Mädchen in diesem Dreigestirn der Vierte. Er spürte nicht nur, wie sich die Kleine zu bewegen begann sondern auch, wie irgendetwas *aus ihm hinausgesaugt* wurde.

Felix hatte bei Blumenschein seine Gabe mit großer Wucht eingesetzt. Für den Polizisten wäre das gar nicht mehr nötig gewesen, er war auch so schon an der Klippe zum Tod gestanden, sodass noch genug für Scamponi übrig war, der sich, wäre er nicht einige Minuten später tot im Fahrstuhl gelegen, hätte rühmen können, das erste Opfer eines Verfluchten zu sein, der ohne direkte Berührung gestorben war.

Was nicht ganz richtig ist. Die Berührung des Polizisten hatte sich über die Verschmelzung von dessen Geist mit Marias Geist über Maria auf ihn übertragen. Maria ihrerseits sollte nie erfahren, dass ihr genau dies das Leben gerettet hatte. Sie war vom Empfänger damit zu einer Art Überleiterin geworden. Scamponis Sprit war aus ihm herausgesaugt worden und durch sie hindurch gegangen wie Wasser durch eine Rohrleitung.

Als der Lift im Erdgeschoss des Petersdoms zum Stillstand kam, rief ein verzweifelter Gardist per Funk seine Kollegen und die Ambulanz herbei, während vor ihm auf dem Boden ein regloser Kardinal lag, neben ihm ein verwirrtes, weinendes Mädchen, das nach ihren Eltern schrie.

Auf den Zügen dieses Toten lag kein Lächeln.

*

Als ich erfuhr, dass Annabell sich das Leben genommen hatte, brach ich zusammen.

Vermutlich weil ich wusste, dass es meine Schuld war.

Severin versuchte, mich mit seinem psychologischen Halbwissen aufzubauen, aber er machte es stattdessen nur noch schlimmer. Ich hätte mich vermutlich selbst umgebracht, aber irgendwann realisierte ich, dass dies das Andenken an Annabell entehrt hätte und beschloss, meinen Weg ab jetzt noch konsequenter zu gehen.

Dann kam die Wut.

Zuerst auf Annabell. Wie konnte sie es wagen, mir das anzutun? Wie konnte sie glauben, sie alleine wäre im Besitz der allgemeingültigen Moral? Meine Gabe war mir gegeben worden, damit ich sie nutzte, oder etwa nicht?

Ihr Vater war natürlich verzweifelt. Obwohl er nichts wusste, gab er sichtlich mir die Schuld. Und ließ mich das auch spüren. Er würde ausziehen, meinte er.

Was, wenn er geredet hätte? Auch wenn keiner ihm glauben würde, es gab einfach zu viele ungeklärte Todesfälle. Und so wie er jetzt beisammen war, wäre er wohl als Säufer in irgendeinem Obdachlosenheim gestorben, nicht ohne zuvor noch der ganzen Welt dumme Vermutungen einzureden. Ich habe ihm das erspart. Es ging nicht anders. Wenigstens ist er jetzt wieder bei seiner Tochter, wo immer das auch sein mag.

Meine Wut auf den Kardinal kam zu spät. Es ist schon eine Ironie des Schicksals, dass der an einem Herzinfarkt starb, ohne dass ich etwas damit zu tun hatte. Severin hat das herausgefunden, keine Ahnung wie er das machte. Wie auch immer – damit war wohl die letzte Gefahr für mich gebannt.

Mein Weg war frei. Und ich hatte eine ziemlich genaue Vorstellung, wohin er mich führen würde.

30

2017

Es wird Zeit, meine Aufzeichnungen abzuschließen und die Akten zu verbrennen. Einfach zu gefährlich, sie weiter aufzubewahren, nostalgische Gefühle hin oder her. Es steht zu viel auf dem Spiel, nachdem ich nun endlich dort angelangt bin, wo ich hin will. Jedenfalls fast.

Zusammen mit diesen Aufzeichnungen habe ich alles digitalisiert und verschlüsselt. Nur ich kenne den Schlüssel, und so wird das bis zu meinem Lebensende auch bleiben.

Aber der Reihe nach.

Nach den Vorfällen 1978 zogen Severin und ich nach Wien. Weg von dieser ... Vergangenheit. Ich hielt mich sehr zurück und beendete das Gymnasium, wo ich nur noch zu sehr seltenen Gelegenheiten, wenn es gar nicht anders ging, die eine oder andere Lehrkraft in den Krankenstand schickte, ohne dass aber je ein Verdacht auf mich fiel.

Dann studierte ich Journalismus und Politikwissenschaften. Aufgrund meines guten Gedächtnisses war das Auswendiglernen für mich ein Klacks, sodass ich das Studium, das ich mit über zweihundert Kommilitonen begonnen hatte, ein halbes Jahr vor Ende der Mindeststudienzeit als erster dieser zweihundert mit Auszeichnung abschloss.

Als ich mit meiner Volljährigkeit die Akten über mich ausgehändigt und Zugriff auf mein kleines Vermögen bekommen hatte, war der Zeitpunkt gekommen, mich aus den Klauen Severins zu befreien. Er hatte natürlich meine Veränderung bemerkt und immer wieder versucht, auf mich einzuwirken. Mich zu einem *wertvollen Mitglied der Gesellschaft* zu erziehen, wie er es nannte. Scheiß auf die Gesellschaft, wie sie auf mich geschissen hat! Ich wusste, wohin ich wollte. Okay, solange ich nicht mündig war, brauchte ich de jure einen Vormund, aber de facto brauchte ich ihn seit dem Augenblick nicht mehr, als ich damals aus Annabells Zimmer gegangen war.

Und mit etwas über zwanzig Jahren, ich war in der Endphase meines Studiums, sagte ich ihm das endlich auch. Er könnte noch leben, wenn er es akzeptiert hätte. Aber nein, er musste ja wieder mit seiner dämlichen Moral loslegen. Einmal Priester, immer Priester!

Da ich ihn nicht mit meiner Gabe erledigen konnte, weil die nunmal bei ähnlich Begabten nicht wirkt, arrangierte ich einen Unfall, der den kleinen Fehler hatte, dass sie mich danach fast gekriegt hatten. Die Aufräumarbeiten waren selbst für mich eine heikle Angelegenheit und ziemlich umfangreich gewesen.

Schlussendlich waren dann aber keine Zeugen mehr übrig, und auch der ermittelnde Beamte starb an einem Gehirnödem oder so etwas Ähnlichem.

Dann trat ich in eine damals noch eher kleine, rechtspopulistische Partei ein. Aufgrund meiner Ausbildung nahmen sie mich als Pressereferent mit Handkuss. Ich hatte aber andere Pläne, als mein Leben lang die peinlichen Fehler des dummen Vorsitzenden der Landespartei pressegerecht auszubügeln und weg zu diskutieren. Nachdem dieser alte Nazi seinen kapitalen Hinterwandinfarkt gehabt hatte, kandidierte ich also völlig aussichtslos als neuer Landesparteivorsitzender. Mein Gegenkandidat – es hatte sich sonst niemand aufstellen lassen, weil völlig klar war, dass gegen ihn keiner eine Chance haben würde – hatte kurz vor der Wahl einen bedauerlichen Autounfall, worauf ich gegen den von den Alten in der Partei in aller Schnelle aufgestellten Ersatzkandidaten, der einfach keine Zeit mehr hatte, seinen Wahlkampf zu organisieren, knapp gewann.

Dann begann ich, die Partei umzustrukturieren. Wenn ich in meinem Studium etwas gelernt hatte, dann wie man die Massen gezielt manipuliert. Es funktioniert auf erstaunlich simple Weise und immer nach dem gleichen Prinzip:

Zuerst sagt man allen, wie schlecht es ihnen, natürlich völlig unverdientermaßen, geht. Dann erwähnt man, dass es ihnen viel besser gehen könnte, wenn da nicht ... okay, mein Feindbild waren in dem Fall die Ausländer und die „Mafia des linken, intellektuellen Bildungsbürgertums", deren „Methoden ich im Laufe des Studiums am eigenen Leibe verspürt habe bla bla bla."

Wenn der Volkszorn beginnt, langsam auf kleiner Flamme aufzukochen, dann wird es Zeit, möglichst einfache Lösungen zu präsentieren, bei denen die anderen demokratischen Parteien nicht mitkönnen, die aber beim einfachen Volk, das alles will, nur nicht übertrieben nachdenken, auf Gegenliebe stoßen. *Fußfessel für gefährliche Ausländer, die irgendwann unsere Frauen vergewaltigen werden*, etc. Dass das verfassungsrechtlich nicht geht, ist dabei vollkommen irrelevant. Es muss nur gut klingen. Und wenn man irgendwann in die Bredouille kommt, seine Versprechen umsetzen zu müssen, hebt ein Gericht das als nicht verfassungskonform auf, worauf man die Justiz als Systemsklave denunziert und in einem Aufwaschen auch gleich noch die Medien dazu.

Eigentlich kann man dabei nichts falsch machen, wenn man seine Skrupel beiseiteschiebt. Was ich nicht einmal musste, weil ich schon lange keine mehr hatte. Die anderen Parteien werden sich entweder auf extreme Gegenpositionen stellen, dann diffamiert man sie als *Feinde unserer Gesellschaft*, oder sie ahmen einen nach, wobei sie aber nie die Härte und Konsequenz erreichen, die man selbst hat, weil sie viel zu sehr ihrem moralisch-demokratischen Gedankengut und ihren alten Strukturen verhaftet sind. Das Volk wählt immer lieber den Schmied als den Schmiedl. Was die anderen Parteien auch versuchen, sie verlieren! Zumindest, solange das Stimmvieh nicht beginnt nachzudenken. Und dafür sorgt man mit immer neuen Themen und Feindbildern natürlich. Wut verhindert Denken so sicher wie ein Sack über dem Kopf den Blick in die Ferne.

Und man lügt, dass sich die Balken biegen. Es ist sogar egal, wenn man dabei erwischt wird, sofern die Lüge nur ins *gesunde Volksempfinden* passt. Ausländer sind mehrheitlich die Vergewaltiger unserer Frauen! Lüge? Statistisch widerlegt? Egal, es könnte schon so sein, das wird nur von diesen Systemlingen und der Lügenpresse unterdrückt!

Es ist wirklich so einfach, dass es mir fast peinlich ist!

Wenn mal einer wirklich unbequem wurde, dann lud ich ihn oder sie zu einem Gespräch ein und schüttelte ihm oder ihr einfach zum Abschied die Hand. Problem beseitigt. Natürlich war ich da vorsichtig, damit es nicht auffiel. Aber auch eine schwere Krankheit setzt einen Widersacher außer Gefecht, er muss nicht immer gleich sterben, nicht wahr? Dieser kleine Lackaffe von den Konservativen war so ein Beispiel. Jung, dynamisch, populistisch, ein Sprachtalent. Jetzt lallt er, wenn seine Windel voll ist.

Der einzige Nachteil war, dass nur alle vier Jahre (und später dann alle fünf) Wahlen waren. Bei denen wir natürlich stets kräftig dazugewannen. Dass ich dann in den späten Neunzigerjahren des letzten Jahrhunderts Bundesparteivorsitzender wurde, schaffte ich sogar, ohne meine Gabe benutzen zu müssen.

Bei der Wahl 2010 wurden wir schließlich stärkste Partei. Die regierenden Systemparteien schafften es nur noch mit einem Gewaltakt, eine Dreierkoalition zusammenzubasteln, die erfahrungsgemäß die vollen fünf Jahre mehr mit Streiten als mit Regieren beschäftigt war, was uns klarerweise erst recht wieder in die Karten spielte. Wir brauchten sie nur vor uns herzutreiben, wie ein Schäferhund die blökenden Lämmer, indem wir die Themen vorgaben. Aus dem Ausländerthema machten wir das Islamismusthema, dann das Asylantenthema. Gewürzt mit dem immer ziehenden Thema „intellektuelles Bildungsbürgertum", bis sich die Leute schließlich schämten zuzugeben, studiert zu haben. Hahahaha, herrlich!

Auch mit dem Thema Sicherheit kannst du immer punkten, so sicher kann der Staat gar nicht sein! Dass gerade wir es waren, die die Sicherheit über die sukzessive Demontage der Demokratie abzuschaffen versuchten (nur teilweise mit Erfolg, worauf ich den für meinen Geschmack viel zu populären und erfolgreichen Innenminister um ein Gespräch ersuchte), begriff das Stimmvieh nie.

Dann kam die Wahl im Frühling 2015. Wir hatten gehofft, die absolute Mehrheit zu erreichen, aber der neue Kanzler hatte eingeschlagen wie eine Bombe – da fiel uns das mit der Bildung auf den Kopf, weil der Knabe in neun Jahren nicht einmal sein Jurastudium beendet hatte, was ja jetzt eher adelte als eine Schande war. Und ich wurde Vizekanzler, sonst wären die Konservativen nicht bereit gewesen, mit uns zusammenzuarbeiten.

Es gab selbstverständlich vor den Kameras einen langen Händedruck mit dem Kanzler, auf dem wir beide grinsten wie Honigkuchenpferde.

Ich war sehr vorsichtig bei ihm. Bei jeder Gelegenheit immer nur eine ganz kleine Dosis. Die Leute sagten, der Bundeskanzler altere aber schnell, das müsse wohl das Amt sein. Irgendwie stimmte das sogar!

Dann wurde er ernsthaft krank. Bauchspeicheldrüse.

*

So, jetzt werde ich diese Aufzeichnungen verschlüsseln, nachdem ich sie mir noch einmal durchgelesen habe und den Stick wegsperren. Das Volk wartet schon auf seinen neuen Herrn. Heute werde ich als Kanzler angelobt.

Endlich bin ich am Ziel!

Epilog

Der neue Kanzler steigt in seine Limousine, um bei der Parlamentssitzung endlich für klare Verhältnisse zu sorgen. Er ist so gut wie am Ziel. Er spürt die Energie, die in ihm darauf wartet, die letzten Hindernisse zu beseitigen, die aus Österreich de facto einen autoritären Staat machen werden. Und dann wird er sich um Deutschland kümmern, aber das hat noch etwas Zeit.

Die Limousine fährt los. Sie biegt um die Ecke zur Hauptstraße. Vor ihr fahren zwei Polizeimotorräder, hinter ihr brummt eine zweite Limousine, dann kommen wieder zwei Motorräder.

Nichts von all dieser Begleitung kann verhindern, dass Walter mit seinem angemieteten LKW aus einer Querstraße geschossen kommt und die Limousine des Kanzlers seitlich mit voller Wucht rammt.

Heute Nacht wird Walter nicht mehr träumen. Seine *Schuld* ist abbezahlt.

Danke, Walter! sagt eine bildhübsche junge Frau in seinem Kopf, während er in der Ferne die Sirenen hört.

Zum Inhalt

Dieses Buch entstand zwischen März 2016 und Juni 2017 und wurde bis Mitte Oktober 2018 noch einmal zur Gänze überarbeitet, nachdem ich es etliche Monate lang nicht angerührt hatte.

Alle Charaktere darin sind frei erfunden. Insbesondere darf auch keinesfalls aus dem Inhalt auf meine Haltung zu Kirche oder Religionen geschlossen werden. Ich habe großen Respekt für alle Religionen und bin selbst Katholik. Meiner Meinung nach hat die katholische Kirche gerade in den letzten Jahren eine bemerkenswerte Wandlung und Öffnung durchgemacht beziehungsweise ist dieser Prozess immer noch spürbar. Ich habe auch tiefsten Respekt für alle humanitären Aktivitäten der Kirche. Sehr kritisch stehe ich jeglichem Fanatismus gegenüber – egal welcher Religion, Ideologie, Philosophie oder Weltanschauung!

Dieses Buch ist einfach eine fiktive Geschichte, die spannend unterhalten soll – also interpretiere man bitte nichts hinein, okay?

Trotzdem habe ich versucht, die Gefahr inhaltlicher Fehler möglichst zu vermeiden, der eine Geschichte, welche in der Vergangenheit spielt, unweigerlich ausgesetzt ist. Nur ein Beispiel: Das Schmerzmittel Ibuprofen kam in Österreich etwa Mitte der 1970er Jahre auf den Markt und war damals tatsächlich streng rezeptpflichtig. Über solche Details nicht zu stolpern, das erfordert immer eine genaue Recherche. Ich bin mir sicher, dass mir bei einigen Dingen dennoch der eine oder andere Fehler passiert ist.

Aus der Realität habe ich für diese Geschichte nur wenige Anleihen genommen. Die Darstellung einer Migräneattacke gehört definitiv dazu. Ich litt seit meiner Kindheit an diesen sporadischen, meist wetterbedingten Anfällen. Erst eine Behandlung mit Akupunktur, als ich etwa 35 war, zeigte Erfolg.

Der Realität entsprechen auch einige der Örtlichkeiten in Wels und Umgebung, während das Alpendorf nahe Gosau samt Hütte frei erfunden ist, genauso wie der Teich am Anfang des Buchs.

Und auch der Viertelanschluss von Telefonen war damals Realität. Damals machte die Post Werbung der Form „Fasse dich kurz!". Einige Jahre später, als jeder einen Vollanschluss haben konnte, wenn er ein Telefon wollte, änderte sich die Richtung der Werbung in „Ruf doch mal an!"

Fiktiv ist neben der ganzen Geschichte auch der Ablauf bei den polizeilichen Ermittlungen, den ich aus meiner Vorstellung beschreiben musste, einfach weil mir keine Informationen vorliegen, wie das Mitte der 1970er ablief. Auch hier gilt: Ich habe großen Respekt vor der täglichen Arbeit, mit der uns die Polizisten ein Leben in einem der sichersten Länder der Welt aufrecht zu erhalten helfen. Polizistenbashing ist nicht mein Ding. Die Polizisten, die ich kenne, sind allesamt Pfundskerle.

Ob dieses Buch etwas über einen möglichen Hang zu Übersinnlichem und Esoterik darstelle? Mit Sicherheit nicht! Ich sehe mich als ziemlich aufgeklärten Menschen, der mit diesen Geister- und PSI-Phänomenen nichts anfangen kann. Aber hindert mich das, meiner Fantasie diesbezüglich freien Lauf zu lassen? Nein. Ich sehe mir ja auch gerne Star Wars an, obwohl ich weiß, dass (zumindest nach heutigem Stand der Physik) die dort vorgestellten Raumschiffe und Technik völlig unmöglich sind. Und was Telepathie, Telekinese und so weiter betrifft, möchte ich nur eine Frage in den Raum stellen: Wenn es das gäbe, würden die mit diesen Möglichkeiten ausgestatteten Menschen dann nicht diese Fähigkeiten nutzen und dementsprechend in vielen Ländern der Welt an die Macht kommen? Der aktuelle amerikanische Präsident widerlegt die Annahme, dass man an der Macht vorwiegend geistig besonders gut ausgestattete Menschen finden müsse, eindrucksvoll, denke ich. Das ist zwar kein Beweis dafür, dass es keine PSI-Fähigkeiten gibt, aber zumindest ein Indiz dafür, dass solche Fähigkeiten nicht hilfreich sein dürften.

Real hingegen sind die Hinweise auf die Science Fiction Romane der Perry Rhodan Serie, die ich seit etwa meinem zwanzigsten Lebensjahr immer wieder mal gerne zur Hand nehme. Schundromane? Vermutlich. Aber unterhaltsam. Und mal ehrlich: Wenn sich so eine Serie über 2800 Fortsetzungen und über fast fünfzig Jahre hält, dann kann sie nicht komplett daneben sein, oder?

Ja, okay, das gilt für manche TV-Shows auch. Ich ziehe dieses Argument zurück und hoffe, dass Barbara Karlich irgendwann doch die Leute ausgehen, die sich im Studio so gerne blamieren.

Das letzte Kapitel über Populismus und seine Auswirkungen ist nur insofern fiktiv, als dass es meines Wissens keinen Politiker gibt, der seine Konkurrenz mit Händedruck loswird. Ich habe allerdings die Befürchtung, dass es sonst nur allzu real ist.

Ich hoffe, liebe Leserin (das war jetzt ein generischer Feminin, die männlichen Leser sind also mit gemeint), Sie fanden die Geschichte spannend oder unterhaltsam (im Idealfall beides). Bis zum nächsten Buch!

Und – achten Sie darauf, wer Sie anfasst. Wer weiß schon, ob es nicht ein Verfluchter ist?

Günter Leitenbauer, 2017-2018

PS.: Meinem Kater ist das alles herzlich egal. Der ignoriert den Augenblick meines Glücksgefühls, das Buch nun endlich fertig zu haben und streicht um meine Beine, damit ich weiß:

Es ist Fütterungszeit!

Impressum:

Inhalt © Dipl. Ing. Günter Leitenbauer

Email: guenter@leitenbauer.net

ISBN: 9 783748 133391

Verlag: BoD

MIX
Papier aus verantwortungsvollen Quellen
Paper from responsible sources
FSC
www.fsc.org
FSC® C105338